Boves,
el Urogallo

Sudaquia
editores
New York, NY.

Colección Sudaquia

Boves, el Urogallo

Francisco Herrera Luque

Sudaquia Editores.
New York, NY.

Published by Sudaquia Editores
Collection design by Sudaquia Editores
Cover image by Asdrúba Hernández Lara

First Edition Círculo de Lectores
1975

First Edition Sudaquia Editores: mayo 2016
Sudaquia Editores Copyright © 2016
All rights reserved.

Printed in the United States of America

ISBN-10 1944407111
ISBN-13 978-1-944407-11-7

10 9 8 7 6 5 4 3 2 1

Sudaquia Group LLC
New York, NY
For information or any inquires: central@sudaquia.net

www.sudaquia.net

The Sudaquia Editores logo is a registered trademark of Sudaquia Group, LLC

Índice

Capítulo IV

II «EL CAUDILLO»

Capítulo V

Apéndice

a Mariana

ADVERTENCIA

Esta es la historia verídica, fabulada y verosímil de José Tomás Boves, aquel guerrero asturiano, que entre 1813 y 1814 fue el paladín de la antirepública, el destructor afiebrado del orden colonial y el primer caudillo de la democracia en Venezuela.

En un comienzo me asomé a él con la metódica del sistematizador, pero me encontré de pronto impedido de hablar, por eso puse de lado lo que me enseñaron y dejé que las ideas y las palabras, por ellas mismas, encontraran su forma.

F.H.L.

enero de 1972

PRESENTACIÓN

Esta es la historia de José Tomás Boves (1782-1814), un joven asturiano que hasta la guerra de la Independencia, donde estalla sangriento y terrible, es un apacible comerciante de los Llanos del Guárico.

Venezuela, a pesar de su exigua población (825 mil habitantes), era, por obra del sistema de castas, un hervidero de odios al que sólo la autoridad del Rey de España lograba mantener en su precario equilibrio. Apenas un cuarto de sus habitantes disfrutaba del status jurídico de los españoles de ultramar. El resto de la población, constituido por zambos, mulatos, mestizos (pardos), indios, negros libres o esclavos, eran sometidos a una discriminación cruel y vejatoria que a comienzos del siglo XIX era ya insostenible.

Por eso no le fue nada difícil a este oscuro capitán asturiano dar al traste, en menos de cinco meses, con la naciente República, invocando los derechos del Rey, apoyado en un contingente de doscientos expedicionarios. A su reclamo, las castas que veían en los nuevos padres de la patria a sus seculares opresores, corrieron prestos a brindarle su auxilio, con la conciencia de que el nuevo orden, antes que en igualdad habría de traducirse en un incremento de la opresión que los ahogaba.

El derrocamiento de la primera República era, sin embargo, el preludio de la más espantosa guerra civil que en toda su historia haya conocido el mundo hispanoamericano. Doscientos veinticinco mil muertos y desaparecidos fue el saldo final de aquella hecatombe, además de la ruina total para la, por aquel entonces, pujante colonia.

Buena parte de aquel huracán sangriento se atribuye a ese pulpero español a quien las tropas realistas rescatan en el justo momento en que va a ser ejecutado por las autoridades republicanas. Por una serie de vicisitudes —realmente novelescas— aquel hombre que hasta entonces había merecido el aprecio de sus vecinos y conciudadanos, se transforma en la cólera de Dios, como lo tituló Bolívar y, al frente de masas negras y mestizas,, se propone —siendo blanco, rubio y español— el exterminio sistemático de la raza blanca en Venezuela.

No hubo crimen ni maldad que no ejecutase, ni pueblo, ni ciudad que escapase a un rigor más vesánico. Ni los lugares sagrados fueron capaces de contenerlo en sus desmanes: miles de víctimas fueron asesinadas sobre los mismos altares.

El autor no disimula ni omite su espantable trayectoria, pero no obstante ceñirse a la verdad histórica, la Sociedad Bolivariana de Venezuela, enemiga jurada del antihéroe por antonomasia del país, se ve obligada a declarar, indignada por el tratamiento que Herrera Luque le da al personaje, que «adquiere una aureola o atmósfera de simpatía irresistible o una sugerencia irradiante de admiración, con lo cual quedaría subvertido el sentimiento patriótico de los venezolanos».

Desde el primer momento, *Boves, el Urogallo* fue un importante evento editorial y crítico producido por la literatura venezolana. Innumerables historiadores, políticos e intelectuales —a despecho de los tradicionalistas— expresaron su aprobación por la nueva semblanza de José Tomás Boves.

¿De qué recursos se valió el autor para «cambiar» la imagen del personaje más odiado en la historia de Venezuela, como en paradójico reconocimiento le imputan sus adversarios? Dejemos al lector la posibilidad de establecerlo por sí mismo.

...Y en los linderos de Urica, donde yacen sus restos, tenido hasta entonces como lugar maldito, se vio de pronto todo cubierto de flores y cirios...

I

«El taita»

Capítulo I
El pulpero de Calabozo

1

¡Ahí viene el hombre!

Como estaba previsto, la guerra llegó a Guacara el 17 de junio de 1814.[1]

Una descarga de fusilería hacia los lados de La Cabrera puso a los habitantes en sobreaviso.

—¡Ahí viene el hombre!— dijo un zambo, llamado Rosaliano, que tenía una pulpería bajo la ceiba gigante que hay a la entrada de la villa.

Un caballo al galope siguió al estampido. Era Joseíto, el frasquitero del pueblo, que desorbitado de emoción corría a dar la noticia.

—¡Ahí viene el Jefe! ¡Que viva Boves!— le gritó con su voz atiplada de hermana lega, cuando pasó a su lado camino de la alcaldía.

Rosaliano se incorporó de su silla de vaqueta y con lentos pasos de viejo arrastró su úlcera y su barriga en sudario hasta la mitad del camino. Nada se veía a través del túnel de verde hojarasca, ni las iguanas dejaron de cruzarlo, como sucedía cada vez que acontecían hechos insólitos. Rosaliano arrugó los ojos chiquitos de veguero

---

1 Desde hacía dos años la Guerra de Independencia asolaba a Venezuela. Guacara es una pequeña población de la región central a unos 150 km al oeste de Caracas.

enfermo y nada se reflejó en su esclerótica amarilla. Se llevó su mano de corneta al oído y tampoco oyó nada sorprendente. Los conotos y las paraulatas mantuvieron sin mayor emoción sus trinos y la brisa continuó susurrando su aburrida melodía de duendes. Rosaliano escupió largo su mascada y se disponía ya a lanzarle una maldición al pato de Joseíto, cuando una segunda descarga ya más cerca y cerrada, sirvió de mosca a un atropellado y alegre rumor de caballería.

En ese mismo instante el cura de Guacara batió en señal de júbilo la campanas de la iglesia y una andanada de cohetes, como jauría de fusiles labradores, estalló adulante en la plaza del pueblo.

—Lo mismo que con Bolívar el año pasado y con Monteverde el otro— se dijo el zambo.

Pero no pudo continuar en sus reflexiones. Un pelotón de lanceros le atropelló la mira, y el pueblo entero, curioso, se le vino encima.

Eran más de veinte negros altos como titiaros y retrecheros como linces los que salieron del túnel. Ni porque los aplaudieron, ni porque los vitorearon fueron capaces de sonreír. Cuando Joseíto y el cura se acercaron solícitos al que parecía el jefe, un negrazo cenizo con cara de bagre, de milagro no los tumbó con el caballo. Sin miramientos para el estado del cura, y la cara de tonto de Joseíto, les gritó antes de que terminaran de hablar:

—Quítense de en medio... que ahí viene el Jefe— y los arreó, enarbolando el sable, como si fueran ganado.

Detrás de los veinte negrazos, que deberían ser los espalderos mayores del Caudillo, venían como quinientos desarrapados medio desnudos o a medio vestir. Unos llevaban lanzas, otros machetes, muy pocos fusiles. Sin pedir permiso se metieron en la pulpería de Rosaliano y la saquearon, y no se la quemaron porque iban tan desarrapados que no llevaban fuego.

Detrás de los desarrapados venían los abanderados, como siempre sucede. Sobre un caballo zaino venía un blanco, buen mozo y con pinta de español y llevaba con orgullo una bandera negra, con dos huesos cruzados y una calavera pintados de blanco.

—¡Carajo! —clamó Rosaliano, que además de pulpero había sido pirata—. ¿Conque es verdad lo que dicen del hombre? Bueno, por lo menos tenemos algo en común. —Y se le fue el recuerdo largo para no verle la cara a su compadre Sacramento, cuya cabeza, en una pica traía clavada un zambo.

Bajo esa misma bandera negra navegó muchas veces y fueron más de quince las embarcaciones mayores y menores que desde otro puente les vio clavar el cacho en el Caribe. Y se acordó de su último socio, el pobre Rodríguez, que en paz descanse. Buen muchacho aquél. Si le hubiera hecho caso, ni Rodríguez estaría muerto ni él se encontraría vendiendo papelón en Guacara. Porque bastante que le advirtió Rodríguez que no le gustaba Remigio, con todo lo hacendado que fuera y los veinte años de amistad que tenían. En mala hora lo asociaron al negocio de contrabando, cuando lo bueno era piratear. Como hombre flojo y traicionero se quedó con lo primero y hasta ofreció mercado. ¿Para qué? Nada más que para delatar y aprovecharse. Aquella maldita noche no los mataron, de vaina. El pobre Rodríguez casi se desangró con el pepazo que le metieron en la pata. Pero de nada sirvió tanto cuido; cuando ya comenzaba a caminar llegaron los soldados y se lo llevaron. Él se salvó de chiripa para fuñirse más. Huyendo de los celadores cogió úlceras y fiebres y ya lleva dos vómitos de sangre prieta que le auguran tierra arriba.

Un aplauso nutrido le puso los ojos de nuevo sobre el camino. Era Boves que llegaba. Una bandera color de sangre lo precedía y otra con los colores del rey. Al primer golpe de vista divisó un inmenso caballo negro y sobre él a un catire alto y fuerte que sonreía con boca de perro bravo y ojos de gato hambriento. En un primer momento lo encontró parecido a alguien sin que atinara a saber a quién; luego le pareció haberlo platicado sin saber dónde ni cuándo y por último se santiguó lleno de espanto: el hombre del caballo negro, el Boves de los caminos, era nada menos que Rodríguez, su socio, el contrabandista, a quien dejó agonizante en manos de los troperos.

—¡Rodríguez!— clamó cojitranco, mientras avanzaba decidido hacia el Caudillo.

Un gesto hosco de desconcierto hizo el hombre del caballo.

—¡Rodríguez! —volvió a gritar, a tiempo que un mareo lo sacudía—. Soy Rosaliano Fernández, ¿te acuerdas?

Un golpe de alegría le dio en el rostro al Caudillo.

—¡Rosaliano! —cañoneó el guerrero. Pero no pudo decir más. Un vómito negro puso fin al desfile.

Cuando horas más tarde Rosaliano volvió en sí, alguien le velaba el sueño mientras afuera se oía un rumor acolmenado de velorio. Era su amigo Rodríguez. Tenía los ojos abiertos y relampagueantes, pero no lo miraban. El Caudillo tenía los ojos fijos en un recuerdo adolorido.

2

El Urogallo

Era largo el camino de Puerto Cabello a Calabozo.[2] José Tomás lo ignoraba cuando esa madrugada tomó la vereda de San Esteban y se adentró por la serranía. Una tristeza húmeda de acuario sucio, lo aplastaba contra la bestia que subía el empedrado. Ni el gorjeo de los pájaros de guardia ni el paso de los campesinos saludantes que bajaban al mar, desentumecieron su apesadumbrada mirada de cautivo. Después de diez meses de encierro en el Castillo, Juan Germán Roscio[3],

---

2 Puerto Cabello, puerto y plaza fuerte del Litoral Central. Calabozo, a unos 300 km al Sur, está enclavada en los llanos del Guárico. Para la fecha, ambos poblados tenían una población de cuatro mil habitantes. Entre el litoral y los llanos se interponen los valles centrales de Valencia y Aragua, en cuyo extremo occidental se cierra la montaña, llegándose a Caracas a través de un fragoso camino (50 km). La cordillera montañosa que se interpone entre los valles y el mar alcanza altitudes significativas. San Esteban era un pequeño poblado en medio de la serranía.

3 Juan Germán Roscio fue uno de los principales propiciadores de la Independencia. Su importancia fue tal, que el propio Fernando vil lo reclamó al jefe realista como su prisionero par¬ticular. De acuerdo a la conseja (ver *Los Amos del Valle*) tuvo un origen oscuro. Inicialmente las autoridades universitarias le impidieron su acceso a los estudios de Derecho por considerársele pardo o mestizo (ver Pedro Manuel Arcaya en *Cesarismo democrático*, citado por Vallenilla Lanz, pág. 40). Es

un abogado mestizo y caritativo, logró que le cambiasen ocho años de presidio, por confinamiento proporcional en Calabozo, una villa llanera rodeada de pastizales y a cien leguas del mar.

Veintiún años lleva el mozo y parece que fueran treinta. Tiene la talla hercúlea, los ojos verdosos y la barba rojiza de pirata asirio.[4] Pero la congoja lo encorva sobre la bestia y la mirada no despunta ni con el toque de diana ni con el sol mañanero.

De niño fue la miseria y la orfandad. De joven la cárcel y de nuevo la afrenta. A los cinco años, se le murió el padre, un hidalgo de gotera que vivió y murió como trovador harto y corpulento, alegre y decidor. Tenía buena voz y por ella se hacía pagar buenos culines de sidra con queso de Cabrales en las tabernas de Oviedo. Era un hombrón de buen plantaje que hacía suspirar con sus canciones a todas las mozas de la ciudad, y esponjarse al muchacho como palomo casero. Cuando cantaba en bable era tal su embeleso que se quedaba sordo y ciego, igual que el Urogallo, ese heráldico pájaro astur que se vuelve piedra cuando reclama a la hembra con su canto de amor. De ahí que no viese al marido celoso cuando le hizo en la espalda un ojal de sangre. Por eso, de ahí en adelante lo apodaron el Urogallo, aunque nunca más pudo volver a cantar ya que murió de tristeza delirante cuatro meses más tarde.

Con la muerte del padre se agravó el hambre y se fue definitivamente la alegría. A los pocos meses tuvieron que vender

---

rigurosamente histórico que hizo de abogado de José Tomás Boves y logró que se le permutara la pena de presidio por reclusión en Calabozo (Juan Vicente González, *José Félix Ribas, Biblioteca Popular Venezolana*, 1946, pág. 74).

4 Salvo Juan Vicente González y Arturo Uslar, la mayor parte de las descripciones de Boves lo hacen aparecer como un hombre guapo con los rasgos y tallas que describimos.

por nada la casona solariega y la madre se empleó de sirvienta en casa de sus iguales. A los once años ingresó al Instituto Real de Oviedo, como mandadero que se paga sus estudios, y luego de cuatro años de humillaciones se graduó de piloto.[5] La necesidad y la falta de algo mejor lo aventó hacia Puerto Cabello, una plaza podrida en medio de una marisma negra. Al principio todo marchó bien. Su patrono, Don Lorenzo Joves, asturiano y amigo de su familia lo tomó bajo su protección hasta que lo hizo guardamarinas de Su Majestad, lo que era muy importante en aquel pueblo aplastado por el vaho de sus pantanos y un aburrimiento trepador. Pero un día vino el diablo y arrasó con todo. Se encontraba el mozo orondo de su esfuerzo y de la dignidad rescatada, cuando una carta gris le participó que Teresa, la hermana mayor, ya con tres meses encinta, se había ido a vivir con el abacero con quien tenía cuenta. Abruptamente, la madre le dijo

lo que tenía que decirle: lo que enviaba José Tomás no era suficiente para mantener honestas a las hembras de la familia.[6]

---

5 José Tomás Boves nació en Oviedo en 1782. Su padre era ciertamente un hidalgo de gotera, siendo su madre una inclusera. Tenía también dos hermanas. Estudió para guardamarina en la recién fundada Academia de Gijón. Llegó a Venezuela a los dieciséis años graduado de piloto. Es también histórico que don Lorenzo Joves, un asturiano en Puerto Cabello, fue su protector (Juan Vicente González Valdivieso, Bermúdez de Castro). La semblanza del padre de Boves es fantasía del autor. Idem que lo llamaran El Urogallo.

6 Es rigurosamente histórico, y abundan los testimonios (Bermúdez de Castro, Valdivieso Montaño), que Boves fue un hijo amantísimo, que remitía puntualmente a su madre buena parte de su paga, tanto desde sus tiempos de guardamarina, como en los años posteriores en que le sonreiría la fortuna.

A los once años entra al Real Instituto Asturiano, recién inaugurado. Es una primera promoción de sesenta alumnos para seguir el curso de pilotín (1794). Termina sus estudios en 1798 a los dieciséis años de edad. Durante sus estudios se le describe como aplicado, de buena conducta, respetuoso y muy trabajador. Dice uno de sus profesores (citado por Uslar, pág. 85) que tuvo siempre las mejores calificaciones, destacándose por su aplicación y talento, y que asistía a la Cátedra con toda puntualidad. Apenas sale del Instituto, gana por oposición la plaza de segundo piloto en un barco que viajaba por el Mediterráneo. Parte hacia América entre 1798 y 1799. Según Uslar, al poco tiempo de llegar a Venezuela y de haber piloteado un barco mercante, aparece como guardacostas. Seducido por los contrabandistas —según Ducodray Holstein— su probidad no resistió la oferta de estos señores y en lugar de ser un obstáculo para ellos, se aplicó a protegerlos por todos los medios (pág. 87). De acuerdo al Regente Heredia en 1803 (a los veintiún años) está radicado en La Guayra y hace de pilotín. Al poco tiempo es procesado y condenado a ocho años de presidio (1804) (Memorias sobre la Revolución Venezolana, pág. 237). Gracias a la intervención de don Lorenzo Joves, acaudalado asturiano, amigo y protector de Boves, logra que se le permute la condena en el Castillo de Puerto Cabello, donde estuvo recluido algún tiempo, por confinamiento en los llanos guariqueños o de Calabozo. Algunos historiadores sostienen, en tanto que otros lo niegan, que inicialmente se apellidaba Rodríguez Boves, pero avergonzado de su crimen se denominó Boves en lo sucesivo.

¿Qué lleva a este joven ejemplar de veintidós años, de quien el Regidor Perpetuo de Gijón, don Eugenio García Sala y Valdés afirma: «El citado José Tomás, fue durante su juventud modelo de hijos, sin vicio alguno, obediente, sumiso, apacible, tanto en los estudios como en el servicio» a delinquir? Prosigue el declarante: «Era querido de sus superiores y marineros; enviaba a su madre la mayor parte de su soldada, quedándose con lo preciso para vivir» (Bermúdez de Castro, Boves o el León de los Llanos, pág. 114).

Nunca se caracterizó por la codicia. La totalidad del producto de los cuantiosos saqueos lo repartía entre sus hombres; cuando pensó casarse con Inés Corrales, dirigía humildes cartas a viejos deudores, reclamándoles sus pertenencias. Su último regalo a su madre fueron seis fanegas de cacao (una suma que no excedía los doscientos pesos).

En 1822 agita en el Perú un sobrino de Boves, llamado José Boves. Sólo dos hermanas tenía el caudillo y en situación de gran pobreza. Me pregunto: ¿por qué había de llamarse Boves el hijo de su hermana? De estar legítimamente casada hubiese tenido el hijo otro apellido, que a la vez aparece desposeído de la nobiliaria partícula de. ¿Hasta donde la licencia literaria nos permite suponer el drama que planteamos más adelante? La hermana, seducida y preñada por obra de la miseria, ha sido un factor muy frecuente de desquiciamiento en la vida de españoles e hispanoamericanos, y en particular si son de condición hidalga. Como para descartar como fantasiosa esta posibilidad, que con todas las salvedades luce como verosímil para explicar el arrebatado cambio que se opera en este mozo, tenido

Ese mismo día el guardamarinas decidió, de una vez por todas, acceder a la propuesta de Manuelote. Desde hacía meses el contrabandista lo venía tentando para que depusiera su vigilancia y dejase entrar por los lados de Patanemo, una goleta de seda procedente de Curazao y un falucho de queso procedente de Aruba.[7] De un vistazo se hizo su cómplice y en la primera noche sin luna se le fue la murria al muchacho y un fiel guardiamarina a Su Majestad. Los beneficios, en menos de un año, fueron superiores a los cálculos de Manuelote, hasta el punto que José Tomás decidió piratear por cuenta propia. Ahí fue donde conoció a Rosaliano, el pulpero.

Durante tres meses los negocios funcionaron sin contratiempo. José Tomás desembarcaba en la madrugada por los lados de Borburata y hasta la salida del sol arreaba las muías con su cargamento hasta la Cumbre, donde los esperaba Rosaliano. A la noche siguiente el zambo proseguía el viaje hasta los valles de Aragua donde distribuía la mercancía.

José Tomás iba abstraído en sus recuerdos cuando una voz crujiente lo sacó de su ensimismamiento:

—¡Ah! José Tomás... ¿Cuándo saliste de la cárcel?

Sus ojos adormilados se volvieron rendijas cuando apuntaron hacia el bulto indefinido que lo llamaba entre brumas. Al reconocer a Remigio, se le abrió violenta la sospecha. Él fue quien los delató a la

---

por todos como bueno y apacible, sería interesante que nuestros investigadores determinaran el origen de este extraño sobrino a quien Sucre derrota en la batalla de Yacuancuer (Valdivieso, pág. 22). Nosotros, por el momento, lo incorporaremos al relato.

7 Curazao, Bonaire y Aruba, son antillas muy próximas a las costas de Venezuela y a un día de navegación de Puerto Cabello. Desde 1634, en que fueron conquistadas por los holandeses, han sido fuente de constante tráfico y contrabando.

guardia. Nunca le había gustado Remigio. Era muy zalamero para ser tan zambo. Por eso lo miró largo y profundo desde que le vio la cara amarillenta veteada de rojo por el amanecer como guayaba pintona. Tenía un falso alborozo culpable. Los ojos exhalaban un miedo gris mientras la boca fofa tenía la tonta tiesura de los pargos muertos. José Tomás le midió el desconcierto y le vio la traición perfilarse de pronto como veía en sus tiempos de marino formarse las tempestades en los cielos claros. Ver más allá de lo aparente era un don que tenía desde niño. Siempre supo cuándo empezaba la furia de los hombres y de las tormentas.

Remigio tomó el caballo por las riendas y untuoso, como siempre, le espetó al muchacho:

—¡Pero chico, qué desmejorado estás... qué buena vaina esa...!

José Tomás lo miró con ira. De buena gana le habría sacado a golpes la confesión, pero él era tan sólo un preso camino de otro presidio y tuvo miedo. Por eso se dejó abrazar, alabar y bendecir, mientras le medía el gesto, el brillo de los ojos y el tono de la voz.

Cuando el hombre se sacó de la faja tres morocotas y se las ofreció en la palma abierta, estuvo a punto de acuchillarlo. Por eso desvió la conversación hacia María Trinidad, la concubina del ventero, una mulata ágil y concitante que se le aparecía cada vez que llegaba a la cima, abierta y vetusta como palma viajera.

—¿Y cómo está María Trinidad? —preguntó José Tomás, dándole a su voz un acento cálido y tintineante de santero.

—Sin novedad, chico... sin novedad... Lo que se va a alegrar cuanto te vea, porque me imagino que te irás a echar una paradita en la Hacienda...

Los ojos de tigre del asturiano brillaron con regocijo.

—Claro que sí —dejó caer con reticencia, mientras el otro se alegraba al descubrir cómo se le aliviaba el rostro al preso. Como si tuviese conciencia de lo que pensaba el otro añadió menestral:

—Si no fuera porque hoy en la mañana tengo que ir al registro me devolvería contigo, pero espérame allá que antes de la noche vuelvo.

3

Diego Jalón

José Tomás, camino de la casa de Remigio, sigue desandando su huella.

Llegó a Venezuela en junio del 99 en la misma fragata que venía Humboldt. Tenía quince años y una estatura de mozo veinteañero.[8]

Cómo le impresionó La Guayra[9], aquel pueblecito en todo el borde de la montaña que hacía maromas para no caerse al mar.

Antes de despedirse en Cumaná, Humboldt le previno contra las bubas y purgaciones que padecen la mayor parte de las mujeres de América. Pero no le hizo caso, y por muchos meses hubo de tratarle el doctor Juliac, un negrito muy sabido que estudió medicina en Montpelier.

---

8 El barón de Humboldt llegó a Venezuela en 1799. Boves arribó, muy posiblemente, ese mismo año. No es inverosímil el que hubiesen viajado juntos (Viaje a las Regiones Equinocciales).

9 Puerto más cercano a Caracas. Para la época tenía 3000 habitantes (Depons, obra citada).

Ese mismo año habían ejecutado al traidor José María España.[10] Su cabeza, frita en aceite, se exhibía a las puertas de La Guayra en una jaula de hierro. A pocas varas un negro con aspecto de mandril vendía pirulís. Las moscas volaban continuamente de los caramelos al despojo.

En ese mismo viaje venía Diego Jalón, un muchacho de la misma edad, pero más pretencioso que un bachiller en cánones. En aquella época era un adolescente de modales decididos y de mirada imprecisa. Tenía la figura menuda, los ojos fiebrosos del señorito andaluz y la pedantería redonda del aristócrata venido a menos. Desde que abordó la fragata en Gijón, hizo sentir su preeminencia. Al capitán, un sencillote hombre de mar que había sido amigo de su padre, le dejó frío el recuerdo, y a José Tomás le midió el saludo con tres contorsiones del bigotillo fino. El tiempo y la soledad unieron, sin embargo, lo que nunca debió unirse. Llegaron a la misma posada y compartieron la misma habitación. Juntos se consolaron de la pérdida de sus hogares y juntos le dieron vuelta a las muchachas casaderas de la vecindad.

Diego, sin embargo, era de esas naturalezas donde el tiempo y lo vivido en común no dejan huella. Cuando José Tomás fue encarcelado, Diego renegó de su amistad como judío converso de la fiesta del sábado, y un día que se lo tropezó frente por frente en el hornabeque le volvió la espalda en un decidido gesto de desprecio y olvido.[11]

José Tomás sintió miedo ante el recuerdo de Diego y conjuró la sombra cálida y reconfortable de su amigo Juan Palacios.

---

10 Histórico (ver Juan Vicente González, *José Félix Ribas*).

11 Personaje histórico. Su caracterología es ficción del autor.

4

Juan Palacios

Juan Palacios era un negro bullicioso y refistolero que decía confiado:

—Antes de seis meses salgo. ¿Quién ha visto que zambo es gente? Negro en cárcel es real perdido, contimás si ese negro es Juan Palacios. ¿Quién si no yo le doma al amo los caballos más cerreros? ¿Quién es el negro que monta más negras en todo Barlovento? Más de cinco mil reales le he hecho yo ganar al amo montándole a sus negras. Cuaj, cuaj —terminaba entre carcajadas el negro Juan Palacios—. Por eso tú te vas a creer que me van a dejar podrir en el Castillo, y todo porque le metí la chicura a un zambo tan feo como Evaristo. ¡Qué va, mijo!... Blanco es blanco y él va a lo suyo, y lo suyo es real ¡Qué les va a importar a ellos un negro zambo de más o de menos!

Juan Palacios era la alegría del Castillo. Siempre estaba de buen humor. Siempre era optimista y confiado. Era buen compañero, burlón y descreído.

—No te preocupes, José Tomás, —le comentaba paternal— que muy pronto saldrás. Anoche, mientras fumaba el tabaco, lo vi muy claro. Hay un viejito largo y flaco, con cara de tucuso birriondo, que no te desampara.

El muchacho no pudo menos que reírse a carcajadas de las dotes adivinatorias de Juan Palacios y la evocación que hacía de su patrón, Don Lorenzo Joves.

—Como también digo, chico, que serás un hombre muy famoso. ¡Uh, qué gentío! —continuaba el negro entre alucinado y burlón—. Veo mucha plata, gente... Pero Dios mío, ¿por qué tanta sangre? No, esto no puede ser —afirmaba conciliador Juan Palacios—, es que este tabaco es muy malo, o seguro que me cayó peor que nunca el funche del cuartel. Yo lo único que te puedo decir, para cambiar de suerte, es que serás un gran hombre, y como este negro no es zoquete me meto en esa rifa. ¿Por qué crees tú que te consiento como si fuera tu madre? ¡Qué va, oh! Yo no hago malos negocios... Cuaj... cuaj...

El corrillo que los rodeaba reía también. Uno de los presos, un español macilento, de voz ceceante y amanerada, que hacía lo indecible por ganarse la simpatía de Juan Palacios, le preguntó al negro:

—¿Y a mí qué me ves, negro adivinador?

Juan Palacios, sin levantar la cara y poniéndose bruscamente serio, dejó caer con desgana:

—Usted será siempre un pendejo...

Juan Palacios, era un negro insolente e impredecible. Risueño la mayor parte de las veces, otras, amargo como un profeta.

—Algún día nos tocará a los negros, José Tomás, ya verás... ya verás... Lo que pasó en Coro, hace diez años, es apenas el primer soplido de un gran ventarrón. Porque no es posible que en el mundo haya esclavos mientras otros viven repantigaos. Dios hizo a todos los hombres iguales y hay hasta quien dice, como refería el finado Leonardo Chirinos, que nosotros éramos mejores.[12]

«¿Tú crees —le interpeló con voz grave a José Tomás—, que estos blanquitos de papelón hubieran soportado los malos tratos que hemos aguantado los negros? Nosotros, con todas las vainas que nos echan, somos fuertes, alegres y tiradores como las cabras del monte y algún día nos tocará la nuestra. Viviremos para verlo, José Tomás, viviremos para verlo.

Un murciélago revoloteó en el calabozo.

—¡Zape, bicho!— gritaron al unísono todos los presos mientras hacían la guiña.

Juan Palacios, contrariado, le comentó a José Tomás en voz alta:

—Yo no sé por qué esos pendejos le tienen miedo a los murciélagos. Esa es un alma amiga que viene a avisar mi libertad. Pronto me iré, muchachos. Si tienen algún encargo no tienen sino que pedir — añadió burlón, mientras una sonrisa escéptica se abultaba en los labios de todos.

Esa noche retumbó el tambor a todo lo largo de la Costa Maya.

—Mañana es la noche de San Juan —dijo Juan Palacios—. Mañana le «juye» a los curas que lo tienen preso todo el año y se va a bañar al río. Porque San Juan es un santo negro que se lo cogieron los curas —añadió con sus inmensos dientes de fabulista.

A Juan Palacios se le ponía la cara chiquita cuando recordaba aquellos bailes convulsos de los negros anunciando el arribo de San

---

12 En 1797, los esclavos de Coro, capitaneados por el zambo José Leonardo Chirinos, se insurreccionaron contra sus amos haciendo gran matanza entre ellos. El cabecilla, vencida la rebelión, fue ejecutado (Pedro Manuel Arcaya, Estudio sobre Personajes y Hechos de la Historia Venezolana).

Juan, y pensaba en Teresa, sudada y exhausta en medio de la arboleda, entre lechuzas insomnes y olor a fruta podrida.

—Ah malhaya quién pudiera salir de este calabozo— rezongó el negro con un suspiro mientras se acariciaba los grillos.

Al día siguiente Juan Palacios desapareció del Castillo. A la media noche se oyeron tiros y el toque de rebato. El prófugo intentó cruzar a nado el largo trecho que lo separa de Playa Blanca. Días más tarde se encontraron unos pantalones color de sangre llenos de sangre verdadera. Nunca se encontró el cadáver. Pero Playa Blanca tiene demasiada resaca, manglares y tiburones.

El día antes le había referido a José Tomás:

—Esto ya va para largo. Al viejito Ascanio como que no le hace falta su negro. Yo como que me pinto. — Con esa mirada penetrante que tenía a veces, añadió—: Tú serás un gran hombre, José Tomás, aunque lo pagarás muy caro, y yo también por andar contigo.

5

María Trinidad

José Tomás se encogió febricitante ante el recuerdo del negro y decidió pensar en términos de venganza cuando divisó a media legua el techo de «La Esperanza», la hacienda de Remigio.

Ya la bestia se abre paso por el camino enlosado del patio de la hacienda, cuando una mujer verdosa y esbelta como un papiro, grita sin poder contenerse mientras le sale corriendo al paso:

—¡José Tomás! ¡Qué alegría verte!

Es María Trinidad, la mujer del zambo. Los ojos le centellean de deseo y los labios se entreabren como pomarrosa quebrada.

No hubo necesidad de más. Sin decirse una palabra, tomados de la mano y andando de prisa como si lloviera, el hombre y la mujer se precipitaron cachondos hacia la cama de Remigio. Y ahí, con las puertas y ventanas abiertas, con el canto de los pájaros y el rastrillar de los esclavos en el patio de enfrente, José Tomás tomó cumplida venganza a diez meses de tardes frías.

6

Calabozo

José Tomás amó a Calabozo desde el momento mismo en que divisó sus cúpulas batidas por el sol mañanero.

Luego de ponerse a disposición de la autoridades, que lo recibieron como alumno pobre de internado rico, su primera visita fue para don Juan Corrales, para quien traía cartas de presentación de don Lorenzo Joves.[13]

Desde el primer momento simpatizaron el joven y el hacendado. Era don Juan Corrales un hombre de mediana edad, estatura y grosor y una rotunda simpatía. Cuando don Juan puso a la orden su casa, José Tomás, melindroso, se apresuró a aclararle su condición de prisionero, a lo que respondió el mantuano:

—No te preocupes, chico, que la mitad de la gente de esta villa tiene tu mismo origen, sea por méritos propios o de sus antepasados.

---

13 Es histórico el personaje Corrales, aunque el nombre de Juan no sea el verdadero (ausencia de información).

¿Por qué crees que le pusieron a este pueblo un nombre semejante?[14] Si algún mérito tienen los españoles es de llamar a lo cosas por su nombre. Trabaja, que ya tienes cuatro mil pesos; si te va bien nadie te recordará que una vez cambiaste el calabozo por Calabozo; si te va mal te fuñes, aunque seas sobrino del Arzobispo y tengas medio siglo de existencia honrada. Si alguna ventaja tenemos los criollos frente a ustedes los españoles, es la de creer que lo que más vale en este mundo es la plata que se tenga, y lo que cuenta no es cómo la hiciste sino lo que tienes al final.

Siguiendo los consejos del hacendado, José Tomás invirtió sus bienes en una casa de comercio o pulpería grande que compró a una viuda y un hato a bajo precio que adquirió por los lados del Rastro. Dos años más tarde había duplicado su capital, y para comienzos de 1810 era uno de los más prósperos comerciantes del Alto Llano.

Su casa de comercio, su casa matriz, como decía con satisfacción, era lo mejor de la ciudad. El negocio de caballos, que conocía a fondo, daba pingües dividendos; se los compraba a los llaneros de Guayabal, Camaguán o Corozopando y los vendía en Valencia, San Sebastián o Cagua.[15]

De su ancestro astur no quedaba nada. Hablaba y vestía como criollo. Había que ver a José Tomás en un parrando. No había quien le diera lo vuelto en el escobilleo, ni mozo que le llevara la delantera en la jarana. Lástima que tuviera tan mala bebida. A veces, sin que

---

14 Aunque nunca he escuchado que éste sea el origen de Calabozo, me parece verosímil lo que afirma Juan Corrales.

15 Es cierto que en vísperas de la Independencia, José Tomás Boves era un hombre de holgada posición, que hizo su pequeña fortuna como pulpero (abacero) y tratante de caballos (ver Boves o el León de los Llanos de Luis Bermúdez de Castro. Espasa-Calpe, 1934).

se le pudiera echar la culpa al torco o al lavagallo, o a quien hubiera bebido de más o de menos José Tomás, sombrío, tramontaba la cuesta. Entonces sus ojos, que de ordinario eran claros y brillantes como los de un tigre harto, tomaban los destellos de un tigre herido. Era el momento en que maldecía e increpaba a la gente. Y lloraba y rabiaba hasta caer exánime, porque cuando bebía le volvía como un fresco trágico: Puerto Cabello y el Castillo y don Lorenzo y se le revolvía hasta el fondo la amargura, porque no podía olvidar la cara que le puso el mundo cuando salió del presidio.

En el día escaso que pasó en el Puerto lo aventaron de escarnio como a Judas en Cuaresma; la primera se la hizo Ño Eustaquio, el dueño de la posada a donde llegó mozo cinco años antes. Con su voz clara y alegre de clarín le gritó al posadero desde que lo vio al fondo del patio:

—Épale, Ño Eustaquio... que aquí está su hijo mayor...

Pero no se movió el hombre que en ese momento estaba de espaldas y bebía agua del tinajero. Continuó sorbiendo con deleite glacial el agua fresca. No fue necesario más para que entendiera; pero por esa tendencia a morder el fuego que tienen los susceptibles, José Tomás insistió con el mismo tono jactancioso que siempre había empleado con la gente de bodegón:

—¡Ah, caraj!, ¿cómo que los años me lo han puesto sordo? —a tiempo que avanzaba hacia el hombre con paso decidido.

Pero lo más que logró fue que Eustaquio girase medio cuerpo y le dijese frío y preciso como gota de tinajero:

—Lo siento, José Tomás... pero ya te alquilé la pieza...

En el trayecto que mediaba a la casa de don Lorenzo, tres grupos de amigos y conocidos se disolvieron al verlo, y una voz de niño en falsete le gritó desde la esquina:

—Ese preso que se ponga los grillos.

así fue en todas partes. Esa noche, la última que habría de pasar en Puerto Cabello, se pasó la velada en la playa, con los ojos desorbitados sobre la bahía, cavilando sobre los hombres. Sentado en la arena y con broncos gemidos de preso se quedó dormido, hasta que las primeras luces del amanecer lo impulsaron a tomar camino.

Por eso José Tomás juró no volver jamás a Puerto Cabello aunque fuese el puerto más indicado para exportar sus mercancías. Prefería llegarse hasta Puerto Píritu, en la provincia de Barcelona, antes que pisar la ciudad que cobijara sus primeros tiempos en Venezuela.

Deseoso de borrar en lo posible sus ataduras con el pasado, decidió utilizar de ahí en adelante su segundo apellido, Boves, y renunciar al Rodríguez; pero no pudo olvidar. La voz de los caminantes le traía siempre noticias que lo hacían recordar y sufrir. Así supo la muerte de don Lorenzo y el encumbramiento de Diego Jalón.

El mal compañero de sus mocedades ha prosperado. En Barquisimeto es un personaje a quien todo el mundo aclama y respeta. Es coronel de artillería y está comprometido con una de las damas más empingorotadas de la ciudad. Esto es lo que más le envidia José Tomás a Diego: su éxito con las mujeres distinguidas.

7

Era un hombre rudo

—Es que tú eres muy rudo y chabacano —le explicaba en cierta ocasión el mismo Jalón— Con las mujeres finas hay que ser insinuante y no directo; interesado pero no ansioso; cortés pero no pegostoso. Te falta clase, chico, indiscutiblemente. Y eso, desgraciadamente, ni se aprende ni se vende en botica.

Mostrándole a José Tomás sus manos y sus pies, le observaba: —Aquí tienes la prueba de mi linaje. Muchas generaciones de hombres que no han realizado labores manuales me preceden. Manos y pies pequeños y este perfil donde no falta ni sobra nada son la única garantía de nobleza. En cambio, ¿cuándo has visto tú un verdadero señorito con esas manazas de leñador y esas patotas de labriego? Patán viene de patón, y en ti hay por lo menos cinco generaciones de gente descalza. Por eso no puedes ser noble, mi querido amigo, ni encontrarás quien te quiera.

José Tomás salía de esas discusiones de tono impenitente hecho una furia. Se acordaba de sus aristocráticos compañeros del Instituto, que con excepción de un muchacho llamado Tomás Boada, huérfano de un práctico del muelle, todos, por pertenecer a la nobleza local se creían con derecho a ser crueles y desdeñosos con el muchacho. José Tomás, sin embargo, se identificaba con la fuerza agresora: por el encumbrado y lejano abolengo de su padre desarrolló siempre la secreta ambición de alcanzar el nivel de privilegio de sus ofensores. Como tenía buen plantaje siempre pensó que un braguetazo bien puesto, como los que ofrecía a los españoles la nobleza criolla, era una posibilidad no desdeñable.

Pero no había comunicación entre las muchachas distinguidas de la oligarquía colonial y aquel marino asturiano con aspecto de oso bailador.

Probablemente le recordaban a sus compañeros de la Academia y un trasfondo de orgullo lastimado cortaba la relación que prometía ser profunda. Eran muchachas banales y aburridas que se asomaban a los mozos de la Península como si fueran pozos de donde sacar linajes y escudos.

Por eso fruncían los labios cuando José Tomás contaba que a su padre lo llamaban el Urogallo, porque una vez borracho no vio venir la puñalada trapera de un marido celoso, o que su madre, además de haber sido sirvienta, nació inclusera.

por eso al poco tiempo José Tomás cesó de ser un partido para las muchachas casaderas de Puerto Cabello. Dejaron de invitarlo, le enfriaron el saludo y finalmente se lo suspendieron por completo, lo cual sirvió para que Diego le dijese con regocijo:

—Ahí tienes los resultados de tu franqueza estúpida. La gente no vale por lo que es sino por lo que parece y como la humanidad divide por la mitad lo que uno aparenta ser, yo, cuando hablo de mí, multiplico por cuatro.

8

Pulperos y mantuanos

En San Sebastián de los Reyes tuvo sin embargo una novia mantuana; se llamaba Magdalena Zarrasqueta y era una muchacha bonita, sin rasgos especiales, salvo la de ser hija de don Domingo Zarrasqueta, uno de los mantuanos más ricos y respetados de la región.[16]

Era un hombre de unos sesenta años, flaco, cenceño y de modales ariscos, que accedió al noviazgo sin entusiasmo y mucha reticencia luego de enterarse que tenía negocios en Calabozo. De haber sabido que el novio de su hija tenía una pulpería habría negado su consentimiento.

Para los mantuanos, la profesión de pulpero era desdeñable. Eso no lo sabía José Tomás, por eso no percibió aquella discreta distancia que los mantuanos de Calabozo le oponían, ya que para ellos José Tomás no era más que un convicto con suerte, a quien se le podía

---

16 Históricos ambos personajes y la relación que establecemos con Boves (ver de Juan Uslar Pietri, La Rebelión Popular de 1814).

beber el aguardiente a mediodía o permitir que se sentara en uno de los corrillos de la plaza, para aprobar entusiasta lo que dijera uno de esos filósofos de la Ranura, como el juez José Ignacio Briceño o el Padre Llamozas.[17]

Un día un viejo sibilino le dijo la verdad:

—¿Tú sabes lo que dicen los mantuanos de Calabozo? Que bien pendejo eres tú si pretendes igualárteles. Que tú no eres más que un pirata degradado a pulpero y que te falta mucho pujo para alcanzarlos.

En un principio sintió más vergüenza que rencor, y luego más odio que resentimiento. Comprendió de pronto la miseria que había en su empeño de ingresar a un mundo que negaba su esencia; como también descubrió en aquel momento que él no había hablado nunca ni que jamás hablaría el lenguaje de aquellos hombres. Su lenguaje procedía y venía de los arrabales, de los bajos fondos de Oviedo, de los muelles de Gijón y de Puerto Cabello, de las pulperías camineras y de las posadas de pueblo. El sólo se sentía a sus anchas entre marineros soeces, pardos resentidos y negros bullangueros. Entonces sí se sentía libre y gozoso. Entonces sí era él mismo. Entonces su palabra resonaba como un trino claro y la oían y celebraban los hombres entre carcajadas o réplicas doloridas. Por eso agradeció el chisme con una sonrisa amarga, y montando de un salto sobre su caballo galopó posesivo hasta que derritió la bestia en la llanura.

---

17 Históricos ambos personajes. (Valdivieso Montaño.)

Capítulo II
Los mantuanos

9

El Conde de la Granja

Luminoso y sombrío se yergue el Ávila visto desde «Las Mercedes». Don Fernando Ascanio, Conde de la Granja, marcha al pasitrote, camino de la casa grande, mientras a cada lado del camino verdeguea la caña. Es un hombre de unos sesenta años, mediana estatura y perfil romano. Su aspecto es intencionalmente burlón, incomprensiblemente sarcástico. Saluda a sus pisatarios con la reticencia cómplice del que comparte un secreto.

—Adiós Evaristo. ¿Cómo está la cosa aquélla?

—Adiós Bertolda. ¿Te estás portando bien?

Bertolda vive en concubinato, desde hace cuatro años, con Zacarías, uno de los caporales de don Fernando; pero ni la mulata, ni el conde, ni el caporal le paran mientes al hecho de que el hacendado haga uso de la mujer cada vez que lo te quiera. Son derechos consagrados por la tradición que nadie discute.

Don Fernando es un verdadero padrote o un capitán fundador de la Conquista. No hay negra buena, y mucho menos mulata que estos últimos cuarenta y cinco años haya pasado por Las Mercedes sin merecer su atención. Reconocidos, tiene más de treinta hijos. A veces son fáciles de distinguir: tienen el pelo rubio como crespón de infamia sobre la carne prieta y las facciones burdas. Algunos son negros retintos con los ojos azules.

Don Fernando prosigue su cabalgata por el camino polvoriento y ocre donde corretean los matos y las lagartijas. A su lado va un mulato joven y bien parecido a quien llaman Andrés Machado.

Con sonrisa de iguana le apunta el aristócrata:

—Fría que está la mañana.

—Sí, mi amo —consintió el mozo—. Si el tiempo sigue así, vamos a poder sembrar café.

—No digas tonterías, Andrés, porque te ponen un rabo. ¿Cuándo has visto tú café con este solazo?

El mulato, contrariado, se mordió los labios finos. Andrés se encrespaba fácilmente. Tenía un trasfondo irritable y susceptible que sobre nabada al menor roce. Don Fernando disfrutaba particularmente al molestarle.

—¿Por qué tú eres tan bravo, muchacho del cipote? Un día de estos te vas a reventar.

—Yo no soy bravo, mi amo, ¿quién lo ha dicho? A mí lo que no me gusta es que me falten los respetos —observa con reticencia mientras eleva el torso a todo lo alto de su cabalgadura.[18]

El Conde de la Granja guardó silencio recordando la bochornosa escena del día anterior en que su hijo José María trató de forzar a

18 Históricos de la Granja y Machado. Manuel es el verdadero nombre de Andrés Machado. Fernando Ascanio, nacido en Caracas el 21 de abril de 1754 y 4° Conde de la Granja, murió soltero. Por consiguiente es licencia del autor su matrimonio con la ficticia Doñana.

Tomasa, la hermana del mayordomo. ¡Cómo aullaba la muchacha huyendo de su hijo!, ¡qué zaperoco! El porrón de la entrada quedó destrozado. Don Fernando se reía entre dientes rememorando el cuadro. La verdad que estuvo muy mal hecho. Con tanta negra suelta, irse a meter con las sirvientas de adentro no está bien; pero la verdad sea dicha, que esa mulatica está de maravilla y José María tiene 16 años. Además, hijo de tigre sale pintado. A los quince años él hacía lo mismo. Es mejor eso a que me vaya a salir marico. Eso es lo que no comprende este negro pendejo. Como dice el dicho: —mujer y hombre son fuego y estopa... Pero Andrés Machado no es ni candela ni estopa. Hasta ahora nadie le ha conocido mujer y ya va para tres años los que tiene en la Hacienda. Si no fuera por lo macho que es, porque en eso no hay quien le dé lo vuelto a la hora de un lance, se diría que es marico. Pero marico no se faja él solo contra dos hombres armados como sucedió aquella vez en que dos bandoleros lo asaltaron en el camino de Petaquite. A uno le saltó la cabeza de un solo machetazo y el otro salió mal herido monte adentro. Marico no hace eso —seguía en su soliloquio Don Fernando Ascanio, Conde de la Granja.

10

«La negra en el cepo»

Una negra está en el cepo, su avanzado estado de gravidez hace más penosa la posición. La rodea un corro de esclavos silenciosos y tristes.

—Pero mujer de Dios, ¿por qué hiciste eso? —le inquiere con voz atropellada una negra gorda.

La mujer no responde, blanquea los ojos como si fuera a desmayarse, los labios están resecos. La mano temblona le acerca una totuma a la boca.

—Mejor la dejas quieta, Sinforosa, si no quieres tú también llevar —le advierte el caporal, un zambo de cara asimétrica, que vigila a la prisionera.

El sol comienza a calentar la mañana fría. Una paraulata canta en la trinitaria que envuelve la casa grande. El Ávila se despereza entre las nubes, huele a yerba buena y a bosta de vaca. Dos caballos se acercan al galope. Son Don Fernando y su mayordomo.

—Ahí está el amo —dice una voz amaestrada para servir.

Los cascos de los caballos sacan chispas al enlosado del patio. Los negros se acercan a besar el estribo. Don Fernando, arzobispal, se deja hacer. Sin bajar de la cabalgadura se acerca al cepo. Un relámpago de júbilo campea en su cara ahuecada.

—Ajá, ¿conque creías que no te íbamos a agarrar?

La negra gorda que aptes intentó darle de beber a la prisionera se arrodilla frente a don Fernando.

—Perdónela, mi amo, ella no tuvo la culpa, sino el bicho ése de Juan Palacios.

La negra del cepo abre los ojos atormentados. La evocación de su hombre hace de cirineo a los grilletes. Casi sonríe. Lo ve grandote y reilón, siseándola desde los cañaverales.

—Vente pa acá, mi negra zambullidora, pa que se te quiten las penas —le decía saltarín cuando la tentaba como un diablo de acequia.

Ella, al principio, no hacía caso. Pero luego se dejó hacer. Todas las mañanas se encontraban al lado de la vaquera abandonada. Un momento apenas, pero el suficiente para salir preñada. Un día, ésa fue la mala hora, les salió al paso Evaristo el mayordomo. Se les vino encima gritándoles:

—¡Sinvergüenza!..., ¡negra puta!...

Un latigazo le dio en la espalda a Teresa. A Juan Palacios se le alebrestó el ánima. No se supo ni dónde ni cuándo sucedió todo. Cuando vinieron a darse cuenta, Evaristo boqueaba con una chícura en el gaznate.

—Coge el monte, mi amor —fue lo único que pudo decir la negra.

Por dos meses lo buscaron por todas partes. Ni sombra de Juan Palacios. Un día Teresa sintió un siseo en la espesura; se dio vuelta y no pudo creer lo que veía. Juan Palacios le hacía señas, sonriente, con su inmensa cara negra y su lengua rojiza. Escaparon de la hacienda esa misma noche. Después de tres días de marcha llegaron a Birongo, en un pueblo de brujos, en el mero Barlovento.[19]

—Aquí nadie nos conoce, mija. Mientras tanto iremos viviendo.

Con sus propias manos hizo un ranchito en lo alto de un cerro. Con sus propias manos sembró un conuco y se robó un cochino. La barriga de Teresa, entretanto, crecía.

Un día Juan Palacios no volvió. Pasó un día y pasó otro. A la negra Teresa el corazón le palpitó diferente.

Ya presentía que algo malo había sucedido. Días antes estuvo la pavita cantando toda la noche encima del Ceibo.

Envuelta por malos presagios bajó al tercer día al pueblo. Al principio los vecinos nada le dijeron. La veían con sus ojos turbios de «cimarrones» y seguían impasibles sin decirle nada, Al fin alguien le reveló lo presentido:

—Se lo llevaron, mija, hace tres días. Vino una comisión, lo reconocieron y lo maniataron... Pero si te hace falta hombre, aquí sobran... Si quieres yo te puedo servir —le dijo un negro alto, mientras le enseñaba los dientes como semilla de coco. Teresa dio por no oída la propuesta. Sin Juan Palacios y con barriga era mejor volver a la casa del amo. Con sus ocho meses a cuestas remontó el camino. Iba hacia Las Mercedes cuando llegando a Guarenas le agarró la comisión. Nadie le quiso creer que regresaba a la hacienda.

---

19 Región al este de Caracas, constituida inicial¬mente por valles en medio de la montaña y que terminan en una vasta llanura selvática que se extiende hasta el mar. Es tierra fecunda para diversos cultivos, y en particular el cacao. A causa del genocidio de la población indígena durante la conquista, fue poblada por esclavos negros, siendo por ello muy densa esta región en población de origen africano.

Ahora tenía delante al amo y el belfo de su caballo venteándole la cara.

—¿Conque Juan Palacios? —soplaba burlón el Conde de la Granja—. ¡Ah negro bien resabiao ése! Buen trabajador y sangre liviana. Lástima que se lo comieron los tiburones.

Teresa, al oír la noticia del amo, abrió sus grandes ojos negros, que brillaron enloquecidos.

Impasible, Don Fernando dijo dirigiéndose al caporal:

—Que le den veinte latigazos a la negra ésta.

—Pero mi amo —dijo una voz atormentada— si está preñada de ocho meses.

—Que le den. He dicho —repitió imperioso para aclarar luego—: como se hace con las preñadas.

Entre las cuatro estacas clavadas en el suelo como una cruz de San Andrés, colocan a la negra Teresa. Un hueco se abre en el medio para que le quepa el vientre recrecido. Los esclavos callan y se amontonan como chamiza mojada. Resuena el primer latigazo. Un ¡ay! leve que se quedó en el aire hace callar a los pájaros. Siguen cayendo los latigazos. La negra Teresa ya no se queja. La negra Teresa sonríe. La negra Teresa ya no siente. Se quedó muerta en el primer latigazo mientras soñaba que saltaba con Juan Palacios, su diablo luango por los caminos de Birongo.[20]

---

20 Esta escena es tomada del libro de Miguel Acosta Saignes *Vida de los Esclavos Negros en Venezuela.*

11

El mulato Machado

Repiquetea como marimba rota el caballo de Andrés Machado por las calles de Caracas. Erguido y vibrátil va el mulato. Su paso despierta expectación entre el mulerío. Es guapo el mulato, demasiado guapo para ser mayordomo. De no ser por el color más que oscuro de su piel y las encías color de obispo, tendría una belleza clásica: nariz recta, barba partida, frente espaciosa.

Hasta las mantuanas más encumbradas se dignan a veces mirarle con esa mirada imposible de la aberración presentida. El mulato Machado, sin embargo, permanece distante como un dios vivo. Jamás nadie pudo decir que en sus ojos brilló la lujuria, ni que correspondió con una mirada a aquel vocerío a sordina de hembras en celo. Una nube tempestuosa envuelve la bella faz del mayordomo: con su mirada, siempre sombría y centelleante, el gesto ceñudo y la palabra airada. No abre la boca sino para zaherir, para reclamar, para echar en cara un error y una imprecisión. No tiene amigos. No corresponde a la zalamería criolla de los hombres de su clase, no es amable con sus amigos, ni con los amigos de sus amos.

Sin embargo, nadie puede acusarte de falta de respeto, descortés o alzao. Si se trata de rendir pleitesía a aquellos mantuanos celosos de sus privilegios, como cederles el paso por la calle, descubrirse o darles el complicado tratamiento de Usía o de su Merced, Andrés Machado cumple a cabalidad, de no poder evitar el encuentro. Pero si puede escabullirse, que es lo comente, Andrés Machado se desliza furtivo como un gato huilón.

El mayordomo odia el mantuanaje tanto como a su propia gente. A los primeros los encuentra tontos y presuntuosos, e ineptos, falsos y arrastrados a los pardos. Son gente doble o triple que pertenecen a tres razas y no son parte de ninguna. Es una raza confusa que se debate en el dolor buscando un sentido a su existencia. Por eso Andrés Machado se siente inestable, múltiple y torturante en sus lealtades. Se indigna cuando ve a un pardo inclinarse ante los mantuanos con sonrisa de mendigo harto; pero lo que nunca sabe es si su indignación va dirigida al que se inclina o al que recibe el homenaje. Pueblo de mendigos y de explotadores —piensa el mulato—; si los de arriba supieran cuánto los odian los hombres como él, temblarían, pero si supieran lo débiles que son los de abajo, si supieran lo divididos que están en sus vanidades de disputarse las sobras, apretarían más las cadenas de la esclavitud y se reirían de los hombres como él. Andrés odia a los negros porque es la piel la parte de su cuerpo que más detesta.

—Si yo pudiera arrancarme el pellejo —se ha dicho más de una vez—. En mal momento mi padre se enamoró de mi madre, aquella mulata buena de la casa de los Ascanio. Andrés piensa en su madre y en el Conde de la Granja y una ocurrencia ansiosa lo sacude: «Era demasiado hermosa para que este viejo birriondo no la hubiese montado. ¿Y si fuera hijo del Conde de la Granja? Esa es la tragedia de todo mulato. Nunca saber si el hombre a quien sirve es su padre o es su hermano.»

12

«Doñana»

El mayordomo lleva un paquete en el brazo izquierdo. El caballo se detiene frente a una casa de ocho ventanas. A cuadra y media el reloj de la Catedral da las once. El portal abierto deja ver un amplio patio de arcadas con una fuente en el medio. Un pez de piedra, aburrido, escupe el agua. Es la casa solariega de don Fernando Ascanio, Conde de la Granja. Una figura gruesa de mujer, aparece en el umbral, la rodean cinco negras núbiles. Es doña Ana Clemencia de Blanco y Herrera, mejor conocida por Doñana. Desde el fondo de su inmenso manto aletean dos grandes ojos verdes y saltones y una faz abotagada.

La mujer del Conde de la Granja se detiene al ver a Machado. Una mala ocurrencia la hace empalidecer:

—¿Qué pasó, muchacho, qué pasó?... —Preguntó con angustia al percatarse de la inesperada presencia del mayordomo.

Andrés, sin ocultar la satisfacción que le producía la ansiedad de su ama, avanzó hasta ella mostrándole el bulto que traía en las manos:

—Aquí le manda Usía...

En ese momento el llanto de un recién nacido estalló en el zaguán. Las cinco esclavas, como periquitas caseras, bulleron alrededor de Doñana.

¿Y esto qué es, Andrés Machado? —exclamó la mujer entre asqueada y sorprendida.

—Un accidente que hubo esta mañana en Las Mercedes. La madre murió y el amo quiere que lo críen en la casa.

Doñana tuvo un dejo de reproche. Vaciló un momento y añadió:

—Este Fernando y sus cosas. Anda Santiaga, entrégaselo a Juana la Poncha y apúrate que vamos a llegar tarde a misa.

Dicho esto se alejó por la calle mayor, con paso lento, macizo, rodeada por sus negras, como un bongo de guerra seguido por sus flecheras.

Andrés Machado se la quedó mirando con esos extraños ojos suyos, donde jugaban gárgaro malojo el odio y la melancolía. Pensó en el negrito, que él con su propia mano había sacado del vientre de Teresa. Mientras todos bisbiseaban con espanto lo sucedido, Andrés, sin perder tiempo, rápido, silencioso, como hacía él las cosas, tomó un cuchillo y le rasgó el vientre a la muerta. Un berrido espectacular sacudió la tarde. Don Fernando, sin demostrar pena ni sorpresa, dejó caer por todo comentario:

—Guá, no te conocía esas dotes de cirujano. Arrópalo bien y llévaselo a Doñana, que por lo menos se salvó el negrito.

13

La Pagapeos

La misa de diez los domingos en Catedral es el acontecimiento más sonado del mantuanaje criollo. Los hombres, según van llegando, se arremolinan en el atrio; en tanto que las mujeres, rodeadas por sus esclavas, se anclan en sus alfombras dentro de la nave. El número de esclavas que las acompañan es significativo para la vanidad lugareña; nadie que se estime es capaz de asistir a misa sin ir acompañada por lo menos de dos de sus negras. Las mujeres de la familia Tovar no bajan nunca de cinco esclavas. Catedral es el santuario de la oligarquía caraqueña. Los isleños tienen que oír misa en Candelaria, los pardos en Alta-gracia, los negros en San Mauricio. Sólo los blancos pueden ir a la iglesia matriz. Pero hay muchas clases de blancos: desde los blancos de orilla, como son la casi totalidad de los peninsulares, y hacia los cuales los criollos tienen manifiesto desprecio, hasta los vascos llegados con la Guipuzcoana, enemigos mortales de la aristocracia criolla.

Todos ellos son desdeñados por los mantuanos, descendientes de los conquistadores. A fin de hacer más ostensible la diferencia social, esta empingorotada gente ha obtenido el privilegio de que sólo sus mujeres pueden usar mantos. De ahí les viene el nombre de mantuanos.

—La vanidad de estas familias es inmensa —le decía al provincial de los dominicos el cura de Catedral—. Por ahí murmuran que hay ciertas matronas que cuando le rezan a la Virgen le dicen: «Virgen María, Madre de Dios y prima nuestra». El pueblo se venga de la soberbia de ellos llamándoles «grandes cacaos» o inventándoles cuentos cual más gracioso, como el de una señora muy importante que es víctima de una flatulencia sonora y continua que no puede disimular. En misa y de rodillas, como usted se imaginará, el mal se acrecienta, dando lugar a una serie de situaciones a cual más risible. ¿Qué cree usted que inventaron para resolver esta situación? Pues nada menos que ponerle al lado una negrita, para que cada vez que se le salga un cuesco echarle la culpa a ella, y meterle un coscorrón a la infeliz, lo que le ha merecido el sobrenombre de «la pagapeos».[21]

---

21 Es rigurosamente histórica la reconstrucción de este capítulo. Lo de la pagapeos es una vieja historia oral que recoge en su libro sobre Caracas, Aquiles Nazoa.

14

Juana la Poncha

Doñana está en su reclinatorio rodeada de sus esclavas. Su mirada permanece fija y severa en el Altar Mayor; es una mirada donde se mezclan la indiferencia, la soberbia y la piedad. Unos piececillos menudos rozan su largo manto. Es Mariana, la mayor de sus nietas que se inclina para besarla en la mejilla.

—¡Bendición, abuelita! ¡Feliz cumpleaños!

—Siéntate niña, no alborotes —la reprende severa mientras observa adormilada el imperturbable chisporretear de los cirios.

Cincuenta y cinco años de existencia cumple Doñana. Su vida ha transcurrido en paz, demasiado en paz para su temperamento. Hija de una familia poderosa, no ha sabido nunca lo que es una privación. Casada a los quince años con Fernando Ascanio, Conde de la Granja, ha sido bastante feliz, si puede llamarse así una existencia ordenada, planificada y predecible en sus más mínimos aspectos. Hoy, por ejemplo, día de su cumpleaños, habrá almuerzo en casa con los hijos, y con los nietos. Se servirá el hervido de gallina de costumbre, queso relleno y de postre, «bien me sabe». En la tarde, a las cuatro, piñata para los muchachos y merienda para la parentela y los amigos que vendrán de visita. Nueve hijos tuvo Doñana, tres murieron niños y dos mayores, uno de tifus y el otro de cólera. De los cuatro que le quedan dos son religiosas en las carmelitas, una por fea y la otra por tonta. Sólo le queda Matilde, la mayor, que tiene cinco hijos y José María, el maraco de la familia. Ya Doñana era una vieja de cuarenta años cuando a Don Fernando le dio por volver al lecho conyugal después de cinco años de ausencia.

—Eso fue una brujería que le echaron —refería sentenciosa Juana la Poncha, una negra septuagenaria de la familia Blanco que había sido el aya de Doñana. —Y que venir a meterse con mi niña después que es una vieja —murmuraba irritada—. Por eso es que José María es alocado. Hijo de viejo o sale loco o sale gafo.

Doñana sonreía ante las reflexiones de Juana la Poncha. La vieja aya era la única persona capaz de trasponer la distancia encasillada que le había impuesto a todos.

15

Las Bejarano

Un rumor sacudió el templo. Adelante varias personas se volvieron hacia la entrada. Un cuchicheo creciente a sus espaldas resonó como un avispero. Doñana, sin inmutarse, continuó mirando hacia el Altar Mayor; Mariana, su nieta, intentó volverse.

—Quieta, Mariana —le susurró impetuosa.

No era difícil imaginar lo que sucedía: las Bejarano. El paso de dos morenas espléndidas como potrancas recién bañadas le dio la razón. El pleito que ya tenía dos años y llevó de cabeza al mantuanaje caraqueño lo habían ganado las confiteras. Las Bejarano, Rosa y Dominga, eran dos quinteronas que con excepción del pelo levemente ensortijado, parecían blancas. No obstante, las leyes de castas las tenían por pardas, no teniendo derecho, por consiguiente, a asistir a misa en Catedral. Las Bejarano eran, sin embargo, unas excelentes pasteleras. Una de sus confituras, la célebre torta Bejarano, alcanzó tanto éxito comercial que al poco tiempo se encontraron con una modesta fortuna. Rosa, la mayor, se enamoró de un alférez español, muchacho de muy buenas condiciones y que la adoraba. El problema surgió cuando intentaron casarse. Las Leyes de Indias prohibían el matrimonio entre personas de distinta casta. Así se lo comunicó apenado Fray Santiago. Pero también les prescribió el remedio: de acuerdo a disposiciones recientes, un pardo que tuviera dinero en cantidad, conducta intachable y distancia en su apariencia física con las razas vencidas, podía, mediante el pago de una buena cantidad de doblones, comprar el derecho al estado de blanco.

Las Bejarano volcaron sus caudales en busca de la ansiada condición. Un día llegó el reconocimiento de su condición de blancas. Prestas lo comunicaron a sus amistades. La noticia escandalizó a la ciudad. ¿Cómo? ¿Las Bejarano vestidas como nosotras? Eso jamás —dijeron las matronas y los señorones—. ¿Es que acaso el Rey conoce el oscuro origen de esa gente?

El gozo se les vino al suelo cuando el domingo, muy alegres, de mantilla y peinetas, intentaron entrar en Catedral. Un doble cordón de españoles y criollos les impidió el paso. Un alguacil les dijo sin miramientos: —No pueden vestirse así las señoras, ni venir a misa a Catedral, hasta que el Ayuntamiento confirme y apele al Ministerio de Indias en España.

Las lágrimas hicieron brillar las paraparas que tenía por ojos Dominga, la menor.

—... Pero si nosotras pagamos...

—¡Nada, nada —destiló con sarcástico regocijo el viejo— tienen que esperar!

Cuatro meses tardó la respuesta del Ministerio al Ayuntamiento. Antes, el alférez español, novio de Rosa, fue transferido a Cartagena. El Ministerio, haciéndose eco de las observaciones del Ayuntamiento caraqueño, denegaba su anterior decisión. Las Bejarano no cejaron, volvieron a la carga; se valieron de los mejores abogados, hasta que ganaron el pleito en segunda instancia. El Ayuntamiento no cedió a su vez. Hizo valer otras razones, tal como la ilegitimidad de una abuela. El abogado de las Bejarano señaló el papel que le correspondió a un antepasado de las confiteras en la defensa de Caracas ante el ataque de un pirata. Dos años duraron los dimes y diretes. Las tortas Bejarano se vendieron más. La gran masa parda de la población hacía de la causa de las confiteras su propia causa. Un día llegó la victoria, aunque fuese una victoria pírrica. A tambor batiente el heraldo de la ciudad convocó a los vecinos de Caracas ante el Ayuntamiento y leyó lo siguiente:

—«Y yo, el Rey, no teniendo ni tiempo ni paciencia para oír los dimes y diretes de los vecinos de Caracas sobre condición social de mis vasallas Rosa y Dominga Bejarano, decreto que sean tenidas por blancas aunque sean negras.».[22]

---

22 El episodio de las Bejarano es rigurosamente histórico, al igual que el contexto y la respuesta del rey (ver Antonio Arraíz ¿Eran blancas las Bejarano?). Hemos utilizado la licencia de trasladar este episodio sucedido a mediados del siglo XVIII a comienzos del XIX, por expresar cabalmente una situación psicosocial que años más tarde se había acrecentado (ver Los Amos del Valle).

16

«Cinco Tortas»

Aquella mañana en Catedral era la primera vez que las muchachas tenían la oportunidad de hacer valer su derecho.

Entre acobardadas e insolentes atravesaron la nave. Bellas y erguidas se arrodillaron en las gradas del Altar Mayor. Al susurro, mezcla de sorpresa e indignación, siguió un monacal silencio. La campanilla del monaguillo dio comienzo a la misa.

En la primera fila un caballero muy entrado en años se puso de pie. Era don Sebastián Rodríguez del Toro. Con rostro demudado le ordenó en alta voz a su hijo Francisco:

—Vamos, esto es una afrenta.

Ambos abandonaron la Catedral.

Casi al mismo tiempo don Pedro de Vegas y Mendoza hizo otro tanto. Luego fue el marqués de San Javier y Vicente Salias. Salieron los Ibarra y los Palacios y los Bolívar y los Blanco. Y los niños y los viejos. La Catedral, al poco tiempo, quedó absolutamente vacía; mejor dicho, casi vacía, pues cuando las Bejarano se dieron vuelta, sólo les hacían compañía Doñana y sus cinco negras. Cuando finalizó el acto litúrgico, las blanqueadas, inundadas de lágrimas y a las puertas de la Catedral, le dijeron a dúo:

—Gracias, Doñana.

La mantuana, con indiferencia, dejó caer severa:

—Eso les pasa por parejeras ¡bien hecho! —Antes de darse vuelta les dijo con desgano pensando en su cumpleaños:

—Pero mándenme cinco tortas bejaranas para esta tarde.

Por la calle mayor, seguida de sus cinco negras, parecía deslizarse Doñana como Nao Capitana.

17

La merienda de Doñana

Doñana y su familia, después del almuerzo, descansan en las sillas rústicas del tercer patio. Es un espacio arbolado, rodeado de novios, y de paredes musgosas. Hace calor y la tizana refresca los gaznates secos por la ausencia de una buena siesta.

—Tengo sueño —dice con un bostezo el Conde de la Granja.

—No te vayas a dormir —señala Doñana— son las cuatro de la tarde y yo invité al Marqués de Casa León y al doctor Díaz para las cuatro y media.[23]

—¿El doctor Díaz?— pregunta con un mohín de aburrimiento el Conde— entonces me voy a dormir, porque ese hombre es más fastidioso que Petare en Cuaresma.

---

23 Son históricos el Marqués de Casa León y José Domingo Díaz, feroz detractor de los patriotas años más tarde. En relación a este último, ver Crónica de Caracas de Arístides Rojas.

El chiste es viejo y nadie se ríe. El bochorno lo salva una guacamaya que grazna acre y destemplada porque un monito tití le ha arrebatado una mazorca. Doñana interviene y le dice a su hijo:

—José María, o sales del mono o de la guacamaya, pero juntos no pueden seguir; se la pasan como perro y gato.

—Será como mono y guacamaya —apunta de nuevo don Fernando.

Doñana le dirige una mirada fulmínea, le molesta esa tendencia constante de su marido hacia el chascarrillo. Ella procede de una familia de hombres serios y terribles, como las gárgolas que hay en las canaletas del primer patio. Que ella recuerde su padre sonrió tres veces en su vida: al nacerle su primer hijo varón, después de diez años de una larga enfermedad y luego de enterarse de la muerte de uno de sus enemigos.

Por eso ama con tal profundidad a Vicente Berroterán, su sobrino y yerno: es grave y fundamentoso como su padre; reflexiona antes de emitir una opinión, y por encima de todo respeta y quiere a Matilde, su mujer y sus cinco hijos, sin andar metido con negras y mujeres de la vida como el macho capricante de su marido.

Vicente es un hombre de unos treinta y cinco años, del tamaño y la robustez de una mata de cambur pinedo. Su tez es levemente morena, y a pesar de que sus facciones mantienen los rasgos de la gente blanca, sus grandes ojos negros y su pelo ondulado recuerdan la marcha por España de los bereberes.

Vicente es casto y reflexivo... para Doñana. Así se lo hace creer a su suegra, tía y madrina; pero en el fondo es igual o peor que su suegro don Fernando y su cuñado José María. Lo que salva a Vicente de la mala fama que envuelve a los mantuanos de Caracas, es que se pasa seis meses al año en su hato de Calabozo, y mantiene con la mayor discreción sus relaciones maritales con Rosa Bejarano, la mayor de las mulatas confiteras. Vicente se disfraza de capuchino cuando va a visitar a su amante a la caída de la tarde, y en su hato de Calabozo más de diez zambas se disputan sus favores cuando despunta el sol de los araguatos. Por eso nadie en Caracas sospecha de la continencia de Vicente, y mucho menos la tonta de Matilde, su mujer.

A los veintisiete años Matilde no conserva ni sombra de aquella grácil figura que tanto enorgulleciera a Doñana. Los años parecen haberla empequeñecido y los hijos atontado. Su palabra es imprecisa, vacilante y continua. Nunca se sabe, ni se presiente cuándo ha terminado con una frase o con una perorata, así puede pasar toda una tarde, sin permitirse pausa, ni observación, ni siquiera una pregunta. No se le entiende lo que dice porque su palabra es tartajeante, no interesa lo que habla porque todo es un conjunto de banalidades sin orden, gracia ni concierto.

Juana la Poncha a veces murmura:

—Esa Matilde sí que habla, parece una misma perica. —Luego añade—. Eso fue el tifus que la volvió así, cuando muchacha era diferente.

—...Porque yo no creo en los médicos, doctor —comentaba Matilde a un hombre de facciones angulosas, tez opaca y ojos hundidos y verdosos—. Es Dios quien decide la muerte y la vida de todos. Yo recuerdo el caso de María Teresa, la hija mía, con aquellas diarreas que ni usted pudo pararle.

El médico, José Domingo Díaz, simulaba prestar mucha atención a los interminables dislates de la mantuana y a su vanidad afortunadamente centrada alrededor de sus virtudes domésticas.

Vicente Berroterán le hacía un quite al médico, abrumado por la palabrería interminable de su mujer.

—Pero coma un pedazo de torta bejarana, doctor...

En un rincón del patio un coro de niñas canta alegremente:

Doñana no está aquí

Ella está en el vergel

Cortando la rosa

y dejando el clavel

El coro de adultos aplaude a los niños. Vicente Berroterán gritaba olé y que viva la abuela más salerosa de estos contornos. Doñana dejaba salir una de esas extrañas sonrisas suyas que de vez en cuando expresaban amor y hasta una dulzura profunda.

—¿Qué te parece, madrina? —preguntó desde el coro de niñas una muchacha alta de unos dieciocho años.

—Muy bien mi amor, muy bien —respondió esponjada y satisfecha la matrona.

18

Eugenia

Eugenia, la hija de su hermano menor, era de las poquísimas personas que podían preciarse de las públicas demostraciones de afecto de Doñana. Hija única y huérfana de padre y madre, por obra de un naufragio, Doñana se sintió en la obligación de traérsela a vivir a la casa. Tenía doce años en aquel entonces y era bella y esquinada como una garita. Ahora, en plena juventud, a diferencia del resto de las mantuanas, no era ni blanca ni achaparrada, ni padecía de ese rubio de encarnación flamenca: macizo, ampuloso y gigantesco como el que arrastraba Doñana.

Era rubia por el color verde esmeralda de sus ojos y por los mechones amarillos que ondulaban entre la maleza castaña de su pelo; pero su piel tenía esa tonalidad amarillento-cobrizo del caribe que hacía preguntar por los abuelos muertos. Era alta y serena como un chaguaramo, y tenía ese dejo nasal y atontado de las caraqueñas viejas, que cuando hablan no se sabe si suplican, copulan o gimen.

Continuaban llegando invitados. En el portal perfiló la estilada figura de don Antonio Fernández de León, primer marqués de Casa

León. Con su jovialidad y aristocrática condescendencia, saludó el marqués:

—Se saluda a la más bella cumpleañera de los contornos —dijo con gracejo dirigiéndose a Doñana.

Luego de saludar con afabilidad a los presentes, Casa León se posesionó de la atención de todos.

—Llegué ayer de Maracay —observó—. ¡Qué calor está haciendo en esta época!

—Mala temporada para las fiebres —apuntó, satisfecho de decir algo, el doctor Díaz.

Casa León le dirigió una rápida y desdeñosa mirada y como si temiera las incursiones sanitarias del galeno, cambió de tema:

—¿Y que se te murió una negra en el cepo, Fernandín?

El Conde de la Granja, entre cohibido y satisfecho, señaló:

—Sí, era una negra que se había fugado. Nada más, le dieron un latigazo y sé murió como un pajarito.

El médico Díaz volvió a la carga, satisfecho de hacer valer su ciencia:

—Sería, sin duda, débil de constitución. Dice Hipócrates...

Fernández de León, sin esperar la cita, se dirigió a Vicente Berroterán:

—¿Y cómo está el Llano?

—Lloviendo como nunca —respondió el ganadero— aquello es un manare.

—Un día de éstos —apuntó el marqués— te voy a acompañar a Calabozo. ¿Cuántas jornadas son?

—Pues depende... —comenzó a decir Vicente, cuando Matilde tomó la palabra y so pretexto de responderle a Casa León, estuvo más de quince minutos hablando del calor del Llano, de las fiebres de los niñitos y de lo alzados que estaban los negros.

Hasta dicen que hay un pueblo llamado Guayabal, al sur de Calabozo, donde viven realengos como si fuera un reino —apuntó Matilde.

En ese momento Andrés Machado, el mayordomo, pasó sigiloso en dirección a la calle. Eugenia le lanzó una lúbrica mirada que alarmó a Doñana.

Matilde continuó su cháchara.

—Y ese que va ahí —dijo refiriéndose a Andrés— es el peor. Yo no sé cómo papá lo aguanta; si por mí fuera, lo metería en el cepo y le daría cincuenta latigazos para que aprendiera a respetar —continuó con voz chirriante por la antipatía.

—Andrés es un hombre libre —advirtió conciliador don Fernando. Y como si se diera cuenta que la conversación había tomado un sesgo desagradable, añadió tendencioso:

—Tomasa también... ¿oíste José María?

Todos celebraron la salida del Conde de la Granja, menos Doñana y Eugenia que simuló domarle un rizo a una de las pequeñas.

La sobrina de Doñana detestaba a José María. Hace tres meses se le metió en la cama cuando Eugenia dormía profundamente y sintió a su lado una voz que la llamaba. La muchacha tembló pensando en el fantasma del cuarto verde. Cuando reconoció la voz de su primo y percibió sus intenciones, se incorporó en el lecho.

—¿Qué quieres? —preguntó con acento indignado.

—Te quiero, Eugenia —susurró el joven mientras intentaba darle un beso.

Una cachetada se oyó a todo lo largo de la casa.

—Sal inmediatamente de aquí, cagaleche, si no quieres que me ponga a gritar.

—Está bien, mujer, está bien; pero por amor de Dios, cállate. —Mohíno salió de la habitación el adolescente.

Unas chanclas, como gotera de techo bajo, se oyeron venir del segundo patio para detenerse frente a la habitación de Eugenia. Era Juana la Poncha.

—¿Qué te pasó, muchacha? —preguntó la vieja.

—Nada, negra, nada, que esta noche hay unos zancudos que pican duro.

El aya de Doñana se quedó en silencio frente a la puerta.

Luego, con tono reticente, le dijo:

—Cuídate, Eugenia, mira que esos zancudos tienen puyas muy largas que hinchan la barriga. Sobre todo los grandes, sobre todo los grandes...

Las chanclas se alejaron por el comedor, mientras quedaba en el aire una larga estela de humo de tabaco. El pez de piedra del primer patio seguía escupiendo el agua. Una lechuza cantaba a lo lejos. Hacía calor y Eugenia se silitió terriblemente sola.

19

Boves el campuruzo

Después del Angelus, la merienda de Doñana comenzó a languidecer. Con toda su gracia, no hay quien le aguante al marqués de Casa León las dos horas de monólogo que le impuso a la concurrencia. Se cebó sobre la personalidad de don Francisco de Miranda y su fracasada intentona de desembarcar por Ocumare, meses atrás.

—Ese tío no es más que un agente de la corona inglesa —le respondió a Vicente Berroterán, que esbozó admiración hacia el revolucionario.

—¡Qué cuento de agente inglés o de revolucionario francés! — apuntó con sorna el Conde de la Granja—. Ese no es más que un mestizo resentido por lo que le hicimos a su padre los mantuanos. Imagínese, que siendo pulpero y canario, pretendió usar bastón y uniforme.[24]

---

24 Francisco de Miranda, nacido en Caracas en 1750, fue menospreciado, al igual que su padre, por los aristócratas caraqueños por ser de origen canario. Hacia 1769 hubo un sonado proceso contra el viejo Miranda por parte de los mantuanos, que le disputaban y prohibían el uso del bastón, ya que éste se reservaba para gente

Un murmullo desaprobatorio surgió del grupo.

La presencia de Juana la Poncha reclamó atención:

—Niño Vicente, ahí lo busca un señor que viene de Calabozo.

Vicente contrajo el rostro entre sorprendido y desagradado.

—¿Cómo se llama? —preguntó ansioso.

La negra respondió:

—Pues dice ser José Tomás Boves, es un catire de lo más buenmozo...

—¿El pulpero? —cacareó alarmada Matilde—. No me digas que lo vas a hacer pasar. ¡Pero no digo yo que el mundo está patas arriba! ¿Cómo se le ocurre a ese campuruzo venir a tocar en una casa donde nadie lo ha invitado?

—Gente de pueblo —murmuró a manera de excusa el ganadero—. Ellos creen que aquí en Caracas las cosas son como en sus aldeas.

—Yo te voy a decir cómo acabar con ese problema —anotó el Marqués de Casa León—. A mí se me presentó igualito cuando compré la hacienda en Maracay. Por el solo hecho de saludarles y darles una palmadita en la espalda se creyeron con derecho a entrar como río en conuco en mi casa de Caracas. Pero les paré el trote.

—¿Cómo? —preguntó, cada vez más ansioso, Vicente.

---

notablemente blanca. El Rey dictaminó a favor del padre de Miranda, e igualó por decreto a canarios y criollos. Miranda, resentido, marchó a los 20 años a España a objeto de servir al Rey. Participó como oficial español en la lucha por la Independencia norteamericana. Con ayuda norteamericana e inglesa intentó invadir a Venezuela para liberarla del yugo español, fracasando en sus propósitos por la falta de auxilio de los mantuanos, que lo hostilizaban por su origen. Muchos de sus detractores lo acusan, y con fundamento, de haber sido un aventurero al servicio de Inglaterra. (Ver las biografías de José Nucí Sardi Aventura y Tragedia de Don Francisco de Miranda y de José Grigulievich Miranda.)

—Pues, no recibiéndolos y ya está... Esa gente— no entiende de sutilezas. Si los recibes una vez tendrás que botarlos a patadas después. Yo digo, como mi padre, que es preferible ponerse una vez colorado que no cien veces verde.

Vicente pensó en los dos mil pesos que le adeudaba a José Tomás Boves y en la estrecha amistad que tenía con el asturiano, con quien salía en Calabozo de cacería y se echaban largas tenidas amistosas entre aguardientes viejos e indias perfiladas.

—¿Y si se disgusta? —pensó el hombre.

Por un rato se debatió en el dilema. Le molestaba no corresponder a la proverbial hospitalidad de la gente del interior; pero más miedo le dio rebelarse contra los prejuicios de casta en los que había crecido.

—Dile que no estoy, que te deje dicho dónde se hospeda para irlo a ver cuando llegue —le apuntó a la negra.

—Yo no le puedo decir eso —respondió Juana la Poncha— porque ya le dije que usted estaba aquí y que teníamos fiesta.

—Pero mujer de Dios, ¿cómo se te ocurre una cosa semejante? — protestó con voz estridente Matilde.

—Guá, ¿y qué voy a saber yo? Total, es un catirote buen mozo y metido entre los peroles. Para mí —dijo mientras le echaba una mirada de desprecio al perfil mestizo del doctor Díaz— todo caballero es blanco y todo blanco es caballero.

—Juana la Poncha... Juana la Poncha... —advirtió con tono clerical Casa León— si sigues pensando así te voy a denunciar a la Inquisición por francmasona.

—¿Y eso qué es, Su Merced?

—Los amigos de Miranda, negra —le respondió el aristócrata.

—Bueno, lo que yo quiero saber es qué le respondo a ese señor a quien ya le dije que el niño Vicente está aquí.

Berroterán, pensando en sus intereses y en la deuda que tenía con Boves dio una solución en la suerte echada.

—Bueno, si ya le dijiste que estaba aquí, hazlo pasar.

—Así es —reforzó su suegro.

—Por esta vez, que pase —señaló Matilde— pero ten cuidado para la próxima vez.

Ya Juana la Poncha se alejaba por el patio florecido de novios y de geranios, cuando la voz de Doñana la atajó:

—Dile a ese señor que Vicente lo irá a visitar al sitio donde esté, pero que ahora no lo puede recibir porque está en una reunión de familia.

Eugenia, ante la idea de que el forastero era buen mozo, propuso trasmitirle ella misma el recado.

Doñana, seria, le respondió:

—Usted se queda aquí.

20

Aceite rancio

A Doñana le preocupaba el porvenir de Eugenia. Tenía dieciocho años y permanecía soltera, a pesar de su belleza. A dos hechos atribuía la mantuana la soltería de su sobrina: a su pobreza y a la mala raza que le dejó su madre. Su hermano siempre fue un tarambana. De malos negocios en malos negocios fue comprometiendo el más crecido patrimonio. En el naufragio donde perdió la vida junto con su madre, desaparecieron la casi totalidad de los valores en joyas y en metálico que le testaban, con los cuales precisamente pensaba instalar en La Habana una factoría para importar cuero y cacao. De su cuñada, la bella Dolores, Doñana tenía la peor opinión, tanto por su origen como por su modo de ser. Era una de esas mestizas lavadas, de las llamadas castizas o en condición de blanca, que si bien tenía una belleza de reclamo brusco, su familia no era nadie, ni nada tenía que ver con el mantuaje caraqueño. Su padre era gente del interior, de origen oscuro, con el indio detrás de la puerta. Pero el padre de Eugenia era terriblemente sensual y más pesaron sobre él los encantos de la criolla que las desventajas que le aportaba en arras ese matrimonio desigual, repudiado por su noble y extensa parentela. Dolores, además de su clase, tenía otro defecto: era casquivana. A Doñana nadie se lo dijo, pero con esa agudeza que a veces tienen las viejas matronas para percibir lo que nunca han tenido, creyó sorprender en más de una ocasión dejos cálidos en su cuñada y una injustificada resignación en sus ojos cada vez que su hermano emprendía sus largos y frecuentes viajes. No es que Doñana tuviese ninguna buena opinión del matrimonio ni que se sintiese dichosa con el marido que le había tocado en suerte. Don Fernando Ascanio la aburría con sus simplezas y la disgustaba por sus constantes devaneos con las mulatas de la vecindad; pero era su marido y ello bastaba, jamás pudo pensar en otro hombre que no fuera él, aunque a decir verdad, ni siquiera pensó en él, ni en nadie como hombre. Doñana era un ser congénitamente casto, de esos que creen que la voluptuosidad es descomposición del cuerpo o enfermedad del alma.

Para ella el matrimonio era una alianza entre dos familias destinadas a prevalecer sobre el mundo que los rodea y a tratar de perpetuar esa fuerza a todo lo largo de la historia, como habían hecho sus padres y sus abuelos desde los tiempos de la Conquista. ¿Cómo era posible entonces que el loco de su hermano quebrara esa tradición de tres siglos al casarse con una cualquiera como Dolores? Menos mal que la mu- chachita, a excepción del color acanelado de su piel, sacó los ojos y el pelo de su padre. Doñana, que nunca había sido bonita, se regodeaba en la beldad de su sobrina, con esa secreta complacencia que tienen las mujeres feas y honestas a identificarse con sus contrarias. Porque Eugenia era exactamente lo opuesto a Doñana. Si Doñana era casta y firme como una lapa parida, Eugenia era ardiente y voluble como una cabra maluca. Cuando Doñana desgranaba en el traspatio sus reflexiones, Eugenia la escuchaba silenciosa, haciendo chispear sus grandes ojos, acariciando con ellos la imagen hermosa y torturada de un San Sebastián desnudo.

Muchos enamorados había tenido Eugenia, pero ninguno se ajustaba a lo que Doñana tenía designado para su sobrina. Unos porque no eran de su mismo linaje y otros porque carecían de juventud y belleza como los hubiera querido la muchacha.

El convento tampoco era solución para Eugenia.

—Será para que se fugue con el capellán — apuntaba Juana la Poncha—. Esa muchacha, mijita, es lo más rabo caliente que yo he visto. Si tú vieras cómo mira a los hombres en la calle: Tienes que regañarla —chismeaba la negra a Doñana.

Pero ni las reflexiones de su aya, ni las constantes críticas de su hija Matilde, que la envidiaba sin saberlo, lograron quebrar el profundo y creciente cariño que la mantuana sentía por Eugenia. Por eso un día decidió de una vez por todas resolver el problema de su dote. Hizo llamar a su presencia a su abogado, el doctor Francisco Espejo[25], y le comunicó:

—Quiero hacer testamento.

—No es que pretenda disuadirla, Doñana —comentó el abogado— ya que todos somos hijos de la muerte, pero...

—Sí, ya sé que estoy muy sana y que viviré muchos años, como si yo no supiera que en mi familia, quien vive más de cuarenta años lo hace de ñapa.

—Pero Doñana...

—Nada doctor, coja la pluma o me busco otro abogado.

---

25 Personaje histórico de gran relevancia (véase de Héctor Parra Márquez, *Francisco Espejo*).

El doctor Espejo, conocedor de los modos atrabiliarios de Doñana accedió:

—Diga entonces qué quiere, Doñana.

—Quiero que mi sobrina Eugenia Blanco herede como hija.

—Como usted diga, Doñana; así se hará constar en el testamento.

La decisión de Doñana había quedado en el mayor silencio. La enfermedad familiar progresaba. Fuertes pinchazos en el corazón le hacían sentir la muerte. Así murió su padre. Los pies se le hinchaban de vez en cuando. El doctor Díaz la tranquilizaba, pero ella sabía su mal significado. Un día, después de comerse un dulce de coco, tuvo un colapso. Cuando volvió en sí, se encontró rodeada de todos sus familiares, con caras descompuestas. El padre Serafín le sonreía, beatífico, desde su caperuza.

—Doñana, ¡qué susto nos hizo pasar! De milagro no se nos fue al otro barrio.

La mantuana trató de incorporarse.

—¡Quieta, Doñana, quieta! —ordenó el doctor.

—Esto no es nada —respondió con seguridad la vieja—. Todavía no ha venido ella.

—¿Quién es ella? —interrogaron al unísono el cura y el médico.

La mantuana, arrepentida de la afirmación corrigió rápidamente:

—Cosas de uno, padre, que ya con la edad le falla el juicio.

Doñana y Juana la Poncha cruzaron miradas de inteligencia. So pretexto de acomodarle el crucifijo que pendía de la almohada, la negra le preguntó con voz queda:

—¿La viste?

—No —dijo con la cabeza y semisonreída, Doñana.

—Entonces no hay por qué preocuparse —susurró tranquila la septuagenaria.

Intervino el padre Serafín:

—Doñana, aunque usted es una buena cristiana, la Santa Madre Iglesia recomienda en estos casos la aplicación de los Santos Óleos.

—No, Padre, qué va, todavía no me voy. Además, ese aceite está rancio, desde aquí se siente.

Y diciendo esto se puso en pie y se marchó al corredor sin permitirle a nadie la menor observación sobre sus achaques.

21

Eugenia era decidida y valiente

Por ese modo de ser, valiente y decidido, Eugenia veneraba a su madrina y hubiera hecho cualquier cosa antes de proporcionarle el menor sufrimiento. El sufrimiento, sin embargo, llegó y tenía nombre: Vicente Berroterán, el marido de su prima, el yerno de Doñana.

Desde que fue recogida, hacía seis años, Eugenia se sintió atraída por aquel hombrón alegre y cariñoso que le recordaba a su padre. Nunca olvidaría el día en que fueron todos los niños con Vicente a elevar papagayos en El Calvario. Gozaron tanto que Eugenia, por primera vez, se olvidó del padre y de la madre ausentes. Desde el principio Vicente y Eugenia simpatizaron. Él, con su falsa benevolencia de hombre maduro, y ella, con esa mórbida atracción que tienen las púberes hacia hombres que pueden ser sus padres. Vicente paraba la mitad del tiempo en Caracas, en casa de sus suegros, y el resto en sus posesiones de Calabozo. Matilde raras veces lo acompañaba, y Eugenia, con agudo sentido supuso que Vicente lo prefería.

Dieciocho años acababa de cumplir Eugenia cuando llegó Vicente, después de una ausencia de seis meses. Un estremecimiento la sacudió la primera vez que lo sorprendió mirándola con una expresión diferente. Vicente bajó rápidamente la vista. Eugenia se cohibió. Luego pensó que era un disparate de su parte. Vicente, como buen hombre de campo, era madrugador. En Caracas, a las cinco de la mañana estaba en pie. Eugenia, también se hizo tempranera. Todas las mañanas iba a misa de seis. Decía que era una promesa que le había hecho a la Virgen de las Mercedes por la salud de su madrina. Mientras despertaban los otros y se servía el desayuno, conversaban largo y tendido el hombre y la muchacha. Juana la Poncha interrumpía continuamente:

—Niño Vicente ¿quiere un cafecito?, o —Niño Vicente ¿por qué no sale a pasear antes del desayuno? Se está poniendo fondillón con esa flojera.

Un día se toparon, sin ponerse de acuerdo, en el cuarto de arriba. Con ojos soñadores él miraba el Ávila desde la terraza. Allá en el Llano evocaba frecuentemente su montaña, esa especie de aya verde de los caraqueños que había visto nacer y morir a seis generaciones de sus ascendientes.

Eugenia, sin ponerse de acuerdo con el ganadero subió lentamente las escaleras persiguiendo el mismo silencio. El sol comenzaba a dorar el ancho valle que se extendía hacia el Este, sacándole un hormiguear de colores a la montaña. Los techos colorados-ocres de la ciudad la cubrían en una paz purpurina. Las palomas alborotaban a cada tañido de campanas llamando a misa.

Vicente se volvió y se encontró con Eugenia al borde de la escalera.

Ya era tarde para huir.

—Buenos días, Vicente —dijo con entusiasmo y temor la muchacha.

—Qué bonita está la mañana, Eugenia, ponte aquí para que veas. —Temerosa, pero subyugada por el silencioso reclamo del hombre, Eugenia se colocó a su lado. Ni una palabra salió de sus bocas mientras simulaban ver el valle. Pero se comunicaron su pasión en silencio mientras sonaban las campanas, volaban las palomas y la ciudad somnolienta se desperezaba de un salto al paso de los lecheros. Se lo dijeron con regocijo, con pena, con temor y confianza.

Ambos pensaban que mañana de nuevo habían de separarse. Él volvería al hato y ella tendría que dejar transcurrir otros seis meses para verlo de nuevo. Vicente y Eugenia se volvieron al mismo tiempo y se miraron profundo. Una palabra se quedó en los labios de Vicente, cuando la voz autoritaria de Juana la Poncha crepitó a espaldas de ellos:

—Se me van los dos para abajo, porque esto está muy sucio y voy a barrer.

El rostro de la negra se veía descompuesto por una ira mal contenida, mientras en su mano derecha hacía tremolar, casi con furia, una escoba del tamaño de su estatura.

Al día siguiente, muy de madrugada, se fue Vicente. Nadie salió a despedirlo. Según Doñana, las despedidas son tristes y no deben hacerse. Fue después del desayuno cuando Juana la Poncha se acercó a Eugenia y con voz temblorosa le comunicó:

—Doñana quiere hablar contigo. Que vayas al cuarto de los Santos.

Eugenia llegó al oratorio de los Condes de la Granja. Un San Francisco, de factura criolla, ocultaba avergonzado sus deformidades ante una virgen de la imaginería española. Una lamparita de aceite impregna el aire ya de por sí viciado de esperina y de santos.

Doñana está arrellanada en una poltrona de terciopelo rojo. Otra poltrona espera severa a Eugenia.

—Siéntate, mijita, que tengo algo muy grave que decirte —dice la matrona desviando la mirada contra su costumbre.

—¿Qué sucede, madrina?

Doñana le dirige una mirada mezcla de profunda ternura y de azarado rencor.

—Tú sabes cómo te he querido, no sólo por el gran amor que le profesé a mi hermano, tu padre, que en paz descanse, sino por ti misma.

Una mano tímida arañó más que golpeó la puerta del oratorio. , Una voz igualmente cohibida, anunció:

—Doñana, aquí está el doctor Espejo, él dice que usted lo mandó a llamar.

—Sí, es verdad, que se aguarde un momento, que ahorita estoy ocupada.

—Sólo Dios sabe que te he querido tanto o más que a mis propios hijos —continuó la anciana con voz quebrada pero hay cosas a las que hay que ponerles coto desde el principio, cuesten lo que cuesten.

La muchacha intentó simular:

—¿A qué te refieres, madrina? —preguntó aparentando candor.

—No disimules, mi amor —respondió con ternura auténtica la vieja—, entre tus defectos está la coquetería, pero no la hipocresía. Tú sabes perfectamente a qué me refiero, y no me obligues a hablar de ello. Es necesario que te vayas inmediatamente de esta casa, y como no tienes adonde ir, ayer tarde hablé con Sor de las Llagas, mi hermana, para que ingreses al convento de las Monjas Concepciones.[26] Ella no te querrá tanto como yo, pero es tu tía y superiora. He llamado al doctor Espejo para que acomode tu dote. Vístete, despídete, porque a las once nos esperan en el convento.

—Pero madrina...

—Nada, mi amor, ya me conoces, el mundo es así y tenemos que aceptarlo tal como es.

El doctor Espejo entró tras la muchacha:

—A su mandar —dijo meloso el abogado.

—Siéntese doctor Espejo, que quiero revocar mi decisión de ayer donde nombraba heredera a mi sobrina Eugenia. He decidido cambiar de opinión...

---

26 Área que hoy ocupa el Congreso Nacional (ver Aristides Rojas).

Capítulo III

«El Taita»

22

Chepino y la cascabel

La bodega y la posada de Andrés Machado, en San Sebastián, era muy concurrida por los llaneros que iban hacia Caracas. Un espacioso corredor de más de quince varas, donde cabían hasta quince hombres en sus hamacas, tejas grandes y nuevas, le dan al negocio un aspecto de indudable prosperidad. Andrés se ocupa del detal y de los cinco cuartos que se reservaban para los huéspedes distinguidos. Tomasa, su hermana, era la cocinera. Tenían gran demanda, entre aquellos paladares rústicos, los platos que había aprendido a guisar en casa de los Condes de la Granja.

La partida de Eugenia y su ingreso en el convento fue la puntilla para Andrés. De no ser por la bella muchacha y la oportunidad de verla de tarde en tarde, hubiera desertado hacía ya mucho más tiempo del servicio del Conde. Un día se decidió. Humilde, como nunca lo había sido, se acercó a don Fernando:

—Mi amo, con su venia, quiero hablar con Usía.

El Conde de la Granja estaba sorprendido de la sumisión de su altivo mayordomo.

—Di, hombre, di —le contestó, sin apartar la vista de dos gallitos puertorriqueños que se medían erizados de plumas y, espuelas.

Andrés Machado le expuso la necesidad de marcharse para hacerse cargo del negocio que su difunto padre, un isleño de Las Palmas, le había dejado por herencia en San Sebastián.

—Tú estás loco, Andrés. ¿Un hombre como tú, acostumbrado a jefear, te vas a meter a posadero? Te doy tres meses para que revientes. Además, ¿cómo me vas a dejar con la zafra encima?

—Ya le tengo el hombre, Usía, usted lo conoce, Chepino González, el barbero.[27]

—¿Ese isleño borracho? —exclamó sorprendido el Conde—. No digo yo que tú estás más loco que Juana la Poncha. ¿Y qué sabe ese hombre de hacienda, negros y agricultura?

—Más de lo que se imagina, mi amo. En su tierra él era mayordomo en una hacienda de caña. Si está ahora de barbero es porque no conoce otro oficio, y va tirando mientras Dios dispone.

El Conde de la Granja seguía irreductible. Aunque no simpatizaba con el mulato, valoraba su vocación por el trabajo y su don de mando.

—No, Andrés, tú no me puedes echar esa vaina —decía el Conde entre severo y suplicante— ¿Quieres que te suba el sueldo?

—No se trata de eso, don Fernando —dijo el mulato.

El Conde dio un salto al sentirse descendido en su rango por el mayordomo.

—Para serle franco, ya no le aguanto más a su hijo y la persecución que le tiene montada a mi hermana. Nosotros somos gente pobre, es verdad; mi madre era mulata, también es verdad; pero estaba

---

27 Chepino González es personaje histórico.

casada legítimamente con mi padre, un hombre que sin ser rico me dejó algo. Si yo vine a servirle fue por voluntad del viejo, quien lo estimaba como si usted fuera Dios. Me traje a mi hermana para que se desaburriera aquí en Caracas, pero mis propósitos son de que se case con un hombre honrado y no para que me la desgracie el primero que pase.

El rostro del mulato se iba endureciendo —en la medida que hablaba, los ojos le chispeaban. El Conde tuvo miedo. Andrés Machado continuó:

—Para serle franco, Usía —volvió a decir sumiso—, yo quiero que me deje ir con mi hermana, pues de lo contrario no respondo de lo que pueda suceder.

El Conde terminó de comprender y accedió a la petición de su mayordomo. Machado se arrodilló y le besó la mano. Los dos hombres caminaron el corto trecho que los separaba de la Casa Grande. Al pie de un jabillo, un hombre joven, gordo y sonriente, vestido de dril, se hurgaba los dientes con un palito.

—Aquel es Chepino, mi amo —dijo el mulato.

—¿Usted, es el que quiere trabajar conmigo? —le preguntó en voz alta don Fernando.

—Si su excelencia lo permite, aquí estoy para servirle —le respondió con llaneza.

El aristócrata lo expulgó con detención, parecía inteligente y jovial.

En ese momento un gavilán dejó escurrir de sus garras una cascabel que cayó a los pies de don Fernando. Tuvo un estremecimiento. Juana la Poncha hubiese dicho que era un mal presagio. No obstante se quedó con Chepino y dejó marchar al mulato.

23

«Un lavagallo Ño...»

—Un lavagallo, Ño Andrés —le pidió al mulato tras el mostrador un arriero de San Casimiro, un viejo sucio que olía a boñiga y a sudores de todos los caminos. Andrés recordó la profecía de su antiguo patrono. Aquel trabajo de pulpero de pueblo era mil veces peor que ser mayordomo de Las Mercedes en Caracas. Allá sólo tenía que aguantarle al amo y a su familia cuando venían por cortas temporadas a la hacienda. En Las Mercedes los negros lo reverenciaban como si fuera el amo. Acá, por lo contrario, tenía que soportar las impertinencias, tanto de los vagabundos y arrieros mal olientes como de los mantuanos de San Sebastián, tan pretenciosos como los de Caracas.

En ese momento hacían su entrada en la pulpería dos de ellos: Domingo Zarrasqueta e Ignacio Luque.[28] Eran dos hombres jóvenes, acicalados y conscientes de su importancia en la villa.

---

28 Personajes reales. El último, ascendiente del autor.

Luque, sin interrumpirse en lo que venía diciendo, prosiguió haciendo caso omiso de la gente que había en el negocio.

—Pero si yo se lo dije desde el primer momento en que conocí a José Tomás Boves. Ese hombre es un bandido. No había más que verle la cara.

Andrés Machado aguzó el oído. Le simpatizaba el asturiano, aunque siempre lo veía de lejos.

Domingo Zarrasqueta le contestó a Luque:

—Pues para que tú veas, a mí me metió el trazo. Jamás me pude imaginar que José Tomás fuese un presidiario; menos mal que lo descubrimos a tiempo.

—¿Y qué cara puso cuando su padre lo botó de la casa? —preguntó el otro con malevolencia.

—Se puso como una mapanare, porque el viejo lo mandó a salir inmediatamente de la casa. Como se puso insolente, los negros lo sacaron a empujones. En medio de la calle profirió toda clase de insultos y amenazas.[29]

Ignacio Luque dejó salir una risa chillona y añadió:

—Qué va, oh, perro que ladra no muerde.

Todos los presentes celebraron la observación. El arriero que había pedido al mulato un trago de aguardiente, volvió a la carga:

—Diga, Ño Andrés —insistió— ¿no me va a dar el palito que le pedí?

El antiguo mayordomo le relampagueó en las barbas:

—Me quita el Ño, me hace el favor.

---

29 Histórico (ver Juan Uslar, La Rebelión Popular de 1814).

El arriero, un viejo blanco de pelo rojizo y con facha de isleño, se le quedó mirando entre sorprendido y burlón.

—¿Y cómo quieres que te llamen mijito? —le apuntó decididamente sarcástico, aprovechando la presencia de los dos hacendados—. ¿Te llamo don o señor o mejor su excelencia o usía? No seas parejero, mulato, que tu madre era negra y a tu abuelo lo amarraban por las noches para que no mordiera a los otros esclavos, yo lo vide, eso no es cuento.

La escena fue interrumpida por la presencia de Tomasa, a quien la libertad había embellecido. Con aire consentidor miró a los hacendados.

—¿Qué te pasa, Andrés? —preguntó la muchacha presintiendo una situación penosa.

—Nada, chica, metete pa'dentro.

Tomasa obedeció, no sin antes dirigir una sonrisa a Zarrasqueta, que la miraba con ganas a la salida de misa. El arriero, entre tanto, profería toda clase de insultos contra el mulato mientras a la entrada de la pulpería desamarraba sus burros.

—¿Y qué desean los señores? —cortó con su altivez característica el injuriado mozo.

Ignacio Luque dejó caer de nuevo la partícula infamante:

—Denos dos roncitos viejos, Ño...

Una resaca de ira sacudió al mulato. Se contuvo en su impulso homicida. Sirvió el licor pedido. Con la mirada turbia y los brazos anudados al pecho esperó que los forasteros bebieran, hablaran y se marcharan.

—Adiós Ño... —le dijeron a coro.

A lo lejos Andrés Machado les oyó reír burlones mientras el rubor le amarilleaba el rostro.

Súbitamente el mulato se bebió de un trago media muía de ron, y con los ojos desorbitados se montó en el caballo salvaje que le había regalado don Fernando y a galope salió del pueblo camino de San Juan de los Morros.

24

Fray Tiburcio de Guayabal

A comienzos del siglo XIX San Gerónimo del Guayabal se había transformado, por obra de su aislamiento y del fuero que gozaba para administrar su propia justicia, en el Paraíso de todos los bandoleros y negros cimarrones del Llano Alto. Del convento, prácticamente abandonado, quedaba tan sólo un fraile, llamado Fray Tiburcio, que vendía chicha a las puertas del convento y dispersaba profecías por la llanura. Fray Tiburcio tenía un aspecto alucinado y un lenguaje incoherente que gustaba a los moradores de Guayabal.[30]

---

30 Estas afirmaciones sobre El Guayabal (alto llano a escasas millas de San Fernando de Apure) son tomadas de Alejandro de Humboldt Viaje a las Regiones Equinocciales. Señala la presencia de vendedores de plátanos y guarapo dentro del convento. Durante mi viaje a la región no encontré rastros del convento. Actualmente es un poblado de unos mil habitantes en medio de condiciones muy precarias. El clima es sumamente tórrido. Está rodeado de manglares y su acceso es difícil por el mal estado de la carretera.

—El Señor botó a los mercaderes del templo... —decía en uno de sus sermones— pero no prohibió vender chicha... —clamaba el fraile en su ruidosa iglesia, en medio del alelamiento y regocijo de sus extraños feligreses.

Un griterío creciente se acercaba a la iglesia. Los zambos y negros, adormecidos, se incorporaron del suelo. Fray Tiburcio interrumpió su perorata. Sin perder tiempo se echó un trago de chicha.

El tumulto penetró en la iglesia, voces airadas resonaron en la nave. Un hombre alto y musculoso, con el rostro sangrante y las manos amarradas, fue llevado a empellones ante el oficiante.

—Es un espía —afirmaron con voz recia unos muchachos lo encontramos en la ciénaga haciéndose el bobo.

Fray Tiburcio lo apuntó con sonrisa inexpresiva.

—Judas en la casa del Señor... Por treinta monedas vendió su alma... ¿Tú eres Judas, hijo mío?...

El hombre, un mestizo mal encarado, contestó con voz bronca y con arrogancia.

—Yo soy Juancito Sánchez y ando buscando una novilla que se me perdió desde la semana pasada.

—¡Mentira! —dijo una voz aflautada—. Ese es el Indio Eulogio, ordenanza del Comandante de San Fernando, y a él le debo estos cuerazos que tengo en el lomo.

—Y te los volveré a dar si te vuelvo a poner la mano encima, negro marico —le sopló el hombre con la mirada vidriosa por la ira.

El grupo coreó:

—¡Que lo cuelguen, que lo cuelguen!

Fray Tiburcio tartajeó:

—Te fuñiste, Judas, te fuñiste... Por treinta monedas fue ahorcado...

Un tamborón resonó en el templo. Los negros comenzaron a bailar a paso menudo. Una voz cálida intentó una melodía:

—Media de caraota, media de arroz ...

—Media de caraota, media de arroz...

—Y que vengan los diablos de a dos en dos...

— Y que vengan los diablos de a dos en dos.

—contestaba el coro.

El indio Eulogio, herido y sangrante, veía con desprecio a sus captores.

—Ayró, ayró... —ululaba una negra esbelta en lo alto del pulpito.

—Ayró, ayró... —le contestaban broncas voces masculinas.

La danza alcanzaba hasta Fray Tiburcio, que bailaba solo, mientras bebía de vez en cuando largos tragos de chicha.

Un repique de caballería cortó la danza. Muchos negros se ocultaron tras las arcadas suponiendo que eran los regulares de San Fernando.

Una voz impuso calma:

—Es el Taita Boves que llega con su gente.

De un salto, José Tomás se bajó del caballo. Los cuatro años transcurridos desde su liberación de Puerto Cabello lo habían robustecido. Tenía la tez quemada por el sol llanero y sus ojos de tigre centelleaban enérgicos a pesar del aire afable que se empeñaba en comunicar a sus palabras y a sus gestos.

—¿Como que están de fiesta? —preguntó intencionalmente socarrón.

—No, Taita —respondió un negro viejo— es que agarramos a un espía.

—¡Ah caraj! ¿Y qué van a hacer con él?

—Pues colgarlo, a menos que el Gran Bulú decida lo contrario.

25

El Gran Bulú

José Tomás sonrió para sus adentros cuando pensó en el Gran Bulú y la forma en que lo había conocido. Hacía ya más de tres años que se decidió a venir por primera vez a Guayabal, atraído por la fama de sus caballos, aunque sabía que era una guarida de criminales de la peor especie. Siempre preciso y generoso en sus actos, estableció buenas relaciones con aquella colonia de prófugos donde las máximas autoridades eran ese fraile borracho y el Gran Bulú. Más de tres días tenía Boves en el Guayabal sin que hubiera visto al misterioso personaje.

—Está en su cueva rezando —le decían con expectación.

—Esa es una de las mujeres del Gran Bulú... con admiración al paso de una zamba retetuda.

—El Gran Bulú es como Dios...

—Todo lo sabe...

—Todo lo adivina...

—Ya sabe quién eres tú y sin haberte visto...

—Mandó a decir que te cuidaran como si fueras él...

—Que te den negras y que te den chicha...

—Que descanses, porque está rezando por ti y por él... —Dice Fray Tiburcio que el Gran Bulú es un gran poder en la tierra. Que hay que hacer lo que dice el Gran Bulú.

—El Gran Bulú me esvirgó la semana pasada — dijo una negrita de la bella pinta—; es una gran cosa que a una la esvirgue el Gran Bulú...

La primera vez que José Tomás vio al Gran Bulú fue de espaldas. Iba en una muía rucia envuelta por un manto dorado, como el Señor entrando a Jerusalén el Domingo de Ramos. Los negros se arrodillaban a su paso. El Gran Bulú impartía bendiciones a diestra y a siniestra. La muía se paró frente a la Iglesia. Fray Tiburcio, dando tumbos, lo salió a recibir con una palma a manera de palio. Se arrodilló y le besó los pies. Resonaron los tambores y las minas. Con movimiento de caderas comenzó la misa. El Gran Bulú se arrodillaba ante el Gran Poder de DIOS. Letanías en lenguas extrañas llenaban la nave. Un aire de misterio abrumaba el ambiente.

A José Tomás, el Gran Bulú, de espaldas, le recordó a alguien hasta que se dio la vuelta. José Tomás se sintió paralizado por la sorpresa; tenía de frente, envuelta en su gran capa color de lluvia, la Figura gigantesca y risueña de su amigo Juan Palacios.

26

Guardajumos

Vicente Berroterán ya remonta las galeras del Guárico, camino de Calabozo. La vegetación frondosa escasea; los chaparrales, a ambos lados del camino, señalan el comienzo de la sequía. El calor aprieta. De vez en cuando aparecen escuálidos rebaños. Los turpiales revolotean y cantan alrededor del hombre y de su cabalgadura. Lleva alrededor de la cintura una ancha faja repleta de monedas de oro. Una pistola a cada lado de la montura. Una escopeta en la mano. Dos hombres lo acompañan: el zambo Domingo, su mayordomo del Corozo y un mestizo de Petaquire que va hacia Ortiz y que se le ha añadido a la salida de San Juan de los Morros. Los tres hombres charlan sobre el ganado y las ventas, sobre la sequía que se viene encima, sobre las ventajas y desventajas del caballo andaluz y el caballo criollo. Los viajeros hablan, pero van atentos a cualquier rumor extraño dentro de la hojarasca porque van atravesando los predios de Guardajumos, el más audaz de los bandoleros del Bajo Llano. Su historial es amplio y sangriento, lo que le ha merecido el dicho: «Más malo que Guardajumos». Se dice que es tan hábil que es capaz de guardar el humo, de ahí su remoquete, que más que el alias del más sangriento de todos los bandoleros, parece más bien el apelativo de un prestidigitador de feria. Sus fechorías son incontables e increíbles. Hace pocos días mató a un arriero en el camino de San Sebastián. Un isleño viejo de pelo rojizo muy apreciado en San Casimiro.

—Lo raro fue que le encontraron la carga intacta. Al lado de la cabeza, separada del cuerpo, estaba la recua de burros —comentó el zambo Domingo.

—Para mí —dijo el mestizo, camino de Ortiz— que a Guardajumos lo están haciendo pagano de cuanto desafuero se comete. ¿Quién ha visto que bandolero no cargue con la mercancía.

—Le interesarían tan sólo los reales —señaló Vicente.

—¡Qué va! —replicó el peregrino—. Ese hombre no llevaba reál encima, porque iba a vender. ¿No tenía acaso toitica la carga?

—La verdad sea dicha —respondió el yerno de Doñana que es bien extraño todo esto.

Un ruido entre la maleza puso sobre alerta al grupo.

—¿Qué es eso? —exclamó Domingo, mientras apuntaba hacia la maleza.

El mestizo sonrió despectivo:

—Un pájaro vaco, amigo. ¿Usted como que no es baquiano?

Vicente puyó al rucio y se adelantó un trecho a sus compañeros. Hacía más de dos horas que duraba la conversación. Era más de mediodía y el sol calcinaba la sabana. A lo lejos se divisó un samán frondoso rodeado de una vegetación densa. Vicente, volviéndose a sus compañeros, dijo:

—Vamos a echar un parado en la Mata del Ánima Sola, que el calor arrecia.

El zambo Domingo protestó, nervioso. Era un sitio encantado. Decían los viejos, que hacía mucho tiempo, en esa casa que se ve en ruinas, cerca de la Mata, vivía una mantuana muy lucida que se enamoró de su hermano sin saberlo. Ya la muchacha tenía el mandado hecho cuando se enteró del desafuero.

—Fue tal su desesperación —comentó Domingo—, que se ahorcó de una de esas ramas. Dicen que en las noches de luna llena se la ve clarito rechiflando a los cristianos.

—Esos son cuentos de vieja, Domingo —le dijo a lo lejos, socarrón, Vicente.

Los tres desensillan las bestias debajo de los árboles corpulentos. Vicente tiene el rostro encarnado. Ya son tres días de camino. El forastero enciende el fuego.

—¿Qué tal un cafecito, aunque sea recalentado? —propone servicial el hombre.

—Sea, maestro —le contesta goloso el zambo.

—Cuidado con el humo —dice Vicente colgando su chinchorro—, miren que esta tierra es de bandoleros.

—No se preocupe, don Vicente, que yo sé guardar el humo —responde el mestizo. Enciende una piedra negra de su mochila que rápidamente se pone roja como un tizón sin que se desprenda la menor partícula de humo. El mestizo se ufana:

—¿Qué le dije, don Vicente?

—Caramba, es realmente sorprendente. ¿Cómo se llama esa piedra?

—Pues en mi tierra la llaman Guardajumos, como el mismísimo bandolero.

—A lo mejor usa esa piedra para cocinar —aventuró con desgano Vicente, mientras el sueño se apoderaba de él.

—Pues así es, mi Don —le respondió reticente el caminero.

Vicente se quedó pensando a tiempo que se adormitaba.

Las últimas palabras de su compañero se le quedaron saltando. Una oleada de café caliente le pegó en el rostro. El mestizo estaba a su lado. Vicente abrió sus grandes ojos azules y de la pregunta pasó a la acusación:

—¿Y usted cómo sabe que Guardajumos usa esa piedra para cocinar?

—Pues, muy sencillo, don Vicente, porque yo soy Guardajumos, para servirle.

Todo sucedió en un instante. Un disparo de la pistola del bandolero abatió al zambo Domingo, en tanto que la punta de un puñal se insinuaba en la yugular de Vicente mientras el café se le derramaba en el pecho.

—Quieto, mi blanco, para que no le pase lo del zambo —ordenó suavemente Guardajumos.

Un fuerte estertor dio a entender que el mayordomo había muerto.

Guardajumos emitió un sonido, igual al del pájaro vaco que oyeran antes. A cien pasos le respondieron en la misma forma. Minuto después, un ser de aspecto endiabladamente salvaje apareció detrás de la casa en ruinas.

—Carajo, mi jefe, ya era tiempo. Desde esta mañana los veníamos siguiendo. Menos mal que cayeron como dos tortolitos —dijo a tiempo que le dirigía una mirada despectiva a Vicente.

—Avísale a los otros —mugió Guardajumos.

—Eso es lo que voy a hacer, mi jefe —señaló el secuaz, y cogiendo unas ramas verdes las echó sobre el fuego desprendiéndose de inmediato una densa humareda que tapó con la cobija del mayordomo, mientras echaba un disparo al aire. Luego levantó la manta dejando salir el humo por un instante para volver a cubrir y levantar de nuevo. Gruesos espirales de humo se elevaron hacia el cielo inmaculado de la llanura.

—Se da cuenta, mi blanco —murmuró con soma el bandolero— que no todo es guardajumo; se guarda el jumo para comé y se abre el humo pa'llamá a su gente. ¿Qué le parece? —le preguntó sonriente mientras le enseñaba una dentadura desprovista de incisivos.

Al poco tiempo se oyó el trepidar de unos caballos. Siete hombres con aspecto de bandidos se detuvieron en la Mata. De la cabalgadura de uno de ellos pendía media ternera.

—Se nos atravesó en el camino, mi jefe —explicó con jactancia socarrona el cuatrero.

—Pues tráigasela para acá, que hace hambre Guarda- jumos —la asaremos en este fuego.

—¿A la orilla del camino real? —interpeló una voz agria. —No hay que preocuparse, hombre—contestó otro— que da pa'rriba no hay un alma en diez leguas a la redonda y de Ortiz nadie sube ya a esta hora hacia ninguna parte. Podemos comer con calma.

Guardajumos con sus brazos delgados amarró a Vicente de un árbol. Un olor nauseabundo, mezcla de carne putrefacta y de excremento humano, despedía el cuerpo del bandolero haciéndose insoportable a la distancia en que se encontraba. Anteriormente, cuando Vicente retrasó el paso, el mismo olor, aunque mucho más atenuado, le pegó de frente. En aquel instante pensó que podía ser un animal muerto. Ahora se daba cuenta que una gravísima enfermedad carcomía su cuerpo. Vicente se le quedó mirando: era un mestizo casi indio, enjuto, de aspecto inofensivo, con esa voz un poco ceceante, un poco infantil de los campesinos valencianos que a veces les da un aspecto de lánguida y femenil melancolía.

Vicente, amarrado, vio con hambre cómo la banda devoraba a dentelladas buena parte de la ternera. Charlaron en forma insustancial. Se rieron de la misma forma hasta que se fueron quedando dormidos. El pobre zambo Domingo parecía dormir con ellos. Ya estaba bien avanzada la tarde cuando despertó Guardajumos de la siesta.

—Arza la ancla, muchachos, que nos coge la noche —gritó paternal.

Alguien, con voz perezosa, sugirió:

—¿Y por qué no dormimos aquí esta noche?

—¡Qué va, oh! —respondió Guardajumos—. ¿En la Mata del Anima Sola? Será para que no podamos dormir en toda la noche.

Incorporada la tropa, Vicente seguía con mirada ansiosa sus movimientos.

—¿Y qué hacemos con el blanco, mi jefe? —preguntó el que fungía de segundo—. ¿Le doy su palo cochinero?

Guardajumos lo mira con simpatía:

—Aunque la estrategia recomienda no dejar atrás preso amarrado, el blanco ha sido muy güeno conmigo y me ha caído en gracia, que como dice el dicho, vale más que ser gracioso; por eso le voy a dar una oportunidad, que es dejarlo pasar la noche aquí, en la Mata del Anima Sola, que si no se lo come el tigre de estos contornos, se va a morí del susto que le va a dar la muerta, porque aunque dicen y que es bonita, también cuentan que vuelve loca a la gente. Si el blanco amanece vivo mañana, es que merece vivir, y le estará agradecido a

Guardajumos por haberle quitado nada más que estas morocotas que a nadie hacen falta, y un rucio, que en su hato tendrá de sobras.

—Adiós, mi blanco, que Dios y la Virgen me lo protejan —añadió con unción el bandolero mientras se perdía con su caballo por el camino polvoriento.[31]

27

Un ánima en el Samán

La noche iba bien avanzada cuando Vicente, adormilado en sus ataduras, oyó el rugido del tigre. Un nuevo rugido, a pocos pasos, le sacó un escalofrío. El tigre tenía hambre. Pero el tigre teme la voz del hombre. Por eso gritó con todas sus fuerzas y la fiera saltó hacia la espesura, quedando todo en el más profundo silencio. Vicente, sin embargo tuvo miedo. Intuía que tenía al tigre enfrente. La respiración y el gruñido de la bestia le confirmó sus temores, pero no veía el bulto.

—¡Qué extraño —se dijo para sí—, los ojos deberían brillarle en la noche! ¿Por qué me da la espalda? Un crepitar de huesos le dio la respuesta: el tigre se comía a Domingo.

Vicente volvió a gritar a pleno pulmón:

—¡Auxilio! Por amor de Dios.

---

31 Guardajumos es personaje histórico (ver nota 40).

La fiera saltó de nuevo hacia la maleza hasta que la noche se tragó sus ruidos.

—¡Ánima del Samán! ayúdame en este trance, y te prometo levantarte aquí una ermita —clamó.

De pronto, casi de inmediato, el paso de un caballo se oyó a lo lejos. Un ramalazo de esperanza iluminó su rostro.

—¡Socorro! ¡Auxilio! ¡Aquí un hombre en peligro de muerte! —gritó con más bríos en su desesperación.

Los pasos del caballo se acercaron. Se oyó un relincho. El ruido de cascos cesó. Esperó un tiempo y nada sucedió. Gritó de nuevo y callaron de nuevo los grillos.

Se hicieron las horas interminables. Apareció el lucero del alba. Una profunda quietud sobrecogió la Mata. Vicente comprendió que el tigre había huido, pero que también se había esfumado el hombre del caballo. En increíble silencio y oscuridad transcurren horas.

Comenzaba a despuntar el sol cuando una sombra humana se deslizó furtiva de una mata a la otra. Vicente se estremeció supersticioso:

—¿Quién anda ahí? —preguntó con voz recia—. Yo soy un hombre honrado a quien unos bandoleros lo tienen amarrado a este palo. Me llamo Vicente Berroterán y tengo hacienda en Calabozo. A quien me saque de este trance le haré llegar cien pesos que en este momento no cargo.

Una carcajada burlona le respondió. Un hombre de elevada estatura se perfiló en las sombras.

—Carajo, don Vicente. ¡Mira que yo he visto cosas! Pero, ¿qué me iba a imaginar que lo iba a encontrar en este trance y en este sitio?

—¿Quién es usted? ¿Quién es usted? —repitió con desesperación.

¿Yo? —dijo la sombra—. Yo soy un prófugo, un hombre que viene huyendo de la justicia porque maté a un hombre.

La familiaridad de la voz y lo inusitado de la circunstancia, tenían a Vicente a punto de enloquecer.

—¿Quién es usted, hombre de Dios? Yo a usted lo conozco: acérqúese para verlo.

—Claro que me conoce, don Vicente. Hombre pendejo que se deja quitar la hembra por una enferma y se deja mandar por la otra.

Una luz se hizo en el espíritu de Vicente.

—¡Andrés Machado! ¡Tú eres Andrés Machado! —exclamó horripilado de encontrarse al mulato en esas circunstancias.

Aunque siempre había sido cordial con él, siempre supo que aquel hombre lo odiaba, con ese odio inclemente de los resentidos contra los que no les han hecho nada.

—¡Ah! ¿Conque ya me conoció? No es entonces tan pendejo como por ahí dicen.

Vicente sintió miedo ante el insulto del mayordomo. Comprendió que nada bueno podía salir de aquel encuentro con el sirviente de su suegro. Lo sintió más peligroso que el mismo Guardajumos. Vicente decidió adoptar serenidad.

—Cálmate, Andrés, y no digas nada de lo cual te puedas arrepentir, que a lo mejor yo puedo ayudarte. ¿Qué es lo que pasó? ¿Mataste a un hombre? ¿Quién era ese hombre y por qué lo hiciste?

Andrés, como embriagado, refirió el hecho.

—Fue un viejo de mierda, un arriero que me llamó mulato e insultó a mi madre. Me cegó la rabia. Lo perseguí y de un solo tajo le arranqué la cabeza. Y lo volvería a hacer, carajo, se lo juro, que lo volvería a hacer. Estoy harto de que me humillen. ¿Qué culpa tengo yo de ser mulato? —dijo con voz quebrada.

Vicente percibió la brecha. El hombre atormentado, dispuesto a vengar con sangre pasadas ofensas, se convertía en un muchacho cansado, triste, casi hasta arrepentido.

—No es tan grave la cosa, entonces —apuntó conciliador—. El te insultó y tú te defendiste. Con una buena defensa eso casi no tiene pena. En cambio, si sigues huyendo así, se te van a poner las cosas malas. Piensa en Tomasa, tu hermana, contigo por esos montes o en prisión, ¿qué va a ser de ella? Tengo entendido que ustedes no tienen familia.

—Eso es lo que más me preocupa —gimió definitivamente Andrés.

—Bueno, chico —señaló afable Vicente— te voy a proponer un negocio. Tú me sueltas, y yo me comprometo a esconderte, a encontrarte un buen abogado y a mandar a buscar a Tomasa. Entre tanto te escondes en mi casa de Calabozo.

Un destello de alegría brilló en los ojos del mulato. Rápidamente rompió las ligaduras del prisionero y dijo:

—Perdóneme mi amo por todo lo que le dije. Yo soy volado, ese es mi defecto, pero yo a usted siempre lo he tenido en gran estima.

—No te preocupes, hombre —le respondió afable Vicente.

A mediodía en punto, Vicente y el mulato, hacen su entrada en Ortiz. A caballo va Vicente, a pie y a su lado, Andrés. La pareja hace alto en la plaza mayor. Vecinos los rodean. Se hacen las preguntas de rutina. El mulato percibe lejano a Vicente. Le escudriña el rostro. Vicente ve más allá del grupo. Un sargento de la guardia municipal se acerca a caballo; lleva un fusil en banderola; se lleva la mano al quepis a guisa de saludo.

—¿Qué tal, don Vicente?

Andrés comprendió en la falta de espontaneidad del ganadero que le tiende una trampa. Como un cunaguaro se endereza cuando Vicente le grita al sargento y a los vecinos:

—¡Agarren a este hombre que es un asesino!... —Ya el sargento está en el suelo y Andrés encima de su caballo, corriendo desesperado camino de la llanura.

28

El Gran Bulú (Segunda parte)

José Tomás seguía regocijado recordando su reencuentro con Juan Palacios. Tan pronto le dio el frente dejó caer su sonrisa amplia de forzado en Puerto Cabello para ser de nuevo el Gran Bulú. Con voz sepulcral le dijo a la concurrencia, mirando a José Tomás:

—Ha llegado el Taita. El Taita que los redima de las injusticias de los blancos. Bajo su mando ustedes harán temblar la tierra. Veo caballos desbocados, lanzas rojas y negros felices.

—De rodillas, de rodillas —clamó de pronto y su voz retumbó en la iglesia.

Una tremenda desazón sacudió a José Tomás. Su naturaleza llana le impedía seguir la corriente a Juan Palacios. Pero también se dio cuenta de que no tenía otra alternativa que marchar por el cauce que le señalaba el negro. La voz trepidante del Gran Bulú volvió a exclamar:

—Que resuenen los tambores, el bongó y las chirimías; que bailen las negras buenas y Fray Tiburcio nos bendiga.

Al conjuro de Juan Palacios retumbaron las cajas, las arpas y las maracas. Siete negras de ancas rellenas meneaban muellemente las caderas. Fray Tiburcio, con su palma, llevaba el compás a paso menudo desde el altar. El Gran Bulú avanzó grave y mayestático hasta José Tomás. Parecía un obispo copto con su capa color de lluvia. Ya para alcanzarlo en su abrazo, gritó: — Que suenen más fuerte esos tambores para que lleguen hasta Camaguán.

La música y los alaridos de los negros hicieron inaudibles las palabras que con aire de ritual mágico le decía Juan Palacios a José Tomás, mientras lo besaba en la frente, lo tocaba en los hombros, lo persignaba en el pecho.

El Gran Bulú, con voz muy queda, le decía:

—Cuidado si te resbalas, gran carajo, porque nos envainamos. Sígueme la corriente, que después te cuento.

29

El indio Eulogio

José Tomás volvió a reírse ante el recuerdo y decidió entrar en el templo donde se le seguía proceso al espía hallado en la ciénaga. En el momento en que entraba al recinto, Fray Tiburcio le decía al prisionero:

—Yo no soy Caifás ni Melquisedec... pero de que me hueles a frito, me hueles a frito.

Los negros se volvieron al oír las recias pisadas del ganadero, que chocaba sus espuelas contra el enlosado.

—Es el Taita —exclamaron con unción los presentes.

Boves, con sus ojos rayados, miró al prisionero. Era un vigoroso ejemplar del indio caribe con un brochazo hispánico. Las facciones eran angulosas, la nariz corva, los pómulos salientes, la boca estrecha y hundida con un dejo de crueldad que imponía respeto. A uno de los negros que pretendió hacerle burla le propinó una patada, sin que su rostro trasluciera dolor cuando el otro le respondió con un puñetazo en medio de la cara. A Boves le gustó el gesto.

—¿Cómo te llamas? —le preguntó a quemarropa.

El indio lo vio con sorpresa, finalmente respondió:

—Eulogio Sánchez.

—¿Qué haces y de qué vives?

—Hasta hace diez días era ordenanza en San Fernando del Comandante López, pero se murió el Comandante y el nuevo no me gustó... Yo no le sirvo a pendejos.

Una expresión de asentimiento se dibujó en el rostro de José Tomás.

—¿Me servirías a mí? —le preguntó.

El indio le dirigió una mirada penetrante.

—Por lo que veo, debo pensar que al que tengo por delante es el Taita Boves...

—Así es —respondió José Tomás.

—Pues entonces puede ser... Mi antiguo amo, el Comandante López, lo tenía en gran estima.

José Tomás había sido amigo del Comandante López, un español bragao y generoso a quien no se le aguaba el ojo frente a ningún peligro. En una ocasión, entre ambos abatieron una pandilla de cuatreros que asolaba los lados de Camaguán. Entre los hombres de López iba un indio fiero. ¡Claro está!, recordó José Tomás, el mismo que tenía delante.

—¿Pero tú no estabas en Camaguán cuando lo de Santiago el Tuerto?...

El indio, con su expresión de iguana, confirmó:

—Así es...

—Pero entonces tú me conoces —señaló Boves.

—Así es —prosiguió el indio sin variar el acento.

—¿Y por qué no comenzaste por ahí, y nos hubiéramos ahorrado palabras?

—Guá, usted no me lo preguntó...

En ese instante entró en el templo el Gran Bulú. Inmediatamente se apersonó de la situación y oyó los cargos que hacían contra el indio. Puso cara de asombro y desagrado cuando se enteró de las acusaciones que pesaban en su contra.

José Tomás, temiendo por la vida del ordenanza, le dijo a Juan Palacios antes que el negro dictase sentencia:

—Gran Bulú, ese hombre es un macho que ha combatido al lado mío... Déjalo que se venga conmigo.

Juan Palacios simuló reflexionar, finalmente dijo:

—Bueno, llévatelo. Tú sabes que a mí no me gustan los indios ni vivos ni muertos.

Esa misma tarde salieron de Guayabal, Boves y su gente. En la retaguardia, cabalgando con desgano, iba el indio Eulogio.[32]

---

32 Aunque el nombre de Eulogio es supuesto, Boves tuvo siempre de espaldero a un indio sombrío como el que se describe. De él habla, con esas mismas características, Cabrera Sifontes en La Rubiera (1972). Matías, el personaje de Arturo Uslar en Las Lanzas Coloradas, guarda la misma semblanza.

30

El cura y la niña

Cuatro días más tarde José Tomás y su gente llegaron a Calabozo. De acuerdo a su costumbre, luego de asearse un poco, su primera visita fue para don Juan Corrales, su benefactor.

La casa del mantuano quedaba en una esquina de la Plaza Mayor, con frente hacia las dos calles, y ocupaba la cuarta parte de una manzana de treinta pies y seis ventanas por lado. Como todos los case- roñes del llano, era de paredes muy altas con recia techumbre que lo aislaba del calor sofocante. Ya cruzaba el ancho portón cuando unos gritos desacompasados de niño lo atropellaron. De inmediato, como una exhalación, pasó a su lado Inés, la hija única de don Juan, mientras atrás, persiguiéndola y bufando, la seguía su padre:

—¡Muchachita del carrizo, que es la misma mandinga!... —le gritó a su hija mientras tomaba aliento en la puerta, sin casi reparar en la presencia de su amigo.

«¿Tú sabes lo que hizo la condenada esa? Pues me metió el gato en la pajarera y el muy desgraciado los ha matado a todos. ¡Carajo!, con razón dice el diablo que el que lo hereda no lo hurta. Esa muchachita es tan mala como su tía Josefa... que el Señor la tenga en su gloria».

José Tomás sonrió ante la travesura. Siempre había simpatizado con la chicuela, aunque ella, por lo contrario, no perdía oportunidad de demostrarle su aversión. Era una mozuela al comienzo de su pubertad con la confusa expresión del alba. Era una muchacha extraña que más de una vez le hizo temer a don Juan por su cordura. Carece de inhibiciones y hace lo que le da la real gana. En días pasados le regaló toda su ropa blanca a una muchachita indígena que pasó mendigando, en tanto que ayer le echó agua caliente a Tomasillo, el bobo de Calabozo, y todo porque está sentado en el zaguán. Las reacciones de la niña Inés, como la llamaban sus esclavas, eran impredecibles. Lo mismo era soberbia como una yegua de raza, que humilde como mendiga caminera. A veces era aguda, inteligente y despierta; las más de las veces era, sin embargo, hosca, gruñona e inaccesible, como si la nube de locura que la envolvía —como temía su padre—, se hubiese comenzado a desgajar.

Salvo al gato a quien llamaba Lucifer, y no sin razón, como murmuraba temerosa la servidumbre, Inés no le expresaba su afecto a nadie. Ni siquiera su padre, quien la veneraba, recibió la más leve muestra de ternura de aquella mozuela, que a veces parecía una niña precoz y otras una diminuta mujer maligna. Era sucia como una mecha y brincona y audaz como las ardillas de la plaza. Su mirada, encuadrada en facciones de virgen sevillana, oscilaba entre un desparpajo cruel, lúbrico y una expresión vacía de bruja enferma o de loca en trance. Es inesperadamente compasiva y despiadada. Aunque son pocos los esclavos que se azotan en la casa del viejo Corrales, Inés siempre es la primera, aunque su padre se lo tiene prohibido, en restañar las heridas de los flagelados; pero como susurra Eusebia, una de las negras que la cargó: «no se sabe si es por hacerle un bien a los hombres o verle la hondura de sus heridas», pues más de una vez la vio apretar los labios con aires de mujer birrionda cuando lavaba con agua y vinagre los surcos sanguinolentos que había dejado la ira del padre.[33]

La gente dice que la muchacha está chiflada, pero el Padre Llamozas, que la conoce y la quiere bien, dice que no hay nada de eso, que Inés es tan sólo un espíritu puro que se revierte contra tanta podredumbre.

Don Juan, que siempre está en pugna con el cura, dice que él no cree en esas pendejadas, y que cómo puede haber podredumbre en Calabozo con la cara de fastidio que tiene la gente. El Padre Llamozas, para él, no es más que un ser fantaseador que por hacer una frase es capaz de negar al Espíritu Santo sus atributos de paloma divina— Ahora la ha cogido con el tema de la justicia entre los hombres y de los cambios que se avecinan; que si los negros y los blancos son iguales a los ojos de Dios, cuando él mismo, en el catecismo, es el primero que repite lo qué le dijo Noé a su hijo Cam cuando lo encontró borracho: «Tú y tus hijos, y los hijos de tus hijos serán esclavos de tus hermanos y de los hijos de sus hijos».

Discusiones de ese tenor solían sumergir al Padre Ambrosio Llamozas, cura de Calabozo, en ásperas discusiones con don Juan Corrales.

—Pero Juancho, no seas soberbio, que eso lo castiga Dios —decía el cura con su cara angulosa de Savonarola, parecido físico éste que

---

33 Inés Corrales es personaje histórico. Su semblanza es una mezcla de ficción y conseja.

no había sido indiferente a la forma de vida que se había impuesto el presbítero calaboceño, cetrino y cuarentón.

Don Juan Corrales, que conocía perfectamente la secreta admiración que sentía su amigo por aquel fraile agitador, solía poner punto final a toda discusión con el párroco, aludiendo al triste final de Savonarola.

—¡Tú vas a morir quemado como tu santo patrono, Ambrosito!

—Y ustedes y sus familias, que es lo peor —replicaba el cura—, van a ser arrasados porque no es posible que las cosas continúen de esta forma.

El padre Llamozas se desespera entre aquellos rudos criadores de Calabozo ajenos a la marcha de su tiempo y a la necesidad de expresarse en símbolos diferentes. Para ellos la vacada era toda su enciclopedia y los sucesos de la llanura infinita toda su universidad. Era una concepción zoológica y vegetal de la existencia.[34]

Por eso se sentía mucho mejor con los niños y con la gente de condición modesta como José Tomás Boves. Don Ambrosio lo encontraba abierto, humilde e inteligente. Jamás interrumpía al párroco en sus larguísimas exposiciones; se le quedaba viendo con sus brillantes e impresionantes ojos de tigre harto, concentrado, receptivo, sin pestañear. Nadie más atento a sus palabras que se las iba bebiendo con el mismo deleite hondo que tienen las bestias sedientas cuando llegan al abrevadero. José Tomás jamás disentía, aunque era de una versatilidad increíble que desagradaba a su maestro.

---

34 La semblanza atribuida al padre Llamozas procede de un desarrollo lógico de algunos rasgos de carácter conocidos y de su correspondencia (.Memorial Presentado al Rey por el Pbro. José Ambrosio Llamozas, Vicario General del Ejército de Barlovento. Boletín de la Academia de la Historia N° 71, pág. 578).

Boves podía pasar, en cuestión de segundos, de la posición del discípulo imitativo, ejemplo y satisfacción del maestro, a la más precoz y antagónica figura. Bastaba que llegase a la pulpería uno de sus tantos compadres de los alrededores para que José Tomás repitiese como un diapasón los tonos y timbres de su interlocutor, haciendo caso omiso de su pulido maestro. En ese momento José Tomás era tan vulgar y jactancioso como Juancho Corrales, y tan naturalizado con el primitivismo de aquellos hombres, que el Padre Llamozas se quebraba la cabeza en las noches tratando de responderse cuál de estas dos naturalezas, tan opuestas, era la que en verdad correspondía a su discípulo.[35]

Luego de tomar asiento en las sillas de vaqueta del entrepatio, José Tomás le preguntó al viejo Corrales:

—¿Y qué novedades ha habido en mi ausencia?

—Pues tengo dos... la una que el negro Sebastián mató al caporal de Tiburcio Domínguez y la otra que por fin se murió el viejo Carvallo.

Boves proyectó las dos imágenes: la del negro Sebastián, un negro refistolero parecido a Juan Palacios, que se le metía todas las tardes en la pulpería a comerse las sobras de papelón, y la otra, la de Carvallo, un isleño panzudo de cara cetrina que desde hacía meses languidecía en el mostrador de su pulpería, mientras Lucía, su bella hembra, le hacía sacar cuentas a todo el vecindario de quién se quedaría con ella cuando muriera su esposo.

---

[35] La semblanza de Boves no es caprichosa ni discrecional. Aparte de abundar observaciones bibliográficas sobre su carácter y tradiciones orales coincidentes, hemos redondeado rasgos de menor cuantía en base a hipótesis viables de la psicopatología de la personalidad (ver apéndice II).

—Carvallo los dejó en la calle —abundó el viejo Corrales—. Ayer les confiscaron la pulpería. Yo no sé qué va a ser de esa pobre mujer y de sus muchachitos. Aunque tiene una cara que cualquiera la ayuda —añadió con picardía el viejo.

José Tomás tuvo un pálpito y recordó su propia historia. Vio de pronto en la tragedia de Lucía Carvallo la de su hermana yéndose a vivir con el abacero, y aunque Lucía lo excitaba con sus ojos negros de isleña y sus trenzas acordonadas, sintió lástima por aquella gente y por sí mismo.

Don Juan Corrales prosiguió:

—Quería que me ayudaras con el negro Sebastián, tú sabes lo que representa para mí.

—No tiene sino que mandar don Juan —le respondió impulsivo José Tomás—. Si es posible —continuó—, esta misma noche lo ponemos en camino.

—Yo ya sabía que no te ibas a negar. Ven para que lo veas. Lo tengo escondido en el último cuarto.

Cuando el negro Sebastián se enteró de que pronto quedaría libre de sus perseguidores, se arrodilló a los pies de José Tomás y le besó las manos a tiempo que le decía:

—Gracias mi amito... Dios se lo pagará, y el negro Sebastián cuando usted quiera.

Esa misma noche, disfrazado de arriero, salió hacia el Guayabal el negro Sebastián. Llevaba veinte pesos y una muía recia que le regaló el Taita, como comenzaban a llamar a Boves, desde el médano de Cazorla hasta El Rastro, al norte de Calabozo.

Tan pronto salió de la casa del viejo Corrales, José Tomás se fue derecho a la pulpería de Lucía. Los recientes trasnochos aguzaban sus pómulos y la sombra azulada de sus ojeras. No había pena ni melancolía en el rostro de la isleña. Más de treinta años le llevaba el marido y la enfermedad lo había convertido en un guiñapo como para estar lamentando su ausencia.

—¿Y qué vas a hacer, Lucía?

—Pues será ponerme de sirvienta en la casa de cualquiera. ¿Yo no te sirvo? —le preguntó al hombre, discreta y sin insinuar nada.

Dos semanas sin mujer tenía José Tomás, lo que era demasiado para su tremenda incontinencia. Tan pronto saliera de ahí pensaba hacerle una visita a la india Teresa y averiguar si el marido de Martiniana

Sierralta estaba fuera de Calabozo para treparle el techo ya que era su vecina. Pero ninguna de aquellas mujeres podían ser comparables a Lucía, que se le ofrecía clara y limpia, sin recovecos ni complejidades. La mujer lo miraba con ojos de pupila estrecha, con el labio entreabierto, y una expresión donde iban de la mano el miedo a la miseria y las ganas de aquel macho a quien desea y halaga.

Ya José Tomás iba a agarrarle una trenza, cuando el grito de los hijos de Lucía, cazando iguanas, lo paró en seco. Concediéndole una brusca adustez al rostro, le dijo a Lucía, avergonzado y con voz bronca:

—Tú no me sirves ni a ninguno aquí, pues lo que te quieren es de barragana. Recoge los pocos macundales que te queden y lárgate con tus muchachos para Canarias.

—¿Y con qué? —preguntó casi impúdica.

—Tu marido me ayudó mucho cuando llegué a Calabozo y era un presidiario que todo el mundo me sacaba el cuerpo. Yo le tenía una deuda a él desde hacía tiempo por valor de más de doscientos pesos que aquí te traigo.

La mujer calló ante la mentira y se le incendió el deseo.

—Pero José Tomás...

—Nada, nada... —respondió con brusquedad— y como no quiero complicaciones mejor me voy. Mañana en la mañana vendrán dos de mis hombres a buscarte con los muchachos para que te lleven a Puerto Cabello. —Y como picado de tábano salió a escape huyéndole al deseo.[36]

Tres horas más tarde José Tomás se revolcaba en el chinchorro sin poder dormir. Hacía calor y el deseo de mujer le hacía insoportable el contacto con las cabuyeras. Se negaba a tener mujeres en casa que le pudieran servir de cocihembras, porque eso le impedía casarse con una muchacha decente de Calabozo. Para eso tenía a la india Teresa o a Martiniana, su vecina. Pero la imagen de Lucía, fresca y fragante, no se le borraba de la imaginación. La veía deseosa en medio de la emoción que le propició su gesto. Él, a su vez, rumiaba con orgullo su leal actitud de caballero. Pero también pensaba que lo que las mujeres no perdonan no es lo que se les hace sino lo que se les deja de hacer, y sacaba cuentas y memorias desde que conoció a Lucía hace cuatro años, cuando llegó moza a casarse con el vejestorio de su primo. Desde el primer momento supo que le gustaba a la mujer de Carvallo, pero siempre por lealtad al hombre que le protegió en sus inicios, y al mismo tiempo porque Lucía no daba pie para sacar cuentas distintas, José Tomás se abstuvo de todo juego o melindre con la mujer del amigo.

Pero hoy la cosa era diferente. Ya Carvallo había muerto, Lucía era absolutamente libre y la noche lo apretaba en su cobija de ganas. Por eso se puso en pie bruscamente y diciendo:

---

36 Recogido por el autor en la tradición oral.

—¡Qué carajo! —se montó en su macho y cabalgó hacia la pulpería. No tuvo que llamar. La puerta se abrió apenas llegó. En el umbral, esperándolo, estaba Lucía, que con dulce silabear isleño le dijo ansiosa y resignada:

—Pasa José Tomás... hace rato te esperaba.

Al día siguiente y muy de madrugada, salió Lucía con sus muchachos camino de Puerto Cabello. En vez de los dos caporales iban el indio Eulogio y el mismo Boves. La última jornada quedó en Valencia, ya que José Tomás seguía fiel a su juramento de no pisar aquella ciudad. La isleña, antes de despedirse, le dirigió una mirada honda y húmeda a tiempo que le decía:

—Dios te lo pague y gracias por ellos.

Cuando vio a la mujer y a los chicos, acompañados de Eulogio, bajar la cuesta de Bárbula, José Tomás se sintió gozoso de su buena acción y también de su libertad.

La mujer de Carvallo era mucho más sosa y absorbente de lo que parecía. Las cuatro jornadas que tardó el camino hubiera querido hacerlas en una, pues él no era hombre para pasear con una mujer y dos mocosos cien leguas a caballo, y particularmente si la bella Lucía daba síntomas inequívocos de estar enamorada. Como si en los cuatro días de camino hubiese querido desquitarse de los años insípidos que pasó al lado del difunto, la viuda no perdía oportunidad, para regocijo de Eulogio, de hacer que José Tomás la cabalgara.

Con paso alegre dirigió su caballo hacia una posada nueva que habían abierto a la entrada de Camoruco. El posadero, Carpóforo Medina, un hombre gordo y moreno, lo llevó hasta una habitación grande y confortable que daba hacia un patio sombreado de granadas y limoneros.[37]

—Aquí vas a descansar sabroso —le dijo tuteando y salivando mientras le colgaba el chinchorro.

Hacía algunos meses que lo había conocido en San Carlos, donde tenía una pulpería, pero según él mismo contaba, se había enamorado de una mulatita de Valencia y entre los dos, ya que ella también tenía sus centavos, decidieron montar la posada, que era un negocio redondo.

Una bien timbrada voz de mujer se dejó oír en el entrepatio. Cantaba una sonata gachupina de principio de siglo que llamaban el Piquirico. Carpóforo Medina captó el interés con que oía la sonata, y le dijo simulando guasa:

—Esa es la loca esa. Es más alegre que una pandereta. Luego la conocerás. Entretanto lávate y descansa en tu chinchorro, que falta un buen rato para la cena.

La mujer de Carpóforo seguía cantando en el patio vecino. Ahora cantaba la Zambullidora, un golpe muy alegre y decididor. Las chicharras atronaban entre los limoneros. José Tomás se dormía suavemente pensando en Lucía y en la mulata María Trinidad, la mujer de Remigio el ventero, cuando sintió a su lado la misma voz de la mulata, que con su impenitente tono de alegría, le gritaba en la oreja:

—Mire lo que es el mundo, José Tomás Boves de nuevo en mi casa.

---

37 Es personaje real Medina y su hermano (ver José Félix Ribas de Juan Vicente González).

El hombre se incorporó bruscamente creyéndose víctima de una alucinación:

—¿Qué vaina es ésta? —dijo sin dar crédito que tenía a la misma María Trinidad ante sus ojos, vivita, coleando y llameante.

—Nada, mi amor, que me vine de casa de Remigio y ahora me tiene en Valencia. —Y sin dar ni pedir mayores explicaciones le cayó a besos y se le metió en la hamaca.

—Cuidado chica, que viene tu marido —le dijo José Tomás entre cauteloso y confuso.

—¡Ay, chico! —le respondió con sorna la mujer—. No me vengas a decir que le vas a tener miedo al maricón ese. Ese es un bola de apio que me tiene el miedo hereje, además que esta casa y todo lo que tiene es mío.

—Pero cierra la puerta por lo menos, mujer.

—No mi vida, la primera vez que lo hice contigo fue con la puerta abierta y con los negros rastrillando el café. Desde entonces no he hecho sino soñar con repetir ese instante.

Cuando ya la tarde no era más que una candileja de la noche que avanza, la sombra rechoncha de Carpóforo Medina se dibujó en la puerta de la habitación donde la mulata y José Tomás yacían desnudos. Con voz que intentaba ser autoritaria, gritó a la mujer:

—Ya basta de vainas, salga de aquí negra puta, que no quiero matar al señor.

Una carcajada de paraulata se esparció por la casa.

—Qué vas a matar tú a nadie, mojón de mierda. El que se va a ir corriendo ahora mismo eres tú si no quieres que el señor, que sí es un macho cuatriboleado, te saque de esta casa con los pies para adelante.

Vete para casa del otro calzonúo de tu hermano y no me vuelvas a ver la cara si quieres que te mande los cuatro reales que invertiste en el negocio.

José Tomás, confuso, no hallaba qué partido tomar. De una parte le parecía insólita, desaforada y loca, la conducta de la mujer, y de la otra, le daba lástima la posición del hombre.

Un resoplido, como de buey que se desinfla, dio Medina en la puerta. Luego dijo:

—Por esta vez ganaste, mujer, pero no siempre será así...

Por toda respuesta, María Trinidad dejó salir una nueva carcajada, mientras el hombre arrastraba sus pasos hacia la calle.

Todo un mes se quedó José Tomás en la posada de la mulata. Su historia estaba llena de situaciones divertidas y equívocas. Luego que durmió la siesta aquella vez, con José Tomás, en la Cumbre, los chismosos de los esclavos se encargaron de contarle a Remigio lo sucedido. El zambo, que se dio por muy bien librado de haber salido vivo de aquello, no le dio mucha importancia al asunto, pero María Trinidad, que se había ido con el vejancón de Remigio huyéndole a los impulsos incestuosos de su padrastro, llegó a la conclusión de que mejor le iba enfrentándose al hombre de su madre, que ya había muerto y le dejó una casa, que estar encaramada en aquel cerro solitario con aquel hombre más feo que un chigüire y sin más gracia que una lechosa, y particularmente desde que había probado la carne de un hombre macho, joven y bien formado, como José Tomás.

Para salirse con la suya, comenzó seduciendo a un muchachón que trabajaba en la hacienda, y con su ayuda cargaron en tres muías toda la plata y sedería que Remigio venía acumulando desde sus tiempos de contrabandista, y aprovechando un día que el zambo había bajado a Puerto Cabello, por la senda opuesta se largaron a Valencia. Tan pronto llegó a su casa puso en la calle al padrastro. A los tres días apareció muerto con el cráneo partido a la orilla de una acequia. Con el muchacho vivió tres meses, pero como era más cerrado que una tapara y ya estaba harta de él, lo acusó de ladrón y lo hizo meter preso en el castillo con un amigo suyo que era alcalde de barrio. Con lo que le dejó su madre y con lo que le robó a Remigio, abrió una posada de modestas proporciones a donde llegó un día Carpóforo Medina. En ese entonces necesitaba unos dos mil pesos para poner el negocio en condiciones. Medina, aunque nunca había sido posadero, ya estaba cansado de esa vida de comerciante y viajero y decidió arrejuntarse con la mulatica, en busca de la paz y del hogar que la muchacha le prometía.

Pero a los tres días del acuerdo, María Trinidad se sintió arrepentida de haberse liado con aquel viejo afeminado y aburrido. El mismo día que llegó José Tomás ya había decidido salir de él. Por eso consideró providencial la aparición del hombre que la hizo sentirse hembra por primera vez.

María Trinidad, a diferencia de la viuda, tenía el don de estimular, no sólo los apetitos genésicos del asturiano, sino toda su fuerza vital. Sentía y percibía a la mulata como una fuerza cimbreante y arrolladora que le comunicaba a su cuerpo y a su mente toda la energía que necesitaba. Sus dichos oportunos lo hacían desternillarse de risa, y a pesar de lo casquivana que había sido la muchacha en los últimos tiempos, José Tomás sentía por ella una confianza inmensa, como ninguna mujer hasta la fecha, le había logrado merecer. Por primera vez José Tomás comprendió que estaba enamorado y así se lo hizo saber a la muchacha.

—No te enamores, chico, mira que soy muy puta y no quiero vainas.

—Es que me quiero casar contigo.

—Menos chico. ¿Quién te está pidiendo matrimonio? Además, tú no sabes que está prohibido a blanco casarse con parda, y yo no soy de las que voy a comprar blancuras que el Señor no me ha dado, como esas pendejas que en Caracas llaman las Bejarano.

Inútiles fueron los argumentos y reflexiones de José Tomás para que María Trinidad lo acompañase a Calabozo. Lo más que lograba eran tibias promesas de fidelidad mientras no la atormentara mucho el verano.

—Tú lo que tienes que hacer es venirte acá a Valencia todas las lunas menguantes y te quedas una semana y así no te corneo —le decía entre risas y cuchufletas.

José Tomás le hizo un crecido donativo para su pensión antes de marcharse. Cuando ya ponía el pie en el estribo, camino a Calabozo, María Trinidad le dijo con voz socarrona:

—¿Tú sabes cómo es la cosa?, que me llenaste el bote de agua.

Como José Tomás pusiera cara de extrañeza, le dijo zumbona:

—Que me preñaste, pendejo, que me preñaste... ¿entendiste ahora?

Nueve meses más tarde María Trinidad dio a luz un hermoso varón de pelo rojizo y facciones anchas de negro. Cuando José Tomás lo vio, comentó entre amoroso y desabrido:

—Ah caraj, me salió bachaco el muchacho...

Desde entonces, José Tomás cada dos o tres meses recalaba en Valencia y se pasaba toda una semana con la mulata y el hijo.[38]

31

Juan Caribe

Los indios de Camaguán veneraban a Boves y le daban, como los negros de Guayabal el trato de Taita, que era como decir padre, guía, maestro.

El pulpero de Calabozo podría tener mala bebida, como decía el Padre Llamozas, pero era, por encima de todo, un hombre generoso y la generosidad es la máxima y quizá la única virtud que ansían y valoran los desposeídos en los poderosos. ¿Qué le puede importar a uno de esos indios errantes la maldad o crueldad de un hombre cuando la maldad, la crueldad y la aspereza han sido los nortes de su existencia?

Del hombre fuerte el indio quiere carne, sal y fuego. Si se los da es un taita, de negárselos, lo roba. El problema de dar o de ser desposeído es un dilema inevitable en la dialéctica del Llano adentro.

---

38 Boves tuvo una querida en Valencia, de quien tuvo un hijo llamado José Trinidad Bolívar, a quien Valdivieso Montaño señala vivo para mediados del pasado siglo. La semblanza y caracterología de la mujer es fantasía del autor. No así su muerte. (José Tomás Boves).

José Tomás prefería ser el Taita, pero no por cálculo comercial, sino por ese instinto a desbordarse en todos los planos que tienen las almas lujuriosas. El rubicundo asturiano se desbordaba en su concupiscencia. La ruta de sus caravanas estaba cubierta de niños rubios, mestizos y bachacos, que recordaban al antiguo marino de Puerto Cabello.

—Aquel es hijo del Taita.

—Aquel dicen que también —aventuraban los caravaneros a su paso por los pueblos.

—Ese Taita es cosa seria —contaba con regocijo uno de sus peones al ver el vientre recrecido de una muchachita isleña.

—Y luego, entre envidioso y admirativo, traía a colación la copla:

—Ah malhaya quién pudiera...

—Con esta soga enlazar...

El antiguo presidiario se desbordaba en el amor, pero también en la muerte.

—No le aguanta vainas a nadie —decía su caporal, el indio Eulogio—. Ése es un macho cuatriboleao que no se le agua el ojo con nada ni con nadie. Yo recuerdo en cierta ocasión en que veníamos mi patrón y yo entrando en Camatagua —contaba añorando y lleno de sincera admiración el indio— cuando nos salieron al paso siete hombres mal encarados. Bueno, pa'qué les cuento.

El indio Eulogio, luego de una exposición donde menudearon las mentadas de madre, tiros, lanzas y machetes, concluyó orgulloso:

—Y les dejarnos dos muertos y tres mal heridos; los demás salieron como perro peado por mapurite.

Sobre el valor y la audacia del Taita se contaban innumerables anécdotas, como la vez que cruzó a nado un caño infestado de caimanes y de caribes, y todo por salvar un niño indio, de quien jamás se supo ni quién era ni de dónde venía. Era un muchacho de unos nueve años, del tipo de los piaroas, que estaba sobre un islote del caño a punto de sumergirse ahogado por la creciente. El muchacho se veía espantado.

Había quedado mudo. El asturiano se lo llevó a Calabozo y lo crió en su casa. El Padre Llamozas, siempre bíblico, propuso que lo bautizara Moisés, por ser también el muchacho salvado de las aguas. José Tomás se negó en redondo y con una carcajada:

—Usted sí que es ocurrente, Padre Ambrosio. ¿Cuándo ha visto usted a un indio piaroa con nombre judío? Si a usted le gustan las brejeterías lo complaceremos, pero vamos a ponerle un nombre más criollo, como por ejemplo Juan. —Luego, como reflexionando, añadió con una sonrisa de triunfo—: Juan Caribe, padre, porque si no llego a tiempo se lo manduquean los caribes. Se llamará Juan Caribe, ¿qué le parece?[39]

---

39 Según la tradición oral, muchas veces coincidente, Boves adoptó como hijo a un niño indio o mestizo, que habrá de tener el desenlace señalado. El nombre de Juan Caribe y sus características son licencias del autor.

32

Boves y Guardajumos

Pero la hazaña que dio más prestigio a Boves, no sólo en Calabozo y en sus alrededores sino en todo el bajo llano, desde San Sebastián de los Reyes hasta Clarines, fue la captura —del muy célebre bandido Guardajumos.

Venía José Tomás de vuelta hacia Calabozo, luego de haber embarcado unas mercancías por Pfritu, cuando en las cercanías del Agual, ya camino del Sombrero, se unió a la caravana compuesta por el comerciante, Eulogio y Jacinto Lara, un mestizo, casi indio, con el aspecto y traza de un caporal.

Un respingo dio José Tomás desde que lo vio y se mantuvo en guardia. Pero lo que realmente lo puso sobre aviso y lo impulsó a actuar, fue que al pasarle al lado, un vaho nauseabundo, el mismo que le contara Vicente Berroterán, le dio en las narices.

—Este es Guardajumos —se dijo para sí, y se quedó mirando a aquel hombre con voz ceceante de campesino aragüeño.

Al pasar al lado de un araguaney, a la entrada de una pendiente que conducía a un río, ya no le quedó la menor duda cuando oyó cantar en la espesura al mismo pájaro vaco que precediera al ataque de Vicente Berroterán.

Boves picó espuelas y sus compañeros lo siguieron. Cuando había recorrido un cuarto de legua, se detuvo ante una pulpería abandonada, cobijada por un mamón.

Tan pronto pusieron pie en tierra, el Taita, sin perder la calma, le dijo al bandolero apuntándole con su pistola al corazón:

—Y ahora, pájaro vaco, le vas a silbar a tu madre.

—¿Pero qué pasa? —preguntaron alarmados los otros.

—Nada, que este desgraciado, con el que venimos viajando, es nada menos que Guardajumos...

Los tres hombres se atrincheraron tras los muros de la casona, colgaron los chinchorros en un naranjillo y se acomodaron de tal forma que parecían dormidos. El astur hizo sentar al bandolero al pie de la mata mientras lo seguía apuntando con la pistola.

—Ahora silba, pico de plata, pero si cacareas te mato —le dijo con sorna.

Al reclamo del bandolero no tardó en acudir su simiesco compinche. Un tiro en pleno pecho, del indio Eulogio, lo dejó fuera de combate.

—Este es el primer paso —observó con alegría José Tomás—. Ahora viene el más interesante. Vamos con el humo... Menos mal que Vicente Berroterán me echó el cuento, porque si no, ya no lo contara.

Guardajumos sonrió con acritud. Tan sólo comentó:

—Por eso es que en este mundo no se pueden hacer caridades.

La emboscada estuvo bien planeada. Tres de los bandoleros cayeron a la primera descarga, los otros, asustados, huyeron hacia el monte. Uno de los heridos se retorcía en el suelo. El asturiano lo remató clavándole la lanza en el pecho con la misma indiferencia con que momentos antes había pinchado a un merey. Guardajumos tuvo un estremecimiento al ver acercarse al asturiano con la lanza sangrante.

—No, hediondo, a ti te llevo para semilla —le dijo con una sonrisa.[40]

En Barbacoas lo entregó a las autoridades.

33

La red del Taita

El pulpero le había tomado un enorme cariño a Juan Caribe, quien era un zagaletón retaco de mirada viva, que todo lo entendía, aunque no decía una palabra. Nunca sonreía ni expresaba ira. Tampoco tenía esa indiferencia plácida de los locos, ni la mirada vacuna de los imbéciles. Sus ojos pequeños eran negros y vivaces y

---

40 La captura de Guardajumos por Boves y el futuro héroe de la Independencia Jacinto Lara, es referida y con suspenso festivo por don Arístides Rojas, el primer historiador venezolano con espíritu crítico (Leyendas Históricas de Venezuela. Tomo i. Más malo que Guardajumos, Crónica Popular, OCI, Caracas 1972. Primeras ediciones hacia 1890). Según Rojas, nació el célebre bandido en la misión de Los Ángeles al sur de Calabozo hacia 1780. Se llamaba Nicolás y era un indio guamo. «¿Quiénes fueron aquellos mozos comerciantes, resueltos, valerosos —se pregunta el historiador (págs. 191 y 192)— que pusieron en fuga a los asaltadores?» «La historia los conoce —se responde más adelante— con los nombres de Jacinto Lara el uno y el otro con el de José Tomás Boves.» Fue ejecutado en 1806.

relampagueaban en señal de comprensión. Nadie mejor que él para manejar el de- tal de la pulpería.

—Juan Caribe —decía un arriero— dame ocho varas de mecate, dos velas de sebo y un machete de cola de gallo, que voy para Cazorla.

Juan Caribe entregaba el pedido, cobraba y entregaba el vuelto sin que nadie entendiera cómo había aprendido a sumar y a restar a la perfección con las pocas explicaciones que le dio el Padre Llamozas.

Juan Caribe parecía un perro silencioso al lado de su amo. Cuando José Tomás abría el ojo en la madrugada, lo primero que veía desde su chinchorro era la cabeza redonda del muchacho atisbándolo desde el suelo. Por eso llegó a quererlo entrañablemente y hacérsele indispensable cada vez que salía de viaje, ya que en eso Juan Caribe no lo complacía. No había poder humano que lograse sacar al indio de Calabozo. Varias veces lo intentó con los mismos resultados. En la medida que se alejaban por la llanura, una extraña angustia sacudía al muchacho. La situación llegó al pánico cuando les salió al paso el río Guárico. Juan Caribe, a la vista del agua, se puso fuera de sí y por primera vez Boves temió por su razón. Desde entonces nunca más lo obligó a salir de la ciudad.

Entre tanto, los negocios del asturiano seguían prosperando. Sus caballos gozaban de fama en toda Venezuela, tanto por lo bien amaestrados como por la baratura de sus costos. Juan Palacios, desde Guayabal, se los remitía a un precio ínfimo. Él le devolvía cuantiosas cargas de sal, pólvora y aguardiente. Los caballos eran de los hatos vecinos. De ahí lo reducido de sus precios.

El antiguo presidiario se había convertido en una especie de cónsul ad-honorem de la república independiente de Guayabal. Cuanto negro cimarrón pasaba por Calabozo huyendo de las autoridades, buscaba la protección del pulpero. Si José Tomás le encontraba condiciones se lo remitía a Juan Palacios. El indio Eulogio era el encargado de recordarle su fidelidad:

—Acuérdate que eres deudor del Taita. No te vayas a olvidar de eso, que puede ser peligroso.

Cuando la justicia se cansaba de buscar al prófugo o al negro cimarrón, José Tomás o sus socios se encargaban de encontrarle trabajo en cualquiera de los hatos llaneros. Así urdió una extensa red de gente suya en todo el cuadrilátero que va desde el Orinoco hasta las galeras del Guárico y desde Píritu hasta San Carlos, lo que le permitía recabar toda clase de informaciones comerciales que aprovechaba con creces para el acrecentamiento de su riqueza. Por eso, cuando llegaron los acontecimientos que pusieron fin al gobierno español en la provincia, José Tomás Boves era, sin duda, el hombre más importante de los llanos centro occidentales, y lo habría sido de los llanos orientales si su compadre Pedro Zaraza, llamado Taita Cordillera, no le hubiese tomado la delantera.

34

«5 de julio»

El 5 de julio de 1811 fue el día fijado en todas las provincias de la Capitanía General de Venezuela para declarar la Independencia. En Calabozo, como en Caracas y en Valencia, hubo fiestas y jaranas a granel. José Tomás, entusiasta como ninguno, tenía preparada una bandera tricolor con una leyenda que decía «Viva la Patria», que colgó a la entrada de su tienda. En la puerta misma de su casa disparaba cohetes y servía aguardiente ayudado por Juan Caribe y el indio Eulogio.

—¡Que viva la independencia y abajo los chapetones!... —clamaba lleno de júbilo.

Arrieros y caporales entraban a la pulpería. A todos, alegre, invitaba:

—¿Se echa un palito, Ño Domingo? —le decía a un zambo viejo, o:

—Venga pa' acá, mi hermano, para que disfrute de un cocuy que me mandaron de El Tocuyo.

En la Plaza Mayor la banda municipal tocaba desacompasados aires marciales. En lo alto del ayuntamiento una nueva bandera, amarilla, azul y roja, sustituía la amarilla y gualda de España. Boves la miró y tuvo un escalofrío de remordimiento. Lo consoló la explicación que le había dado don Juan Corrales sobre el origen de la nueva bandera:

—Dicen que al General Miranda le preguntó una condesa rusa sobre los colores de su insignia, y el general, que no había pensado en esos detalles, y se la quedó viendo y le dijo: Amarillo como vuestro pelo, azul como vuestros ojos y rojo como vuestros labios. Después de esta explicación se empiernó con la condesa.[41]

Por la calle mayor venía Inés Corrales. José Tomás se la quedó viendo. En menos de dos años se ha transformado en una mujercita. Tiene unos ojos muy hermosos, aunque mantiene la misma expresión

---

41 De niño oí esa explicación sobre los orígenes de nuestra bandera.

extraña. El pulpero intenta saludarla, pero ella rehuye el saludo. Inés lo detesta y no se lo oculta.

Esa tarde, en los toros coleados, el gigantesco astur le brinda una suerte. Ella se le queda mirando con sus ojos fríos y guarda silencio. El mozo corre tras la bestia en el callejón del tranquero, la agarra por el rabo y la levanta en vilo en un alarde de perfección. El público aplaude. José Tomás es uno de los mejores coleadores del llano. Cuando regresa a la ventana de Inés, la encuentra vacía.

Esa noche hay baile en casa de los Mujica. Van todos los blancos y mantuanos de Calabozo. A José Tomás, como sucede casi siempre, no lo invitan. Todavía no sabe si por expresidiario o por pulpero.

Rechaza burlón los prejuicios de casta contra los pulperos, por eso le dice vehemente al padre Llamozas:

—Los pulperos somos el eje de este país. ¿Quiénes sino nosotros establecemos un puente entre el pueblo y los dirigentes? ¿A quién acude el caporal, el mayordomo o el patiero cuando tienen un problema de pleito o necesitan de un consejo? Por eso yo tengo más ahijados que el gobernador de Calabozo. Uno es banco, cura y proveedor. Nosotros los pulperos, no hacemos mal a nadie. ¿Cuándo ha visto usted que un pulpero le ha quitado a un pobre sus bienes, débale lo que le deba? Sin nosotros de su parte, esta República, que por lo que me va pareciendo es de mantuanos y para los mantuanos, no duraría ni un día.[42]

Aquella noche José Tomás se embriagó. Primero lo hizo alegremente, luego se volvió como un tigre y finalmente se revolcó como un cerdo. Como un tigre, maldijo y renegó de los mantuanos, y

---

42 Las reflexiones de Boves sobre la importancia de los pulperos expresan una realidad psicosocial vigente en otro siglo.

de los negros, y de los pardos, y de Calabozo, y de este país, y de todos los países. Cuando estuvo de cerdo, se vomitó en la plaza, perdió el equilibrio y se quedó dormido sobre sus horruras.[43] En andas se lo llevaron a casa Juan Caribe y el indio Eulogio. Por el camino decía con voz de borracho:

—¡Malditos sean los indios, los negros, los pardos, los blancos! ¡Y que viva la Patria, carajo!

35

Con cien caballos de guerra

A los pocos días el juez José Ignacio Briceño, primera autoridad republicana de Calabozo, lo hizo llamar. Con voz cascada y aspecto de zamuro, le dio la noticia sin mover un músculo de su cara. Briceño le tenía antipatía porque sospechaba que él había incitado a unos de sus negros para que se le fugaran a Guayabal.

—Le he hecho llamar —expuso con voz engolada— para participarle que el gobierno de la República, en su gran magnanimidad, ha resuelto perdonarle definitivamente la condena que le hacía tener a Calabozo por lugar de confinamiento. —Sin esperar respuesta añadió seco—: Espero que lo sepa agradecer.

---

43 Boves padecía de embriaguez aguda patológica. O'Leary, citado por Vallenilla Lanz, dice que era dado a la bebida (*Cesarismo Democrático*, pág. 82).

José Tomás se quedó confundido. Ya hasta se había olvidado que él era un reo confinado a Calabozo. Cuando pensó en sus largas e interminables caminatas desde Píritu hasta San Carlos y desde Guayabal hasta San Sebastián y la Villa, no pudo menos que reírse para sus adentros de la gravedad de Briceño. No quiso, sin embargo, contrariarlo en su solemnidad y le respondió como el juez hubiese deseado.

—Gracias, señor. Nunca olvidaré este favor de la República. Sabré servirla.

—De eso precisamente quería hablarle —le ripostó Briceño—. Aunque nada hace presagiar tormenta, la República necesita protegerse de sus enemigos, y estarnos recaudando entre la gente pudiente, armas, pertrechos, caballos y víveres. ¿Con cuánto puede colaborar usted?

El mozo, sin pensarlo, respondió:

—Con cincuenta caballos, debidamente aperados para la guerra, desde el lancero hasta la lanza.[44]

---

44 Es un hecho histórico importante, que Valdivieso Montaño recoge y que la crónica silencia, el ofrecimiento de Boves de servir a la causa de la República. Refiere Valdivieso que «un núcleo regular de españoles y canarios residentes en Calabozo para esa época (y entre ellos Boves), acogió con entu¬siasmo dicho movimiento (el de los sucesos del 19 de abril de 1810) exteriorizando su regocijo con públicas demostraciones de júbilo, llegando el entusiasmo de Boves a tal límite que enarboló una bandera en la cual se leían vivas a la patria. Tomando esto último de las Memorias Inéditas de Julián el de Las Llamozas, y publicada en 1921 bajo el rubro de Acontecimientos Políticos de Calabozo, Valdivieso y Montaño, pág. 29.

«Un señalado bien derivó desde luego Boves del nuevo orden de cosas, o sea su indulto de la pena de confinamiento que por contrabandista hallábase cumpliendo, lo cual constituyó para él deuda de gratitud que lo ligó con la causa independiente a la que se había afiliado con ardor, y a la que por el hecho indicado estaba obligado a defender (lo subrayado es nuestro). Es de allí verosímil —continúa— que abrazara el partido republicano con devoción, del cual concluye con justificada razón tan sólo

Briceño se le quedó mirando atónito, no dando crédito a tanta generosidad. Hasta la fecha apenas había logrado reunir ochenta y siete caballos, once burros y tres muías. Contra su voluntad, no pudo menos que decir:

—Gracias, señor Boves, la República sabrá corresponderle.

La paz de la República duró menos de un año. A comienzos de marzo de 1812 comenzó la querella. La inició un capitán canario que salió de Coro con 250 hombres persiguiendo el antiguo camino de la Conquista.

---

agravios imperdonables a su persona, sentimientos e inte¬reses, pudieron hacerlo claudicar».(Autor y obra citada, pág. 30).

Escribe Augusto Mijares: «perdonado por el gobierno de la República (Boves) parece que comenzó a ser partidario de ésta. Sin embargo, los triunfos de Monteverde lo atrajeron a la causa realista y, fue condenado a muerte en 1812.» (El Libertador, pág. 256).

Capítulo IV
«La guerra»

36

La trampa de San Carlos

El capitán de fragata Domingo Monteverde avanza como creciente sobre la ciudad de San Carlos. El terremoto del 26 de marzo y la traición del indio Reyes Vargas, en Siquisique, ha puesto en manos de los realistas toda la región centro-occidental de Venezuela. El pueblo, alertado por los curas, ven en el espantoso sismo, que dejó el país con más de veinte mil muertos, un testimonio de que Dios desaprueba la insurgencia. Da la casualidad que el terremoto sucedió el Jueves Santo, y en este día se dieron los primeros pasos hacia la independencia. Por eso dice una copla:

En jueves Santo la hicieron
En jueves Santo la pagaron

En Barquisimeto el terremoto fue también devastador. Toda la guarnición de la ciudad quedó sepultada entre las ruinas del cuartel. El único sobreviviente fue el coronel Diego Jalón, su comandante, que ha arribado a San Carlos a compartir con Miguel Carabaño el mando militar de la plaza. José Tomás, que no ha olvidado las canalladas de su compañero, clama a voz en cuello en la gallera de San Pablo[45]:

—Es que ese hombre es guiñoso. Yo siempre lo he dicho. En Puerto Cabello tenía una novia que era la mujer más sana y bella de los contornos. Vino Jalón, se comprometió con ella, y al poco tiempo estaba muerta. En Barquisimeto lo nombraron comandante de la Plaza y se le muere todo el batallón a su mando.

»Ese hombre es peor que un cuero de culebra, un caracol de puerta y un cura bailando.

Don Ignacio Figueredo, un comerciante muy respetado por la comunidad, lo toma de un brazo y lo trae aparte:

—Es bueno que te midas la lengua, hijo, mira que estamos en guerra y Jalón es comandante de plaza. Acuérdate lo que dice la Biblia: que a la casa del príncipe las afrentas vuelan.

El asturiano, respetuoso de las palabras de los viejos, le responde al patricio:

—Tiene razón, don Ignacio, mejor nos vamos.

Boves goza de gran prestigio en San Carlos como en todo el Llano. Su valor, más que probado, y en particular después de la proeza de Guardajumos, le dan una aureola de hombre fuerte en estos momentos de prueba para la Patria. Por eso, cuando propone en la Asamblea de Notables convocada por el Ayuntamiento, capitanear la caballería que ha de enfrentar al enemigo, su propuesta es recibida con un murmullo de aprobación.

—Denme trescientos hombres de a caballo y le hago parar la cola a ese marinero de agua dulce —ha dicho con jactancia.

---

45 Histórico lo precedente.

Don Ignacio Figueredo lo apoya:

—Creo que aquí en San Carlos no hay nadie más indicado para comandar la caballería que don José Tomás Boves. Pido pues, a esta asamblea se sirva elegirlo para tal función.

Otras opiniones se suman a la de don Ignacio. La atmósfera excesivamente cálida de la gran sala, la hace insoportable. La inminencia de Monteverde retiene a la asamblea por la urgencia de una solución. Espíritus formales reclaman para los militares la defensa de la ciudad.

—¿Para qué es el ejército, entonces? —pregunta un médico de apellido Pinto, que engola la voz.

—Para los desfiles —le responde acre un ganadero—. ¿De qué han servido hasta la fecha? Con doscientos hombres, un marinero ha metido en cintura a la flor y nata de nuestra oficialidad. Esto no es asunto de militares sino de hombres bragados. O nos defendemos o nos fregamos. Yo sí soy partidario de que se nombre al señor Boves jefe de la caballería, y los militares que hagan lo que les dé la gana.

Aplausos entusiastas resonaron en apoyo del criador. José Tomás seguía, visiblemente complacido, el curso del debate.

De pronto una voz se dejó sentir:

—¿Y quién nos asegura que con el señor Boves no va a pasar lo mismo de don Juan Montalvo?

El que así hablara era Carpóforo Medina, el antiguo socio y amante de María Trinidad. Aunque el incidente, aparentemente, había sido superado, como se lo expresara el mismo Carpóforo, José Tomás comprendió cuán hondo era el resentimiento de éste, quien al hablar de Montalvo aludía a la traición de un español al servicio de los patriotas, que en la batalla de San José el 2 de abril, se pasó a Monteverde con toda la caballería.

La pregunta del pulpero cambió la sal por tierra. Todos recordaron en aquel momento que Boves era español. El aludido se incorporó violento y con el rostro atomatado por la ira, hizo estallar su palabra:

—Señores, yo soy tan criollo como ustedes. Llegué a este país cuando apenas tenía quince años, y hoy tengo treinta. Ustedes me conocen.

La cálida confianza otorgada a José Tomás por la asamblea, se vino a pique. Carpóforo Medina, consciente de su estocada, volvió a la carga:

—Señores, yo no hablo por hablar, pido a esta honorable asamblea se sirva interpelar al coronel Diego Jalón, aquí presente, sobre la carta que esta mañana le fue interceptada a un espía.

Todas las miradas se volvieron hacia donde el orador señalaba. Impecable como siempre, tras su uniforme de oficial patriota, Jalón se mostraba más solemne que nunca cuando se dirigió al Presidente de la Asamblea. Haciendo taconear sus pulidas botas con deleite onanista, se acercó al estrado.

—Señores —dijo con palabra mesurada— aquí está la prueba de la traición que pretende infligirnos don José Tomás Boves. Es una carta que el traidor Reyes Vargas le dirige al señor Boves, conminándole a que haga efectiva su promesa de insubordinar al pueblo de San Carlos contra las autoridades republicanas, mañana en la noche.

Un rugido contradictorio salió de la asamblea.

El rubicundo mozo, cárdeno de ira, gritó fuera de sí:

—Eso es una infamia urdida por este desgraciado.

A una señal de Jalón, dos soldados se precipitaron sobre José Tomás y lo maniataron.

—Probada la traición del referido señor Boves —continuó Jalón— y estando en vigencia la ley marcial, pido la pena de muerte para este sujeto.

Una voz airada impuso silencio. Era don Ignacio Figueredo.

—Señores, se va a cometer una increíble injusticia contra este buen hombre a quien conozco desde hace más de ocho años.

La voz del patriarca congeló en el aire la marejada homicida de la asamblea. Aprovechando la ventaja, prosiguió:

—Pido por favor que oigan mis razones y después decidan lo que ustedes crean más conveniente. Comencemos por el hecho de que no merezca nuestra confianza por ser español. ¿De dónde es acaso el comandante de la plaza, Diego Jalón? ¿No es acaso también español? ¿Por qué hemos de tener más confianza en él que en don José Tomás Boves, con el cual muchos de nosotros hemos mantenido excelentes relaciones comerciales y personales? Veamos otro punto: la acusación se fundamenta en una pretendida carta que Reyes Vargas le envía al señor Boves. Esa carta no prueba nada, ya que ha podido ser escrita por cualquiera que desee perjudicar a este buen señor; y luego, y fíjense bien en esto, porque es importante: el indio Reyes Vargas no sabe escribir, y se los digo yo que lo conozco bien; habla y de milagro.

José Tomás salió ileso del juicio esa misma tarde. Don Ignacio convenció a la asamblea de la inocencia de su amigo. Lo que no pudo devolverle fue el crédito para que comandara la caballería de San Carlos. En la madrugada siguiente y lacerado por el trato, cogió el camino de Calabozo, a tiempo que se preguntaba por qué un hombre como Jalón, antipático y desconocido en la ciudad, podía robarle en un instante ocho años de probada eficacia.[46]

37

La trampa de Calabozo

Llegó a la ciudad llanera a mediados de mayo. En el camino mismo, supo cómo a los cuatro días de su partida, San Carlos cayó en poder de Monteverde. La defensa fue inefectiva. Tanto Jalón como Carabaño no supieron batirse y el enemigo los obligó a retirarse hacia Valencia.

A José Tomás lo alegró la noticia. Su odio a Jalón era superior a sus convicciones políticas, aparte de que comenzaba a sentir, después de lo de San Carlos, cierta antipatía contra los patriotas.

---

46 En San Carlos, Boves fue víctima de una intriga. Según el historiador Eloy González (citado por Valdivieso), Boves fue a San Carlos a ofrecerse a los patriotas para salir al encuentro de Monteverde, que avanzaba sobre la ciudad. Señala otro historiador, Ángel Pérez (también citado por Valdivieso), que Boves pidió a los jefes republicanos (Diego Jalón y Miguel Carabaño): «Armas y recursos para poner tercios en guerra para la defensa de la causa republicana». Por toda respuesta —refiere la misma fuente— y estando fresca la traición que el 2 de abril de 1812 el español Montalvo hiciera a la República al pasarse con la caballería a Monteverde, uno de los dos jefes dio orden de encarcelar a Boves (Pacífico Narváez, citado por Valdivieso). Suponemos, por lo que habrá de sucederle posteriormente a Jalón, que ha debido ser éste quien dio la orden de encarcelarlo. A exigencias de don Ignacio Figueredo (sigue el mismo autor), prominente patriota, Boves fue liberado, «regresándose a Calabozo, sindicado ya de desafecto a la causa de la emancipación».

En la plaza mayor de Calabozo, y ante quien lo quisiera oír, José Tomás comentaba:

—Es que son unos militares de ópera bufa. No pegan una. A ellos lo que les gusta es la discurseadera y los banquetes, como si la guerra no fuera plomo y sangre. Dígame ése que llaman Miranda. Dicen que no habla sino en francés con sus oficiales y anda vestido todo el día como si fuera para una fiesta.[47] Hasta dicen que usa peluca. Si las cosas siguen así, esto se va a perder —decía el hombre mientras abrazaba y saludaba a los amigos y conocidos que iban llegando.

Nicolás Parpacén, joven mantuano, que se había añadido al grupo, le replicó indignado:

—Dice usted mentira, señor. La oficialidad patriota no es como usted la pinta, ni el generalísimo Miranda es un viejo afeminado.

Boves se le quedó mirando sorprendido; —luego, con voz encolerizada, le espetó:

—¿Y a usted quién le ha dado vela en este entierro? Yo digo lo que me parece; si no le gusta, siga su camino. ¡No sea entrépito!

—Mi deber es desmentirlo, señor —continuó el mozo impávido—. Opiniones como la suya destruyen el crédito de la gente hacia la República.

Todos comprendieron la velada amenaza. Hacía poco el Congreso había dictado medidas severísimas contra los que esparcieran rumores derrotistas; entre otras, la pena de muerte.

El frustrado cabecilla, refrenando el impulso, dijo conciliador:

—Mire, jovencito, yo soy más calaboceño que usted, aunque haya nacido fuera, y deseo, por consiguiente, el bienestar de mi tierra, pero

---

47 El diálogo refleja la opinión que para la época teníase de Miranda.

si queremos hacer algo que valga la pena tenemos, en primer lugar, que saber con qué contamos y quiénes somos.

A pesar del calor de aquella hora, el grupo seguía aumentando. Un caballo que venía al galope por la calle real se detuvo frente al Ayuntamiento. Dando muestras de premura se bajó de la bestia el teniente calabocefio Joaquín Delgado. El grupo se dirigió hacia él.

—¿Qué pasa, Joaquín? —preguntó alguien. Secándose el sudor y antes de seguir su camino hacia el alcalde, respondió:

—Que los españoles vienen avanzando hacia Calabozo. Monteverde mandó para acá al capitán Eusebio Antoñanzas con doscientos hombres, y se le ha añadido un gentío en El Pao, Guardatinajas y San Francisco de Tiznados. Hay que organizar la defensa inmediatamente.

Al instante la campana de la iglesia, a toque de rebato, obligaba a los vecinos a concentrarse en la plaza. Fueron llegando los notables del lugar: los Arana, los Delgado, Corrales, Ravelo. El juez, José Ignacio Briceño, tomó la palabra. En términos concisos explicó la situación.

Antoñanzas, como había señalado Delgado, avanzaba sobre la ciudad y había que hacer algo. Lastimado todavía en su amor propio por lo que había sucedido en San Carlos, José Tomás insistió en su afán de servir a la República. Pensando en sus peones y hombres de confianza dijo con voz enérgica:

—Yo pongo doscientos hombres a caballo. Si me dan armas me comprometo a salirle al paso al enemigo.

Sonrisas despectivas por parte del mantuanaje le revelaron por fin el poco aprecio que presentía. Juan Mujica se atrevió a decirle, con amarga sonrisa:

—¿Y tú, nos vas a mandar a nosotros? Tú estás loco. ¿Quién ha visto pulpero metido a general de blancos?

No tuvo tiempo de responder; la cara avinagrada del juez Briceño lo apuntaba con un papel mientras clamaba con voz chirriante:

—Antes de organizar la defensa habrá que poner a buen recaudo a los traidores y a los que esparcen rumores derrotistas. El teniente Delgado me acaba de traer una carta de alguien de Valencia que tiene mi confianza, donde nos previene contra el señor Boves y de sus tratos con los enemigos de la Patria.

José Tomás pensó en Jalón y en Medina. Briceño continuaba:

—Aquí, que le conocemos bien, no va a tener la misma suerte que en San Carlos. Pónganlo preso inmediatamente.

Cinco manos cayeron sobre José Tomás. José Revenga, un mantuano fornido, de un puñetazo lo derribó en tierra. José Tomás se sorprendió. Nunca le había hecho nada al gigante. La sangre fluía por las narices.

—¡Párate gran carajo, para no dejarte un hueso sano! —le gritaba Revenga.

Trató de incorporarse. A medio erguido oyó sorprendido la voz de su amigo Vicente Berroterán que le pedía a Revenga:

—No, déjamelo a mí. —Y diciendo esto, le propinó un nuevo puñetazo.

Entre golpes y empellones fue conducido a la cárcel.

—¡Muerte al traidor! —gritaba enardecida la muchedumbre.

El tribunal, presidido por el juez Juan Ignacio Briceño, condenó a muerte a José Tomás Boves. Sentencia que debería cumplir dos días más tarde, o sea en la madrugada del 21 de mayo de 1812. Con particular encono se ordenaba que para las 4 de la tarde del mismo día de dictada la sentencia, el reo fuese azotado públicamente en la plaza mayor de Calabozo.

37

Los azotes de Sebastián

A las cuatro en punto, como en una novillada dominguera, lo sacaron de la cárcel para azotarlo, como rezaba la sentencia. Con las manos atadas a la espalda y barba de dos días, atravesó el corredor de curiosos que le hizo calle desde el calabozo hasta el lugar del suplicio.

Su aparición fue recibida con algazara de escarnio.

—¡¡Muerte al traidor!!

—¡¡Que lo cuelguen!!

—¡Desmadrado!

Uno de los que más gritaba era Felipe Mujica, un mantuano sin suerte a quien le había regalado un caballo. Una mujer vieja de ojos ardientes y manos como ramas, se lo sacudió en la cara a tiempo que le decía:

—¡Maldito!...

José Tomás se quedó sin comprender. Más de una vez sacó a la mujer de apuros. Ahora la tenía delante, como terrible ménade de una República susceptible y sangrienta.

—¿Qué he hecho yo para que se me castigue de esta forma? — Pensaba el hombre, mientras los seis soldados qué lo rodeaban trataban de abrirle paso.

Un huevo podrido le reventó en la cara. Una carcajada descomunal le asoló el alma mientras la baba nauseabunda le sacaba arqueadas de asco.

La gente disfrutaba con el espectáculo. Caras conocidas de siempre parecían diferentes. Eran caras de risas malignas que se regocijaban impúdicas en su tragedia, porque lo sabían muerto. Mañana a esta hora se pudriría a la entrada de la ciudad. No había por qué temerle. Por eso daban rienda suelta en él a todo el miedo y a toda la cobardía acumulada por años contra todo y contra todos. Mofándose de él, insultándole, tirándole desperdicios, se sentían valientes, aunque tuviese las manos atadas y marchase empobrecido e inválido hacia el tormento.

Hasta Tomasillo, el bobo del pueblo a quien regalaba sobras de pan y papelón, marchaba a la delantera haciéndole cabriolas y morisquetas, en medio del alborozo de la gente que lo insultaba.

Luego de forcejear por un rato contra la muchedumbre, los soldados llevaron al prisionero hasta el centro de la Plaza. Un redoblar de tambores impuso silencio.

Una voz gruesa y metálica ordenó el despeje alrededor del rollo de la justicia, que apareció de pronto ante los ojos enrojecidos de José Tomás, como si lo viese por primera vez. ¿Cuántas veces había pasado a su lado sin darse cuenta de su existencia? Era un grueso tronco, quién sabe de qué madera, ennegrecido por los años y por la escasa sangre vertida sobre él en un siglo de pacífica colonia. Antes representaba al Rey. Ahora a la República. José Tomas vio a su alrededor. Como sí fuese un sermón del Padre Llamozas o el aniversario de su majestad, un largo cordón de sillas y de poltronas, con los nobles de la ciudad, rodeaban al rollo. Atrás se aglomeraba el pueblo.

El juez Briceño, en sitio de honor, presidía el acto más solemne que nunca. A su lado estaba José Revenga. Más allá, todos los Mujica. En el ángulo norte, Luis Revelo se reía a carcajadas junto con Máximo Cousín. El tambor volvió a resonar. El heraldo del ayuntamiento dio lectura a los cargos formulados contra Boves. Era un documento prolijo y engolado, como todo lo que procedía de Briceño. Mientras seguía la lectura, José Tomás siguió mirando.

Enfrente tenía nada menos que a Sebastián, el negro aquel a quien años antes ayudó a escapar de sus perseguidores. En aquella ocasión le besó las manos y le juró gratitud eterna. Hacía pocos meses que cayó en manos de la justicia y se le puso a elegir entre ser el verdugo de Calabozo, ya que había tres cuatreros condenados a muerte y no había quien los ajusticiara, o ser llevado a Puerto Cabello. Sebastián aceptó la propuesta. Días después ahorcó a los bandidos en la Plaza Mayor de Calabozo.

José Tomás se le quedó viendo a los ojos buscando una chispa de afecto, pero Sebastián dejó caer sobre él la mirada de los hombres honestos y de los funcionarios.

Terminada la lectura de los cargos, a una señal de Briceño, Sebastián, a empellones, condujo al preso.

De un solo manotazo le arrancó la camisa, y haciendo alarde de fuerza lo hincó de rodillas frente al rollo que olía a madera húmeda de cementerio.

El primer latigazo le relampagueó en la carne. El segundo lo sintió azul. El tercero fue un bullir de caribes. El cuarto fue una plomada de paz.

Con la mirada roja vio a la gente de Calabozo que se quedó en silencio. Vio también a Inés, que sentada frente por frente, se apoyaba en sus ojos, mientras una expresión extraña y lasciva parecía desprenderse de sus ojos verdes.

Una hora más tarde Sebastián terminó su cuenta. Con la espalda llagada José Tomás volvió a su celda. Se sumergía en el crepúsculo de su propia entrega cuando la voz del verdugo lo hizo reaccionar al tiempo que le echaba sobre las heridas un balde de agua con salmuera.

—Ahí tienes visita...

Convulsionado por el dolor vio entrar a su celda a don Juan Corrales y al Padre Llamozas.

Don Juan estaba descompuesto y lívido y el Padre Llamozas excitado. Don Juan fue el primero en romper el silencio:

Prepárate para una mala noticia —dijo el hacendado.

Un ramalazo de terror cruzó el rostro del prisionero.

—¿Qué le pasó a Juan Caribe?

—Te lo mataron, hijo, te lo mataron —contestó con voz profunda y de una vez, el clérigo—. Ayer, después que te hicieron preso, aquella turba endemoniada salió a quemarte la pulpería. Juan Caribe estaba adentro. Juan y yo intentamos sacarlo, pero todo ardía. Cuando logramos abrirnos paso, el pobre muchacho agonizaba. Tenía una herida de lanza en el vientre. Le echaron un balde de agua, abrió los ojos. Y para nuestra sorpresa, sonrió como nunca lo había hecho, y con voz tan clara como el agua dijo «Taita» y se quedó muerto.[48]

---

48 En esencia son ciertos, aunque silenciados, los hechos referidos en los capítulos 37 y 38, según los refiere el historiador Valdivieso Montaño y la tradición oral. Según la conseja, el hijo adoptivo de Boves fue asesinado por las turbas e incendiada su casa. Los nombres propios que se intercalan en el relato son personajes de la época.

J Julián Llamozas (Acontecimientos Políticos de Calabozo, obra ya citada) refiere que Boves al llegar a Calabozo fue esparciendo funestas noticias sobre la invasión de Monteverde «con sediciosas miras», quizá decepcionado por lo sucedido en San Carlos. Por lo que fue denunciado al juez José Ignacio Briceño. Arístides Rojas (cita de Valdivieso) dice que a su regreso de San Carlos, Boves pidió a los jefes de la plaza de Calabozo, tropas para enfrentar al jefe español Antoñanzas, que avanzaba amenazador sobre la plaza. Unos aprobaron —escribe el historiador— otros dudaron, y finalmente fue en¬carcelado por orden del juez Briceño, a quien Valdivieso defiende de las acusaciones de diversos historiadores, que le imputan que a causa de su injusticia hizo de Boves el terrible vengador en que habría de convertirse. Boves fue condenado a muerte y recluido en la cárcel local (pág. 31). Según el Regente Heredia (Memo¬rias sobre la Revolución de Venezuela, pág. 237), Boves fue preso y maltratado por el gobierno de los insurgentes. ¿Qué clase de injuria y mal¬trato recibió Boves en aquel momento para que le dijese a Sanojo, que fue a visitarlo a la cárcel: «Ya verán ustedes las lágrimas que les va a costar tamaña injusticia. La causa republicana me rechaza. La realista me aplaudirá» (Valdivieso Montaño, pág. 33). El historiador Baralt y Díaz,, en su obra Resumen de la Historia de Venezuela (Tomo i, pág. 152), afirma que Boves «tomó parte en la revolución con calor, pero que un acto de injusticia lo arrojó más tarde en el partido opuesto, repleto el pecho de odio y de venganza». Acusa Baralt al juez Briceño de haber urdido toda aquella intriga de modo inicuo para despojarlo de sus bienes. Montenegro y Colón (Geografía e Historia de Venezuela, Tomo IV, pág. 145) escribe: «Boves, quien para la época de la Revolución de 1810 trabajaba en Calabozo en una tienda de mercería, se adhirió a la revolución, y más adelante el juez Briceño se apoderó de sus bienes y lo redujo a prisión». Durante mis investigaciones realizadas en Calabozo, recogí de viva voz las siguientes observaciones sobre las injurias que se le hicieran en aquel momento: fue azotado en la plaza, fue golpeado por uno de sus amigos en plena calle cuando marchaba de manos atadas hacia la cárcel; su casa fue saqueada por las turbas y su hijo adoptivo fue asesinado por la muchedumbre. Si Boves, además de ser español, era de condición hidalga, como lo demuestra Bermúdez de Castro (Boves o el León de los Llanos, pág. 98), la pena de azote era de tal magnitud injuriosa, que llega a explicar la insania cruenta que se desencadena a partir de aquel instante. Los doscientos azotes que ordenara darle a su compatriota y oficial de alta graduación, Diego Jalón, antes de fusilarlo, es significativo si se recuerda que fue Diego Jalón quien lo hiciera encarcelar en San Carlos, y que por obra de una denuncia que llegó al juez (y posiblemente obra también de Jalón) comenzaron los padecimientos del hasta entonces pacífico pulpero de Calabozo. Todo esto me hace pensar que es lícita mi recreación de la azotaina de Boves atado al rollo de la justicia. Otras

39

Capilla ardiente

La cárcel de Calabozo, frente a la plaza mayor, tiene dos pisos. La celda donde se le ha destinado a José Tomás para su última noche, tiene una ventana que domina la plaza. Mañana al amanecer caerá

---

noticias, más lo dicho por los historiadores citados, nos afirman en nuestra creencia de que Boves fue sometido en mayo de 1813 a vejámenes y a dolores excepcionales. Refiere Bermúdez de Castro (obra citada, págs. 124 y 125), que un cabecilla republicano le dio de puñetazos en la cara, estando preso y amarrado, y que las turbas saquearon su casa matando a tiros y a machetazos al viejo indio (no es un niño para Bermúdez) a quien en páginas anteriores (120) describe como muy viejo, muy leal, muy inteligente, que sustituía al dueño en la conducción de sus negocios o en sus dilatadas ausencias.

«Poca resistencia pudo hacer el viejo indio a los malhechores, pero sí la bastante para que estimulase el furor de la turba... Vacío completamente quedó el almacén, robada la casa vivienda (que aún existe), desaparecido el dinero y, poniendo fuego a los despojos, incendióse el inmueble y en un montón de humeantes brasas se convirtió el esfuerzo y el trabajo de un hombre pacífico» (obra citada pág. 125). Termina Bermúdez: «Aquellas horas fueron las últimas de la vulgaridad y de la insignificancia, la fiera despertaba, los ojos inyectados en sangre, rojas las mejillas de vergüenza y crispadas las garras poderosas». Salvador; de Madariaga (Bolívar, Tomo i, pág. 425) repite los mismos detalles de Bermúdez de Castro sobre las bofetadas en la cárcel, saqueo del almacén y asesinato del viejo indio. Gérard Misur escribe que Boves se alistó en el ejército patriota. Sin embargo, no se confiaba en él; fue insultado y una vez más arrojado a la cárcel. Fue puesto en libertad por las tropas de Monteverde en 1812 y dejó la cárcel consumido por un fuerte odio contra los republicanos (Simón Bolívar, pág. 179).

abatido por una descarga de esos hombres que duermen a pierna suelta bajo los tamarindos.

La noche es cálida. Abajo hay una hoguera donde asan carne. La humareda llega hasta la celda. Un corro de soldados parlotea ruidosamente sin que se atine a comprender lo que dicen. De vez en cuando una carcajada. Los chopos, en trípodes, se alinean a todo lo largo de la calle. No son más de doscientos los que guardan la plaza. El grueso del ejército salió a la caída del sol. Van al encuentro de Antoñanzas que está acampado en El Rastro.

Desde su observatorio el preso divisa a José Revenga, el gigantón que hace dos días le propinó un puñetazo. Camina con las manos a la espalda en compañía del teniente Delgado. Son los responsables, en estos momentos, de la defensa de la ciudad.

Revenga de pronto levanta la vista y señala hacia la celda de José Tomás. Hablan de él, sin duda. Delgado levanta a su vez los ojos. Revenga dice algo. Ambos ríen. José Tomás siente contraérsele el corazón de rencor.

—¿Qué le he hecho yo a estos hombres? —piensa el asturiano—. ¿De dónde les viene tanto odio? Lo mismo fue en San Carlos. Igual en Puerto Cabello.

—¡Si yo pudiera vivir!... —dice con ira apretando con fuerza los barrotes. No termina la frase temeroso de decir algo horrendo. Pero piensa en Juan Caribe, y lo ve niño y lo ve muerto. Y piensa en su madre, la anciana que ahora tiene comodidades y que mañana volverá de nuevo a la miseria, porque un grupo de hombres que se consideran superiores a los demás mortales, han decretado su ruina por el hecho de habérseles igualado.

Gime desesperado. Sacude los barrotes y grita:

—¡¡¡No quiero morir!!!...

Retumban sus palabras en la plaza e imponen silencio. El vocerío de la soldadesca queda suspendido sobre los tamarindos. Muchos de esos negros e indios, que se arremolinan en la plaza como carne de cañón de los mantuanos, lo conocen y lo quieren. Le consuela saber que más de una voz habrá dicho al oír su lamento:

—Es el Taita Boves en capilla ardiente.

Lo ha consolado, pero también avergonzado que él, el Taita, haya suplicado. Recoge sus palabras y grita como un energúmeno:

—¡José Revenga!... ¡Maldito seas!...

El gigantón se le quedó mirando y se hizo la señal de la cruz.

—¡José Revenga!... —siguió la voz— ¡esto lo pagarás muy caro y pronto!

La desesperación del prisionero arrecia. La furia se expande. El dolor de sentirse abandonado y traicionado, lo sacude.

—¡Si yo pudiera vivir!... —y piensa en Juan Palacios y en sus conjuros.

—La cosa es fácil, José Tomás —le decía el negro con su gran lengua en tirabuzón—. Lo que se necesita son bolas y tú las tienes. Cuando te decidas, no tienes sino que decirlo tres veces y muy alegremente.

José Tomás veía más claro que nunca la figura amiga del negro Juan Palacios. Los negros y los pardos habían sido sus únicos amigos a lo largo de su dolorosa vida. Así como los blancos lo odiaban y desdeñaban, todo lo bueno que recordaba de este mundo venía de los negros.

—¡Ayúdame, Juan Palacios! —murmuró con vehemencia y cerrando los ojos.

Una carcajada triunfal resonó dentro de la celda. Cuando abrió los ojos de nuevo, la carcajada había descendido a la calle. Venía de un negro tan alto como Juan Palacios, pero no era Juan Palacios.

José Tomás dijo la cosa tres veces, muy lentamente, como le había dicho el negro; luego hizo la cosa aquella, el dolor fue inmenso. Una nube roja lo privó por un instante de conocimiento.

40

Antoñanzas

La luz del amanecer empalideció la hoguera. Cantaban los turpiaies y un gallo, de voz ronca. Un tiro de fusil resonó en la plaza, luego otro, finalmente fue una descarga cerrada. Los soldaditos que dormían bajo los tamarindos trataron de incorporarse; muchos de ellos cayeron en la segunda descarga.

No hubo resistencia. Eusebio Antoñanzas, con un socorrido ardid, les había hecho creer a los patriotas que seguía acampado en El Rastro, mientras sigilosamente entraba por la Misión de Abajo, camino de Calabozo.

Los soldaditos entregaron de inmediato sus armas. Delgado y Revenga, con otros oficiales, se encerraron en el Ayuntamiento. A los pocos instantes sacaron la bandera blanca. En ese momento entraba en la plaza Eusebio Antoñanzas. Era un español de unos cuarenta años, grueso, alto, de tez muy morena y aspecto marcial.

Lucía imponente desde su cabalgadura. A su lado José Tomás divisó a su caporal el indio Eulogio. A la solicitud de capitulación de los insurgentes, respondió Antoñanzas con voz bronca:

—Que salgan de uno en uno con las manos en alto y desarmados.

Primero salió el teniente Delgado, luego dos cabos y dos sargentos. A lado y lado del ayuntamiento, en doble fila de honor, estaban los lanceros. Los prisioneros caminaban por el doble callejón de lanzas. Al final Antoñanzas, con su estado mayor, esperaba a los vencidos. A una señal suya se cerró el callejón y cincuenta lanzas clavaron al teniente y a sus soldaditos.

La escena fue cruel, aun para José Tomás, acostumbrado a las crudezas de la sabana. Los soldaditos restantes se aglomeran llenos de espanto en el centro de la plaza. Los rodean lanceros de Antoñanzas. José Tomás se da cuenta de que no ha visto salir del ayuntamiento a José Revenga. Casi en el mismo instante divisa al gigantón arrastrándose por los tejados, mientras a pocos pasos lo sigue el indio Eulogio con una lanza en la mano. Al final lo alcanza y lo clava sobre las tejas rojas.

Los ciento cincuenta soldaditos fueron muertos a tiros y a lanzazos.

Cuando terminó la masacre, una inmensa charca de sangre brillaba bajo los tamarindos.

José Tomás fue liberado por su fiel caporal, el indio Eulogio.[49]

—¡Taita, a Dios gracias y a la Virgen del Carmen que llegamos a tiempo! —dijo el indio mientras le besaba las manos con unción—. El capitán Antoñanzas, que lo conocía de oídas, sabedor de que a usted

---

49 Histórico lo precedente (Valdivieso).

lo iban a pasar por el filo hoy en la madrugada, decidió adelantar la maniobra pa liberarlo.

Antoñanzas le estrechó la mano con simpatía.

—Se salvó usted en lo labrado, señor Boves.

—A usted le debo la vida, capitán. Cuente conmigo —respondió emocionado el mozo—. De no haber adelantado la maniobra, a esta hora sería cadáver.

—Eso se lo debe al indio Eulogio y a su propia bondad.

Como hiciera una señal de sorpresa, le comentó:

—Usted seguramente no se acordará, pero hace más de tres años usted socorrió a una viuda de apellido Carvallo que se quedó en la más absoluta miseria cuando murió su marido.

José Tomás se acuerda de la bella canaria.

—Ah, sí, ¿una pobre señora con dos muchachitos que tenía una pulpería en Calabozo? —preguntó con aire ingenuo.

—Sí, que usted los recogió en la calle.

Boves se siente extrañado.

—Bueno —dice como restándole importancia al hecho una obra de caridad se le hace a cualquiera, aparte de que el marido era amigo mío.

—La mujer era guapa, ¿no es verdad? —pregunta con malicia Antoñanzas.

—Bueno, sí —reconoce el mozo—, muy guapa, ahora que me recuerdo.

—Ha podido quedarse con ella, ¿no?

José Tomás niega apresurado y confuso, arguye que nunca le ha gustado comerciar con la miseria humana; una mujer en las condiciones de aquella viuda carecía de atractivo.

—Usted también les pagó, tanto a ella como a los muchachos el pasaje de retorno a España, ¿no es verdad?

Boves comienza a ponerse nervioso. ¿Cómo es posible que aquel hombre esté tan al corriente de un detalle de su vida del cual casi no guarda memoria?

—Y usted ¿cómo sabe todo eso? —le pregunta intrigado a aquel hombretón que acaba de salvarle la vida.

Antoñanzas se pone serio y le dice:

—Esa mujer se llamaba Lucía Antoñanzas de Carvallo, y es mi única hermana. Allá en Garachico a diario lo recuerda y lo bendice. Por ella decidí tomar a Calabozo antes de tiempo.[50]

41

«Y se fue a la guerra»

Ese mismo día almorzaron Antoñanzas y Boves. Era oficial de Monteverde y canario corno él. Le contó cómo entre ambos decidieron echar por tierra aquella mascarada de la Independencia.[51]

Con doscientos cincuenta hombres apenas, todos los marinos que venían en la fragata se pusieron en marcha. Al poco tiempo ya

---

50 Complemento del relato anterior. Antoñanzas es personaje histórico de gran relevancia. Rigurosamente histórica la matanza que organizó al entrar en Calabozo y la forma como salvó a José Tomás Boves cuando se encontraba en capilla ardiente (Valdivieso Montaño).

tenían más de mil hombres. Fíjese como en un santiamén los hemos desbaratado.

Un sargento, seguido de dos soldados y de tres prisioneros, se acerca al capitán español. José Tomás reconoce a don Domingo Sánchez, síndico de la ciudad y a dos notables de Calabozo. El sargento le revela a Antoñanzas el grado y significación de los prisioneros, luego añade:

—Vienen a hablar en nombre de la ciudad de las nuevas condiciones de vida.

Sin siquiera mirarlo, Antoñanzas le dice al sargento, mientras le tira una pierna de pollo a un perro hambriento:

—Será de las nuevas condiciones de muerte. ¡Que los fusilen!

José Tomás se conmueve de la tranquilidad de su liberador, Antoñanzas percibe la reacción del mozo:

—¿Qué le pasa, don José Tomás?

Boves intenta explicárselo, pero el marino, como si conociese la respuesta, le apunta:

—Usted está muy joven, mi querido amigo. Si ellos estuvieran en nuestro lugar hubieran hecho lo mismo. Con los vencidos no hay que tener consideración, porque jamás dejan de ser nuestros enemigos. Quien piensa que los enemigos se apaciguan con favores, está equivocado. Por eso yo no pierdo tiempo. Lo aprendí en mis tiempos de guerra en África. Ahora los franceses me lo han corroborado. En la guerra, o matas o te matan, y ay de ti —continuó Antoñanzas, pasando súbitamente al tuteo— si algún día estás entre los vencidos. Los republicanos, según tengo entendido, no estuvieron con chiquitas con el alzamiento de Valencia. Fusilaron centenares. Y tenían razón.

Ya al final de la comida, Antoñanzas se le quedó mirando a Boves y le dijo lo siguiente:

—José Tomás, quiero hacerte una invitación. Tú me has caído bien y te veo dotes para la milicia. ¿Por qué no te vienes conmigo a la guerra? Estoy casi seguro que harás carrera.

El pulpero vaciló. Marcharse con Antoñanzas era darle la espalda, definitivamente, a sus amigos, militantes todos del partido republicano.

Antoñanzas como si leyese su pensamiento observó:

—Mi querido amigo, por cuestiones de destino, nadie te ha querido en el bando republicano, por más que hayas hecho grandes esfuerzos por ayudarlos; para que veas cómo todo lo tengo sabido. Si los insurgentes vuelven a tomar Calabozo, puedes tener la seguridad de que harán contigo lo que yo acabo de hacer con esos hombres. Piénsalo y mañana en la mañana me lo participas, antes de salir para San Juan de los Morros, a donde voy a castigar a los insurgentes que se han refugiado en la plaza.

En la madrugada siguiente, cuando Antoñanzas pasaba revista a sus hombres en la plaza mayor de Calabozo, Boves, seguido del indio Eulogio, se acercó al capitán español, y viéndole los ojos le dijo:

—A sus órdenes, mi capitán...

—¡Bravo!... —dijo Antoñanzas.

Cuando en esa mañana de mayo terminó de despuntar el sol, José Tomás Boves se encontró camino de San Juan de los Morros, haciendo pinitos de guerra en aquel humeante año de 1812.[51]

---

51 Histórico.

42

El credo de don Eusebio

El bautismo de sangre de Boves fue caudaloso. La matanza de los soldaditos en la Plaza Mayor de Calabozo resultó insignificante al lado de lo sucedido en San Juan de los Morros. Rotas las defensas, los invasores cayeron sobre la desprevenida multitud de paisanos que se aglomeraban en la plaza, y allí fueron masacrados sin contemplación, ancianas, mujeres y niños. Dentro de la misma iglesia, los lanceros perseguían a sus víctimas y las remataban en los altares. José Tomás no se dio cuenta de cuándo ni cómo se encontró sumergido en el medio del combate. Primero le clavó la lanza a un negrazo que le parecía conocido. El hombre se le vino encima buscándole el corazón, pero Boves, más hábil, lo ensartó con crujir de fruta seca. Desde un ángulo de la plaza Antoñanzas le sonreía, como el padrino a un torero el día de su alternativa. En medio de la plaza hombres y bestias se arremolinaban en confusa algarabía. Boves se sintió atraído por aquel pelotón sangriento. Sacó el sable y a golpe de mandobles hizo un sendero en la turba. Tres cabezas cortó a lado y lado. Un calor viscoso empapó su mano y una ligera embriaguez le embotó los sentidos.

Como borracho prosiguió la matanza. A un soldado que intentó trepar por un balcón, lo bajó de un lanzazo. A otro, que de rodillas le imploró perdón, le cercenó la cabeza de un sablazo. Finalmente, los pocos insurgentes que salvaron la vida, se batieron en retirada. La victoria era de Antoñanzas. El capitán español le dijo a Boves:

—Te felicito, muchacho. Eres bravo para la pelea. ¿No te lo decía yo? Así es como hay que hacer.

Al día siguiente, antes de salir hacia la Villa, fueron ahorcados más de cincuenta prisioneros de los grandes árboles que había en el centro de la ciudad. José Tomás sintió deleite de las pataletas de los ahorcados y un profundo y desconocido afecto por Eusebio Antoñanzas, como si después de una larga y dolorosa orfandad se hubiese encontrado de nuevo con su padre.[52] En Villa de Cura se repitieron los mismos hechos de San Juan de los Morros. En esta ocasión tuvo una participación más activa. Con su propia mano desmontó más de ocho soldados de caballería y alanceó y degolló a unas veinte personas. Se sentía extrañamente orgulloso cuando le relataba a Antoñanzas sus proezas. El capitán español, sonriente, aprobaba:

—Muy bien, muy bien... Luego que hayas matado a cincuenta, todo te parecerá natural.

Antoñanzas, en Villa de Cura, acampó en espera de su jefe Domingo Monteverde. Durante esos cuatro días siguió destilando su experiencia[53]:

—En la guerra muere quien tiene miedo. El miedo paraliza y viene la muerte y ¡zuaz! se te clava como culebra en el monte. Por eso es que

52 Según el Regente Heredia, fue en esta toma de San Juan de los Morros cuando 'Boves se reveló como cruel e inhumano (obra citada).

53 Histórico.

es bueno ir lleno de ira al combate; la ira no deja lugar al miedo. Cuando uno exagera su ira el enemigo tiembla y queda a merced del otro. Eso lo aprendí de los moros. Se lanzaban sobre nosotros dando unos gritos pavorosos, que hacían temblar al más bragado, la primera vez que los vi venir, créeme compadre que me cagué de macho. Pero nosotros teníamos un capitán más malo que los moros y de él aprendí esta lección que te transmito. Si mis soldados han de tener miedo, pues que me tengan más miedo a mí que al enemigo, y hay que ver cómo trataba a los cobardes. La primera vez que tomamos una kabila que nos había dado mucho que hacer, les cortamos la cabeza a la mitad de los niños y se las mandarnos a sus padres. El miedo a que le hiciéramos lo mismo con los que quedaban, los decidió por la paz y quedaron agradecidos. Yo por eso quemo, violo y aterrorizo. La gente siempre se va, no con el que tiene razón sino con el que inspira más miedo. De no tenerte miedo, estás perdido.

Al cuarto día llegó don Domingo de Monteverde. José Tomás le fue presentado por Antoñanzas! —Tenía cara de viejo pirata. Monteverde fue simpático y campechano con el mozo.

—Don Eusebio ya me ha contado de tus hazañas.— Luego, aludiendo a su ascendencia astur, le dijo—: La tierra es la tierra y la gente de uno es la única con la cual se puede contar. Estos criollos nos odian a muerte, y por el camino que iban no pensaban dejar ni a un español vivo. Por eso hay que exterminarlos, acabarlos de raíz y traer gente nueva de España.

43

Cayó Puerto Cabello

El aguacero de julio se desgajaba atronador sobre la ciudad, cuando Vicente Berroterán hizo su entrada en la casa del pez que escupe el agua. En ese momento Juana la Poncha colocaba una cruz de palma bendita en medio del patio.

—Juana la Poncha. ¿Qué haces, mujer de Dios, en medio de esta tempestad? —le gritó el hombrón a guisa de saludo.

—Guá, poniéndole su cruz a San Marcos de León y a Santa Bárbara. ¡Qué palo de agua, caraj! —respondió la negra sin denotar sorpresa por la aparición del recién venido.

A la voz bronca de Vicente le siguieron las de sus cinco hijos y la aflautada de Matilde. Don Fernando Ascanio apareció tras la puerta del gran salón.

—¿Qué sucedió, Vicente? —preguntó con acento alarmado el aristócrata.

—Pues casi nada, suegro, que se perdió Puerto Cabello.

—¿Cómo? —exclamó sorprendido don Fernando— ¡Pero si eso es imposible!

—Pues como lo oye: se alzaron los presos mientras Simón Bolívar, que era el jefe del Castillo, asistía a una boda en el pueblo.[54]

En eso apareció Doñana. Con ojos gozosos recibió a Vicente y lo besó en las mejillas.

—Niño, pero si estás empapado, anda a cambiarte que vas a coger una pulmonía —le dijo a modo de primicia, sin darse cuenta de que su yerno tenía diez horas de aguacero encima.

«Juana la Poncha, que le preparen inmediatamente un ron batido —ordenó la mantuana.

Ya reconfortado por el ron y la ropa seca, Vicente cuenta sus vicisitudes. Refiriéndose a Miranda, dice:

—Tenía usted razón, suegro, ese hombre es un inepto.

—¿Pero quién ha visto que hijo de pulpero puede ser general? —le respondió el marido de Doñana—. ¿A quién sino a él se le ocurre dictar una ley obligando a los esclavos a ir a la guerra? Encima de dejarnos sin mano de obra, les ha dado lo que ellos necesitaban, o sea armas.

Domitila, una de las negritas del servicio, se asoma a la puerta y dice con voz tímida:

—Ahí está el marqués de Casa León. Dice que es urgente.

---

54 Histórico. La historiografía oficial y sus voceros se empeñan vanamente en negar que el Castillo se perdió por la imprudencia de Bolívar y Aymeric, de dejar en manos poco seguras el mando, mientras éste último fue a la ciudad a contraer matrimonio acompañado del Padre de la Patria (cita de Juan Uslar Pietri, La Rebelión Popular de 1814, pág. 51). Fue uno de los momentos más trágicos de Bolívar. El traidor Vinoni, responsable del alzamiento de los presos al ser reconocido por el Libertador, años más tarde, en la Batalla de Boyacá (?) fue ejecutado sumariamente sobre el campo de batalla.

Nervioso y serio hace su entrada el nervudo anciano. Casi sin saludar le dice al grupo:

—La tragedia; se alzaron los negros de Barlovento y están matando a todos los blancos que encuentran por el camino.[55]

—Esto se lo debemos a Monsieur le General —continuó Casa León—. ¿A quién se le ocurre darle armas a los negros y encima prometerles la libertad si logran reunir su precio? ¿De dónde va a sacar los reales un negro, como no sea robando y matando? Tenemos que hacer algo inmediatamente o estamos perdidos.

Vicente se echó para atrás y le dijo a Casa León:

—Yo no sé si usted sabe la última, don Antonio. Puerto Cabello cayó en manos de los españoles.

—¿Cómo? —exclamó denotando la misma sorpresa de don Fernando— ¡pero eso no es posible!

—Pues yo mismo estaba presente cuando el General Miranda nos leyó la carta que le mandara Simón Bolívar donde le contaba lo sucedido. Acabo de llegar de La Victoria.

El marqués de Casa León se quedó atónito ante la revelación. Ello cambiaba absolutamente sus planes. Sintiéndose seguro en esa casa de arraigadas convicciones realistas, dijo:

—Esto tenía que terminar así; todo fue una locura, y la más grave de todas es habernos puesto bajo las órdenes de ese traidor al servicio de Francia.

—¿Sabe usted cuál fue el comentario que hizo cuando recibió la noticia de Puerto Cabello? —preguntóle Vicente—. Pues dijo en

---

55 Histórico.

francés: Venezuela ha sido herida en el corazón.[56] ¿Qué le parece la pendejada?[57]

44

Se alzaron los negros

Las noticias son cada vez peores. Los negros de Barlovento continúan avanzando, arrasando las propiedades y matando blancos desde El Guapo. El 13 de julio en la madrugada la ciudad se despierta al toque de la Generala y al repique de las campanas.[58] Don Fernando y Vicente, a medio vestir, salen corriendo a la calle en dirección del Ayuntamiento. Allá se enteran de la alarmante noticia: los negros de Barlovento han llegado a Guatire, a doce leguas de Caracas y quieren, a cuchillo, acabar con los blancos. La situación es desesperada. No hay milicia armada en la ciudad. Cinco mil hombres tiene Miranda en La Victoria. Lo sucedido, como afirma Vicente Berroterán, es una puñalada trapera de los españoles.

—¿Quién ha dicho que negro y pardo son partidarios del, rey o de la república? —clama lleno de indignación el Conde de la Granja—. Ellos son enemigos de todo lo que sea blanco, llámese patriota

---

56 Histórico.

57 30 de junio de 1812

58 Histórico.

o realista, y ahora es que se va a saber que cigarrón atora y que el cambur verde mancha...

Al día siguiente, una comisión de notables de Caracas, presidida por el Marqués de Casa León y el Conde de la Granja, partió hacia La Victoria a conferenciar con el Generalísimo Miranda, con el fin de plantearle la necesidad de llegar a un armisticio. El país está anarquizado, las haciendas vacías, los esclavos alzados. Ya nadie tiene confianza en la República.

Entre tanto llegan dos nuevas noticias: los negros de Barlovento han avanzado hasta los Dos Caminos a dos leguas de Caracas, y los esclavos del Litoral amenazan con tomar La Guaira. Los blancos patriotas, como los realistas, empalidecen de angustia.[59]

Vicente Berroterán recuerda al mulato Machado y tiembla de pensar que el antiguo mayordomo ande entre ellos.

Los fusiles han callado, mientras la oficialidad blanca de uno y otro bando reconsidera la situación. Todos son partidarios de suspender las hostilidades y marchar unidos sobre los esclavos insurreccionados.

La rendición, más que una salida, es un deseo en el campo patriota.

Casa León tiene la lengua aguda y va persuadiendo uno a uno de aceptar el armisticio que todos anhelan.

Los negros, acampados a la entrada de Caracas han enviado un ultimátum con el Padre Echezuría, donde amenazan con destruir la ciudad de no concedérseles la libertad.

---

59 Históricos los dos párrafos precedentes.

La libertad de los esclavos es la ruina del sistema colonial ha dicho Casa León.

El 25 de julio se firma el armisticio en San Mateo. Al día siguiente Monteverde hace su entrada en La Victoria. El doctor Francisco Espejo, quien a nombre de la República hace entrega de la ciudad, le dice al canario luego de firmar el acta:

—Loado sea el Señor, que nos permite volver a nuestros legítimos dueños.[60]

José Tomás que asiste a la rendición, le dice en voz alta a Antoñanzas:

—Hay que ver lo gran carajo que es ese viejo.

El marqués de Casa León, que alcanza a oírle, le susurra con su voz cascada y risueño:

—Y eso que no lo conoce, joven. Si yo le contara...

Ambos ríen. Parecen un león joven y un buitre viejo.

---

60 Rigurosamente histórico (H. Pouden citado por Juan Uslar, pág. 57).

45

Monteverde en Caracas

Monteverde entró en Caracas el 30 de julio. La ciudad se aglomera en las calles para vitorearlo. Hay sincera alegría en la gente. El peligro de los negros insurreccionados ha pasado. El mismo general Miranda desarmó a un batallón de mulatos que pretendía unirse a los negros de Barlovento desconociendo la capitulación de San Mateo. En la catedral semidestruida por el terremoto, el arzobispo de Caracas, don Narciso Coll y Prat y Juan Nepomuceno Quero, gobernador puesto por los patriotas, esperan al triunfador para prodigarle sus parabienes.[61]

El capitán canario carece de gallardía; la bestia se le encabrita y está a punto de derribarle. En la acera de enfrente, Vicente Berroterán disfruta con las tribulaciones del canario. El miedo hace más terrosa la cara de Monteverde. Hombres de tropa acuden en su auxilio.

---

61 Histórico el párrafo precedente. Caracas tenía para esa época una población de unos treinta y cinco mil habitantes (Depons, Viaje a la parte oriental de Tierra Firme).

Un oficial fuerte y alto logra dominar la bestia. Los colores vuelven al rostro de Monteverde y la sonrisa se restablece en los presentes. Algunos aplauden.

A Vicente, el oficial le resulta familiar. Al volverse descubre que es nada menos que José Tomás. Presto escurre el bulto entre la multitud. Será mejor guarecerse hasta que se aclare esta situación. Tiene el presentimiento de que a pesar de las promesas de Monteverde, de respetar la vida y propiedad de los vencidos, algo malo va a suceder. Su suegro, el Conde de la Granja, tiene la misma opinión. Es mejor que Vicente se oculte hasta tanto se sepa lo que va a pasar, particularmente si entre los oficiales hay uno que lo odia a muerte. A la caída de la tarde, disfrazado de fraile mercedario, llegó a la casa del Marqués de Casa León.

—Tienes cara de cura vicioso —le apuntó risueño el Marqués.

En una buhardilla, a donde se llegaba por una trampa que había en el techo de la biblioteca, se ocultó Vicente. Don Antonio le explicó:

—La mandé hacer desde el 19 de abril. Yo siempre pensé que tarde o temprano alguien la necesitaría. Cuando oí los gritos de Francisco Espejo en la Sociedad Patriótica, ya no lo puse en duda.[62]

Al otro día el mismo Marqués enteró a Vicente de lo sucedido. En la madrugada, Simón Bolívar, de las Casas y Peña hicieron preso a Miranda, quien se disponía a huir al extranjero con catorce mil pesos.

---

62 Rigurosamente histórico.

—Simón tenía razón —observó el Marqués—. Si Miranda creía en la palabra de Monteverde no tenía por qué huir, y si no creía, había traicionado a su ejército.[63]

En los días siguientes se desató la anunciada persecución. Las cárceles de La Guaira y de Caracas rebosaban de presos de toda edad y condición. Vicente se aburría en su encierro a pesar de que todas las noches el Marqués subía a hacerle compañía.

Al tercer día la trampa se abrió y apareció, como de costumbre, la faz caprina del aristócrata, quien al verle le saludó sonriente, a tiempo que decía:

—Aquí te traigo un compañero.

Una capucha franciscana apareció en el hueco.

—Mira a quién te traigo; así tendrás ocasión de averiguar, con todo detalle, lo que pasó en Puerto Cabello y qué fue lo que dijo Miranda cuando lo despertaron en la madrugada.

La luz mortecina del atardecer iluminó un rostro delgado y pálido donde brillaban afiebrados dos ojos pequeños, brillantes y muy negros.

—Vicente —dijo con afabilidad y voz chillona el recién llegado.

—Simón, qué gusto de verte —le contestó el otro.[64]

---

63 Frase histórica.

64 Bolívar obtuvo posteriormente del jefe realista un pasaporte para salir del país, dirigiéndose a Colombia, donde organizará al poco tiempo la reconquista de Venezuela.

46

Roscio y Eugenia

Todas las tardes José Tomás Boves pasea por las calles de Caracas. Su itinerario es siempre el mismo: a las cuatro y media sale de la Quinta Anauco, la bella propiedad del Marqués del Toro, y bordeando el Anauco, se llega hasta la Calle Real y remonta hasta la Catedral.

Esa tarde, José Tomás llega en su paseo hasta la plaza de Capuchinos. En medio del cuadrilátero está instalado un cepo, dentro del cual hay un hombre a quien los muchachos del vecindario le tiran estiércol. Un cagajón de burro se le aplasta en la boca. El hombre escupe con asco. La gente ríe y aplaude.

—¿Quién es él? —le pregunta a un sargento con cara de mulato caraqueño.

—Juan Germán Roscio, un insurgente —le responde el hombre.[65]

José Tomás recordó de pronto al abogado que lo sacó del castillo. Sin pensarlo, se abalanza sobre el cepo.

---

65 Verídica la escena de Roscio en el cepo. Ver Augusto Mijares, El Libertador.

Con voz recia le ordena a un cabo que ponga en libertad al preso. El hombre vacila. José Tomás se encrespa y le grita:

—Carajo, deme la llave o le abro la cabeza de un tiro.

El doctor Roscio, con cara torturada, no reconoce a su benefactor. El expresidiario tampoco se lo recuerda. En brazos lo lleva hasta un banco y le lava la cara y el cuerpo. Con voz enérgica ordena que le traigan un plato de sopa y que lo trasladen a la cama de una casa vecina.

—Me responde usted de su vida —le dice al sargento que tenía las llaves del cepo—; de no movilizarme para nada a este hombre que pongo bajo su cuidado...

—Sí señor —le responde atemorizado el mulato.

A galope tendido recorrió las cinco cuadras que lo separaban del despacho de Monteverde. Allá, con voz suplicante, le pidió al capitán canario piedad para con el abogado patriota a quien le debe su libertad, cuando purgara su pena de pirata y contrabandista en Puerto Cabello.

A Monteverde le hace gracia la historia de Boves.

—Ya yo decía que tú tenías algo de marino; por algo Eusebio y yo te sentimos como gente nuestra.

Luego le explica que el doctor Roscio es una de las figuras más connotadas de la insurgencia, y que por eso hay que ser duro con él. Finalmente, accede a que el prisionero sea trasladado a una de las celdas de las Monjas Concepciones. Se le dará asistencia médica en vista de su mal estado.

El convento está situado en una esquina de la Plaza Mayor y ocupa toda una manzana. Es uno de los dos conventos de monjas de la ciudad. Por orden de Monteverde, Boves fue el encargado de trasladar al prisionero y de hacer los trámites con las autoridades del convento.

—Lo cuidaremos bien —le contestó con voz helada Sor de las Llagas, superiora de la congregación—. Una hermana estará al cuidado del enfermo hasta que se reponga totalmente.

Todas las tardes José Tomás visitaba al prisionero, que al tercer día ya tenía mejor aspecto. Al cuarto día José Tomás le hizo la revelación de quién era y el porqué de su actitud. El abogado se lo agradeció con una sonrisa.

Una vez, mientras José Tomás hablaba con Roscio, entró a la celda una monja.

—Mira, José Tomás, esta es la hermanita que me ha estado cuidando todos estos días.

La muchacha se volvió y José Tomás se encontró con los ojos de Eugenia vestida de novicia. Sin poder contenerse exclamó:

—Vaya, doctor Roscio, con razón se ha recuperado tan rápido.

La sobrina de Doñana entornó impúdica los ojos y abrió la boca. José Tomás tuvo la sensación de que estaba tan prisionera como Roscio.

Desde aquella tarde la monja de la sonrisa cantarina y de los ojos rasgados siempre coincidió con José Tomás en su visita. Aunque apenas respondía con monosílabos a las observaciones y agudezas que le dirigían los dos hombres, el muchacho tuvo la seguridad de que aquella mujer disfrutaba de su visita. Se lo decía con sus ojos verdes y en la puntualidad de sus citas. El capitán de urbanos, entre tanto, se desvelaba pensando en el rostro felino de aquella mujer enclaustrada de quien sólo sabía que se llamaba Sor Petronila y que todavía era novicia. Un día, en el corredor que daba acceso a la celda, decidió abordarla. La monja, sin hacer la menor resistencia, detuvo su paso y semi sonreída le pidió paso franco.

—Si me das un beso, guapa... —le propuso excitado.

—Pero ¿usted está loco, capitán?

José Tomás intentó abrazarla; la monja, sin mayor decisión, trató de huir.

—Deje, deje —gemía sin convicción, mientras lo apartaba débilmente.

Una voz autoritaria se oyó en el fondo del corredor.

—Eugenia, vete inmediatamente y deja ese fresco.

Era Sor de las Llagas, quien evidentemente descompuesta se veía al borde de un colapso. La bella novicia desapareció tras los mantos de su tía y superiora.

—En cuanto a usted... —siguió diciéndole a Boves— haga el favor de salir inmediatamente y no ponga más los pies en esta casa, que ya me entenderé con sus superiores.

Monteverde en persona le comunicó la nueva:

—Tú mismo te lo buscaste. Las monjas me pidieron que sacara al preso del convento, y no me quedó más camino que mandarlo para La Guaira. No te preocupes, chico, que dentro de una semana lo embarco para España, son órdenes expresas del Rey.

47

Vicente Berroterán y una bronca en el silencio

Vicente Berroterán se aburría en su buhardilla. Su compañero hacía una semana que había salido por La Guaira con un pasaporte firmado por el mismo Monteverde. Fue de las poquísimas personas que tuvieron esa suerte. Juró que volvería triunfante algún día con el fin de expulsar a los invasores.

Al cuidado de Vicente estaba la negra Rosa, una mulata caderuda de bellos ojos y tetas temblonas. Al principio Vicente la miraba con negligencia; pero al final, la buena comida y el reposo excesivo hicieron lo demás. Un día Casa León le reclamó:

—Cometiste una pendejada metiéndote con Rosa, preñaste a la mujer y ahora se lo ha contado todo a su padre que está abajo hecho una furia.

Con su sayal de capuchino, Vicente Berroterán salió de nuevo de la casa del Marqués.[66]

---

66 Casa León es el paradigma del traidor en Venezuela. Véase Casa León y su tiempo, de Mario Briceño Irágory.

En el lomo de una muía se alejó de Caracas por el camino de Antímano en dirección a Valencia, donde vivía su cuñado, Manuel Antonio Malpica.

Caracas está aprisionada dentro de un triángulo equilátero formado por tres ríos. A pesar de sus casi cincuenta mil habitantes, la ciudad luce desolada debido a excesiva extensión.

Al cruzar la quebrada de Caroata, se desarrolla un barrio de nombre inapropiado, pues con ser el vecindario más escandaloso de la ciudad, se llama El Silencio. Es una barriada de calles tortuosas llena de prostitutas y malandrines.

José Tomás es concurrente asiduo del lugar. Esa noche, acompañado por el indio Eulogio, bebe ávidamente en una de las tantas cantinas del barrio. A causa de una mujer y de la irritabilidad creciente de José Tomás, se suscita una acre discusión con un grupo de isleños.

Relucen las facas carniceras cuando un hombre joven, gordo y membrudo, media entre los dos grupos. El hombre es también isleño y tiene cierta gracia al hablar. Finalmente revela su identidad: se llama Chepino González y es el mayordomo del Conde de la Granja, en Las Mercedes.

—¿El suegro de Vicente Berroterán? —pregunta en un alarido José Tomás.

—El mismo —responde el hombre, todavía sin comprender la razón del gesto descompuesto.

¿Y dónde está Vicente? —preguntó ansioso el asturiano.

—La verdad es que no lo sé —contestó el otro.

Los ojos de José Tomás centelleaban en un intermitente resplandor de ira.

48

Las mantuanas y el invasor

Por orden de Monteverde, José Tomás Boves se dirige a Valencia con el fin de instruir a las autoridades de aquella villa sobre el trato que hay que darle a los que participaron en la fracasada rebelión.

Precediendo la lista de los que han de ser sepultados en las mazmorras de Puerto Cabello está Francisco Espejo, a pesar de su veleidosa frase en La Victoria y de los melindres que le ha hecho a las nuevas autoridades, para que olviden su gestión anterior.

José Tomás va con la intención de traerse para Caracas a la mulata María Trinidad. Se siente solo y la cabeza de la capitanía no es buena para los solterones como él. Las mantuanas, que son el tipo de mujer que le atraen, ni siquiera lo ven despectivamente como en Calabozo o en el Puerto; simplemente, no lo ven. Para ellas, un oficial de Monteverde, el isleño burdo que ha humillado a sus padres y hermanos, no puede ser otra cosa que un ser abyecto. En una ocasión, a la salida de misa, un mantuano amigo suyo le presenta a Conchita Vegas. Su hermano se pudre en las mazmorras de La Guayra.

José Tomás, por decir algo amable, le promete generoso e ingenuo:

—No se preocupe, hablaré con el Comandante Monteverde.

La muchacha le responde:

—Prefiero que se pudra en las bóvedas a tener que deberle la libertad a hombres como usted.[67]

Los mantuanos son soberbios. En ello estriba su debilidad y su grandeza. A los pocos días de llegar Monteverde, los pardos, deseosos de vengarse, y con la anuencia del canario, acuden el domingo a Catedral. Los mantuanos no abandonan el templo, como sucedió con las Bejarano. En silencio, y con aire ausente, oyen la misa hasta el final. Al domingo siguiente, los pardos y los isleños que han acudido de nuevo a regocijarse con la turbación de los otrora altivos mantuanos, se quedan sorprendidos de que a la misa de Catedral no acuda ni un muchacho, todos se han ido a San Mauricio, la iglesia de los negros.

A José Tomás le hizo gracia el desdén, porque él, en el fondo, se sigue sintiendo hidalgo de gotera, a pesar de ser el hijo de la sirvienta, expresidiario y pulpero. De tener una novia y fundar un hogar, ha de ser para él con una mantuana de pura cepa, como Magdalena Zarrasqueta, Martiniana Sierralta o Inés...

---

67 Histórico.

49

María Trinidad y el armario

Llegando a Cagua José Tomás fue víctima de la pulmonía. Un médico de la localidad, el doctor Miguel Arvelo, lo alojó en su casa y le prodigó, con extraordinaria bondad, toda clase de cuidados.

Ya para marcharse, le dijo a su benefactor:

—Doctor, yo no sé cómo pagarle lo que ha hecho por mí. Por el momento le contaré a todo aquel que lo quiera oír, la enorme bondad y sabiduría que usted posee.

El médico, que era un criollo socarrón, le dijo en el mismo tono:

—Mire, amigo, si quiere hacerme realmente un favor, no le diga a nadie lo que hice por usted. Porque si mis amigos, que son todos republicanos, averiguan que yo le salvé la vida, el muerto, entonces, voy a ser yo.

Esa misma noche llegó a Valencia y a paso rápido alcanzó la posada de María Trinidad. El negocio se ve próspero y Heno de parroquianos. Con su barba crecida y su uniforme de capitán del ejército español, tiene un aspecto diferente.

María Trinidad aparece al fondo llevando en cada mano una botella de vino. Se mueve entre el hombrerío con gracia y desparpajo.

—¡Quédate quieto, José del Carmen! —le grita a un bachaco que discute acaloradamente—. Si van a pelear, se me largan ahora mismo para la calle.

—¡Ya voy, Care Pasa! —le dice a otro de rostro chupado que le reclama un trago.

María Trinidad ordena, zigzaguea y sonríe. Nadie es capaz de echarle un piropo a la bullente hembra. Saben que no sólo es perder el tiempo sino que es exponerse a ser arroiados a la calle por el indio Asdrúbal, un mesonero gigantesco, contratado exactamente para mantener a raya a los adoradores de la mulata.

José Tomás se deslizó por detrás de la muchacha y la besó en la nuca. De no haber sido porque reconoció a su hombre al primer agarrón, caro le hubiese salido al asturiano su aparición intempestiva, ya que el indio Asdrúbal, como un váquiro herido, se le vino encima dispuesto a partirle el alma.

—¡Mi amor! —exclamó la mulata, mientras los espectadores y el mesonero abrían la boca.

Después de cenar le dijo a la mulata:

—María Trinidad, vengo a llevarte conmigo a Caracas. Vine a buscarte.

La mujer guardó un largo silencio mientras se balanceaba rítmicamente en la mecedora y le respondió como siempre:

—No, José Tomás, no puede ser.

Convencido y ajado, el mozo regresó a Caracas esa misma noche.

Tan pronto desapareció José Tomás y los pasos de su caballo repicaron sobre la calle vacía, María Trinidad, presurosa, se dirigió a un armario que había en un cuarto vacío y lo abrió de prisa. Entre las hojas del mueble emergió el rbstro de Vicente Berroterán.

—Cónchale negra, un ratico más y me asfixio.

María Trinidad dejó salir su alegre risa de paraulata.

—Ay, mi amor, ¿y quién iba a pensar que llegaría, y esta misma noche, el hombre que te la tiene jurada?

Vicente Berroterán tenía ya dos semanas oculto en la casa de la mulata. Por consejo de su cuñado, Manuel Antonio Malpica, ninguna en toda Valencia ofrecía mayor seguridad para ocultar a un perseguido de Mon- teverde, que la casa de la querida de uno de sus oficiales de confianza, y que además, era enemigo a muerte del prófugo.

—Lo que tengo es el hambre hereje —dijo Vicente, mientras le agarraba un seno a la mulata. La mujer se dejó hacer. Al poco rato yacían el uno sobre el otro, mientras el armario, abierto de par en par, parecía un gnomo estupefacto y verdinegro.

A la media hora, fuertes golpes en el portal se dejaron sentir.

—¿Será José Tomás que vuelve?

La mulata se vistió presurosa y salió a abrir, mientras Vicente, ya sin fuerza, se ocultaba bajo la cama.

Pasos de hombre resonaron en dirección al aposento. Hasta que se detuvieron justo en el escondite. Una voz burlona retumbó en la habitación:

—Sal, cobardón...

Vicente respiró con alivio al reconocer la voz de su cuñado Manuel Antonio Malpica, y se deslizó fuera de la cama.

—Caray, cuñado, pero usted no pierde el tiempo con las mujeres ni ante un pelotón de fusilamiento.

Manuel Antonio Malpica, llamado por su blancura el Suizo, era un mantuano de Valencia, el más importante y rico de la ciudad. Tenía unos cuarenta y cinco años; era corpulento y cínico, cordial y calculador. Su casa, una casa de ocho ventanas a una cuadra de la plaza mayor, era la mejor de la Villa y sitio obligado de reunión de la buena sociedad. El Suizo sabía de todo y se metía en todo. Hablaba como un loro, con gracia y picardía, pero jamás emitía una opinión sobre nada o sobre nadie que pudiera representar para él un compromiso. Tenía profundos e insospechados vínculos con los seres más extraños. El manejo de María Trinidad era una muestra del dominio que tenía de la vida colonial.[68]

—Tienes que irte inmediatamente de esta casa. Por lo que me ha contado María Trinidad, José Tomás salió furioso y puede que regrese.

Horas más tarde, Vicente tomaba el camino del sur en dirección a Calabozo.

---

[68] Manuel Antonio Malpica es personaje histórico (ver Francisco Espejo, de Héctor Parra M.).

50

El regalo de Antoñanzas

Los días transcurrieron rutinarios para José Tomás. En la mañana acudía junto con Antoñanzas, donde discutía y asesoraba al canario en sus planes de reorganizar el país conquistado.

En la tarde paseaba solo o con el indio Eulogio, desde la Quinta Anauco hasta la plaza de Capuchinos.

A las seis llegaban a El Silencio, y a punta de aguardiente dejaban transcurrir las horas entre palabrotas, fantasías y cuentos obscenos.

Cuatro largos meses habían transcurrido de esta forma y ya el tedio comenzaba a destrozar a José Tomás, que cada día se tornaba más borracho y pendenciero.

—Taita —le dijo una vez viniendo de Capuchinos, el indio Eulogio—, yo creo que esta vida no es para usted, ni para mí tampoco. ¿Por qué no regresamos al Llano?

José Tomás puso los ojos chiquitos y pensó en su casa de Calabozo incendiada por la turba, y recordó a Juan Caribe y a sus negocios deshechos y comentó con tristeza:

—Ya todo eso se acabó, Eulogio, me dejaron sin un centavo. Ahora tengo que vivir de la guerra y para la guerra.

Nada le respondió el indio, pero José Tomás sabía que algo pasaba en la cabeza de su caporal, cuando le dijo:

—Quién sabe si volveremos a Calabozo mucho antes de lo que usted cree. Uno nunca sabe.

No se equivocó el indio Eulogio en sus predicciones; dos días después, en una de esas bellas y asoleadas tardes de diciembre, cuando se disponía a salir en su acostumbrada cabalgata, José Tomás sintió los pasos de un caballo. Era Antonanzas.

El marino, sin bajarse siquiera de la bestia, le gritó: —Te traigo buenas noticias. Monteverde ha decidido nombrarte Comandante de Calabozo.

Brillaron de alegría los ojos del mozo. Antoñanzas, sin esperar comentario, añadió:

—Y a mí me ha nombrado gobernador de Cumaná. De modo que ha llegado la hora de separarnos, mi querido amigo.[69]

Como Boves tratara de rechazar la proposición, Antoñanzas le replicó:

—No, hijo. Esta es la oportunidad de tu vida. No la dejes pasar. Tú vales mucho para que continúes de segundón a mi lado; aparte que estamos necesitando hombres de tu condición para imponer el orden y la disciplina en esta nación tan revuelta.

Con pesar, José Tomás se separó de su buen amigo Eusebio Antoñanzas.

---

69 Histórico (Valdivieso).

La mañana de su despedida, el capitán canario, emocionado, le regaló un alfanje.

—Tómalo; se lo quité a un jefe árabe. Buena suerte, hombre —y diciendo esto bajó la cuesta de piedras de la Quinta Anauco.

II

«El caudillo»

Capítulo V
De Calabozo a Guayabal

(Primera campaña)

51

El regalo

El día de Reyes, con el sol araguato de los venados, burlado y desganado, José Tomás Boves hizo su entrada a Calabozo.[70] La gente se quedó boquiabierta al verlo pasar. Nadie salió a darle la bienvenida ni intentaron saludarle. Él también rehuía las miradas. Con aire ausente avanzaba al paso de su caballo buscando la casa del Comandante de Plaza, Tiburcio Domínguez.

Al llegar frente al portal, un negro-azul se le enfrentó con un chopo de piedra:

—¿Qué quiere? —preguntó iracundo y zumbón como tábano.

—Dígale al Comandante de la Plaza que aquí está José Tomás Boves, quien quiere hablar con él.

El guardián encapulló una expresión desdeñosa. Desapareció y volvió con un regocijo amargo:

—El Comandante no lo puede atender. Mejor siga su camino.

---

70 1813

El asturiano, sin inmutarse, le ordenó:

—Entréguele estos papeles, y que se reporte de inmediato, porque ahora, el nuevo Comandante, soy yo.

Cenizo se puso el sicario ante la afirmación. Balbuceando un sí, mi Comandante, entró a la casa a toda carrera en busca de Domínguez.

Al instante apareció el hombre con el rostro conturbado y la palabra doliente:

—Perdón, perdón Comandante Boves, que no supe en el primer momento que era usted. Mande y será obedecido.

José Tomás, sin bajarse de su cabalgadura, le descargó con asco:

—Convoque a los vecinos y salga inmediatamente de esta casa.

Confusos y temerosos se quedaron los calaboceños cuando supieron que el nuevo Comandante era José Tomás Boves.

La noticia fue recibida con júbilo dentro del pardaje donde el asturiano tenía grandes amigos; pero envolvió como una mancha tenebrosa el alma de mantuanos y criollos.

A pesar de todo, hicieron lo indecible por ganárselo. De todas partes recibió regalos y apaciguamientos. Alrededor de la plaza era cada vez mayor el número de notables que se aglomeraban, en la esperanza de tener un encuentro que pareciera casual con el nuevo Comandante.

Pero José Tomás no salió de su residencia en los primeros días ni permitió la visita de esos notables. A todos, el indio Eulogio devolvía con gesto airado mientras con su navaja se empeñaba en labrar un palito.

—No está o no lo quiere recibir, ¿qué sé yo? — decía al preguntón, sin importarle nada ni rango ni apellido.

Tan sólo el Padre Llamozas y don Juan Corrales lograron trasponer la defensa. Ambos trataron de hacerle ver la conveniencia de reconciliarse con los notables de la Villa.

—Una cosa es el gobernante y otra el hombre — decía el Padre Llamozas—; yo comprendo que tú, como ser humano, estés resentido, pero es imposible que confundas los intereses del Estado con tus problemas personales. La buena marcha de los intereses del reino así lo exige.

Don Juan Corrales le expresó con disgusto:

—Yo creía conocerte mejor, pero veo que estaba equivocado. Te creía un hombre de buen corazón que perdonaba las ofensas, pero estoy equivocado. Veo que eres más rencoroso que un tigre herido. Por dos o tres que te hicieron mal, ¿cómo es posible que nos incluyas a todos? Eso es una injusticia.

—Que me entreguen entonces al negro Sebastián y a Vicente Berroterán y olvidaremos lo sucedido.

—Eso no es posible, hijo. Nosotros ni somos policías ni perros de presa —respondía a punto de hervor el ganadero.

—Pues entonces, que me dejen quieto, y que agradezcan que no haga con ellos una escabechina, que bien merecida la tendrían después de lo que hicieron conmigo.

—Los ricos y nobles de un lugar —apuntó sentencioso el Padre Llamozas— están casados siempre con el Príncipe; dependen mutuamente el uno del otro. Si tú te niegas a vincularte con los mantuanos de Calabozo, peligra la hacienda de ellos, pero también tu poder. Será una batalla a corto plazo donde tú serás el perdedor, por haberte apartado del papel que encarnas.

—Pues ni con eso, padre —respondía José Tomás más testarudo que nunca. Si quieren reconciliación, ya le dije, que me traigan la cabeza de Sebastián o de Vicente Berroterán. Con cualquiera de las dos me conformo. Entretanto, no quiero saber ni una palabra de esa gente.

Dos días más tarde el indio Eulogio se presentó en el despacho de José Tomás con una caja.

—Aquí le mandan un regalo.

El Comandante comentó con soma:

—Mantuano, cuando no aplasta, soborna. Ábrelo, Eulogio, pero ten cuidado, no vaya a ser una mapanare. Estos mantuanos son capaces de todo.

El indio rasgó con cuidado la envoltura. Los dos hombres se quedaron estupefactos. Dentro de la caja, con los ojos abiertos y desesperados, estaba la cabeza recién cortada de Sebastián.[71]

---

71 Tradición oral.

52

Boves el pacificador

A los pocos días José Tomás decidió hacer las paces con la oligarquía calaboceña, en un Tedéum que dirigió el Padre Llamozas, donde habló elocuente sobre las virtudes del gobernante y los deberes de los gobernados. El Comandante y los mantuanos se abrazaron y se perdonaron mutuamente los agravios inferidos. Seguido de todo Calabozo, y ostentando a mitad del pecho su banda morada de Comandante de la Plaza, se dirigió al Cementerio, y depositó una corona de flores sobre la tumba de Juan Caribe. Terminado el acto pasaron a la casa de Juan Bautista Riverol, uno de los notables de la ciudad, donde se brindó por el éxito del nuevo gobernante.

José Tomás, al final, se sintió casi contento ante las innumerables demostraciones de cariño y aprecio que recibía.

—Mi hermano querido —gemía Eusebio Sequeda, pasado de tragos—, no sabe lo feliz que me siento de esta reconciliación entre el hijo más ilustre de Calabozo y nosotros.

Sequeda se aferraba al hombre, como la perezosa a la rama. José Tomás sonreía, pero en el fondo recordaba que Eusebio Sequeda había sido de los que más gritaba y aplaudía en la plaza cuando caían recios los vergajazos del negro Sebastián. Y recordaba también las sentencias de Monteverde sobre los criollos:

—Para adularte no hay nada mejor que un criollo; lo mismo que engañan adulan; son gente baja con la que no hay que tener ninguna consideración. Yo por eso los trato a las patadas, y mientras más me arrequinto, más se arrastran. Pero ay de mí si algún día estuviera fuñido. Pocas veces he visto a un pueblo más cruel con los vencidos como esta gente.

José Tomás, al poco tiempo, comenzó a olvidarse de las opiniones del Capitán canario y de las afrentas recibidas. Era Comandante de la ciudad y eso bastaba para que echara en el olvido todas las humillaciones sufridas en el pasado, y hasta la misma muerte de Juan Caribe.

No había día que no fuese objeto de un obsequio, de un agasajo o de una distinción.

Hábiles y probados comerciantes sometían a sus consideraciones las operaciones comerciales más obvias. Ganaderos, hijos y nietos de ganaderos le pedían consejos sobre la gusanera del ganado o el apareamiento de la vacada; en tanto que algunas matronas célebres por su buena mesa solicitaban su parecer sobre la utilización del jengibre en los bizcochuelos.

Las hijas y las mujeres de los mantuanos le sonreían bulliciosas al verlo pasar, y más de una se dejó llevar por el indio Eulogio, agachada dentro de un saco, al filo de la madrugada.

—Eso es lo mejor que tiene el poder —le decía al indio—.Un gobernante es con las mujeres como una lanza en medio de una estampida de ganado. No hay que hacer ningún esfuerzo para agarrarlas, son ellas las que vienen solas y se ensartan.

Un día don Juan Corrales se presentó en la Comandancia, y con aspecto preocupado le dijo:

—Ahí está mi hija Inés que tiene algo que pedirte.

—Concedido de antemano.

—No te precipites, porque la cosa no es fácil; yo no creo que accedas, pero en fin, que ella misma te lo pida.

Al llamado de su padre, se acercó Inés. Como siempre, se mostraba hostil al mozo. José Tomás, sin poderlo evitar, se embebió en su presencia.

—Vengo a pedirte algo —dijo convulsa la muchacha.

—Concedido de antemano, ya se lo dije a tu padre —respondió el Comandante.

—¿Sea lo que sea? —preguntó escéptica y esbozando por primera vez una sonrisa.

El hombretón, subyugado por aquellos dientecillos menudos, no hizo caso de la pregunta y respondió impulsivo:

—Sea lo que sea.

—¡Ya! Ahora no te eches para atrás, mira que a mí me han dicho que tú no tienes sino una palabra.

—Sí, sí, está bien, chica —exclamó ya impaciente José Tomás—. ¿Pero de qué se trata?

—Que le perdones la vida a Vicente Berroterán —dijo Inés en un susurro.

Boves empalideció. Más que los vergajazos del verdugo, le había dolido el puñetazo a traición que le diera Vicente, a quien tenía por uno de sus mejores amigos. Su primera intención fue decir no, aunque se lo hubiese prometido a Inés. Si había alguien a quien se la tenía jurada era a Vicente, ¿cómo perdonarlo entonces?

Don Juan Corrales vino en auxilio de su hija:

—Yo no quiero meterme en tus decisiones; pero sí deseo explicarte algunas cosas. Vicente Berroterán actuó en aquel momento como un cobarde y tuvo miedo de que lo consideraran tu cómplice. Él mismo me lo contó llorando, después que sucedieron tantas cosa. Además, no es tan grave que te hubiera metido un puñetazo... ¡Perdónalo, chico, no seas rencoroso!

José Tomás permaneció un rato en silencio. Luego, viendo a Inés, al principio serio, luego sonriente, le dijo:

—Está bien, que venga Vicente Berroterán...

Horas más tarde se presentó el fugitivo; arrodillándose ante Boves, le besó las manos, mientras balbuceaba:

—¡Gracias hermano... gracias... y perdóname por haber sido tan carajo!

53

La insurrección de Espino

El indulto concedido a Vicente Berroterán robusteció las relaciones de José Tomás con el mantuanaje calaboceño.

Como antes de la guerra, Vicente y José Tomás volvieron a trasegar copas de ron añejo y salieron a cazar tigres por los aledaños de la villa, mientras la gente se hacía lenguas del buen corazón de Boves.

A fines de febrero, dos noticias vinieron a perturbar la paz monteverdina de Calabozo: la una era que Maturín había caído en manos de los insurgentes; la otra, que el pueblo de Espino, a mitad de camino entre Calabozo y Maturín, se había alzado a favor de la República.

José Tomás hizo un llamado a las armas. Entre los primeros voluntarios iban Vicente Berroterán, Eusebio Sequeda y Gil Antonio Parpacén.

Cinco días más tarde llegó ante el pueblo la expedición armada. Espino era una pequeña, pero muy próspera población del Alto Llano, siendo sus habitantes gente enérgica y aguerrida. Inmediatamente comenzó el combate entre aquellos menguados atacantes y no menos escasos defensores. Los espinenses resistían con brío la carga de los calaboceños.

Una noche que José Tomás comenzaba a dormirse en su chinchorro, vio que se le acercaba el indio Eulogio. Con voz baja le dijo:

—Venga pa acá corriendo.

Al pie de una mata tres hombres armados apuntaban a un cuarto de aspecto distinguido. Boves pegó un respingo al darse cuenta de que tenía por delante nada menos que a José Barreto, el jefe de los republicanos de Espino.

—¿Y esto...?

El hombre comenzó a hablar:

—Vine a explicarte todo, y a salvarte la vida si perdonas la mía. Todo esto del alzamiento es una añagaza de Vicente Berroterán y de sus amigos para obligarte a salir de Calabozo y matarte en el camino. Nosotros nunca creímos que llegaran hasta acá, Ellos son los culpables y no nosotros. Ya nos han matado más de treinta hombres y no estamos dispuestos a que esto continúe.[72]

José Tomás permanecía estupefacto ante las revelaciones de Barreto. ¿Conque eso era lo que pretendían? La pupila se le contrajo de ira al recordar la invitación que noches antes le hicieran Vicente y sus amigos, para salir a cazar venados en un pozo que quedaba a una legua del campamento. Un brillo ansioso que le captó en los ojos al ganadero le hizo desechar la invitación.

Barreto puso cara de conejo cuando vio a Boves crispado por la ira.

---

72 Boves, como se relata en los capítulos 52 y 53, fue víctima de una conspiración en Calabozo, luego de haber sido indulgente con sus enemi¬gos (Valdivieso).

—Pero yo no hice nada —balbuceó como un comerciante sorprendido en falta.

—¿Cómo que no hiciste nada, grandísimo traidor...? —le espetó Boves, mientras le arrebataba la lanza a uno de los llaneros.

—Que los agarren a todos —le gritó a sus hombres, mientras hundía la lanza en el vientre del cabecilla.

Todos los conspiradores, con excepción de Vicente Berroterán que logró escapar, fueron apresados, conducidos a Calabozo y condenados a muerte en la Plaza Mayor.

—Razón tenía el Comandante Monteverde. Los criollos son unas mierdas y hay que acabarlos de raíz —pensaba el jefe de la Plaza mientras veía caer las cabezas de sus fracasados victimarios.

Entre los ejecutados estaba Juan Mujica, el marido de Martiniana Sierralta; antes de ofrecerle su cabeza al verdugo le dirigió una sonrisa a su mujer. Martiniana veía la escena con la expresión turbada. Nunca había llegado a amar a aquel mantuano sereno y adusto, pero por un extraño impulso se sintió acongojada y juró vengarse.

54

La noche de Martiniana

Una noche de luna clara, los patriotas de Calabozo deciden jugarse el todo por el todo.

Martianiana Sierralta, a quien el caudillo asedió de nuevo sin ningún resultado, ha accedido a dejarse conducir en un saco por el indio Eulogio hasta sus habitaciones.

Con el toque de ánimas, los conspiradores ven pasar al indio con su carga. A las once, de acuerdo a lo convenido, la guardia de la entrada se habrá retirado y los conjurados tendrán puerta franca hasta las habitaciones del Comandante, quien estará durmiendo profundamente, por obra de los brebajes y de las caricias de Martiniana.

A la hora convenida, en medio de un guiño de la luna, los siete conjurados traspusieron el portal y se encontraron con el amplio patio envuelto en un, profundo silencio, de esos que no tienen grillos, ni gemidos, ni sapos.

Arriba, en la ventana del cuarto, pende el vestido de Martiniana, señal de que la bestia duerme.

En puntillas suben la escalera. Domingo Cousín precede al grupo. Está muy oscuro; al pasadizo no llega la claridad lunar. Arriba se distingue el final de la escalera.

Domingo ve sobre la baranda una cabeza de mujer. ¡Es Martiniana!, dice respirando con alivio. Le extraña, sin embargo, la posición de la muchacha. Tiene una extraña postura. ¡Martiniana!, le susurra al tenerla al alcance de la mano. La mujer no responde.

Domingo se enloquece. Al final de la escalera sí está la cabeza de Martiniana pero separada del cuerpo que yace desnudo en la inmensa cama. Por esta vez a Judit se le adelantó Holofernes.

Conmovido de terror grita:

—Hemos sido descubiertos... ¡Sálvese quien pueda!

A carrera tendida atraviesa el patio tratando de ganar la calle. El aire fresco y la noche clara deparan una nueva sorpresa. Diez jinetes a cada lado de la avenida les cierran el paso, mientras de la plaza los apuntan diez fusiles.

Al frente de ellos José Tomás Boves los contempla con sus pupila felinas, desde su caballo bayo. Sus frustrados asesinos intentan replegarse hacia la casa de donde han salido, pero el indio Eulogio, seguido de cinco fusileros los apunta desde un entreportón. Los hombres se retiran y el portal se cierra a sus espaldas. La luna brilla claramente. Hace calor y Boves sigue sonriendo. Domingo Cousín y sus amigos se persignan mientras ven avanzar, buscándoles el cuerpo, las dos filas de lanceros.[73]

---

73 Fundamentado en una conseja de dudosa fiabilidad, pero verosímil dentro del carácter de Boves y del desarrollo paranoide que posiblemente se inicia en ese momento. Uslar (obra citada, pág, 93) ratifica lo de los conspiradores que entraron a la casa de Boves con el propósito de matarlo, quedándose sorprendidos de en-

55

Morales y el Compadre Zaraza

Para alivio de los calaboceños, Boves recibió órdenes de Monteverde de trasladarse de inmediato a Barcelona para que lo ayudase a someter a los insurgentes que se habían apoderado de Maturín y de otras plazas de Oriente.

Con trescientos hombres y el corazón lleno de malos presagios abandonó Calabozo a primeros de mayo de 1813.

La marcha a través del llano es difícil en esta época del año. Llueve copiosamente y la planicie comienza a inundarse.[74]

Embozados en sus cobijas rojas y azules cabalgan los trescientos lanceros de Calabozo. Ni un criollo hay entre ellos. Después de lo de Espino, José Tomás salió escarmentado.

---

contrarse con el propio Boves en la Plaza Mayor, rodeado de la caballería de Santa Rita. Dice Uslar: «El conato terminó allí de manera sangrienta» (pág. 93).

74 Es rigurosamente histórico todo el itinerario de Boves; al igual que los incidentes bélicos y desafueros. (En lo sucesivo nos abstendremos de señalarlo.)

La nueva traición de Vicente Berroterán lo enardece. Se sorprende de la capacidad de disimulo de este hombrón tan bien plantado. Pero al mismo tiempo se pregunta, sin hallar respuesta, el porqué de esa animadversión que le tienen los mantuanos de Calabozo.

—La aristocracia de la sangre —le ha dicho el Padre Llamozas— somete a duras penas a los que triunfan por su propio esfuerzo. Si no pueden destruirlos los incorporan a su seno y los ponen a su servicio. Tú todavía eres un pichón de caudillo; tratan de destruirte, por consiguiente... Cuando los destruyas tú a ellos habrás hecho la revolución.

¿Representaba él una revolución? Cuando veía a sus negros y zambos bailar en derredor suyo, se sentía cómodo entre ellos, pero no parte de ellos. Tenía por sus hombres la espléndida complacencia del criador ante la bestia bella. Hay hombres que se quedan entre las bestias sin que quiera decir que se les han igualado, tan sólo se han apartado de sus semejantes.

¿Son sus semejantes los criollos y los otros blancos de Calabozo? Boves no atinaba a responderse. Tan sólo pensaba, con obsesión dolorosa, en la traición de Vicente Berroterán.

—Los españoles son incapaces de traicionar porque no tienen miedo —afirmaba Monteverde—, y los criollos engañan porque son cobardes —concluía el que ahora ocupaba el cargo de Capitán General de Venezuela.

José Tomás era español, ¿era por eso que se sentía incapaz de traicionar? Pero, a su vez, se preguntaba: ¿Soy español?

Asturias era para él un brumoso sueño que comenzaba a desvanecerse después de quince años de ausencia. Apenas tenía 15 años cuando salió de Gijón en aquella fragata. Recuerda la cabeza del ajusticiado, la gonorrea y Humboldt. Menuda trilogía la que preludió su historia en el país.

La fiebre le sube. Le martillea la cabeza. El aguacero sigue cayendo sobre los hombres metidos en sus cobijas azules.

Después de diez días de caminos, la caravana arriba al pie de la monotonía del Bergantín, ya cerca de Barcelona. Una vasta plantación de caña se extiende hasta la montaña. En medio hay una gran casa, la hacienda «Peñuelas», de su compadre Pedro Zaraza, llamado por los indios Taita Cordillera.

Su palabra es ley entre la indiada, desde Barcelona hasta el Orinoco.

La casa se divisa entre desierta e inmóvil. Envía una avanzada de cuatro soldados.

—Dígale al Taita Cordillera, que es su compadre José Tomás Boves.

Los hombres se pierden por el camino rojizo. De retorno galopan cinco. Al frente de ellos viene un hombre blanco de unos cuarenta años, flaco y con cara de gavilán; tiene la cabeza completamente blanca, de ahí su apodo de Taita Cordillera.

—Bien venido, José Tomás —le grita el hacendado.

Los dos hombres tienen una fuerte amistad, cultivada a través de estos últimos ocho años. José Tomás es padrino del menor de los hijos de Zaraza, y es el primer acreedor sobre la hipoteca que tiene sobre la hacienda.

Como buen oriental, Taita Cordillera es parlanchín y afable. Con su característico acento le va informando de todo, menos del asunto que más le preocupa a Boves: la guerra.

Por la expresión del hombre, Boves infiere que no coincide esta vez con su compadre, no obstante, se atreve. Le debe dinero y le salvó la vida en una ocasión en que se lo llevó corriente abajo un río crecido; sin pensarlo, se tiró en seguimiento y lo atajó inconsciente atravesado en un palo.

—Sin usted no estaría vivo... —solía decirle Zaraza—. Por eso lo hice padrino de mi hijo.

José Tomás siempre ha pensado que el día en que se insurreccione el llano, Zaraza será su segundo en mando. Taita Cordillera no se lo ha negado. En el credo de los hombres de la llanura no cabe la persuasión sino la fidelidad jerárquica.[75] Por eso le dice al Taita oriental:

—¿De cuántos hombres dispone, Taita?

—De unos ochenta, a lo más.

—Hágalos entonces recoger para ponernos mañana en marcha.

El Taita Cordillera se aleja por la montaña convocando a sus hombres. La tropa de Boves lo ve pasar.

Ahora se están reuniendo en el trapiche. Boves sonríe con satisfacción y esa noche duerme a pierna suelta.

En la mañana, Eulogio le da la noticia: no hay ni rastros de Zaraza ni de los ochenta hombres de Peñuelas.

—El compadre desertó antes de la recluta —le apunta con sorna el indio—. Debió partir de madrugada, camino hacía Maturín, tratando de unirse a los insurgentes.

---

75 Pedro Zaraza y todo cuanto se narra es rigurosamente histórico.

56

Juan Manuel de Cajigal

A fines de mayo llegó a Barcelona. Allí se entera de que su jefe, Domingo Monteverde, ha sido derrotado, y también sustituido de su cargo de Capitán General.

A los pocos días conoce al nuevo Capitán General, don Manuel de Cajigal. Es un hombre de aspecto fuerte con esa cordialidad ausente y condescendiente de los ancianos entontecidos. Boves detesta esos modos y sabe, desde el primer momento, que no hay comunicación posible entre él y el sustituto de Monteverde. Por eso es áspero e irrespetuoso con el Mariscal de Campo; lo provoca a ver si estalla, pero el militar sigue impávido con sus modos afables. La guerra continúa en el Oriente. Los insurgentes hacen progresos. Cajigal y Boves, a duras penas, se mantienen en Barcelona hasta que, a comienzos de agosto, deciden retirarse hacia el Orinoco.

Triste y con aspecto enfermizo, marcha el asturiano al frente de la tropa. A su lado va un canario, a quien ha decidido poner su segundo y que se llama Tomás José Morales. A Boves le place, porque es el primer español que se le parece al indio Eulogio; callado y preciso como una macagua, obediente como un sacristán y lento y fuerte como un oso hormiguero. Ha sido ordenanza de los Comandantes de Barcelona y pulpero en Píritu. Comparte con él la antipatía hacia Cajigal.[76]

En su larga retirada continúa estudiando al viejo militar. Tiene aspecto poco dominador. Con su aire distinguido y su afabilidad de padre tímido. Accede a cualquiera de sus solicitudes; casi siempre permanece sonriente y pide disculpas por cualquier cosa.

—Con un hombre así no vamos a ninguna parte —le dice José Tomás al indio Eulogio—. Así era Miranda, y lo fregaron.

Le aburre sobre todo la conversación del Viejo Tonto, como ha decidido llamarle. Habla demasiado; como para sí, que sería lo de menos, lo malo es que obliga a oírle. Hace constantes comentarios sobre filósofos antiguos y sobre el arte militar de César.

—Ah, hombre bien pendejo, si va a creer que en estos garnelotales se puede pelear como en las Galias.

Boves ya no puede más. Siente que la paciencia lo abandona. Un día decide jugarse el todo por el todo. Se dirige al viejo mariscal y le implora con la mano en la espada que lo deje marcharse para organizar la guerra en el Alto Llano.

Cajigal, que ya no tiene ánimo para replicarle, lo deja ir.

---

76 Históricos Cajigal y Morales.

57

Machado y Boada

Con Boves se van Tomás José Morales, quien de ahora en adelante será su lugarteniente, y el indio Eulogio, su espaldero. Comienza a organizar su fuerza. Para reunir gente se vale de toda clase de estratagemas, desde proclamar bandos donde decreta la libertad de los esclavos, a prometer a los negros y pardos la posesión de toda la riqueza de los blancos.

Los métodos utilizados dieron resultado. De todas partes del Llano acudían hombres de las más diversas calañas: desde los esclavos que habían abandonado o asesinado a sus amos hasta los bandoleros y forajidos de la llanura. Al mes tenía un ejército de 700 hombres.

Cerca de Chaguaramal de Perales se le acercó un mulato perfilado:

Pido servir en sus filas, mi general —dijo el mulato.

Al guerrillero le llamó la atención la pinta bravía del hombre.

—Y usted quién es y qué pide —le preguntó bronco, desde su cabalgadura, a tiempo que reconocía al posadero de San Sebastián.

—Yo soy Andrés Machado, mayordomo del Hato de Casupita del General Pedro Zaraza.

—¿El mayordomo de Zaraza? —exclamó con alegría de fiera el Taita, olvidándose de lo que iba a preguntar sobre los Zarrasqueta.

—¿Y dónde está el Taita Cordillera? —añadió goloso, mientras le echaba una mirada de rabmadante al mulato.

Por los alrededores de Cachipo, alzando gente contra usted.

—¿Conque así es la cosa? Ahora es cuando va a ver lo que es bueno. ¡Eulogio! —clamó de pronto—, te me vas con veinte hombres al hato de Zaraza, me lo quemas de punta a punta y no me dejas a nadie vivo. Ya va a saber Zaraza lo que es bueno.

El indio y el mulato cumplieron con exactitud el encargo. La mujer de Zaraza se hallaba con sus hijos, cuando de pronto cayeron sobre ella los hombres de Boves. A machetazos los asesinaron.[77]

Boves derrotó a los patriotas en la Corona, cerca de Santa María de Ipire, y más tarde en Cachipo.

Caen trescientos prisioneros. Entre los oficiales hay un español gordo con aspecto de sabueso marino y rostro rubicundo de bebedor. A José Tomás le viene presto un recuerdo de la escuela, allá en Gijón.

—¿Tú no eres Tomás Boada?

—El mismo —contesta el otro sorprendido y sin darse cuenta que tiene por delante a su condiscípulo Rodríguez Boves.

Al poco rato los dos hombres charlan cordiales bajo un ceibo. Boada le cuenta a Boves su historia. Al salir de la escuela fue destinado

---

77 Histórico. En este momento comienza la his¬toria de Boves como caudillo «convirtiéndose en seis semanas —como escribe Valdivieso, pág. 69— de oscuro oficial subalterno en Comandante del Ejército.

a Cuba y Puerto Rico. La mala suerte continuó persiguiéndole. El barco que piloteaba naufragó en Guadalupe. Se le acusó de impericia y pretendieron seguirle proceso. Se negó a regresar a territorio español y de Guadalupe pasé a Trinidad, donde montó una taberna.

José Tomás al ver el largo trago de ron que trasega su compañero, no deja de preguntarse si se habrá bebido la taberna.

En Trinidad conoció a José Francisco Bermúdez, el general insurgente que ahora anda dando que hacer por los lados de Maturín. Con él y los sesenta hombres de Mariño, desembarcó en enero de ese mismo año por Güiria. Se metió en la empresa, más por aburrimiento que por ideales. Total, para morirse de murria en Trinidad, es preferible jugarse el todo por el todo. Combatió arduamente a todo lo largo de estos seis meses; pero está decepcionado de Bermúdez, por su torpeza y su crueldad.

Cuando se tropezó con Boves, estaba a punto de desertar y de volver con los suyos.

José Tomás le echa una mirada penetrante y le parece sincero. Además que es su compañero y el único que compartía con el asturiano el desdén por los señoritos de la escuela. Boada es hijo de un tornero. Tiene la tosquedad, y por lo que ve, el mismo resentimiento suyo.

Ni siquiera es necesario que José Tomás le proponga quedarse. A los pocos días comanda un batallón de lanceros. Aunque es triste y bebe en exceso, Boada resulta un buen oficial. Es práctico y disciplinado. Dos meses más tarde es su hombre de confianza.

En una escaramuza, cincuenta y dos hombres caen prisioneros. José Tomás da orden de ejecutar a los tres oficiales que lo comandan. La orden es cumplida de inmediato. Los tres hombres caen abatidos por las balas. El indio Eulogio se acerca a Boves y le dice:

224

—No me gusta Boada.

—¿Por qué? —le pregunta Boves.

—Porque pone la cara chiquita, como si tuviera asco, cuando se fusila a los prisioneros.

A José Tomás lo salpica la observación. Detiene el paso y observa a Boada. El hombre, de espaldas, empina una botella de aguardiente. Boada no es cobarde, combate bien y con valentía. Decide ponerlo a prueba. Elige seis prisioneros y los hace fusilar mientras le escudriña el rostro a su compañero. Eulogio tiene razón, el hombre frunce el hocico.

—¿Conque no le gusta?, ahora va a ver.

58

Segunda muerte del padre

El 22 de septiembre, un ejército considerable conduce Boves hacia Calabozo, su antigua y añorada gobernación. Hace cinco meses que salió de la ciudad que tantas penas y venturas le ha deparado. El tiempo y la guerra lo han ido cambiando. Ahora ni él mismo se reconoce. Se ha tornado feral y despiadado. No hace prisioneros.

—Yo no cargo preso amarrado. Estamos en una época en que mono no carga a su hijo —decía a modo de explicación cuando su capellán, el Padre Llamozas, le echaba en cara los asesinatos en masa de los vencidos.

—Mire, padre, el prisionero es un zorro. Si usted se cuida se le viene encima, y si lo suelta le pierde a uno el respeto, como pasaba con el Viejo Tonto. Si encima usted tiene que darles de comer y el rancho no es mucho, ya usted se imaginará. —Boves deja vagar el recuerdo y piensa en su buen amigo Eusebio Antoñanzas, su padrino de guerra, el hombre por el cual ha sentido más afecto y respeto.

Antoñanzas es para José Tomás Boves, la imagen del padre que hubiera deseado tener: afectuoso y fuerte, sabio y protector, y todo esto sin ser pendejo. Sus consejos y opiniones sobre la vida y sobre los hombres, son claros y descarnados como un verano Llanero. Cualquiera diría que es cruel y desalmado, pero para José Tomás, que lo conoce a fondo, Antoñanzas es simplemente un estratega del dolor, que utiliza la destrucción y la muerte al servicio de la vida.

—El mal hay que hacerlo al principio y seguido, para que luego lo bueno refresque como una llovizna —decía el capitán canario—. Mientras más rápido se salga de todo lo que molesta, más pronto se alcanza la paz.

Por eso suele extasiarse en el recuerdo de don Eusebio, preguntándose muchas veces si su viejo amigo hubiera aplaudido o desaprobado su conducta.

Llegando a El Calvario recibió un parte de guerra del cuartel general. Después de una marcha exitosa a través de los pueblos de la cordillera andina, Bolívar había entrado en Caracas el 7 de julio. En Trujillo, el mes anterior, había decretado guerra a muerte a todos los españoles y canarios, aunque fuesen simpatizantes de la República. El diablo Briceño, en un edicto, estipulaba el número de cabezas que tenían que presentarse para recibir ascensos. Dos cabezas de españoles ameritaban el título de capitán, diez, de comandante.[78]

Mientras leía, Boves le dio la razón a Antoñanzas. Los insurgentes tomaban ventaja porque utilizaban el terror. Continuó leyendo: los patriotas de Oriente también hacían grandes avances. Cumaná y Barcelona habían caído en poder del enemigo. Antoñanzas, el gobernador de Cumaná, había muerto. José Tomás se quedó atónito.

---

78 Rigurosamente histórico. Todos los historiadores, realistas o patriotas, condenan este horrible acto de barbarie. (Ver José de Austria, José Domingo Díaz, Juan Vicente González...) Rigurosamente histórico.

¿Antoñanzas muerto? No es posible —se dijo con desesperación. Volvió a leer. El informe daba detalles: Huyendo de Cumaná y perseguido en alta mar por una fragata insurgente, un cañonazo le arrancó una pierna. Murió el 2 de agosto, al llegar a Curazao.[79]

José Tomás cerró con dolor sus ojos. Sintió deseos de llorar, pero se acordó de lo que decía Antoñanzas. Haciendo un esfuerzo se tragó las lágrimas y dio paso a la ira.

—¡Tomás Boada! —ordenó imperioso.

—Sí, mi Comandante —le respondió nervioso el aludido.

—Fusila a los prisioneros.

Parpadeó con terror el oficial, ante la orden. Le echó un vistazo a los doscientos hombres que desde hacía días arrastraban. Aquello le pareció una enormidad. Creyó no entender la orden.

—¿A todos, mi Comandante?

—A todos —le respondió en el mismo tono enérgico el caudillo.

Tomás Boada empalideció.

Como si asistiese a sus reflexiones, Boves le espetó malhumorado.

—Vamos, ¿qué espera?, ¿quiere que comience con usted?

El militar dio un respingo de terror. Formó un pelotón de veinte hombres, y de diez en diez, los doscientos hombres fueron fusilados.

A cada descarga, Tomás Boada se iba sumergiendo en el pánico, en tanto que Boves, gozoso, emergía un grado de su tristeza.

Cuando terminó la matanza tenía la sensación de que Antoñanzas vivía.

---

79 Rigurosamente histórico.

59

Santa Catalina

El 23 de septiembre de 1813, Boves se encontró en el caño de Santa Catalina con el Comandante Tomás Montilla y un ejército considerable.

Durante horas combatieron insurgentes y realistas.

Con los últimos destellos del sol terminó la batalla. Boves, con habilidad increíble derrotó al enemigo. Más de seiscientos prisioneros se amontonan en círculo estrecho, mientras fusiles y lanzas los apuntan homicidas. El caudillo, desde un montículo, sonríe satisfecho. No hay nada que más lo excite que el miedo que inspira. La humillación y terror del otro abonan su grandeza.

En medio del círculo de prisioneros, un hombre alto y fuerte, con arreos de oficial, trata de pasar inadvertido, envolviéndose en una cobija que pasa sobre su cabeza. Es Vicente Berroterán.

La oscuridad comienza a envolverlo todo. Ocho hogueras se encienden alrededor dq los presos. Los hombres de Boves continúan apuntando a los vencidos. El Caudillo, entretanto, se mece en su hamaca de moriche mientras trasega largos tragos de ron. El Padre

Llamozas lo ve y se santigua, sabe que todo terminará en matanza. Boves bebe para emborracharse. Necesita estar borracho para matar. Una guitarra y un canto destemplado de guariqueño, se esparce por la sabana. Los llaneros se curan las heridas con sus propias aguas. Otros descuartizan un caballo muerto y van asando las piezas sobre las ocho hogueras que en la noche parecen una rueda de San Antonio.

La noche sigue su avance. No hay luna. Es una noche de suspiros y hogueras.

Boves se incorpora en su hamaca y le dice al indio Eulogio:

—Vamos a ver el rebaño.

La elevada figura del Caudillo se perfila en el fuego. Los prisioneros lo ven con la larga mirada del miedo.

De pronto grita:

—Los oficiales, que son los culpables de esta vaina, que se acerquen para hacer un trato.

Una docena de hombres emergen de la masa aterida y silenciosa. Vicente Berroterán, continúa agazapado tras su cobija en la oscuridad de la noche. Los doce hombres hacen fila frente a la hoguera mayor donde se asa el caballo. El asturiano recorre el rostro de los prisioneros. A todos les hace las mismas preguntas.

—Tú, ¿quién eres y qué hacías?

Cada uno de los oficiales va respondiendo a las preguntas del vencedor. En unos hay altivez, en otros resignación, en dos o tres, franco temor.

A uno de estos últimos le pregunta:

—Le gustaría seguir la guerra conmigo?

El hombre, bruscamente cambia de color y una mirada codiciosa le chispea de esperanza:

—Sí, señor... —responde alborozado.

—Pero a mí no —le responde burlón—. Hombres como tú venden a su madre —y dirigiéndose a Eulogio le grita:

—Que raspen a este primero que a todos...

Entre ayes y lamentos el oficial fue amarrado a un árbol y fusilado de lleno. Sudan amarillo sus once compañeros. Vicente Berroterán con sus ojillos de rata, atisba el proceso.

Boves interpela a otro de los prisioneros:

—¿Cómo te llamas?

—Francisco Ibarra.

Es un guapo mozo de ojos azules y recto perfil.

—¿De los Ibarra de Caracas? —pregunta interesado Boves. —De los mismos, señor—contesta el mozo.

—No me digas señor, que mantuano a pulpero no enseñorea...

El muchacho enrojece de rubor y de ira, y le espeta:

—Tienes razón, asesino.

Boves deja salir una larga y estruendosa carcajada.

—Te salió el mantuano, chico... Pero hasta aquí llegaste picaflor.

Sin inmutarse, el muchacho se colocó frente a los fusileros y cayó derribado.

Boves se detiene frente a otro mozalbete, con menos de veinte años, que tiene el grado de subteniente. Tiene los bigotes lacios y el ojillo indígena de los grandes mantuanos.

—Tú eres mantuano —le grita a quemarropa al verlo.

—Mi apellido es Figueredo, por si acaso le dice algo.

—¿Hijo de don Ignacio? —pregunta con sorpresa el Caudillo. — Así es —le contesta sin rastro de cortesía.

Boves se queda bruscamente serio y dice:

—Yo le debo la vida a tu padre.

—Ya lo sé —contesta el muchacho—, y tanto él como yo lo lamentamos todos los días.

El Caudillo da un respingo, le desconcierta la profunda animadversión del hijo del amigo. No obstante añade:

—Te voy a perdonar la vida... ahora mismo te largas para donde quieras.

—Prefiero la muerte a tener que deberle a usted la vida —respondió el oficial—, y para que no tenga dudas aquí tiene... —y diciendo esto lo escupió en medio de la cara.

José Tomás se limpió con ira y le gritó a tiempo que le arrebataba a unos hombres su látigo:

—Te voy a perdonar la vida, pero lo que es de esta pela no te libras... muchacho malcriado.[80]

Como un chico travieso fue azotado el muchacho; luego lo amarraron de un caballo y lo condujeron de las riendas hacia las líneas patriotas.

Esa misma noche y tras el mismo interrogatorio, fueron fusilados otros tres oficiales.

Al día siguiente continuó esta parodia de tribunal de justicia. Entre las siete y las nueve de la mañana fueron fusilados otros prisioneros.

Vicente Berroterán, envuelto en su cobija y tapado con un sombrero de cogollo que le había facilitado uno de sus hombres, continuaba pasando inadvertido.

---

80 Histórico.

Luego de la matanza de oficiales, Boves se dirigió a los soldados y les pidió que se unieran a sus filas. Proposición que fue recibida con un clamor de entusiasmo por aquellos seiscientos hombres que ya se veían masacrados por la tropa de Boves.

—Nosotros representamos al Rey, a la justicia... Bajo las banderas de Boves ustedes no serán víctimas de la opresión de los mantuanos.

—Viva Boves... —clamaban mil voces por el campamento, mientras el Caudillo, con su vanguardia, se ponía en marcha hacia Calabozo, reforzada ahora por seiscientos hombres.

Cuando ya había vuelto grupas y comenzaba a alejarse, una voz destemplada llamó su atención:

—Taita... Taita... pido justicia...

Al lado de Vicente Berroterán, un indiecillo menudo, el ordenanza del mantuano, seguía reclamando su atención con chillidos descompuestos.

Boves se volvió curioso. Al lado del indiecillo se perfilaba la silueta embozada de Vicente Berroterán. Boves casi adivinó su presencia, momentos antes de que el ordenanza de Vicente, de un manotazo, le arrancase el sombrero a tiempo que decía:

—Aquí está Vicente Berroterán, Taita... oficial y enemigo suyo.

60

Las hormigas de la sabana

Los ojos de Boves brillaron con extraños fulgores, al divisar desde su cabalgadura el rostro vencido de su enemigo.

—¡Vicente! —dijo para sí y para todos mientras se tiraba del caballo.

Sin parpadear y con los ojos fijos en los de Vicente, Boves se acercó al hombre como si estuviera bajo los efectos de un trance hipnótico. A pequeños pasos, como si quisiera retardar aquel encuentro tantas veces ansiado, se acercó, al ganadero, que con ojos de espanto lo veía aproximarse. Cuando lo tuvo al alcance de la mano se detuvo, con la pupila cada vez más dilatada por el odio y la sorpresa, se le quedó mirando como si estuviera ante una aparición. Con voz queda, que más parecía un lamento que una amenaza, le dijo:

—Vicente...

Luego reaccionó. La cara se le encendió, los ojos le brillaron atormentados y dejó salir la voz como un trueno y como un lamento:

—¡Por fin te agarro, gran carajo...! —y le descargó con furia el puño sobre la boca.

La boca del hombre gordo se cubrió de sangre.

—Déjemelo a mí, Taita —dijo por detrás de Boves una voz.

Era Andrés Machado.

El caudillo astur, que estaba al corriente de lo sucedido entre su lugarteniente y el mantuano de Calabozo, sonrió con beneplácito.

—No, Andrés Machado, este angelito es mío y me lo voy a comer poco a poco.

Dirigiendo una mirada de triunfo a un hormiguero gigante que estaba cinco varas más allá, le preguntó al indio:

—¿Qué te parece, Eulogio, si se lo soltamos a las tambochas?

El indio sonrió con «un aire de máscara funeraria.

Vicente Berroterán fue enterrado hasta el cuello a pocos pasos del hormiguero. El sol de las nueve de la mañana comenzaba a quemar.

—Pónganme el chinchorro debajo de aquel cují — dijo el Caudillo—, que esto merece verse con calma.

Boves, con su propia mano, derramó un tarro de melado sobre la cabeza del ganadero. A los cinco minutos llegó la primera hormiga. Media hora después, la cabeza de Vicente era una masa sanguinolenta, cubierta de insectos, que se fue comiendo sus gritos. Otra hora más tarde sólo quedaba una calavera, pulcramente disecada, que parecía mirar desde el fondo de las órbitas la recua trágica de sus asesinos.

Antes de marcharse, cuando el grueso de la tropa iba ya lejos, el mulato Machado le dio una patada al cráneo descarnado de su patrono.[81]

---

81 El episodio de Vicente Berroterán y las hormigas me fue referido por viejos llaneros en la proximidad de El Sombrero. Es posible que Boves lo haya aprendido

61

Mosquiteros

El 28 de septiembre, a los pocos días de la victoria de Santa Catalina, Boves ocupó a Calabozo. Luego de ejecutar a toda la oficialidad, se enseñoreó en la plaza. Poco le duró el goce: el 14 de octubre tuvo que salir con 2500 hombres a combatir a su compatriota Campo Elías, quien venía con un numeroso ejército. El choque fue formidable. El jefe patriota fue hábil en la maniobra. La infantería salió en desbandada; buena parte de los 2000 jinetes hizo otro tanto. Pero lo que decidió la suerte de la batalla fue la deserción de Tomás Boada y de su batallón de lanceros.

Desde la matanza que lo obligara a hacer de los prisioneros, el joven español sintió verdadera repulsión por el Caudillo y se prometió abandonarlo a la primera oportunidad. Al grito de «Viva la Patria» se pasó al enemigo.

---

de Antoñanzas, quien a su vez lo aprendió de los moros en sus tiempos de soldado en África.

Boves salvó la vida de milagro. Seguido por el indio Eulogio y de unos pocos hombres, llegó a Guayabal donde le esperaban los restos de su destruido ejército.

Juan Palacios y sus negros les prodigaron toda clase de cuidados, mientras Fray Tiburcio decía misas moradas en la sacristía.

Las noticias que iban llegando eran aterradoras: Campo Elías había hecho ejecutar, sobre el campo de batalla, a más de 1500 prisioneros. Tomás Boada se quedó sin saber quién era peor, si el vencedor o el vencido.[82]

La crueldad del patriota desencadenó en los llaneros el deseo de venganza. De todas partes del Llano acudían hombres dispuestos a vengar la ejecución de sus deudos.

—Ya verás, José Tomás, ya verás —le decía con su proverbial entusiasmo Juan Palacios— como ésta no la pelas. No hay mal que por bien no venga, y estaba de Dios que de aquí, del Guayabal, tú salieras triunfante.

Eso lo vi yo desde nuestros tiempos en Puerto Cabello. Por el momento descansa, chico, que buena falta te va a hacer.

---

82 Histórico (José de Austria, Historia militar de Venezuela, Tomo II).

62

Pésame

Ese mismo 14 de octubre de 1813, que tan aciago fuese a Boves en Mosquiteros, se muestra esplendente para Simón Bolívar. La Municipalidad de Caracas, en cabildo extraordinario convocado en la iglesia de San Francisco, lo aclama como Capitán General de los Ejércitos patriotas y le confiere el título de Libertador de Venezuela.

Las campanas volean, como de costumbre, las glorias del vencedor. Salvas de artillería desde el San Carlos y el Reducto de San Roque, ponen un poco de paz en la boca de los cañones.

—Se prendió la fiesta —le dice a Doñana, Juana la Poncha, mientras barre las hojas secas del patio.

Doñana no le responde. Con sus ojos azules, fijos en la estatua del pez que escupe el agua, espera que la negra se acerque. Con su característica ininutabilidad, le comunica a su aya:

—Anoche la volví a ver. —Juana la Poncha sabe perfectamente a qué se refiere la mujer del Conde de la Granja, pero para darse tiempo le riposta:

—¿A quién, niña?

—A ella...

—Ave María Purísima, mijita —murmura la negra santiguándose.

—Estaba de espaldas, a la orilla de mi cama, igual que el otro día.

—Ay, mi amor —sollozó Juana la Poncha—, eso es muerte segura de alguien de la familia. ¿Quién habrá sido?

En eso resuenan los pasos fuertes de don Fernando Ascanio, Conde de la Granja, que regresa de la iglesia de San Francisco, donde se tributa el homenaje a Bolívar.

—¡Uf!, menos mal que eso terminó. ¡Qué gentío, qué adulancia, qué fastidio! El discurso de Cristóbal Mendoza fue aburridísimo. El único que estuvo a tono fue Simón. Por cierto que me extrañó la cara que me puso. En un comienzo pensé que era mi posición frente a esta guarandinga que llaman la Independencia, pero luego me di cuenta de que no, pues en una pasadita me dijo: «Les tengo una noticia, ahora van para allá Bernardo y Diego».

En el mismo instante en que terminaba de decir estas palabras, un retumbar de botas se oyó en el entreportón. Doñana abrió los ojos, con terror y don Fernando se volvió bruscamente.

Dos figuras marciales brillaron con sus entorchados en el umbral de la puerta. Eran Herrera e Ibarra, los dos edecanes de Bolívar.

—Guá, si son Bernardo y Diego —exclamó afable el conde.

Los visitantes avanzaron por el medio del patio, inusitadamente sombríos y silenciosos. Doñana echó hacia atrás su mecedora. Juana la Poncha, en la punta de su escoba, los veía venir como atisba un marino el horizonte.

—Traemos malas noticias —disparó sin preámbulos Bernardo Herrera.

Doñana no necesitó saber más para darse cuenta de lo que había sucedido. Desde la muerte de su padre, nadie, ni siquiera Juana la Poncha, la había visto llorar. Pero ésta vez se desbordó en el más incontenible de los llantos. Mariana, su nieta, le cubrió con sus manos mientras sus ojos azules relampagueaban de espanto.

—¿Qué te pasa, abuelita? —preguntó la niña, sin darse cuenta que había quedado huérfana.

Doñana la abrazó muy fuerte, mientras los rizos rubios se le metían entre los ojos y un alarido de Matilde señalaba a todos que la había tocado la noticia.

Largo rato estuvieron abrazadas abuela y nieta, mientras alrededor flotaban lo catorce negras del servicio de adentro. Poco a poco fueron llegando los hombres: Juan el mayordomo, Felipe el agüero, Antonio el de los gallos, Domingo el caballericero. En puntillas se acercaban a Doñana y sin decirle nada la rodeaban en silencio, como perros ovejeros.

Afuera, el día de júbilo continuaba en todo su esplendor. Resonaban los cañones y los vivas al Libertador. Tambores y fanfarrias se oían a lo lejos. El cortejo triunfal baja de la Catedral por la Calle Mayor. Lentamente se va acercando a la casa de los Condes de la Granja. Los vivas atronan el aire. La charanga se acerca. Se oye el paso de los soldados, arrastrando los pies frente a la casa. Cloquean los cascos de los caballos sobre el enlosado.

De pronto cesa toda aquella algarabía. Ya no se oyen los tambores ni los vivas ni las órdenes de mando. Parece que el cortejo se hubiese fundido al pasar por la casa enlutada, hasta que un murmullo de admiración de la gente que la rodea le hace levantar la cara a Doñana. Diego Ibarra y Bernardo Herrera se cuadran militarmente. Un hombre pequeño y moreno, vestido de General en Jefe, se acerca a Doñana y le dice con voz suave mientras la besa en la mejilla:

—Mi sentido pésame, prima; no sabes cuánto lo siento.

63

El pato es de los isleños

Tres viudas tuvo Vicente: Matilde la aparente, Doñana la verdadera y Eugenia la ocasional.

La bella novicia, que aún no se había profesado, volvió de nuevo a la casa de su madrina. La vida austera del convento había quebrantado un poco su belleza. Se notaba algo pálida y más delgada. Recibió la noticia de la muerte de Vicente con un llanto convencional y la de su exclaustramiento con una infinita alegría.

Tres años habían transcurrido desde aquella penosa escena del oratorio. El tiempo no había quebrado su vivacidad de lagartija. Siguió riendo y cantando, como siempre, a pesar del luto riguroso impuesto por Doñana.

Matilde, la viuda de Vicente, se tomó el muerto para ella. Lloró el tiempo prudencial que señalan los cánones, recibió visitas de pésame en el horario prescrito por la costumbre, y habló como una guara desde el alba hasta el anochecer.

Doñana, en cambio, permaneció en silencio. Pasaba más tiempo de lo habitual en el oratorio. Juana la Poncha, que la conocía, se daba cuenta de que no era del todo ni por la muerte de Vicente ni porque hubiese aumentado su piedad.

Doñana estaba envuelta por una tristeza contagiosa. Un día la negra le preguntó:

—¿Y qué es lo que te pasa, mijita? Ya es tiempo de que te despabiles.

—Tengo miedo por mis nietos —dijo la matrona—. No sé qué va a ser de ellos. Me da miedo todo esto de la revolución.

—¿Qué revolución de mis tormentos? —dijo la negra consoladora—. Ya esto se acabó y aquí no ha pasado nada. Blanco arriba y negro abajo. Aquí los únicos que pagaron el pato fueron los isleños. ¿Tú crees que el niño Simón se va a meter con ustedes o es que la sangre no duele? ¿Pa qué eres tú prima de doña Concepción, que en paz descanse? Los Bolívar tendrán sus cosas, pero los Palacios son gente cabal, y además, por lo Blanco, llevan tu misma sangre. ¡Qué va, mijita, perro no come perro! Si eso es lo que te preocupa, mejor te quedas quieta.

Doñana dejó caer su opinión:

—No es Simón ni mi gente los que me preocupan. Es lo que está abajo, lo que se ha removido, lo que se volverá contra nosotros. Me preocupan los hombres, que como ese Boves, matan a hombres como Vicente. Me preocupa que personas como el doctor José Domingo Díaz, un ser tan bueno y tan inteligente, tenga que salir huyendo de su país como si fuera un bandido. Cuando eso sucede, Juana, es algo peor que un terremoto lo que se avecina.

—Terremoto. ¡Zape, bicho! —dijo la negra haciendo la guiña y cortando en seco una conversación de la que no entendía nada, pero la angustiaba profundamente.

En eso la negra Higinia anunció:

—Doñana, ahí está el marqués de Casa León, que viene a darle el pésame.

—¡Qué viejo tan faramallero! —dijo con desprecio Juana la Poncha—. Ahora es patriota, ayer realista; ¿quién lo entiende?

Dirigiéndose a la negra, Doñana ordenó:

—Dile a Matilde que lo atienda, porque yo no me siento bien.

64

En Guayabal el Taita espera

Al reclamo de Boves en el Guayabal acudían llaneros de todos los confines: indios de Camaguán y del Apure, zambos de piernas torcidas de Calabozo, mestizos claros y perfilados de Barbacoas, negros y mulatos del Tuy.

La poza de sangre que vertió Campo Elías en Mosquiteros corrió hasta el Guárico, y por este río vertebral del llano calaboceño llegó hasta el Arupe y subió hasta el Orinoco y se volcó en el mar.

Lloraban los indios de Camaguán y los negros de Barlovento y los zambos del Vichada y del Meta.

Cantos de luto y venganza hicieron vibrar la tierra y se oyó una voz, que como lo había predicho Juan Palacios, señaló a Boves como el Caudillo vengador.

—El hombre es el Taita.

—El Taita nos está esperando en Guayabal.

—Ha llegado la hora de la venganza. Llanero, deja tu rancho, quema la casa, mata la siembra, que el Taita espera.

Y así se fueron por los caminos del río y de la llanura hasta que sumaron siete mil. Entonces retumbaron los tambores de guerra. Y Fray Tiburcio danzó en la iglesia, con su palma y con su chicha. Y las negras no se dieron abasto para revolcarse con los recién venidos. Y comenzó el pleito. Hasta que Juan Palacios le puso fin.[83]

—Las mujeres al convento con Fray Tiburcio y conmigo, que es hora de recogimiento. Que se cierren las puertas y callen las chirimías, porque la hora de la oración ha llegado.

Trescientas cincuenta y dos negras destilan fuego y sábila en el interior del convento, mientras siete mil hombres afuera, les sacan filo a los machetes.

Barandales de paz y sueños de romanilla son ahora lanzas carniceras.

En el médano de Cazoria, el Taita en persona ejercita a su caballería[84]:

—¡Carguen!!! ¡Vuelvan caras!!

—¡A la derecha! ¡A la izquierda!

Cuatro horas lleva el ejercicio. Dos hombres se desmayan. El Taita, enfurecido, ordena:

—Métanlos con las mujeres.

Han agarrado a un desertor.

---

83 Histórico.

84 Histórico.

—Tasajéenle las piernas y échenlo en la charca, a ver si aprende con los caribes.

El ejercicio dura desde el amanecer hasta la tarde. Antes de la caída del sol es el banquete. Novillos enteros se asan en las grandes hogueras. Los llaneros, con hambre verdadera, los devoran a dentelladas. Resuenan las guitarras, el arpa y las maracas.

Una voz con gracejo le dice al indio Eulogio:

—Capitán, ¿cuándo es que nos vamos a echar un palito?

—En Calabozo, si es que te lo ganas —le responde hosco el caporal.

Más de dos semanas tienen los hombres acampados. El olor a hembra que exhala el convento los tiene tensos y con el belfo atento. Aludiendo a los que se desvanecieron en el médano esta mañana, apunta un zambo de pelo rojizo:

—Lo que es mañana me desmayo.

Al indio Eulogio lo alcanza la puya. Con voz agria le desgrana lentamente:

—Si prefieres, ahora mismo te llevo, pero aguaita para que veas lo que viene de allá.

Dos hombres desnudos y lacerados, con una sola llaga de cabeza a pies, avanzan hacia la hoguera. Uno de ellos tiene el miembro tumefacto, el otro, casi desprendido.

—Así son las mujeres —comenta Eulogio risueño— con los que se caen del caballo a mitad del camino. ¿Quieren que los lleve allá?

65

...Y tras él se fueron siete mil

Boves se deja ir por el fuego de Ja hoguera. Su mirada es fija. La barba la tiene recrecida, el bigote poblado; a los 31 años tiene la edad indefinida de los caudillos. Con él está Tomás José Morales, el pulpero canario que lo acompaña desde Barcelona. Es también un hombre de edad indefinida, pero no por caudillo sino por su ausencia de afirmaciones y de posiciones frontales. Al indio Eulogio no le gusta. Y menos a Juan Palacios. Es quizás en lo único en que ambos coinciden.

Su expresión es cruel, con el labio fino arremangado sobre el lado izquierdo mientras un bigotillo levanta el vuelo. Es cetrino, mediana estatura, facciones regulares, ligeramente adiposo en el vientre.

—Tiene barriga de pulpero —diagnosticó Juan Palacios al verlo.

El guerrillero, pensando en su antiguo oficio, lo miró resentido. El negro, zalamero, corrigió:

—No me veas así, hijo de tu mamá, que tú no eres pulpero y lo estás demostrando. Tú siempre has sido un caballero vendiendo arroz.

Morales tiene la voz atropellada de un becerro y la petulancia corta de los que teniendo conciencia de sus limitaciones, tampoco renuncian a los grandes papeles.

—Ese hombre te envidia —le apunta Juan Palacios— y lo que es peor, que no termina de reconocer tu jefatura. El día menos pensado te va a echar una zancadilla. Yo recuerdo lo que decía mi padrino, que en paz descanse, que con zoquete ni a misa. Y ese es un zoquete alzao, no sé te olvide.

Boves no le ponía mucha atención a las invectivas de Juan Palacios y del indio Eulogio contra Morales. Su lugarteniente era un hombre disciplinado y preciso que ejecutaba a cabalidad sus instrucciones. Eso le aburría de Morales —pero la guerra no es para divertirse—, le decía el Padre Llamozas, su último confidente.

Al Padre Llamozas el ambiente de Guayabal lo tenía al borde de la locura. La Iglesia profanada y aquel cura diabólico vendiendo chicha en las gradas del altar mayor, le parecían una pesadilla.

El asturiano lo apaciguaba:

—Pero cálmese, Padre Llamozas. ¿Usted no ve que es la forma de atraer a nuestra causa a esos negros semisalvajes? El hecho de que estén así, es una prueba de lo poco que hicieron los frailes de por aquí. La culpa es de ustedes, no mía; ¿no le parece?

Una noche, la última de octubre, la puerta del convento, cerrada desde hacía doce días, se abrió para dejar salir a Fray Tiburcio. Para sorpresa de todos caminó sobrio hasta donde está Boves. Un hálito fuerte de negras en celo le precedía.

—Taita —díjole—, el Gran Bulú quiere que vengas al templo.

El hombretón lo siguió. Trescientas cincuenta y dos negras se le quedaron viendo con temor, regocijo y deseo.

Juan Palacios le salió al encuentro.

—¡Ven! —le dijo, y desapareció con él tras lo que había sido en una época la sacristía.

—Yo creo que ha llegado el momento de que te pongas en camino —le dijo de repente—. Ya todo está madurito. Esperar más es exponerte a que se enfríen y paren la cola. —Luego, haciendo una pausa y echándole una chupada larga a su tabaco, siguió—: Pasado mañana es día de Todos los Santos. De esa noche para el día de Todos los Muertos, Mandinga anda suelto. Dicen por eso que es día bueno para meterse en cosas de guerra.

A la caída del sol del día de Todos los Santos, comenzó la fiesta. Se abrieron las puertas del convento y salieron las negras. Rompieron al unísono los tambores, los cohetes y la fusilería. A la media noche, Boves leyó en medio de caras ebrias su proclamación de guerra, su bando del Guayabal, donde, sin contemplación, condenaba a muerte a todos los blancos y repartía sus propiedades entre los pardos y los negros.[85]

—¡Que viva el Taita! —clamaron las siete mil voces.

---

85 Histórico. (Véase Boves de Germán Carrera Damas). El odio de razas, fue sin duda una de las particularidades más significativas de nuestra guerra de Independencia y de la Guerra Federal cuarenta y cinco años más tarde (1859-1863). La matanza sistematizada de gente blanca llegó a extremos tan increíbles que en la ciudad de Cumaná quedaron tres sobrevivientes de ella. El mismo Boves tuvo que enfrentarse a una conspiración de sus negros que intentaron asesinarlo por ser miembro de la raza dominante. El odio de razas, al igual que las prácticas de saqueo, fue anterior y posterior a Boves. ¡Mueran los blancos y los que sepan leer y escribir! gritaban los ejércitos de algunos caudillos liberales medio siglo más tarde.

Días después, una larga cabalgata partió, en son de guerra, hacia Calabozo.[86] Al frente iba José Tomás Boves con su barba rojiza y su perfil de pájaro carnicero.

A cada lado le seguían el mulato Machado y Tomás José Morales. Adelante, como a cien varas, iba el indio Eulogio con su mirada vacía. Juan Palacios no iba en el cortejo, se negó a acompañar al Caudillo.

—Yo soy hombre de paz. Yo te atizo la candela desde aquí, pero no me pidas que sea carbón —le respondió el negro.

66

La cara larga de la guerra

Por el camino de Villa de Cura avanza hacia La Victoria una muchedumbre de ancianos, mujeres y niños. Todos tienen el rostro cerúleo de la angustia. Un cura gordo y de aspecto cansado dirige el coro de letanías y el aire sepulcral del Miserere.

—Virgen amantísima... ora pro nobis.

—Virgen piatísima... ora pro nobis.

Febrero el loco arropa con su tristeza aquel día trágico. Boves, hace pocas horas, derrotó en La Puerta al General Campo Elias, el carnicero de Mosquiteros.

---

86 2 de noviembre de 1813

—En este momento —piensa un anciano— deben estar haciendo lo mismo que hicieron en Calabozo: —allá todos fueron degollados. A su Coronel Aldao le tienen la cabeza clavada en una pica en la Plaza Mayor de la ciudad.

En Ocumare, las tropas de Boves comandadas por don Francisco Rósete y Andrés Machado, han repartido el espanto.

Forzaron las puertas de la iglesia donde se habían refugiado los moradores de la Villa y sobre los mismos altares asesinaron y violaron, como si estuvieran en descampado.

Rósete es un pulpero de Camatagua, isleño, de aspecto repulsivo, que odia al mantuanaje de la región. A don Pedro de Vegas y Mendoza, justicia Mayor de Ocumare, lo ha asesinado en medio de un banquete.

Se encontraba el patriarca en el amplio comedor de su casa, rodeado por sus hijos y de su mujer doña Chichita, cuando el feroz lugarteniente de Boves, quien estaba sentado como invitado especial en el otro extremo de la mesa, dio la orden de asesinarlo. Don Pedro intentó huir saltando por la ventana. Los años le habían restado ligereza. Resbaló y cayó. Cinco de sus negros, que los tenía por leales, dejaron caer sobre el patricio el filo amellado de sus machetes.[87]

---

87 Histórico. Bisabuelo de Andrés Herrera Vegas, abuelo del autor. En Los Amos del Valle hacemos referencia a Vega y a Rósete. En mi familia siempre se dio por cierto que Juan Vicente González no fue expósito sino hijo adulterino de Pedro de Vegas y Mendoza y de una sierva de su casa. Doña Josefa Palacios y Obelmejía, esposa legítima de don Pedro, lo acogió y crió en su casa al lado de sus hijos legítimos y entre ellos a doña Concepción de Vegas y Palacios, esposa de don Mariano Herrera y Toro, abuela de Andrés Herrera Vegas (1871 – 1948) uno de mis principales informantes. Juan Vicente González se refiere en José Félix Ribas a doña Josefa como «aquella santa matrona quien fuese para mí como una madre». Josefa Palacios y Obelmejía era hija de Juan Ignacio Palacios y Gil de Arratia, (hermana de la madre del Libertador) y media hermana de Ambrosio Plaza, héroe de la Independencia. Estos señalamientos genealógicos no tienen más objeto que explicar los orígenes de

En Caracas y en La Guaira están matando a los españoles. En menos de tres días, Leandro Palacios, siguiendo instrucciones del Libertador, ha ejecutado ochocientos prisioneros que se asfixiaban en las bóvedas del puerto. Para ahorrar municiones se les mata a lanzazos, a golpes y a patadas.[88]

A la salida de la villa, camino de Macuto, arde una pira, donde son quemadas las víctimas. A veces son lanzados a la hoguera prisioneros vivos.

En Caracas, en la Plaza Mayor, Arismendi, gobernador militar de la ciudad, se ha hecho una promesa de ejecutar diariamente diecinueve españoles. Un día tan sólo se han tomado dieciocho prisioneros. El tiempo transcurre, el público comienza a aburrirse, Arismendi se impacienta. Entonces acierta a pasar por la esquina un isleño de inquebrantable fidelidad a los patriotas; es nada menos que el mayordomo de José Félix Ribas.

Arismendi pega un grito de júbilo: ¡qué lo agarren!

El fiel mayordomo fue ejecutado con los otros prisioneros, mientras hermosas doncellas bailaban entre la sangre de las víctimas, un bambuco de moda llamado El Palito.[89]

---

ciertos conocimientos, del autor, silenciados o desconocidos por nuestros cronistas. Es de observar asimismo que Juan Ignacio Palacios era hijo de Don Feliciano Palacios y Sojo, personaje constante de esta trilogía.

88 13 de febrero de 1814

89 Rigurosamente históricos los espantables sucesos protagonizados por los patriotas en las bóvedas de La Guaira y en la Plaza Mayor. Arismendi fue tan cruel como Boves. 1200 españoles fueron asesinados. (Véase Madariaga, Bolívar, Tomo i, pág. 444. —Juan Vicente González, José Félix Ribas, págs. 85 y 86.— José Domingo Díaz, La Rebelión de Caracas, pág. 270.)

Recia fue la pelea en la Victoria. Ribas derrotó a Boves. Los seminaristas de Caracas en casi su totalidad pierden la vida.

Entre ellos muere, aunque no era seminarista, ni heroico, José María Ascanio, el hijo de Doñana. Los patriotas persiguen al ejército de Boves que se bate en retirada hasta Villa de Cura. Se combate en las calles del pueblo. Un tiro mata el caballo del astur. Nadie lo ve caer. Los suyos siguen huyendo en desorden. Están frente a la iglesia de la Villa. A tres cuadras desemboca un pelotón de caballería patriota. El Caudillo tiene el tiempo justo para alcanzar la iglesia. Ya se oyen los pasos de sus perseguidores. La tumba en mármol que imita el Santo Sepulcro de Jerusalén, está levemente abierta. El asturiano duda. Al final se decide. Hace la guiña y se sumerge dentro de la cripta funeraria. Sus perseguidores lo buscan por toda la iglesia. De pronto se oye un alarido. Acaban de matar a alguien. Era un zambo llanero que también se había escondido en la iglesia, dentro de un confesionario. En la seguridad de que el muerto era el fugitivo, los perseguidores abandonaron la búsqueda.[90]

Afuera el rumor de la refriega aumentaba. Boves se aburría. Para matar el tiempo grabó en la losa sus iniciales. El rumor cesó y se fue alejando hacia Cagua. El Caudillo dio un respiro: habían triunfado los suyos.

Cuando salió del Sepulcro su gente lo esperaba. Con sus siete mil hombres, apenas menguados, volvió a la carga.

El 25 de febrero de 1814 ocupa a Cagua y toma prisioneros. Entre ellos cae el doctor Arvelo Larriva, el médico aquel que le salvó la vida cuando le dio pulmonía.

---

90 Histórica la peripecia.

El médico sigue siendo republicano y altivo. Se queda estupefacto al descubrir que Boves es el mismo hombre que hace un año se alojó en su casa. El Caudillo, al verlo, le da un abrazo mientras le dice:

—Las vueltas que da el mundo, doctor Arvelo.

¿Quién nos iba a decir que nos volveríamos a ver en estas circunstancias? Mal negocio hizo usted dejándome vivo.

Sin perder la serenidad, Arvelo le responde:

—Verdaderamente...

Al asturiano le hace gracia la parsimonia de Arvelo. Lo invita a almorzar.

La comida transcurre agitada. Órdenes y contraórdenes de destrucción y muerte se suscitan entre un plato y otro. Arvelo continúa impasible— Nada logra perturbarle. Es una condición de superioridad que el guerrero, secretamente, ansia; él, una naturaleza desbordante. Decide jugarle una mala pasada.

—Doctor Arvelo —le dice de pronto— aquí tiene una lista de los cincuenta prisioneros que voy a hacer fusilar esta tarde. Le voy a conceder la gracia de perdonarle la vida al reo que usted designe.

El doctor Arvelo empalidece un poco. Encabezando la lista está él mismo. Sin perder la calma le responde a Boves:

—Si usted me pide que designe a una persona para que le perdone la vida, le pido la de Francisco Ortega.

El militar ríe gozoso. Está de buen humor. Le perdona la vida a Ortega y a Arvelo.[91]

---

91 Histórico el episodio con Carlos Arvelo (Valdivieso, obra citada, pág. 133).

67

La palabra del Caudillo

Un joven de más o menos 20 años, pide ser recibido por el Caudillo, ya que tiene algo muy importante que comunicarle. Es el hijo de uno de los cuarenta y ocho condenados a muerte.

Enérgico y vehemente, le explica a Boves:

—Señor, vengo a pedir por la vida de mi padre. Si él es culpable, yo lo soy mucho más que él. Si él ha de ser fusilado, pido acompañarlo en el último suplicio.

La tropa contempla la escena. El padre ve al hijo con ternura. Boves se queda mirando serio e inescrutable al jovencito. Se ve concentrado en su cavilar. Dándose finalmente vuelta, le dijo al indio Eulogio:

—Que lo fusilen para que no sea pendejo.

Sentado en la Plaza Mayor de Villa de Cura, y protegido del sol por las acacias blancas, el Caudillo, rodeado de su oficialidad, oye el alegato de los prisioneros. Se le aproxima una bella joven, de perfil sereno y de tez verdosa. Intercede por su novio, un oficial de caballería. Boves lo ha conocido en otra época. Una vez le hizo un desaire en Cagua. La muchacha gime y suplica. El astur le codicia las formas. La muchacha presiente el deseo del hombre.

—Señor, si usted no fusila a mi novio, lo complaceré en lo que me pida.

José Tomás se regodea: es una hembra deliciosa, tiene los labios pulposos como un pomagás y la mirada ardiente de la malaria. La proposición lo tienta, pero detesta al prisionero. La mirada insolente del oficial le hace recrecer la ira. Boves se balancea entre la rabia y el deseo. Más pueden los senos que se desbordan opulentos.

—Sea— le dice a la moza—. Tu novio no será fusilado, pero eso sí, tienes que ser buena conmigo.

Buena fue la tarde que pasó con Rosalía, como se llamaba la muchacha. En la cama dejó las señas rojizas de un sueño roto.

A las cuatro en punto comenzó la matanza. Uno a uno iban siendo fusilados los prisioneros frente al muro largo que está al lado de la iglesia. Cuando le llegó el turno al novio de Rosalía, y ya iba entre dos soldados camino del paredón, la muchacha gritó:

¡Señor! ¡Señor! Me prometiste que no sería fusilado y tú eres hombre de palabra.

Con el rostro contrariado, el Caudillo la miró de soslayo. Sin cambiar de expresión le ordenó a los soldados:

—En efecto, le prometí a esta señorita que su novio no sería fusilado... que lo maten a lanzazos.[92]

---

92 Históricas ambas anécdotas. La primera anécdo¬ta, recogida por Mancini, O'Leary y Heredia, es aún más cruel. Boves accedió a perdonar al padre, siempre y cuando el hijo se dejara cortar la nariz y las orejas sin gritar. «El joven sufrió la desfiguración de acuerdo con lo dicho, pero Boves se arrepintió de su promesa y ordenó que mata¬ran a ambos». (Gérard Masur, Bolívar, pág. 183).

68

«Y la dejaron tirada en el camino de Camoruco»

En Valencia, la ciudad del Cabriales, la muerte hace cabriolas. Cuatro arrieros, con más de treinta años en Venezuela, pero que tuvieron la ocurrencia de haber nacido en Canarias, son masacrados en medio de la plaza. Fueron enterrados vivos hasta el cuello, mientras la caballería, por tres horas, caracoleó juguetona hasta hacerles trizas los sesos. Turbas armadas persiguen y destruyen a los enemigos de la patria.

De repente alguien exclamó:

—Vamos a casa de María Trinidad Bolívar, que ella es la querida de Boves.

La poblada ruge enfurecida agradeciendo el recordatorio.

—¡Vamos! —responden cien voces.

Quien ha hecho la trágica invitación es el zambo Remigio, el primer amante de la mulata, el ventero de la cumbre, el que vendió a los celadores a Boves y Rosaliano.

La mulata, advertida a tiempo, apenas logra cerrar las puertas de la posada. La turba, arremolinada en la fachada, vocea injurias e imprecaciones, mientras forcejea para derrumbar la puerta.

María Trinidad, llena de terror, se abraza a su hijo, mientras murmura una plegaria.

—¡Muera esa puta!

—¡Muera la querida de Boves!

Llegan Carpóforo Medina y Manuel Antonio Malpica, que pretenden apaciguar a los manifestantes. Casi lo logran. Por un momento se callan. María Trinidad respira en un rapto de esperanza; pero en ese instante ve llegar hasta ella a cuatro hombres que saltando al patio por la casa de al lado, se le meten dentro de la habitación. Al frente, con los ojos puyudos por el deseo, viene el indio Asdrúbal, el mesero. Atrás viene Remigio, más lleno de odio que de ganas.

—Agárrenla... —vocea con rabia el mesero— Tírenla encima de la colcha. —Remigio le propina una trompada en la boca que la hace sangrar.

A rastras es llevada a la cama. La mulata grita desesperada. La multitud, afuera, oye los gritos y se excita. A empellones apartan a Malpica y a Medina. El portal claveteado es fuerte. Las ventanas tienen balaustres de hierro. No hay manera de entrar. Alguien trae una viga y comienza a golpear la puerta. Entretanto, luego de amarrarle los brazos y las piernas, la gozan uno a uno. Primero fue Asdrúbal, quien desató sobre la mujer deseos y resentimientos; luego vinieron los otros. A mordiscos en la cara y en los senos descargaron su deseo y su odio; mientras al lado lloraba desesperado el niño José Trinidad Bolívar.

Cuando minutos más tarde cedió la puerta y se metió la turba, María Trinidad yacía desmayada en el camastrón.

La gente no se calmó con el lastimoso espectáculo, sino que pareció excitarse con la visión de la mujer desnuda. Una pordiosera, a quien María Trinidad le daba limosna los sábados, le pegó con un palo en la cabeza mientras le decía puta.

Otra le introdujo un palo de escoba por la vagina sangrante. Una violenta contracción y una cara a filo dieron paso a la muerte.

A palos rompieron los muebles de la posada. Finalmente amarraron el cadáver sobre un burro, y en medio de cánticos patrióticos la pasearon desnuda por Valencia hasta que cansados y borrachos, la dejaron tirada en el camino de Camoruco.

69

Boves, Francisco Espejo y la mulata

Boves pretende avanzar hacia Caracas. Su primer intento fue frenado por José Félix Ribas, quien le salió al paso en La Victoria. Su segundo intento encontrará resistencia en San Mateo; se le opone Simón Bolívar el Libertador.

Es la pelea más sangrienta y más larga de la guerra. Dura casi un mes.

Los sitiados están a punto de rendirse cuando el ejército de Oriente, al mando del General Santiago Mariño, llega en su auxilio.

Boves fue derrotado y salió a escape hacia Valencia, buscando el apoyo de Ceballos que pone sitio a la ciudad. Tomás Montilla lo rastrea perdiguero. En las sucesivas peleas de Magdaleno y Güigüe, va perdiendo hombres que se le huyen y se le mueren. Todavía confía en reforzar su ejército al llegar a Valencia, ya que cuenta con apenas 500 hombres. Allá se entera de que Ceballos ha decidido retirarse hacia San Carlos. También sabe lo de María Trinidad. Enloquecido de dolor se retiró hasta Calabozo a donde llegó deshecho en abril de 1814.

Cuando arribaron al descampado donde se pudría el cadáver insepulto de la mulata María Trinidad, le dijo Juan Ricardo Zozaya al doctor Francisco Espejo, gobernador civil de Valencia:

—Dios no quiera que la muerte de esta pobre mujer traiga sobre Valencia toda clase de desdichas.

Una mueca hizo el antiguo abogado de Doñana y Presidente de la Primera República, cuando una oleada nauseabunda llegó hasta él.

Era un hombre de mediana estatura, de unos cincuenta y cinco años, cetrino, facciones irregulares y poco nobles, enmarcadas por una barba negra tupida, sedosa y cuadrada, que le hacían decir al marqués de Casa León:

—Yo no sé por qué, pero cada vez que veo a Espejo me acuerdo del pirata Barbanegra —añadiendo con su retorcida sonrisa de chivo viejo—: bueno, un barbanegra chiquito e inofensivo...

El doctor Espejo poseía una clara inteligencia, inspirada elocuencia y apasionado temperamento. Fue sorprendido por los sucesos de 1810, a los que se sumó con valor y vehemencia desde el primer momento.

Fue firmante del Acta de la Independencia. Vocal de la Corte Suprema y Presidente de la junta Patriótica. En esa fecha se le veía ardoroso, trepar a cualquier sitio e irrumpir en cálidos y vehementes discursos de enciclopedista ante una muchedumbre, que con el belfo descolgado y la mirada vacía, lo miraba, lo aplaudía y lo elogiaba.

—El que está alzao es el doctor Espejo —le comentaba a Casa León el Conde de la Granja—. Ahora pasé por la plazuela de Santa Rosalía y estaba echando un tronco de discurso, cuando me miró a caballo casi interrumpió para acusarme de algo. ¡Quién lo viera antes!, tan sumiso, parsimonioso y obediente. Que si por aquí, señor Conde; cómo no, señor Conde.

—Es que ese hombre nunca ha tenido clase ni convicciones — decía don Antonio, lisonjero, olvidándose de su origen y recordando el de los Ascanio.

Cuando los principios no proceden de varias generaciones, es raro que se encuentre un hombre vertical dispuesto a morir por ellos. Doñana bostezaba con discreción tras el abanico. Hermenegilda le acerca un vaso con un carato de parcha. Doñana bebe, hace un mohín.

—Ay, mijita, qué desabrida está la parcha, se parece a la República del doctor Espejo.

Doñana no le podía perdonar a su abogado lo que le hizo a Juan Díaz Flores, un canario que los sábados le traía fresas y flores de Galipán. El pobre hombre, junto con otros sesenta canarios, en la sabana del Teque, montados en burro y con el pecho cubierto de hojalatas, se dieron a dar vivas a Fernando vil y mueras a la República.

La alta Corte de justicia, presidida por Espejo, condenó a muerte a ocho de ellos, y a trabajos forzados al resto.[93]

Doñana le mandó a decir una misa en la Candelaria y le envió cincuenta pesos a la viuda.

Regresaba a paso corto con el joven Escalona hacia el centro de Valencia, cuando el doctor Espejo alcanzó a divisar a su espalda, el zambo Vicente, quien a galope tendido venía a su encuentro sacudiendo un papel.

—Noticias urgentes, señor —le grita el zambo.

Espejo guarda el sobre. Un comunicado del Cuartel General del Libertador le participa que Boves, en Calabozo, con un formidable ejército se dispone a invadir el centro del país.

70

El recuerdo de Simeón

La noticia hizo estragos en Caracas. La ciudad, por sí ya quebrada y rota por el terremoto y una epidemia de colerina, cayó postrada. Largos rostros silenciosos esquivaban a las familias patriotas, por temor a la palabra que mañana se tomará en cuenta. A Leandro

---

93 Cierta la semblanza de Espejo y ejecución de los canarios (ver Francisco Espejo de Héctor Parra Márquez, e Historia de la Rebelión de Caracas, de José Domingo Díaz).

Palacios se le había ido la mano en el asunto de los isleños, y quien más quien menos, tenía algún amigo o pariente entre los ochocientos canarios inmolados en las bóvedas de La Guaira o ejecutados en la Plaza Mayor de Caracas.

La República había perdido simpatía. El bajo pueblo era partidario de la causa del Rey; y la clase media, hasta ahora vacilante, después de los infaustos y crueles acontecimientos, se había inclinado definitivamente hacia España.

En las inmediaciones de Caracas, partidas de forajidos, invocando la autoridad del monarca, saqueaban las fincas de los alrededores.

Las partidas patrióticas que recorrían los caminos, y aun las calles solitarias de los pueblos circunvecinos, tenían que hacerlo en grueso número, apertrechados y vigilantes, so riesgo de caer en emboscadas o de ser víctimas de los francotiradores que proliferaban por todas partes.

Los esclavos y los pardos del servicio comenzaron a desertar de sus amos.[94] Como animales sedientos que buscan la charca, recorren distancias increíbles persiguiendo la luz que emanaba del Taita.

Eugenia había iniciado, entre tanto, amores con Francisco de la Montera, rico hacendado de los contornos, viudo, cincuentón y atractivo, que si bien no tenía el rango social de los Blancos, no dejaba de ser un buen partido, de tornarse en cuenta la pobreza de la muchacha. Aparte de que a los veintidós años, como tenía Eugenia, no se podía estar eligiendo marido, así como así. Además que Doñana

---

94 Histórico todo cuanto precede. Escribe Salcedo Bastardo en Historia Fundamental de Venezuela, pág. 300: «A ellos (los mestizos), como a todos sus seguidores, pardos principalmente, surgidos de la auténtica entraña popular, les permite Boves depredar los bienes del adversario y saciar en el vencido todo el encono y la saña alimentados por injusticias ancestrales».

venía observando con preocupación la coquetería de su sobrina, hasta el punto de haberla sorprendido más de una vez haciéndole caracolas a pardos y mayordomos.

Eugenia se reconocía atraída hacia los hombres de color. No lo podía remediar. La vista de un mulato perfilado, como el mayordomo de su tía, la lubricaba los prejuicios de casta. Ello lo atribuía a Simeón, aquel guardaespaldas de su padre, tan parecido a Andrés Machado. Un día sorprendió a Simeón con su madre. La vio desnuda tras el mosquitero. Simeón la besaba en los labios mientras ella gemía de placer. La escena la asustó por no entenderla, pero un cosquilleo tibio la clavó tras la cómoda, desde donde espiaba.

Cuando su padre iba a Caracas, en viaje de negocios, lo que sucedía frecuentemente, Simeón, como un gato grande, iba al cuarto de su madre: ágil, joven y sediento.

Ella los oía retozar toda la noche. No decía nada, pero grandes ojeras delataban su oscura vela.

Un día el mulato la sorprendió espiando y se le acercó a la cama. Le hizo señas, risueño, de que callara. Le acarició los cabellos y la besó en los ojos. Desde entonces Simeón, antes de entrar a la otra alcoba, se detenía en la de Eugenia, hasta que una noche fueron sorprendidos. Simeón jugaba. Una sombra blanca se posó en el umbral de la puerta: era Dolores. De un salto, el espaldero desapareció en las sombras. Nunca más, ni Eugenia ni su familia supieron de él, pero el tipo físico de Simeón se enraizó posesivo y exclusivo dentro de las apetencias de la muchacha.

71

El matrimonio de Eugenia

La proximidad de la guerra en las puertas de Caracas decidió a don Francisco de la Montera a adelantar la fecha de su matrimonio, fijado para diciembre.

Con toda la pompa propia de una mantuana de su rango se celebró la boda de Eugenia.

La novia estaba esa noche imponente. Doñana, en su gran sillón de terciopelo rojo, rodeada de los retratos de sus antepasados, presidía el acto en medio de sus viejas parientes.

Esa noche, el pez de piedra que escupe el agua escupió más alto, mientras Mariana, de 16 años, paseaba con su novio Martín Tovar, un muchacho promisor, que como decía Bernardo Herrera, a pesar de ser Tovar, ya había llegado a subteniente.

En el patio charlaban animadamente el Conde de la Granja, el Conde de San Javier, Vicente Tejera y el General Ribas. El marqués del Toro, un poco rígido por su edad y por los cuernos —como chasqueaba el mala lengua del marqués de Casa León—, le contaba por enésima vez a Diego Ibarra, cómo había dominado la insurrección de Valencia.

Un revuelo en la puerta cortó todas las conversaciones. Un clérigo alto, delgado y de mediana edad, vestido de Obispo, hace su entrada, mientras los mantuanos caraqueños le besan el anillo. Es don Narciso Coll y Prat, Obispo de Caracas, y el único realista a quien respetan los patriotas. Es un hombre recto y limpio en sus procedimientos. Jamás ha negado su fidelidad al Rey, ni ha dejado de clamar contra ese desacato que se llama Independencia. No toma, sin embargo, partido activo, ni por uno ni por otro bando. Es el pastor al servicio de su grey. Es el verdadero padre, que sabe que no puede parcializarse cuando sus hijos disputan. Su lengua es ágil, y a pesar de ser dominico tiene una gracia infinita. Convaleciente de una colerina, está muy pálido y quebrantado.[95] Matilde Ascanio de Berroterán, siempre tan tonta, le sale al paso y le dice a voz en cuello:

—¿Pero qué le pasa a Su Ilustrísima, que la veo tan pálida?

El arzobispo, sin olvidar el sexo que le asignaba Matilde, le dijo risueño:

—Es que estoy mala, Matilde, es que estoy mala...

Doñana se arrodilla y le besa el anillo. Don Narciso se sienta a su lado.

—¿Y qué tal, Doñana? Usted y yo, al parecer, somos los únicos realistas confesos que hay en esta sala.

—Y Juana la Poncha, Su Ilustrísima —rochelea contra su costumbre la mantuana.

---

95 Personaje histórico (ver sus Memoriales sobre los sucesos revolucionarios). Arístides Rojas tiene elogiosas palabras para el prelado (Estudios Históricos).

Otro revuelo se oye en el zaguán. El rumor de colmena del sarao se cambia ahora por un solapado siseo de sapos. A la entrada del gran salón, el Capitán Ibarra se cuadra para saludar militarmente. Desde su retrato, don Feliciano Palacios y Sojo echa una mirada impertinente. Hombres y mujeres se ponen de pie. Unos pasos firmes se aproximan a Doñana. Una voz cálida, con un leve acento nasal de caraqueño viejo, le dice a Doñana:

—Felicitaciones, prima.

El recién llegado se sienta a su derecha. Don Narciso Coll y Prat, mirando al primo de Doñana le susurra a ésta afectuoso y zumbón:

—No se puede quejar, Doñana. Se encuentra usted entre el nuevo y el antiguo régimen. Para usted nada cambia. Venga quien venga siempre estará en el medio; es usted el fiel de la balanza.

Doñana se quedó mirando muy largo el severo retrato de su antepasado don Feliciano.

—¡Dios mío! —saltó la anciana. Juraría que don Feliciano le guiñó un ojo. Debe ser el Oporto, caviló para sus adentros.

Eugenia se ve hermosa y contenta. Su marido es aceptable, aunque el cabello le escasea y el vientre ondula añoso.

La sobrina de Doñana siempre ha sabido que el matrimonio no es una fuente de placer físico, sino de equilibrio y de armonía espiritual y familiar. Ella, físicamente, hubiese preferido a Andrés Ibarra o a Luis Blanco, dos efebos que la pretendían. Pero como dice Juana la Poncha: «Amor con hambre no dura». Con su maduro y próspero hacendado, Eugenia pretende edificar su vida sobre unas bases más sólidas que el deseo y la emoción. Es un hombre inteligente y bueno, que ha sabido comprenderla. A su lado se siente cómoda, y está segura de que llegará a quererlo. Tan sólo le molesta pensar cuando llegue el momento cumbre de la entrega.

Durante años, la imagen de un mozo, moreno y joven, la ha desvelado. Se lo ha imaginado igual o mejor que Simeón; como Andrés, largo, erecto y palpitante. Una mirada a su esposo le sacó un mohín de leve desencanto: era blanco, fofo e indudablemente viejo. De pronto un cosquilleo en la nuca la hizo volver los ojos. A dos pasos de ella, un hombre pequeño, vestido de General en jefe, la veía fijo, con la mirada penetrante y acariciadora, eran unos ojos negros, negrísimos, extrañamente expresivos y dominantes que le dijeron a Eugenia a través de una sonrisa:

—Tarde o temprano, prima... tarde o temprano...

Un oficial de caballería, en traje de campaña, entró en la fiesta. Se dirigió sin pedir permiso hasta donde estaba el Coronel Austria. Le hizo entrega de un sobre. Acariciándose el bigote, el secretario se enteró del mensaje. Frunció el ceño. Discretamente se acercó al primo de Eugenia y le dijo:

—Ya vienen.

El hombre leyó a su vez. Contrajo el rostro. Hizo una seña a Ambrosio Plaza y a Bernardo Herrera. Los tres hombres salieron de la casa de Doñana sin despedirse de nadie. Tenían los rostros graves y preocupados cuando llegaban a la esquina.

72

De cómo se fusila a un traidor

Llegaremos a Caracas y reduciremos a la obediencia a esos caraqueños insolentes —le decía el Padre Llamozas a don Juan Corrales y a un grupo de distinguidos calaboceños—. El coronel Boves es el instrumento del que se ha valido Dios para devolver la paz a estos reinos y restablecer la autoridad de nuestro señor el Rey —continuaba el sacerdote con su característica vehemencia.

Una descarga de fusilería interrumpió al Padre Llamozas. Todos los presentes se santiguaron. En la plaza cercana un pelotón de fusilamiento acababa de ejecutar al capitán Tomás Boada, aquel oficial español compañero de colegio del Caudillo que desertó en Mosquiteros.

Una negra grande entró en la sala trayendo en una bandeja unas tazas de café humeante.

—¿Un cafecito?... —preguntó a los presentes don Juan Corrales, el dueño de la casa.

En eso otra descarga resonó en la plaza vecina. Todos se sorprendieron.

—¿Otro?— exclamó una voz.

—No sabía que para hoy había más... —le ripostó un anciano de barbas misioneras.

—Debe ser entonces algún coleado —apuntó conciliador el anfitrión.

Un pelotón de caballería llenó la calle de un retintín metálico.

—¡Qué viva San Francisco de Tiznados! —gritó en la esquina una voz amaestrada que hacía poco había vitoreado a los voluntarios de Espino.

—Y sigue llegando gente —observó un hacendado con entusiasmo de alcalde de feria.

Un cañón y luego otro, y otro, y otro resonaron hacia el norte, camino del Sombrero. El Padre Llamozas hizo un además de sobresalto; don Juan Corrales, burlón, le dijo:

—Tranquilízate, Ambrosito... la artillería también practica.

Una tercera descarga de fusilería se oyó de nuevo en la plaza. En esta ocasión todos los presentes enseriaron el rostro y dejaron de santiguarse.

—Algo pasa... —murmuró el levita.

—Mejor vamos a ver...—señaló otro de los presentes.

A paso de perro alerta recorrieron las dos cuadras. En la plaza se arremolinaba la gente. Los voluntarios de Guardatinajas llenaban de cagajones la calle del Ayuntamiento; los del Rastro la de la Alcaldía; los de Camaguán la de la Iglesia. Una hilera de soldaditos acordonaban la plaza.

El vasto espacio está vacío bajo los tamarindos. A los lados la gente se agolpa a punto de desbordarse. Hay silencio, sin embargo. En el medio de la plaza está el rollo de la justicia, manchado todavía con la sangre de Aldao. De una pica, con los ojos cerrados, cuelga la cabeza del ajusticiado, frita en aceite.

Amarrado al rollo está Tomás Boada. Tiene la mirada extraviada y la barba de tres días. Boves lo contempla con tristeza y con resentimiento; le había brindado toda su confianza hasta creer que era uno de sus incondicionales. Pero está visto que blanco es blanco, y que ésta es una pelea de blanco contra negro, reflexionaba el Caudillo desde su silla de vaqueta, mientras el pelotón de fusilamiento, en actitud de descanso, veía al prisionero.

El hombre, con los ojos desorbitados por el terror, se agitaba en el rollo como un gallo herido. Boves dio por cuarta vez la orden:

¡¡Pelotón!! ¡¡¡Firmes!!! —Los hombres se cuadraron, la multitud contuvo el aliento, el prisionero se irguió y la frente se le mojó de sudor.

Vio la multitud, el azul intenso del cielo de Calabozo, los tamarindos, los soldaditos, la cabeza leonada de este hombre grueso, que solo, en medio de la plaza, lo condenaba a muerte.

—¡Apunten! —ordenó el Caudillo.

El prisionero sólo vio el guiño trágico de los soldados mientras le apuntaban al corazón. Dijo una oración para sí; y tuvo tiempo de oír la voz que decía: —¡¡¡Fuego!!!

—¡Ay, mi madre! —gritó Boada, mientras una carcajada descomunal asolaba la plaza.

Por cuarta vez el capitán, el compañero de José Tomás, había sido fusilado con salvas de pólvora. El militar, fuera de sí y enloquecido, gritaba:

—¡Mátenme de una vez, pero no me torturen más! Boves reía y le respondió:

—No te preocupes, que algún día será. Puede ser mañana o dentro de una semana o en la próxima descarga, o dentro de dos. Verás muchas veces la muerte, como la vi yo, por tu culpa, aquella tarde en Mosquiteros.

El indio Eulogio atravesó la plaza. Largo y silencioso llegó hasta Boves. Sin mirarle a los ojos, como era su costumbre, le musitó con su voz tenebrosa, poniéndose en cuclillas:

—Taita, le traigo noticias. Los insurgentes están reclutando gente. De Barquisimeto viene tropa, lo mismo que de Oriente. Han quedado en reunirse en La Victoria. Boves sonrió y dijo, más para sí que para su sicario: —Llegó la hora...

Bruscamente se puso en pie. La gente alrededor de la plaza lo veía. Los soldaditos, en actitud de descanso, simulaban no verlo. El prisionero, atado al rollo, pendía de sus cadenas con la boca babeante. —¡Tomás Boada! —le gritó Boves.

El prisionero abrió los ojos.

—Vamos a complacerte. ¡Pelotón, media vuelta a la izquierda, al hombro, march!

El pelotón se deslizó por la plaza y desapareció entre el gentío. El reo seguía atado al rollo de la justicia. Desconcertado con el retiro de la tropa, abrigó súbitamente una esperanza de vida. El Taita tenía esos gestos, de repente.

Boves miró al prisionero y luego a Eulogio; le dijo algo en voz baja. El indio asintió sin mover un músculo de su cara. Sacó de su costado un largo puñal. Con meneos de buitre se fue acercando a su presa, a tiempo que éste gritaba enloquecido y con voz de ebrio: —No, así no!, no, así no!, ¡perdón!, perdón! Cuando los cañones de El Sombrero recitaron por décima vez su retahila de bombardas, el cuerpo de Boada pendía sin vida del rollo de la justicia. Un chorreón de sangre le bajaba a borbotones desde el cuello.[96] Al terminar su mandato, el indio Eulogio le preguntó a su jefe:

—¿Le corto la cabeza y lo clavo en una pica, como al otro? —dijo señalando con un gesto despectivo la cabeza de Aldao.

—No —respondió el Caudillo—, aquel era un hombre, su cabeza en la plaza no es escarnio para él, es un trofeo para mí. Yo fui más macho que él, pero se le respeta. En cambio, este carajo no merece ni el honor de una sepultura, que lo amarren a la cola de un caballo y lo tiren en medio del Llano para que se lo coman los zamuros.

---

96 Crueldad usual en Boves (ver Regente Heredia, Memorias sobre la Revolución de Venezuela). Aunque Tomás Boada y su semblanza es ficción del autor, tiene sus antecedentes en los siguientes hechos: Cuando Boves emprende la guerra por cuenta-propia (septiembre de 1813) había entre sus oficiales de confianza un capitán español de nombre Manuel Cabrera, quien desertó en Santa Rita con la compañía de ca¬ballería que mandaba, poniéndose al servicio de Tomás Matilla, a quien informó de todos los planes de Boves. Habiendo caído prisionero el mencionado Cabrera días después en la batalla de Santa Catalina, fue ejecutado el mismo día en la Plaza Mayor de Calabozo (Valdivieso Montaño, págs. 71 y 72).

73

Las reflexiones del doctor Espejo

Don Francisco Espejo, Gobernador de Valencia, está visiblemente preocupado por las noticias que llegan.

—Boves no es un accidente; no es tan sólo un bandido, como piensan muchos con un criterio superficial, sino la expresión del alma irredenta de este pueblo buscando su síntesis —le decía el jurista a su amigo Manuel Antonio Malpica, que sin entenderlo mucho y aburriéndose más, lo seguía atento con una cordial sonrisa, parpadeando de vez en cuando sus grandes ojos azules enmarcados por unas pestañas blanquísimas.

—La Independencia, hay que reconocerlo —seguía el Gobernador—, la declaramos antes de tiempo. No se tomó en cuenta el problema de las castas, ni el hecho de que si se mantenía el orden era por el aspecto teocrático de la monarquía española y por el poderío militar del imperio. Sin imperio, y alterado el orden secular, las partes se han revertido, y hasta que no se igualen no cesará el malestar. Boves, misteriosamente, ya que es blanco, ha sido el encargado de agitar ese menjurje de razas, y no está tan equivocado cuando dice que este país hay que pardizarlo, es decir, que sea sólo para los pardos. ¿Y cómo es la única forma de lograrlo? Pues haciendo lo que está haciendo el Coronel Boves —dijo con un leve dejo de respeto—; matando blancos y petateándole a sus mujeres. Con este sistema no quedará un blanco ni para remedio, dentro de poco tiempo. Lo mismo que en Santo Domingo.[97]

El Suizo se le quedaba viendo con expresión benévola y atontada, pero el doctor Espejo sabía perfectamente que Malpica pensaba en ese momento a ritmo vertiginoso y sacaba cuentas. De haber un cambio político, es muy probable que el hombre que tenía enfrente lo sustituyese en sus funciones, tanto por su gran prestigio social y económico como por su moderación. El corazón le decía también al viejo abogado, que más que una simple receptividad existía en el alma de Malpica frente al caudillo Boves ¿Y si fuera el enlace del asturiano en Valencia? Espejo se sentía vigilado, a pesar de las grandes precauciones que tomaba. En una ocasión, cambios de impresiones sobre algunos aspectos tácticos de la contienda se supieron en el campo enemigo. Y tan sólo dos personas hubieran podido informar sobre este particular: su mayordomo Vicente, persona de confiar, a quien había criado prácticamente desde que era niño, y Malpica, a quien tuvieron que hacer partícipe del hecho por necesidades insoslayables. Espejo hizo vigilar estrechamente a Malpica, sin que pudiese sorprenderlo. No obstante, su agudo sentido del ser humano le decía que tuviera cuidado, ya que tenía por delante al más peligroso agente del realismo retaliativo. El Suizo abrió los labios y le dijo a su interlocutor con un dejo irónico:

---

97 Las reflexiones de Espejo eran compartidas por ilustres personajes partidarios de la República.

—Doctor Espejo, está hablando mucho; mire que por menos de eso usted ha hecho fusilar a más de uno. Espejo, sin turbarse, le riposté:

Creo que estamos entre amigos, Manuel Antonio. De no ser tú quien tengo por delante no abriría la boca, como no la he abierto hasta la fecha. Pero tengo miedo. Yo no le veo salida a esto. Creo que, indefectiblemente, estamos perdidos. La República es débil, el pardaje no la quiere; los negros, menos. Boves les ha ofrecido la libertad, y hasta honores para que maten a sus amos. Los esclavos están huyendo. En lo que va de la semana he recibido diecisiete denuncias de negros que se les fugaron a los amos. ¿A dónde van esos negros? Seguro que a reunirse con Boves. Ya los veremos venir contra nosotros. Esto Manuel Antonio, no lo para nadie.

El Suizo se le quedó mirando con sus grandes ojos de bordes blanquecinos y con su cara rosada de goloso satisfecho. Transcurrió un lapso de silencio bastante largo. Finalmente el Suizo dijo:

—Y usted ¿qué propone, doctor Espejo?

El gobernador civil de Valencia agradeció la pregunta, y se disponía a responder cuando la voz de Vicente le alertó:

—Aquí está el Coronel Juan de Escalona.

Sin dar tiempo para nada apareció tras la voz del sirviente la figura obesa y jocunda del jefe militar de Valencia. Espejo se incorporó para salir al encuentro del visitante, pero deteniéndose un momento, le dijo al Suizo:

—Tenemos que seguir hablando, Manuel Antonio, pero por los momentos me perdonas, porque Escalona y yo tenemos que ir hasta el Morro a revisar las defensas. Pero acuérdate —le dijo con velada intención—, que a ese muchacho no lo compone nadie. Es un tarambana.

Trasponiendo el zaguán, Espejo se sintió obligado a decirle a Escalona, con voz confidencial:

—Estábamos hablando del sobrino de Malpica; José Ignacio, tú lo conoces.

Escalona, con indiferencia, hizo una leve señal de asentimiento. El Gobernador de Valencia se decía para sí: «En efecto, este gobierno es como el sobrino de Malpica: grande, tonto y pretencioso.

Capítulo VI
De Calabozo a Guayabal

(Segunda Campaña)

74

El marido de Eugenia ama a Rousseau

Como ella preveía, la luna de miel de Eugenia transcurrió sin pena ni gloria. Don Francisco la tomó en el primer asalto, y lejos de lo que ella creía, entraba y salía de las trincheras con gran facilidad. Eugenia, sin embargo, no le agradecía ni la opulencia ni su buena disposición. Recordando una reflexión de Juana la Poncha sobre un caso similar, se decía:

—Es como comerse diez panelas de conserva de la cojita cuando a uno no le gusta el dulce...

Eugenia, sin embargo, estaba contenta. Don Francisco era bueno y tranquilo. Con excepción de sus fogosas cargas nocturnas, que a veces la complacían, procuraba ser cariñoso, ponderado y firme. A su lado Eugenia se sentía inmensamente protegida, como no lo había estado desde que perdió a su padre. Don Francisco era rico, muy rico. Su hermosa hacienda de Valle Arriba, en el mismo valle de Caracas, tenía poca monta, de comparársela con sus maravillosas plantaciones de Aragua, Barlovento y la Cortada del Guayabo. Su casa en Caracas, a cuadra y media de la Plaza Mayor, era una de las mejores de la capitanía, comparable con la de Doñana y la del Marqués del Toro.

Habían elegido la hacienda de Valle Arriba para pasar los primeros tiempos de matrimonio, tanto por su agradable clima como por la belleza del paisaje.

Don Francisco, consciente de que su gallardía era un aspecto pretérito de su persona, procuraba no cansar demasiado a la desposada con su presencia. Simulando que tenía que supervigilar la hacienda, se pasaba la mañana entre el trapiche y la oficina, mientras Eugenia, aburrida, llegaba a desearlo. Al mediodía en punto hacía su aparición en el patio de la hacienda. Esclavos y caporales salían a su encuentro y le besaban los estribos.

En las haciendas del marido de Eugenia no había cepos ni instrumentos de torturas. Don Francisco, sin ser un enciclopedista, y siendo en el fondo partidario del antiguo régimen, mantenía un concepto muy elevado de la naturaleza humana; por eso, más que en ninguna parte, los trescientos, cincuenta esclavos del señor de la Montera eran tratados como gente y ellos aparentaban quererlo.

—No confíes en esos negros, Francisco —le aconsejaba el Conde de la Granja—. Negro es negro y su apellido... Fíjate lo que le pasó a Perucho Vegas, que era como tú. ¿No lo descuartizaron vivo sus propios negros, a quienes trataba como si fueran sus hijos? Que entre Boves en Caracas para que tú veas lo que es bueno.

Don Francisco sonreía escéptico y hasta ligeramente desdeñoso, consideraba que el tío de su mujer era un déspota, limitado y perdido entre las sombras de prejuicios centenarios.

—Esos mantuanos no tienen remedio —pensaba el marido de Eugenia—. Si pasa algo en este país, ellos llegarán a, ser los únicos culpables, por su soberbia.

Don Francisco recordaba los desprecios que había recibido en su infancia, y eso que su padre era un factótum de la riqueza colonial El hecho de haber nacido en España era suficiente para que los mantuanos lo tratasen con distancia a pesar de su fortuna y de los innumerables vínculos que tenía con ellos. Por eso a don Francisco no se le llamaba por su nombre de pila, ni el recuerdo de su padre se traía a colación en las reuniones donde se hablaba interminablemente de genealogías mientras se tomaba el chocolate. El no pasaba de ser don Francisco o el señor de la Montera, un hombre rico, hijo de españoles, a quien no se le decía primo y a quien se le permitía casarse con las parientes pobres.

A don Francisco estos hechos no le molestaban. Tenía la recia estructura donde no anida el resentimiento y donde la vida es un constante quehacer tratando de comprender y de dominar la realidad. De esa actitud firme y valiente le había nacido un hijo: su propio hijo, su único hijo. Fiel discípulo de su padre, cuando llegó a la adolescencia le señaló a don Francisco lo fútil de la existencia terrena y su deseo de incorporarse al sacerdocio. Don Francisco, sin una lágrima, lo dejó partir, mientras pensaba que había llegado el momento de engendrar otro heredero.

Fríamente eligió a Eugenia. La sabía ingrávida, aunque bien dotada intelectualmente. La sabía enlentecida, pero a tiempo justo de despertarla. Pero por encima de todo la sabía hermosa, radiante, apetecible.

—Mi bella mantuana, me darás un hijo a quien tu gente le dirá primo, y a quien el Rey, cuando esta rochela pase, lo nombrará Capitán

General —le decía sonriente desde la cama mientras le acariciaba los senos erectos y pequeños como parchitas maracuyá.

Eugenia sonreía con la mirada verde perdida en lontananza y el cuerpo desnudo sobre las sábanas de Holanda. Tenía todo el aspecto de las hembras satisfechas, y lo estaba. A diferencia de los primeros tiempos, ahora, cada vez que la piedra caía en el pozo, le sacaba callados ecos húmedos. Don Francisco se sentía joven y hasta orgulloso de que a sus años hiciera temblar de gozo a la más rica hembra de los contornos.

Lo que ignoraba don Francisco era que Eugenia, para humedecer las sábanas de Holanda, imaginaba estar muy lejos de la alcoba nupcial y entre la maleza o sobre un catre de maderas crujientes, soñaba besos ardientes y largos con Andrés Machado y con Simeón.

Don Francisco regresa de la oficina, cejijunto. Por primera vez se ha sentido tentado a darle la razón a su tío, el Conde de la Granja, cuando decía:

—El negro, cuando no la hace a la entrada, la hace a la salida y cuando no sale, se asoma.

Tres esclavos, los de la vaquera, se le han fugado. Él comprendía que lo hicieran en otros fundos, pero hacérselo a él que había sido un padre para ellos, era injusto y desleal.

La deslealtad es el peor crimen que puede cometer el hombre contra el hombre —rumiaba desde su caballo, camino de la casa grande—, porque lo resiente más que ninguna otra cosa.

La base de la existencia humana es la lealtad, sin lealtad no hay sociedad posible. Pero, ¿está obligado a lealtad el esclavo para con el amo? se preguntó el hacendado.

No terminó de responderse porque divisó a lo lejos una aglomeración de caballos y de gentes en el patio de la hacienda. Lo sobresaltó una partida de húsares y de Guías de la Guardia con lanzas y banderolas tricolores.

—¿Él...? ¿Qué hace en mi casa?

No tardó en saber la respuesta.

—Nos vamos, don Francisco. El enemigo avanza y le saldremos al paso a mitad de camino. El ejército salió esta mañana por Antímano. Yo me vine por aquí para acortar camino y decidí darles un saludo.

—Es un honor, Excelencia —dijo el señor de la Montera, mientras Petronia, la mulata, servía grandes vasos de carato de guanábana.

Cuando la mujer llegó a la cocina una gran sombra negra salió tras el fogón.

—Dame un poquito, mulata... —dijo jocunda una voz.

—Jesús! —gritó Petronia; luego se santiguó y se rió gorjeando al descubrir que tenía delante a su amigo Juan Palacios.

75

Los problemas de Fray Tiburcio

Boves, al mediodía, conversa con un corro de amigos en la Plaza Mayor de Calabozo. Cuatro hileras de soldados, en alpargatas, acordonan el recinto. Los tamarindos defienden al grupo de los rigores de junio. Don Juan Corrales cuenta una anécdota. Todos ríen, menos el asturiano.

De un tiempo para acá el Caudillo se ha tornado sombrío y silencioso. Habla mucho con el indio Eulogio y muy poco con Juan Palacios. El negro se ha ido en comisión hacia el Norte. El Gran Bulú le ha dejado su gente y se ha ido a levantar las esclavitudes de los valles de Aragua y de Caracas. Cumple bien su cometido. Todos los días llegan negros y mulatos, que han desertado del servicio de sus amos, enviados por Juan Palacios. Ese negro es una gran cosa. Hay que conservarlo.

No así Fray Tiburcio, quien estaba muy bien para Guayabal y para el convento abandonado. Pero en Calabozo la cosa cambia. No tuvo el valor de obligarlo a quedarse en su pueblo. Quizás hasta hubiese sido conveniente. Al fin y al cabo era el guía espiritual de esa gente. Por eso se lo trajo consigo, desoyendo los consejos del Padre Llamozas y de Morales. En Calabozo, con sus calles enlosadas y sus iglesias, y sus plazas con tamarindos, pretendió hacer lo mismo. Intentó entrar en la iglesia y el Padre Llamozas lo sacó a trompadas. Dos negros de Guayabal se le vinieron encima. Si no es porque él mismo interviene, el Padre Llamozas la hubiese pasado mal. Ese es el problema de Fray Tiburcio. Con la ida de Juan Palacios el mal se ha agravado.

Ayer lo vieron pasar completamente borracho, con su palma a manera de palio, camino del cementerio. Lo seguía una muchedumbre. Tenía aspecto de visionario.

El problema lo discutió a fondo con el indio Eulogio. El indio tenía sus razones y sus procedimientos. El Comandante de Calabozo no estaba muy seguro de la eficacia y oportunidad de ellos. Un día se decidió definitivamente; fue cuando lo vio borracho salirle al paso a Inés Corrales. En la tarde él indio Eulogio se le acercó, y con voz suave le dijo:

—Fray Tiburcio, quiero que me haga un favor.

—Dime, hijo, ¿qué será, qué no será... que quien lo adivinare, buen adivinador será? —le contestó, meneando como metras los ojos.

—Quiero que me ensalme unos reales que voy a enterrar antes de irme para la guerra.

—Será, será... —le contestó el cura con aire totalmente afeminado por la locura—. Pero me pagarás con chicha, como hizo el Señor con judas camino de Getsemaní...

A paso rápido y a la media noche llegaron al segundo patio de una casa abandonada por la guerra. Un gato salió a escape. La maleza lo cubría todo. Fray Tiburcio decía:

—Solo, como un lamento... triste, como una rana... ¿Es aquí, hijo?—preguntó el loco al divisar una fosa abierta en medio del patio.

—Aquí es, Padre... —y diciendo esto le hundió la daga hasta la empuñadura.

76

Érase un novio caudillo

Seis días antes de su partida José Tomás comprendió que Inés lo amaba. Sólo que la muchacha era de esos seres contradictorios que temen lo que aman o anhelan lo que los atemoriza. Ella, de siempre, se sintió atraída por aquel mocetón rudo que al colear levantaba los toros en vilo con una sonrisa, o aguantaba sin desmayarse doscientos latigazos en el lomo. A Inés, el dolor ajeno y el propio, la excitaban. Una vez se lo contó al Padre Llamozas en secreto de confesión y casi la excomulga. Pero nunca se había sentido tan atraída por un hombre, como el día aquel en que el verdugo Sebastián le destrozó la espalda a vergajazos. La guerra la excitaba como todo lo que fuese muerte y destrucción. La cabeza de Aldao, frita en aceite y clavada en una lanza en la plaza, llegaba a embelesarla. Ella había conocido a Aldao. Nunca le había parecido gran cosa, pero ahora que estaba en la plaza, se sentía una nueva Salomé cuando le bullía el deseo de contemplar sus labios tumefactos.

Inés decidió conquistar y retener a José Tomás para sí, el sexto día antes de su partida. Le bastó con dirigirle una mirada, la misma que le dirigía a Aldao en la Plaza de Calabozo.

Boves dio un respingo, como el macho que siente en el camino la culebra cascabel. Por más de cinco años había deseado a Inés, pero por el mismo tiempo ella lo había rechazado con sus solas pestañas y su tremenda indiferencia. Nunca lo vio con una mirada verdadera. El asturiano se sentía frente a Inés como un vidrio que se mira al trasluz. Se sentía cosa, objeto inerte, carente de la más leve significación. Por eso creyó que soñaba cuando la moza le dirigió aquella mirada plena de intención. Con su natural desconfianza, se preguntó:

—¿A quién le tendré preso y me va a pedir que se lo suelte?

Cuando Inés le abrió los labios en rítmico movimiento del mentón, José Tomás no puso en duda que Inés lo deseaba como macho. Se le acercó parsimonioso y con cautela:

—¿Y a ti qué te pasa hoy que amaneciste tan simpática?

Inés, sin demostrar cortedad, le respondió siempre sonriente:

—Es que he decidido ser tu mujer, ya que vas para Capitán General...

A Boves lo desatinó la confesión. Tragando saliva le preguntó, temeroso de despertar:

—¿Va en serio o es broma tuya?

—En serio, chico, en serio.

—¿Quieres entonces ser mi novia?

—Sí, hombre, sí.

Loco de alegría salió José Tomás de la casa de los Corrales. A galope tendido recorrió las calles, sin camino ni intención, tal corno lo hacía cuando era un simple muchacho por las calles de Calabozo.

José Tomás sintió ganas de echar pie a guerra en la primera pulpería, y beber y decir pendejadas y abrazarse a todos los hombres, con esos pasos amplios y generosos de todos los ebrios. Pero se sintió pequeño, y se sintió disminuido por el peso trágico de la historia.

Sólo pudo expresar su júbilo al llegar a la plaza. Seis mozalbetes ansiosos iban a ser pasados por las armas. No se sabía ni siquiera de lo que se les acusaba. Eran prisioneros de Eulogio, y al indio había que complacerlo en sus arrebatos homicidas.

A caballo se llegó muy quedo tras el pelotón. Los seis muchachos se le quedaron viendo con la mirada biliosa del miedo. Él los miró. Eulogio esperaba, mientras labraba con la navaja su eterno palito. Boves, de pronto, dijo, dirigiéndose a los muchachos:

—Que los suelten.

Todo el mundo se quedó sorprendido.

—¿Cómo? —exclamó Eulogio.

—Que los suelten —repitió el Caudillo—, porque hoy me siento feliz. Y que le den las gracias a la señorita Inés.

Por cinco días José Tomás fue novio formal, de ventana y romanilla, de cuatro a seis. El último día le pidió la mano a don Juan Corrales.

—¿Y cómo hago yo para negártela? —le respondió risueño el ganadero—. Si te digo que no te la llevas de todas maneras, y con ella mi cabeza. Cásense, pues, y que sean felices.

Un beso casto en la mejilla se dieron los novios el día de la partida. Un beso casto en un violador de doncellas. Un beso casto en una muchacha que soñaba con ser una nueva Salomé con la cabeza de Aldao. Esa madrugada, a las dos, se dijeron adiós José Tomás e Inés.

Capítulo VII

De Calabozo a Urica

se pasa por la Puerta

(Tercera Campaña)

77

Yo soy un hombre agradecido

Triste y verde brilla la luna al paso de los lanceros. Siete mil hombres avanzan por el camino del Rastro. Contento va el Caudillo encima de su caballo, arrebujado en la cobija azul y roja. A su lado cabalga Morales, su lugarteniente. Muy próximo a ellos, el indio Eulogio. En la delantera, el mulato Machado. Un caballo al galope recorre la columna, alcanza a Boves.

—Taita, media legua más adelante está el Hato «Las Delicias», por el que usted me preguntó. Todos duermen.

Quien hablaba era Chepino González. Chepino, a raíz de la persecución de los isleños en Caracas, huyó hacia el Llano. Su amistad con Boves desde los tiempos de Caracas, el valor, fácil entendimiento y lealtad a toda prueba, le habían dado, en poco tiempo, una gran posición en su ejército. Después del indio Eulogio y de Juan Palacios, Chepino era de las personas a quien más confianza y afecto le tenía el Caudillo.

—Llévate veinte hombres —le dice Boves—, rodea la casa y que nadie salga. Pero eso sí, que no se le toque un pelo a nadie. Me respondes con tu vida de eso. Los quiero vivos.

—Veinte hombres es mucho —le dice Chepino—. El Hato está abandonado. Sólo hay dos mujeres jóvenes, una vieja y un muchachón. Los peones huyeron al saber la venida de nosotros.

—Haz lo que te digo, que yo ahora los alcanzo, y que lleven comida para veinte hombres, que allá me voy a desayunar.

Chepino se extrañó de la orden. Desde que salieron de Calabozo venían quemando y destruyendo todos los hatos y caseríos que encontraban, ya que los ganaderos de esos contornos habían prestado ayuda a los insurgentes. La gente de Las Delicias no era menos republicana que los anteriores. De modo que Che- pino no entendía aquella decisión del Jefe.

Presto salió con un pelotón camino del Hato. A lo lejos, la columna en marcha, como un inmenso gusano coronado de púas. Al fondo, la casa achaparrada del Hato. Alrededor la.llanura inmensa. Los veinte hombres hacen un círculo. Ya nadie puede escapar. Chepino avanza decidido hacia la entrada.

Un fogonazo sale de una ventana. A su lado cae derribado un hombre. Otro disparo, y le arranca el sombrero.

—¡Qué vaina! —grita el isleño— Las mujeres se defienden.

Dos disparos más: un caballo muerto y una bala que se pierde en la noche.

—¡¡Ahora, muchachos!! ¡¡Ahora que están cargando!! —grita Chepino.

Los llaneros irrumpen en la sala con sus lanzas y sus aspectos feroces. Dos bellas muchachas de quince y de dieciséis años, rodean a la madre, una mujer de aspecto severo, que las apunta con una pistola.

—¡Si se acercan las mato! —dice la matrona.

Los llaneros se sobrecogen. Boves las quiere vivas. Al verle las caras, ya saben para qué. El muchacho les cierra el paso con mrsable de caballería. Tiene un aire decidido.

Chepino intenta tranquilizar a las mujeres:

—Cálmese, Doña, que el Comandante Boves nos dio orden de no hacerles daño; hasta nos dijo que venía a desayunarse para acá.

La madre y sus hijas se estremecieron de miedo al oír el nombre del Caudillo.

—¿Boves...? —clamaron las cuatro voces.

Un tropel de caballos que se acerca, las sobrecoge. Pasos recios se oyen en la entrada. Un perfil de gavilán aparece en la puerta. Las tres mujeres y el niño dicen al unísono:

—Pero... ¿él es Boves?

—No tienen nada que temer —les dice risueño al ser reconocido. Vine tan sólo a agradecerles lo que ustedes hicieron por mí, hace un año. Yo soy un hombre agradecido.

José Tomás se refiere a la vez en que, huyendo de su fracaso en Valencia y retirada hacia Calabozo, llegó una noche a ese hato, herido y hambriento, y esa familia sin preguntarle quién era ni a qué bando servía, lo cuidaron y ayudaron hasta su total recuperación.

—Aquí les traje también a doce hombres del hato que se habían sumado a mis tropas. Ya les dije, que la mejor forma de servirme, era servirles a ustedes. También les traje comida para un mes y dinero para un año, por sí les hace falta.

La familia no salía de su asombro. El muchacho permanecía confuso, como embobado, con el sable cruzado.

—Y en cuanto a ti carricito, si no estuvieses mejor aquí, cuidando a tu madre y a tus hermanas, te llevaría conmigo, porque veo que eres macho. ¿Y ese sable, mi valecito? —le preguntó risueño—. Está mohoso... Mejor lo botas. Toma éste —y diciendo esto, se quitó el sable con empuñadura de oro que le habían regalado los notables de Calabozo—; así cuando estés viejo, le podrás decir a tus nietos: Esta espada me la regaló Boves.

El niño se quedó viendo muy largo al Caudillo. Boves se tomó un café negro y salió a escape en busca del grueso de su ejército. Mientras Micaela Ortega y sus hijas lo veían perderse en la sabana, en las matas lejanas se carcajeaban los araguatos.[98]

---

98 Histórico en esencia este capítulo. Boves gustaba de estas escenas. Algo similar sucedió en la casa de la hacienda de Juan Díaz (actual Club Caraballeda, con unas ancianas de apellido Huizi). Tradiciones orales.

78

Y en las ceibas grabó su nombre

Lento se mueve el largo cordón, por entre la llanura que comienza a inundarse. Cinco o seis leguas por día, desde el alba hasta la caída del sol. El aprovisionamiento no falta. Paralelo al ejército marcha el ganado, que va aumentando de hato en hato. El calor del mediodía es insufrible. Las noches son frías. Las tardes, tibias y alegres.

El gusano en marcha, en la oscuridad, parece un cocuyo inmóvil. Grandes hogueras se encienden al comenzar la noche.

Alrededor de ellas, los soldados cantan y bailan, y asan grandes terneras. No hay mujeres ni aguardiente. El Taita ha dicho que eso mariquea a la tropa. Que las mujeres se petatean en los sitios donde se vence, y la caña se bebe después de la batalla, o mezclada con pólvora, antes de entrar en combate. Se toman prisioneros. Todos los días, partidas exploradoras traen a rastras campesinos y hacendados de los alrededores. Los van a buscar a dos y tres, leguas más allá de la ruta, donde se creían sobre seguros. Hay que verles la cara que ponen cuando a media noche los despierta un negro con un fusil en la frente—comentaba Eulogio—. La ejecución permanente —le decía Boves al Padre Llamozas—, es indispensable en el manejo de estos hombres; los mantiene disciplinados y enérgicos. Por eso hay que cazar prisioneros y colgarlos.

El Caudillo para sus ahorcamientos colectivos tenía particular predilección por las ceibas; le recordaban a su Carbayón de Oviedo, una encina milenaria donde se ejercía justicia.

La ceiba, en el trópico, tenía para él igual sentido. Por eso, cada vez que se tropezaba con uno de esos árboles, dejaba colgando de él a un prisionero, mientras la tropa risueña desfilaba bajo sus ramas.[99]

—Así dirán dentro de cien años: por aquí pasó Boves, y tengan cuidado que en esa ceiba espantan.

---

99 Histórico. Tradición oral recogida por el autor en diversos tiempos y lugares.

79

Ortiz

El 9 de junio de 1814, después de seis días de marcha, el Caudillo entró a Ortiz. La ciudad se entregó sin resistencia. Los vecinos ricos hicieron cuantiosas donaciones y juraron lealtad al Rey de España y a su invicto Caudillo, José Tomás Boves.

El Alcalde y demás autoridades fueron ratificados en sus cargos administrativos. La ciudad, agradecida, dio una fiesta en su honor.

El triunfador, ligeramente embriagado, le echó mano a la mujer de don Gumersindo, el alcalde, un vejete retorcido, casado con una morena de tetas pequeñas. El marido y los vecinos lo dejaron hacer con sonrisas de cabras. «Todo sea por salvar de estos bárbaros a la Perla del Llano» —le susurraba al vejete un rico hacendado de Ortiz.

El Conquistador durmió a pierna suelta con la morena. Al día siguiente pasó revista a su ejército. En la tribuna de la plaza lo acompañaba el cura y don Gumersindo; en la acera de enfrente, la alcaldesa de la noche anterior, le sonreía impúdica.

Esa madrugada, a las dos, salió el ejército camino de San Juan de los Morros. A media noche, Boves mandó a citar a los notables en el

Ayuntamiento. Quería dictarles sus últimas disposiciones. Asistieron todos; más de cuarenta, embutidos en sus mejores galas. El Alcalde tenía en la solapa una banderola roja y gualda, con una leyenda primorosamente bordada que decía: Viva Boves.

A las doce en punto se apareció Chepino González con ochenta hombres. Los notables empalidecieron cuando los llaneros, con aspavientos procaces, desabrocharon sus lanzas.

Al poco rato, en el momento en que el ejército tramontaba la cuesta de Ortiz, un reguero de sangre brotaba del Ayuntamiento.[100]

---

100 Histórico.

80

San Juan de los Morros

Tres días duró la marcha hasta San Juan de los Morros. Marcha larga y polvorienta o calada de fango por las tempestades de junio. El camino ascendía como la estrella de Boves. El aire, en las noches, era más fresco y las estrellas estaban más cerca. La llanura, siempre como un plato, ahora se arrugaba en pequeñas colinas y cerraduras. El río Guárico, que los acompaña desde los esteros del Guayabal, les sale a cada rato al paso. Es el Dios Río de los llaneros. Lo conocen por el caribe y por el canto saltarín de sus corrientes.

A lo lejos, aparecen los morros de San Juan, como derruidas fortalezas malditas por la hiedra. Es un espectáculo sobrecogedor y blasfemo para el hombre del Llano adentro, donde su mirada siempre es horizonte.

El caserío es ocupado sin pelea. Esta vez los pobladores no han venido a presentar sus parabienes, han preferido írselos a dar al General Mariño, que al otro lado del cerro, acude a combatir a Boves.

El Caudillo odia a San Juan de los Morros. En sus dos entradas anteriores no perdió oportunidad de dejar teja sobre teja. Ahora sólo quedan ruinas, y el olor a huevo podrido de sus aguas calientes.

Se hacen prisioneros. El procedimiento es fácil. La gente siempre procede de idéntica manera. Cuando lo ven venir, cogen el cerro, se ocultan. Lo ven, lo miran, lo odian

Pasa el tiempo y cae la noche. Con ella viene el hambre. Se olvidaron del bastimento. Se acercan a la ciudad. Ven las calles desiertas. Se atreven. En puntillas intentan deslizarse hacia sus casas. Ese es el momento para atraparlos. Esa noche cayeron como conejos encandilados, veintiséis vecinos. Fueron colgados en racimo en la hermosa ceiba que hay frente a la iglesia.

81

La Puerta

Los insurgentes tienen 2 500 hombres y toman posiciones en el Abra de la Puerta. 2 500 hombres es mucha gente si se les ubica bien en esa fortaleza natural a la entrada de los llanos.61

El Taita recuerda las muchas veces que pasó por ahí arriando ganado. Es realmente una puerta larga y estrecha que separa al Llano de los campos aragüeños. Hay sitios que no tienen de ancho más de trescientos pies. Si los insurgentes son facultos, colocarán filas de soldados a lado y lado, y no habrá quien les entre. Pero son bien pendejos si creen —se decía— que yo me les voy a meter por el medio. La tropa es de Mariño, pero el que comandará la operación será Bolívar. Eso es bueno para mí y malo para ellos, pues estarán celosos y se les armará un lío. Los orientales no están contentos con sus aliados del Centro. En días pasados desertó un batallón de doscientos orientales. Los vinieron a atajar en el camino de San Diego. Bolívar ordenó que se fusilase uno de cada cinco, y por supuesto, toda la oficialidad. No creo que el resto del batallón esté contento. En Carabobo, Bolívar y Ber- múdez, de milagro no se guindaron. Bermúdez es un hombre bruto y grosero y Bolívar gritón y autoritario.Bermúdez le fusiló unos oficiales españoles; Bolívar lo llamó cruel, y Bermúdez le recordó las bóvedas de La Guaira.

Junto con Bolívar y Mariño están: Manuel Isava, viejo conocido, y Ramón García de Sena, con quien tiene una deuda, y... Boves enrojeció de placer cuando su informante le comunicó que al frente de la artillería patriota estaba, nada menos, que Diego Jalón.

—¡Chepino! —gritó con alborozo el Caudillo—. ¡Ven acá, que tengo que encomendarte algo para mí muy precioso!

El indio Eulogio sólo atinó a oír dos frases. «Te fijas bien dónde están las baterías principales» y «Aunque se pierda todo».

De San Juan de los Morros a la entrada de La Puerta, va un poco más de una legua de camino. Es toda una ancha explanada que se angosta bruscamente al llegar al abra por donde baja presuroso el Guárico. Al fondo, a la derecha, hay unos cerritos que bordean el río y dominan el paso; encima, coronándolos, se ven brillar, al sol de medio día, nueve cañones. Es la artillería patriota.

De pie, con los brazos cruzados, atisbando el camino, está el Coronel Diego Jalón. Ha envejecido, a pesar de tener sólo treinta y dos años. Su carrera militar ha sido dura y brillante. Combatió en

Carabobo, al lado de Bolívar. Ahora se le encomienda mantener a raya a su antiguo compañero, convertido, por obra del destino, en el más formidable opositor de la República. Jalón piensa en Puerto Cabello, en don Lorenzo Joves, en el Puerto, en el Castillo.

El Batallón Aragua, bajo el mando del Comandante Antonio María Freytes, se alinea al pie de los cerritos donde está Jalón con sus cañones. Freytes le grita a Jalón:

—¡Tire bien, Coronel, que aquí se lo aguantamos!

Jalón le corresponde con un saludo benévolo, mientras le quita con la mano la ceniza a un hermoso tabaco veguero que hace rato ha encendido.

A la derecha de Jalón se coloca la caballería. Son tres escuadrones: Barcelona, Maturín y Alto Llano. Están constituidos por tropas de Oriente.

Al escuadrón Alto Llano lo comandan José Tadeo Monagas y Manuel Cedeño. Entre todos no llegan a mil lanceros. Boves los triplica en número.

En medio, defendiendo el paso, se situó el resto de la infantería: unos mil hombres.

Otros trescientos trepan, hacia las alturas para coger en fuego cerrado al realista, si por casualidad rompe el tapón que le han puesto a la entrada del abra. Cuando están a punto de coronar la cima, una descarga de fusilería los tira cerro abajo.

El asturiano, previsor, se les había adelantado.

La retirada hacia la Villa, se les había hecho imposible.

82

La Batalla

En ese instante avanza la infantería realista hacia los cerritos donde está Diego Jalón. Una escasa caballería los apoya. Resuena la artillería. Más de treinta hombres caen en la primera andanada. El Batallón Aragua, al mando de Freytes, descarga su fusilería. La gente de Boves está siendo diezmada. La caballería espera.

Es el momento de aniquilar la caballería realista que huye presurosa.

Un largo trueno de cascos se desprende de La Puerta hacia San Juan de los Morros. Mil caballos al galope avanzan como un ariete contra los realistas que huyen en desbandada.

La victoria parece segura. De pronto José Tadeo Monagas empalidece. Oculta tras los matorrales, lanza en ristre, está el grueso de la verdadera caballería de Boves.

Más de dos mil lanceros, como una marejada de hierro, arrollan en un instante a los que ya se creían vencedores. Buena parte son rodeados. Otros salen huyendo al galope.

El batallón Aragua se bate en retirada. Diego Jalón, desde su altura, los ve venir. Una descarga de sus baterías pone fin a una cadena de lanceros que se les venía encima a los orientales. Pero es inútil, otro batallón de lanceros vuelve de nuevo a la carga, y van cayendo como figuritas los soldados de Mariño. Freytes clava la bandera en tierra y con una pistola se salta la tapa de los sesos. Su batallón es finalmente destrozado. Jalón vuelve a descargar sus cañones. De repente comienzan a caer alrededor suyo los hombres que sirven a sus cañones. Jalón no entiende, no sabe de dónde viene el fuego. No tarda en descubrirlo. Detrás de sí, en los cerritos que estaban a sus espaldas, más de cien fusiles disparan contra él. Una voz se impone desde las rocas vecinas:

—¡Ríndase, Coronel Jalón...!

Jalón mira en derredor suyo. La infantería ha sido diezmada. Parte de la caballería ha quedado inútil envuelta por los lanceros, y el resto ha huido vergonzosamente. Sin inmutarse saca el sable de la vaina, y colocando un pañuelo en la punta, se lo enseña al enemigo, mientras les dice a sus hombres:

—Ríndanse, muchachos, que esto se ha perdido... Con las manos en alto los vieron llegar. Al frente de ellos venía Chepino González. Con su carota amplia y una ancha sonrisa, le preguntó a uno de sus soldados:

—¿Y éste es el hombre?

—Éste es, mi Capitán, el Coronel Jalón.

—¡Caramba, caramba! —exclamó Chepino, como si hubiese encontrado a un niño perdido que buscaba por cuenta de sus padres—. Lo contento que se va a poner el Taita...

—Amárrenlo bien, que por él, desde esta madrugada, ando encaramado en esos cerros.

Un mecate le maniató las manos. Chepino, con genuina amabilidad, lo ayudó a bajar la loma.

—Cuidado, mi Coronel, si se resbala, que tengo órdenes del Jefe de llevarlo totalmente sano. Y usted es muy joven, mi Coronel —seguía diciendo Chepino, como si aquel paseo fuese —una excursión campestre.

Desde la cumbre un sargento le gritó a Chepino:

—¿Y qué hacemos con éstos, Capitán?, ¿los amarramos?

Chepino, sin modificar su amable tono de voz, y siempre en el tono confidencial con que se dirigía a Jalón, le respondió al Sargento:

—¡Ráspalos!, mira que hay orden de no cargar preso amarrado.

83

«¡El Taita ha ganado!»

La batalla terminó en una colosal derrota para los insurgentes. Doscientos muertos, trescientos heridos y quinientos prisioneros, fue el cálculo primero que hizo Morales. Bolívar y su estado mayor se libraron milagrosamente de ser capturados. En dos horas y media recorrieron las cuatro leguas que los separaban de La Victoria. Bermúdez pudo escapar de una partida de llaneros que lo perseguían, porque se quitó su preciosa capa y se la tiró a sus perseguidores. En la disputa por quedarse con ella, dejaron escapar al furibundo jefe patriota.

Todos los prisioneros fueron ejecutados. Los que estaban heridos fueron alanceados en el sitio donde habían caído. Doscientos fueron degollados a la orilla del río. Boves, con su estado mayor, acampados bajo un enorme matapalos, veía con satisfacción cómo el Guárico se tornaba escarlata.

El Caudillo, achispado por el aguardiente, gritaba a pleno pulmón:

—Este mismo río nos vio partir de Guayabal y de Calabozo... ¡que él mismo cuente mi victoria! Cuando las lavanderas de mi pueblo saquen las ropas tintas en sangre, ya sabrán que el Taita ha ganado y ha hecho temblar la tierra.

La soldadesca se reía mientras las doscientas cabezas se iban acumulando al pie del matapalo. Trescientos hombres fueron colgados de las ceibas que montaban guardia de la Puerta a la Villa.

A la ciudad sólo llegaron vivos el Coronel Jalón y Pedro Sucre. La Puerta le había costado a los republicanos más de mil muertos.

Jalón fue tratado con todas las consideraciones de su rango. A lomo de muía hizo el recorrido, del campo de batalla a la ciudad. A su lado, Chepino hablaba todo el tiempo, en la misma forma amable que había tenido desde su captura. Cuando llegaron a la Villa, fue encerrado junto con el Coronel Sucre, en una casa grande, frente a la plaza mayor. Tan sólo un piquete de guardias, en la puerta, les daba sensación de estar detenidos Jalón alimentó una esperanza. A lo mejor José Tomás olvida lo malo y recuerda lo bueno. Al fin y al cabo, ambos son españoles, y como le insinuó Chepino: «La sangre es la sangre». Pedro Sucre, por lo contrario, no se hace ilusiones:

«Nos reservan para un mejor espectáculo... ya verás...»

No se equivocó el cumanés. Esa misma tarde fue conducido a la plaza, y ante una turba de negros borrachos y alborotadores, lo fusilaron.

84

La muerte del mal amigo

Con Jalón todo fue distinto. A mediodía se le presentó Chepino González, y con su llaneza habitual le dijo:

—Mi Coronel, el Jefe lo invita a almorzar.

Sin más guardia que el mismo Chepino, atravesó la calle hasta la casa de enfrente donde Boves tenía su cuartel general.

Era una inmensa casa con más de cuartel que de vivienda. En medio del patio, bajo un sombreado mamón, estaba Boves. Los dos hombres se midieron como gallos con miedo. El Caudillo, cordial, dijo:

—Hola, Diego.

Jalón, amoscado, no encontró qué trato darle Boves le martilló con sorna, para luego añadir:

—José Tomás, viejo, José Tomás... Estás más viejo... ¿Como que te ha tratado mal el tiempo?

—En cambio tú estás igualito —le dijo el otro, adulador.

—¿Tú crees...? —le preguntó el Caudillo con la misma reticencia—. Será por fuera. Pero siéntate, que quiero hablar mucho contigo.

—Que traigan vino —ordenó.

Durante dos horas largas como la muerte hablaron los dos hombres.

Boves le recriminó suavemente las trastadas que le había hecho en San Carlos, pero sin sombra de rencor en su voz.

El pulpero de Calabozo le preguntó a Jalón, repetidamente, por los jefes patriotas, en particular por Bolívar y Mariño. Se intercalaron chistes. Recordaron tiempos pasados. Enjugaron lágrimas. Pensaron en el viejo Joves y levantaron las copas en brindis. Luego pasaron a la mesa y se comieron un suculento pastel de morrocoy que una de las vecinas le había obsequiado. Comieron queso llanero y, de postre, cabellos de ángel.

Tomaron café bajo el mamón del patio y se fumaron dos largos y perfumados tabacos de Barinas.

Jalón, totalmente distendido, se veía plácido, cuando pasos marciales y órdenes de mando le sacudieron en su sopor. El silencio adormilado de la tarde se pobló de gente armada. Tomás José Morales, el lugarteniente del Caudillo, apareció en el umbral vestido de gran gala; lo seguían Chepino, el mulato Machado y el indio Eulogio.

—Ya todo está listo, mi coronel —le dijo Morales, luego de saludarle militarmente.

—Ven —le dijo a Jalón el asturiano—, acompáñanos a esta ceremonia.

Al salir a la puerta Jalón sintió un escalofrío: tres mil hombres, la mitad del ejército, en correcta formación, lo miraban fijamente. En medio de la plaza, al lado del rollo de la justicia, la bandera española, un cura y el verdugo de capucha negra. Boves apenas tenía soldados blancos en sus filas.

Entre todos no llegaban a un centenar. En esta ocasión, sin embargo, los cien españoles, con el uniforme de soldados regulares de Su Majestad, estaban presentes en primera y doble fila, haciendo un triángulo que se estrechaba al llegar al rollo, el lugar del suplicio.

Dos oficiales blancos se acercaron a paso marcial a donde estaba el grupo. Dirigiéndose a Boves y con mirada fija sobre Jalón, dijeron:

—Señor, entréganos al prisionero, que ha llegado la hora de hacer justicia.

Jalón se puso amarillo. Acaba de comprender el juego trágico y cruel de Boves, el cual, poniéndose ferozmente serio, le dijo a los oficiales:

—Hagan justicia, señores, con este traidor y con este insurgente.

A redoble de tambores, y con el ejército dándole la espalda, Jalón, fue degradado. Morales le arrancó las charreteras, le quebró el sable y le rompió la guerrera, mientras los cien españoles, al unísono, clamaban:

—¡¡¡Muerte al traidor...!!!

Enseguida lo ataron al rollo y le propinaron doscientos azotes. Con la espalda llagada, le dieron vuelta y lo fusilaron. Luego el verdugo lo decapitó. Puso su cabeza frita en aceite en una jaula y su cuerpo fue arrastrado a la cola de un caballo y tirado en el estercolero.[101]

---

101 Es rigurosamente histórico todo cuanto se narra sobre la muerte de Diego Jalón (Arístides Rojas, Leyendas históricas). «Jalón fue degradado al frente de las armas —escribe Bermúdez de Castro— lo flagelaron luego con doscientos azotes y moribundo lo fusilaron por la espalda como un traidor» (Boves, pág. 78).

Según Vallenilla Lanz, la acción de la Puerta señala a Boves como «el primero de nuestros caudillos populares».

III
«El urogallo»

Capítulo VIII
De la Puerta a Valencia

85

Boves avanza

El avance del asturiano, después de La Puerta, fue rápido y certero. El 17 de junio, dos días después de la cruenta batalla, entra en La Victoria. Parecía que iba a avanzar sobre Caracas, adonde había llegado el Libertador el día anterior, cuando inesperadamente da media vuelta y avanza contra Valencia. En La Victoria envía dos columnas de 1500 hombres contra Caracas. Una la dirige Chepino González y la otra el mulato Machado.

En su marcha a Valencia le sale al paso el Coronel Fernández, quien lo espera en la península fortificada de La Cabrera con 1500 hombres. Es un baluarte inexpugnable, pero tiene un camino secreto a través de las arenas movedizas que conoce muy bien el hijo del Marqués de Casa León. Deseoso de hacerse perdonar los coqueteos de su padre con los republicanos, le ofrece al vencedor llevarlo personalmente por el camino vedado.

Los defensores de La Cabrera duermen confiados por la seguridad que les brindan los tremedales. En derredor de la fortificación y brillando sobre el agua, el fuego de las hogueras. Una guitarra grande acompaña a un cantador. Tiene buena voz. Los aires flamencos resuenan por las aguas dormidas del lago. Algunos centinelas se dejan arrullar por la brisa y el canto. Un disparo, dos. Cuando resuena el tercero, ya no hay nada más que hacer, sino rendirse. Mil quinientos hombres deponen las armas. Todos, sin excepción, desde Fernández hasta el tambor, un muchacho de trece años, fueron ejecutados.[102]

Terminada la matanza el joven hijo del Marqués de Casa León, con sonrisa babeante, le dijo al Caudillo:

—Espero que usted no se olvide de esto...

—Yo no —le respondió Boves—. ¿Pero usted no teme que a otras personas les suceda lo mismo...?

De inmediato marchó sobre Guacara.

Boves sonríe con expresión amarga ante el recuerdo de ayer mientras en la cama agoniza Rosaliano. Diez largos años han pasado desde aquella mañana en que lo dejó de ver. El zambo tiene abiertos los ojos cuando llama al Caudillo por su nombre. El reclamo lo saca de la abstracción en que yace sumergido. Lo ve pálido y cerúleo a la luz de la vela del alma que las beatas de Guacara le han puesto en la mesa de noche. Afuera continúa el murmullo acompasado de velorio.

—¿Sabes quién fue uno de los que mató a María Trinidad? —le pregunta con voz quejumbrosa. Boves hace una señal afirmativa mientras le brillan con odio y con lástima las pupilas.

—Tenías razón hermano, ese Remigio era un mal bicho.

El Caudillo guarda silencio, pero el puño se le agarrota en la silla.

---

102 Histórico. El hijo del Marqués de Casa León casará con Teresa de Herrera y Toro.

Esa misma noche murió Rosaliano. Esa misma noche lo enterraron al pie de la Ceiba, mientras dos rimeros de presos eran ahorcados en sus ramas.

Al día siguiente, con un ejército formidable tomó el camino que conducía a Valencia.

El 18 de junio, entre espiras de miedo Boves llegó a Valencia. Desde el primer instante comenzó el ataque contra la ciudad. Pocas horas más tarde el Morro fue tomado por los realistas. Al caer la tarde los patriotas se habían replegado hasta la plaza mayor, mientras en los cerros vecinos ondeaban las banderas del rey y el pendón negro del Caudillo.

En Caracas la situación era también desesperada. El ejército libertador, después de La Puerta y de La Cabrera, se había reducido apenas a mil hombres. El mulato Machado, con un ejército de desalmados, avanza por los caminos del Tuy soliviantando a los esclavos. Chepino González hace otro tanto por la ruta de La Victoria a Los Teques. En Caracas los negros plantan cara a sus amos: desertan, insultan, matan.

Agentes del realismo conminan a las turbas al saqueo. En las puertas mismas del Convento de San Francisco, donde el Libertador ha convocado una asamblea, dos negros, al frente de una turbamulta, dan mueras a los blancos... «ya que todos son godos». El Libertador, sin perder tiempo, los hace arrestar, y en las arcadas de la plaza, viendo el Ávila, un pelotón de fusilamiento los deja patas arriba.

La ciudad está hambrienta y desarmada. No hay víveres ni pólvora. El camino de La Guaira se puebla de una muchedumbre que huye hacia el puerto buscando inútilmente un barco. En San Francisco la asamblea continúa discurriendo, charlatana y estéril.

Chepino González entretanto ha llegado a las cercanías de Los Teques. Sobre las montañas verde esmeralda y la neblina paranera, se producen las primeras escaramuzas. La gente de Los Teques es bovista. Francotiradores tiran a la espalda de los patriotas que se mueren de hambre, mientras Chepino ve llegar todos los días recuas de campesinos con huevos, fresas y miel.[103]

86

Huele a negro

La situación de los patriotas día a día empeora. Se acuerda definitivamente que las mujeres y niños, debidamente custodiados por la tropa, se retiren a Oriente.

Los negros de las cercanías de La Guaira están en guerra contra los blancos. En Naiguatá y en Macuto los han aniquilado a todos: de los uveros cuelgan honorables vecinos.

Don Francisco de la Montera piensa que su tío, el Conde de la Granja, tiene razón y no Rousseau, como creía antes.

—La esclavitud insurreccionada lo arrasará todo —le dice con voz grave a don Fernando, en la tertulia del domingo, en la vieja casa del pez que escupe el agua.

---

103 Histórico el aparte precedente.

—No, qué va —le dice para su sorpresa el aristócrata—, esto es tan sólo una inundación que al que agarre lo ahoga. Ya bajarán las aguas. Aquí nunca sucede ni sucederá nada. Este es un país quieto, demasiado quieto, que a veces despierta, pero que de inmediato se vuelve a dormir.

Juana la Poncha, que observa silenciosa al grupo desde su escoba, contra su costumbre, mete baza:

—Don Fernando, mi amo, perdóneme por la entrepitura, pero ¿usted sabe lo que me dijeron en el mercado esta mañana? Pues que el jefe de la insurrección de los esclavos en La Guaira, es nada menos que Juan Palacios.

—¿Juan Palacios? —exclaman con sorpresa todos, incluso Doñana.

—¿El negro aquel que mató un caporal en Las Mercedes? —preguntó Eugenia.

—El mismo —contestaron todos— El que creíamos que se lo habían comido los tiburones —añadió don Fernando.

—¡Qué lástima! —observó con simpatía Eugenia. Cuando yo estaba muchacha jugaba mucho conmigo y me hacía papagayos.

—Pues ahora cuídate —le contestó don Fernando—, porque si está de Dios, hoy te cuelga de la cola del papagayo sin ningún remordimiento.

—Cómo cambian las cosas —añadió con tristeza Doñana.

Un brillo melancólico se asomó a sus ojos verdes, empequeñecidos por la obesidad.

Alguien preguntó:

—¿Y qué ha sido del hijo de Juan Palacios?

—Ahí lo tenemos —contestó Juana la Poncha—. Es igualito a su padre y ya anda en once años.

Al mismo tiempo gritó:

—¡Fernando! ¡Eutimio! ¡Santiago! ¡Evaristo! Corran que aquí hay un hombre.

Pasos de gente en armas se oyeron en toda la casa, mientras el desconocido salía detrás de su escondite.

Juana la Poncha y Doñana dijeron al mismo tiempo con sorpresa y temor:

—¡Juan Palacios!

—Perdóneme, mi amita —dijo el negro sin soltar un machete—, yo no venía por mal, sino a ver a mi hijo.

—Suelta el machete o te quemo —amenazó Juana la Poncha.

El negro volvió a suplicar:

—Perdóneme, Doñana.

Una nube de piedad comenzó a enturbiar la mirada de la matrona, cuando entró bruscamente don Fernando, seguido por sus hombres. Éste, al ver al negro, le dijo a dos de ellos:

—Llévenlo y entréguenlo al cuartel.

Maniatado salió Juan Palacios caminando de la muerte.

Media hora más tarde uno de los sirvientes se acercó corriendo:

—Mi amo, mi amo, Eutimio y Evaristo se fueron con Juan Palacios. Yo los vide camino de la montaña.

—¿Y por qué no te fuiste tú también, negro del carrizo? —gritó con ira don Fernando Ascanio

87

La guerra viene sobre Caracas

El suceso protagonizado por Juan Palacios fue lo que decidió a don Francisco de la Montera a huir con su familia hacia Oriente.

—Cuando un negro como ése, tan alegre y respetuoso, entra en la casa de sus amos a medianoche y con un machete, es que el mundo ha cambiado demasiado. Ante eso, lo mejor que puede hacer uno es largarse y no oponerse a la historia.

Don Fernando se mofaba de las reflexiones de don Francisco:

—Son los mismos negros, lo que sucede es que están alzaos. Yo no me pienso mover de aquí. En lo que lleguen a la ciudad todos esos campuruzos, que ven a Villa de Cura como si fuera Madrid, entierran el cacho y se ponen mansitos. Yo te lo digo. En cambio, si nos vamos todos, ahí se la ponemos de oro. Alguien tiene que velar por nuestros intereses. Boves, al fin y al cabo es español. Deja que llegue a Caracas y entre en tratos con el Arzobispo y con nosotros los mantuanos, para que tú veas que hace lo que digamos.

Las noticias que continuaban llegando eran cada vez peores. El enemigo se acerca. El mulato Machado viene quemando, asesinando y violando todo cuanto encuentra a su paso. Se ha erigido como jefe de una revolución que ha decidido matar a todos los blancos. Por su culpa arden todas las haciendas del Tuy y se llenan de cadáveres las sementeras. Zamuros en círculo de humo marcan su paso. Don Fernando, esta vez, encuentra todo explicable. Fueron gente del Tuy los que le quemaron la pulpería, luego de violar y de masacrar a su hermana Tomasa. ¿Qué quieren que haga?

—En Caracas no hará nada —afirmaba impertérrito el Conde.

A todo el mundo sorprendía la seguridad del aristócrata criollo en sus vaticinios. Ignoraban que el mulato Machado le había mandado un recado escrito al Conde que decía: «Usted y su familia no tienen nada que temer. Quédese quieto».

El 3 de julio la avanzada del antiguo mayordomo se rodó hasta Las Cocuizas. El 5, ochocientos hombres de la columna de Chepino llegan a Las Adjuntas, donde los para Ribas. Ese mismo día la gente del mulato ha llegado hasta los Anaucos, en el camino del Tuy. En la tarde, los pardos y negros de La Guaira a punta de tambor comienzan la matanza general de blancos. Caracas está perdida.

En la iglesia de San Francisco se ha decidido finalmente huir en la madrugada, camino de Oriente.

Veinte mil personas, las tres cuartas partes de la población de Caracas, se aprestan para la fuga. Esa noche la lluvia hacía más corporal que nunca la tristeza infinita de la ciudad. Sólo se oía el chapotear del agua y el rumor de rezos de las monjas del Convento de la Concepción.

A pesar de las promesas del mulato Machado, Doñana, que siempe ha sido más fuerte que su marido, ha impuesto su opinión:

—Matilde y las niñitas se irán con don Francisco de la Montera y Eugenia. No estamos para estar creyendo en palabra de negros. Tú y yo, con Juana la Poncha nos quedaremos a esperar al señor Boves para ver si es tan fiero el león como lo pintan.

88

La gente de Caracas huye hacia Oriente

La Emigración se puso en marcha el 6 de julio. A las cuatro de la mañana y bajo una lluvia fina y pertinaz, veinte mil caraqueños, en su mayoría mujeres y niños, salieron hacia Barcelona.

Más de sesenta leguas a través de caminos que no existían, esperaban a aquella ingente muchedumbre.

Escenas desgarradoras se producían en los portales de las casas. Con ojos llorosos, madres viejas y enfermas veían partir a sus hijos y a sus nietos.

—Cuídate, Félix Antonio... —le decía una matrona obesa a su nieto mayor, un muchachón de quince años, y lo dejaba ir con la mirada seca—. Cuídate del sereno y de la llovizna... abrígate bien...

En la plaza de Candelaria hay una gran hoguera; negros embozados en sus cobijas toman café caliente, mientras ven pasar a la muchedumbre, aterida, calada y silenciosa. De la iglesia vecina viene un rumor de rezos. Una voz triste y cansona recita las letanías mientras cinco viejucas le hacen ver al cura que el templo está vacío.

Una muchedumbre baja desde la Plaza Mayor hasta el Anauco. Otra hoguera, cerca de la gran explanada que hay en la entrada de San Bernardino, le saca destellos al anca de los caballos, mientras los hombres de guardia ven pasar los fugitivos. Nadie habla. Todos llevan rostros de cera y mojados. Un cañón retumba. Es el cañón de San Carlos. Casi al instante le responde el de San Roque. Por último, el de la Plaza. Desde las cuatro de la mañana y cada cuarto de hora, los tres cañones atronan el valle. Cuando callen significará que la columna en fuga ha salido definitivamente de Caracas. En Sabana Grande la avanzada de los fugitivos escucha claramente los tres golpes de hierro.

—Todavía no han terminado de salir y llevamos recorrida media legua —le dice a su mujer un caballero entrado en años.

En la Plaza Mayor, rodeado por el cabildo eclesiástico, don Narciso Coll y Prat imparte la bendición a los grupos de fugitivos. En el mismo momento en que dice «creo» pasan entre sus manos los vecinos de la parroquia de Catedral, a su derecha esperan los de Santa Rosalía, hace poco partieron los de San Pablo. Don Narciso comenta con tristeza para sí:

—Fue necesario Boves, para que yo tuviera la mejor de mis procesiones.

En la Catedral el Miserere resuena pavoroso. La llovizna arrecia. Cinco caballos hacen repicar los cascos sobre las losas húmedas. Uno resbala y se quiebra una pata frente al arzobispo. El animal gime. La procesión se detiene. La bestia interrumpe el paso. El oficial que lo monta reflexiona con rapidez. No hay tiempo que perder. Saca la pistola, y de un tiro en la cabeza lo tumba en la calzada. La procesión continúa. Don Narciso sigue impartiendo bendiciones, mientras los fieles van saltando sobre el caballo muerto.

En la puerta de su casa, Doñana, de mantilla negra y con expresión adusta, ve pasar a la muchedumbre. A su lado, don Fernando, carilargo, maldice la Independencia. Juana la Poncha, rosario en mano, tiene los ojos color de rabia. Esperan el paso de los suyos para darles el último adiós. El abrazo de despedida se lo dieron en la madrugada. Don Francisco de la Montera y Eugenia, llegaron con tres negros de su confianza. Venían a buscar a Matilde y a los cinco nietos de Doñana. Mariana tenía dieciséis años. Luego la seguían María Luisa, María Teresa y María del Carmen, de 14, 13 y 12 años, respectivamente, y por último Santiago, el único nieto varón de la matrona, y otra de sus debilidades.

A éste le ha regalado dos pistolas que eran de su padre.

—Toma, para que defiendas a tus hermanitas —le dijo a modo de despedida.

La alegría del muchacho se tragó la inmensa tristeza de la anciana.

—¡Allí vienen! —señaló Juana la Poncha.

Seguidos por tres muías y tres esclavos, va la familia de Doñana. Todos vienen cabizbajos. Al pasar frente a la casa se verán por última vez.

—Nada de besos, abrazos ni amapuches —ha dicho Doñana—, eso es para gente de orilla. Que no te vean llorar tus negros, porque se te alzan —le ha dicho la anciana a su nieto. Nosotros podemos hacer de todo, menos llorar.

El grupo pasa frente a la matrona. Matilde no puede contener las lágrimas. Doñana le hace un gesto imperioso. Don Francisco de la Montera, en traje de campaña, se ve más joven.

—Es un hombre hermoso —piensa Doñana para ahogar el lamento que le desgana cuando ve pasar a sus cinco nietos.

Mariana le tira un beso volado mientras se sacude los bucles. A su lado va su novio Martín Tovar. Doñana se le queda viendo y se muestra satisfecha. «El está más enamorado que Mariana de él; mejor, así no sufrirá la pobre...»

Santiago, el nieto, le sonríe a Doñana; dos lagrimo- tas tiene en los ojos y una pistola en cada mano. Las sigue sacudiendo mientras se esfuma en el horizonte de la Calle Mayor.

Doñana desaparece tras el portal y se desploma en el sillón de terciopelo rojo donde habla con sus antepasados. Tenebrosos presentimientos la constriñen. «¿Qué será de mí y de los míos?» Un gran cansancio se ha apoderado de ella. Cierra los ojos. Unas ganas incontenibles de llorar la sacuden. Cuando abre los ojos, el retrato de don Feliciano, con aire de reproche, casi le dice:

—¡Pero Ana Clemencia! ¡No parecen cosas tuyas!

89

Y se quedó sola Caracas

Desde el techo de una pulpería, a la entrada de Sabana Grande, Juan Palacios mira la ciudad que huye. Un largo cordón de fugitivos se contempla desde la Hacienda Ibarra hasta la Floresta, donde los árboles hacen paraguas copudos.[104] Hace dos horas que camina la vanguardia de aquel ejército en derrota. Son las cinco y media de la mañana y el sol no alumbra. Es una mañana lluviosa. Las carretas se atascan con los caminos enfangados. La multitud gime. Hay personas, como son buena parte de las mujeres, que jamás en su vida han caminado una legua. Los caraqueños son perezosos. Humboldt se sorprendió de que nadie antes que él hubiese ascendido al Ávila. ¿Para qué? le respondieron entre burlones y jactanciosos.

El Libertador va al frente de la Emigración. Su mirada tiene rabia, pero es taciturna y afiebrada. El cañón ha retumbado tres veces. Todavía la mitad de la gente no ha salido de Caracas. El Libertador se

---

104 Todas las descripciones precedentes y siguientes sobre la emigración a Oriente, se apoyan en una abundante bibliografía y en el reconocimiento personal del terreno por parte del autor (ver Eduardo Blanco, Venezuela Heroica).

inquieta: las fuerzas enemigas están prácticamente encima. Le teme particularmente a la crueldad del mulato Machado.

Francisco de la Montera y su grupo apenas van por la alcabala de Anauco Arriba. A las tres cuadras ya hay gente cansada. En la puerta de la Hacienda La Guía, Teresa de Aristiguieta, una matrona opulenta, descansa en el portal mientras se queja en voz alta del esfuerzo hecho:

—¿Qué te pasa, Teresona? —le pregunta socarrón un vejete a quien llevan dos esclavos en silla de mano.

—Ay, Martín Eugenio, no puedo con estos pies —le dice la gorda quejumbrosa—. ¿Barcelona queda muy lejos?

El vejete se ríe quedo y le contesta:

—No, niña... ahí mismito...

En la explanada que queda cerca del Hospital Militar, unos cincuenta hombres a caballo vigilan el paso de la gente. Al frente de ellos está José Félix Ribas, el tío del Libertador. La fiereza de su mirada tranquiliza a más de un timorato. El desfile de la ciudad desnuda revela cosas increíbles. La gente, al huir, se lleva las más extrañas cosas. En una carreta cimbrada por el peso, cuelgan desde una bacinilla hasta un colchón.

Uno de los Mendoza lleva en la mano una jaula de pájaros. Ribas no puede menos que gritarle risueño:

—¡Ah, Domingo Antonio! ¿Como que vas a llevar pájaros al monte?

El aludido le dirige una mirada furibunda. Alguien arrastra un tinajero en una parihuela.

—Y después dicen que entre los mantuanos no hay locos —comentó de nuevo el tío del Libertador.

Tres niñas cantan agarradas de la mano:

—El negro Eustaquio es una culebra...

—La negra Juana de quimbombó...

Son las hijas de Vicente Berroterán. Tres negros de bembas moradas se las quedan deseando con la boca vacía.

Al divisar a Eugenia, José Félix Ribas le dice a su ayudante, un mulato fino:

—¡Esa mujer todos los días está más buena!

El mulato es un hombre gallardo de facciones pérfidas. Ve a Eugenia y empalidece. Eugenia lo alcanza a ver y le sucede otro tanto. El hombre que está al lado de su primo José Félix Ribas, es Simeón, el espaldero de su padre, el amante de su madre, el que la inició en las deliciosas noches de tormento y con quien a veces se escapa en su fantasía cuando don Francisco la importuna con sus fogosas cargas.

A las siete de la mañana la ciudad comienza a quedarse desierta en sus aledaños. Por Capuchinos y La Pastora, Caracas es una plaza abandonada. Algunos vecinos terminan a esa hora trabajos que iniciaron la noche anterior, como el de enterrar en el medio del patio las joyas de la familia. Algunos, para mayor seguridad, sepultan también al esclavo que abrió el hoyo.

El cañón continúa retumbando cada cuarto de hora y cada vez más quedo, como un corazón que se va muriendo. A las diez de la mañana la avanzada de la Emigración llegó a La Urbina.

El Libertador ordenó el alto. Subió a los cerros vecinos. A todo lo largo del valle cordoneaba la muchedumbre. Resonó el cañón. Primero. Segundo y tercer disparo. Luego sonó un cuarto y un quinto, y así hasta llegar a dieciocho tiros. Significaba que la columna en fuga había abandonado la ciudad. Sólo quedaban 10 000 personas de sus 50 000 habitantes. —Gente en su mayoría vieja o enferma o partidaria del Rey.

Entre estas últimas estaban Rosa y Virginia Bejarano. Desde el episodio en Catedral eran monárquicas fervientes y enemigas acérrimas del mantuanaje.

—Ay, Rosa, qué alegría tan grande me da ver a toda esta gente que nos humilló, camino del Calvario. Es que Dios castiga sin palo y sin mandador.

—Así es, hermanita —le respondió la menor de las mulatas mientras le metía un mordisco a una golosina de reciente invención y llamada por las mulatas confiteras Fernando vil.

Un destacamento de 500 hombres armados iba a la retaguardia de la larga oruga, mientras los otros 500 se escalonaban vigilantes, desde Petare hasta Caracas.

En Caracas sólo se oía el latir agónico de las campanas y el canto de las monjas concepciones.

El canto se iba extendiendo por las calles, mientras en las afueras comenzaban a arder las primeras piras y el rumor de la turba que se entregaba al saqueo.

90

El asedio de Valencia

Valencia se defiende del asedio de Boves. Diecisiete días dura el cerco. La pelea ha sido dura y carnicera. Los defensores fueron reducidos al cuadrilátero de la Plaza Mayor. En el cerro del Calvario los realistas han empotrado un cañón que le tomaron a los patriotas en La Puerta y hacen verdaderos destrozos a cada disparo.

La ciudad está hambrienta y muerta de sed. Las ratas y los gatos son codiciados con gula como si se tratase de exquisitos manjares. El cuero de los zapatos, debidamente remojado, y luego a la brasa, tiene un lejano sabor a chicharrón. El hambre comienza a hacer estragos dentro de la pobrecía. Don Francisco Espejo intenta establecer un abasto para los menesterosos. Alguien cede una ristra de cebollas. Otro un frasco de café. Alguno, hasta una libra de carne salada, de la llamada tasajo. Todo el mundo sabe que la rendición de la ciudad es cuestión de días, y antes que se pudran los alimentos hacen alarde de generosidad. El Suizo regala un suculento jamón que estaba agusanado y un quintal de maíz que estaba piche.

Las baterías enemigas, entretanto, hacían bailar la muerte en los tejados de Valencia.

Desde lo alto del Morro, Boves asiste a la destrucción de la ciudad de Cabriales. Tomás José Morales, con un catalejo, escudriña el campo. El indio Eulogio, en cuclillas, con una navaja, labra su palito.

—Esto no tarda, mi jefe. Valencia está como guanábana madura —le dice Morales a Boves.

El Caudillo tiene la expresión atormentada. Sus verdes ojos tienen la pupila homicida. Está pensando en María Trinidad, en su bella mulata, a quien los valencianos mutilaron por el solo hecho de que él le hubiera sembrado un hijo. Sabe a José Trinidad seguro. Ya le ha hecho saber a la ciudad que si le sucede algo a su hijo no dejará teja sobre teja. Pero cuando piensa en María Trinidad, la ira se le recrece. ¿Qué les hizo aquella pobre mujer con su sonrisa blanca y sus meneos de paraulata?

—¡María Trinidad! María Trinidad! —se dice el Caudillo con amargura—. Tu sangre no quedará sin venganza. Ya verán esos valencianos.

De pronto ve salir de las trincheras vecinas a dos hombres que se arrastran con dirección al campo realista.

Uno de ellos levanta una bandera blanca y da vivas al rey. Morales da orden de no disparar.

—A enemigo que huye, puente de plata. Que sean bien venidos los desertores. Buena señal; son los primeros. Quiere decir que el barco valenciano se está hundiendo.

Los desertores continúan su avance hacia las líneas realistas. Boves los hace conducir a su presencia. Los reconoce de inmediato: son los hermanos Medina. Carpóforo y Domingo. Para hacerse olvidar lo de San Carlos, Carpóforo le cuenta cómo defendió a María Trinidad de aquellos forajidos. José Tomás guarda silencio. Domingo Medina lo toma por indiferencia y dice adulante:

—Eres un héroe. La ciudad te espera.

Boves detesta los aduladores.

—Quien no tiene dignidad para adular —ha dicho repetidas veces—, tampoco la tiene para traicionar.

En su primera entrada a Calabozo, él mismo mató con su lanza al isleño que le salió al paso para vitorearlo. Por eso se queda viendo frío, inmóvil y severo, al mayor de los Medina. El otro viene en su auxilio: temiendo que el tono confianzudo de su hermano hubiese molestado al Caudillo, cambia el trato:

—Vinimos, excelencia, a ponernos a su servicio. Estamos a su mandar. Mándenos y será obedecido, aunque sea como bestias —añade, desconcertado por el silencio imponente del Caudillo.

Una sonrisa ilumina el rostro rojizo de Boves. Sus ojos de tigre hambriento, centellean.

Eulogio también ríe.

—¿Son capaces ustedes de servirme como bestias? —le pregunta a los hermanos Medina, comunicándole a su cara su sonrisa de caricare.

Los pulperos, presto asociaron el burlón acento con el hecho de que el Caudillo, en cierta ocasión, hizo enjaezar como bestias a unos prisioneros, y se sintieron más que satisfechos de que a eso pudiera reducirse su retaliación. Felices de que les pusiera bozal y gurupera, con tal de salvar la vida, respondieron cortesanos:

—Como bestias, excelencia, estamos dispuestos a servirle.

—La palabra de ustedes vaya adelante —repuso con reticencia creciente—. Esta tarde a las cuatro en punto, tendrán ocasión de complacerme. Vayan y descansen, muchachos, que buena falta les va a hacer. Eulogio, que les den de comer y que descansen, y que me llamen al Curro Benavides.

91

Muerte en la tarde

A las cuatro en punto de la tarde, los vigías de la torre de la Catedral de Valencia oyeron un clarín en el campo enemigo. Desde hacía más de dos años no se oía en los campos valencianos la alegre orden de «Toro afuera...» Pero más extrañados quedaron cuando vieron una gran muchedumbre en círculo decir: ¡¡¡Oléü!, en tanto que aplaudían frenéticamente.

El vigía tomó el catalejo y apuntó hacia el círculo humano. No pudo creer lo que veía: Carpóforo Medina, cubierta la cabeza con un testuz de toro, embestía como un animal de lidia los pasos y muletas del gran torero andaluz Curro Benavides, mientras el Caudillo, desde su montura, se reía a carcajadas.

—¿No y que querías ser bestia?... ahí lo tienes pues...

Con la lengua afuera, Carpóforo Medina se desmayaba. El clarín volvió a resonar: cambio de suerte.

El vigía se santiguó cuando vio al torero avanzar hacia Medina con las manos en alto, mientras agitaba dos banderillas con los colores de España.

Banderillado, picado y finalmente muerto por espada, fue el mayor de los Medina, mientras la banda marcial tocaba un alegre pasodoble.

Domingo, el menor de los Medina, tuvo el mismo fin. Sólo que no hubo suertes de capa ni de muleta. Cuando lo sacaron al ruedo se desmayó sobre la sangre de su hermano. Tuvieron que banderillarlo, picarlo y matarlo en el suelo.[105]

Un hondo pesar cayó sobre Valencia.

—Con este monstruo no hay esperanza —le decía Espejo a un grupo de vecinos que había acudido ante él con el fin de conminarle a la rendición de la ciudad—. Ya ustedes han visto lo que les sucedió a los hermanos Medina. Sólo la muerte y la desolación nos espera.

Juan de Escalona apoyaba los puntos de vista del gobernador civil de Valencia:

—Es preferible morir luchando que morir degollado. Boves no da cuartel. Fíjense lo que pasó en Calabozo, Ortiz, La Puerta y La Cabrera.

—Esos son pueblos y cuarteles —apuntaba Manuel Antonio Malpica—. Valencia es una ciudad y Boves tiene relaciones aquí con mucha gente. Yo, sinceramente, no creo que suceda nada, y soy partidario de que la ciudad se rinda.

Alguien le recordó a Malpica lo de la mulata María Trinidad.

Siempre zumbón, replicó:

---

105 El espantable e inverosímil crimen contra los hermanos Medina es rigurosamente histórico. ídem todo cuanto se describe sobre el asedio de Valencia (ver Juan Vicente González José Félix Ribas, pág. 75, e Historia Militar de Venezuela de José de Austria, Tomo II, pág. 244).

—Esos fueron cuatro forajidos, que si quiere se los entregamos a Boves...

Un murmullo de aprobación retumbó en la sala donde se celebraba la entrevista.

Juan de Escalona se opuso:

—Proceder de esta forma es una cobardía. Esos hombres son unos canallas, pero entregarlos en estas circunstancias sería una iniquidad de nuestra parte. Aquí lo único que hay que hacer es resistir hasta que vengan a auxiliarnos. El que me hable de rendición lo fusilo.

Tristes y mohínos se fueron los notables, mientras la bombarda enemiga volvía sobre la villa.

92

Noticias de guerra

A las seis de la tarde llegó a La Urbina la cola de la gigantesca oruga de tres leguas; y a las dos de la mañana del día siguiente se puso en marcha hacia Guarenas. El camino a través de las montañas hizo el viaje penoso. Los soldados que cubrían la retaguardia ayudaban a los rezagados.

Llovió todo el día. El río Guarenas, a la izquierda, iba crecido. Quebrada Seca les salió al paso. Por desgracia, no iba seca sino tumultuosa. Dos muchachos se ahogaron al intentar cruzarla.

En Mampote, un soldado negro cuelga de un árbol. Tiene la lengua afuera. Ha sido ejecutado por violar a una niñita.

En Caracas los pardos y los negros se dedican al saqueo. Dicen que van a matar a todos los blancos, aunque sean realistas.

En el Palacio Arzobispal, don Narciso Coll y Prat ha convocado a una reunión urgente a los notables de la ciudad. Es indispensable constituir una junta para que oficialmente gobierne a Caracas, mientras llega Boves. Turbas de forajidos recorren las calles con teas encendidas. Negros esclavos se disfrazan con las ropas de sus amos. Retratos de ilustres patricios sirven de tiro al blanco a la canalla.

Doñana se encierra en su oratorio. Al lado de su libro de misa reposa una pistola. En la puerta de su casa la bandera del rey de España se mece al viento. La junta Provisional de Gobierno quedó constituida por don Fernando Ascanio, el Marqués de Casa León y don Rafael Escorihuela.

El mulato Machado avanza sobre Caracas. A su paso no queda casa con teja ni blanco con vida, sea español, canario o criollo. De los Anaucos avanza con el grueso de sus hombres hasta la Cortada del Guayabo. Entretanto, Chepino González lo hace por Los Teques.

Su vanguardia está en Antímano. Los blancos y la gente de orden de Caracas, le rezan a la Virgen de la Copacabana para que llegue Chepino antes que el mulato.

Chepino tiene fama de compasivo y cabal aunque sea lugarteniente de Boves. La junta le recomienda al marqués de Casa León para que salga a su encuentro y lo excite a entrar en Caracas lo más rápidamente posible.

El Conde de la Granja, confiado del mensaje que Andrés le ha dado, se ofrece llegar para ir a un encuentro. Alguno de los presentes le señala los peligros de aquel hombre desalmado que ha jurado muerte a todos los blancos.

Yo conozco al mulato, no se les olvide que fue mi mayordomo, y creo tener algún ascendiente sobre él —dice con suficiencia don Fernando.

Don José Marcano y Mariano Herrera Toro se ofrecen para acompañarle. Don Narciso les da la bendición.

93

Una entrevista en el Valle

Es mediodía cuando los tres mantuanos toman el camino de la Cortada del Guayabo. A la salida del Valle divisan la turbamulta de Machado. Un pelotón de caballería se les viene encima. Los delegados agitan al aire la bandera española y un trapo blanco.

Los rodean con aspectos feroces. Casi todos van desnudos de la cintura para arriba. Algunos llevan pañuelos de colores amarrados a la cabeza.

Tres fusiles los apuntan.

—¿Y ustedes quiénes son y qué quieren? —les pregunta un zambo colosal con cara de cochino alzado.

—Representamos a su majestad el Rey —contesta con altivez don Fernando.

El zambo lo mira despectivo, mientras ve con codicia un prendedor de brillantes que exhibe don José Marcano.

—Aquí no hay más representante del Rey que mi jefe el capitán Machado.

—Cuidado con lo que dice —le responde aún más altivo el Conde de la Granja—. Condúzcame inmediatamente ante él.

—Ya viene, viejito, ya viene —le dice burlón, mientras le mira la pistola que cuelga del arnés.

Un pelotón de caballería se acerca. Al frente Andrés Machado, luce cansado e irritable. Al divisar al Conde de la Granja, se incorpora en la silla y lo mira entre confuso y resentido.

—¡Andrés! —dice afectuoso don Fernando.

El mulato no responde. La situación lo cohíbe. Por meses ha acariciado este encuentro con su antiguo amo. Veinte veces se ha imaginado lo que le va a decir y lo que le va a hacer. Veinte veces le ha dicho viejo de mierda y veinte veces le ha cortado la cabeza de un machetazo.

Ahora que lo tiene delante, se siente como siempre, abrumado por los modos del patricio. A mitad del camino le echa un frenazo a una sonrisa servil. Tiene que hacer un esfuerzo para que el arranque viril no se le desborde por el cauce equívoco de la sumisión. Piensa en Tomasa, su hermana, perseguida por el hijo de don Fernando y escarnecida por la gente del Tuy. Siente entonces que la sangre se le agolpa en las sienes. Un rugido sale de sú garganta. Las palabras se le atropellan. Salen insultos a borbotones. Los llama traidores, cabrones y aprovechadores.

Don Fernando empalidece. Andrés Machado se le acerca. Tiene el rostro contraído y un largo sable en la mano. Mariano Herrera, prudente, da media vuelta y huye a escape. Tiene el tiempo suficiente para ver cómo Andrés deja caer sobre el cuello del Conde de la Granja todo el peso de su espada. La cabeza se desprende en seco.

José Marcano es herido de un lanzazo por el zambo que le codiciaba el broche. Mariano Herrera, a toda carrera, piensa que sus simpatías por la causa del Rey han terminado en el Valle. Se promete alcanzar a su hermano, Bernardo, camino de Oriente.[106]

94

El mulato en la Catedral

Valencia continúa batiéndose heroicamente. El mismo día de la Emigración a Oriente llegó con refuerzos para Boves, don Manuel Cajigal, Capitán General de Venezuela. Boves no acepta someterse a su superior jerárquico. Hacía poco le había enviado una carta participándole su victoria de La Puerta, redactada en estos términos: «He recogido los laureles que Su Excelencia dejó perder en Carabobo». Cajigal decide ignorar estas afrentas. Prefiere vérselas con el Padre Llamozas, con quien pasa largo jornadas hablando de historia antigua o jugando ajedrez.

---

106 La dramática muerte del Conde de la Granja es rigurosamente histórica. Mariano Herrera es tatarabuelo del autor. Su hermano Bernardo es edecán del Libertador. Por tradición familiar recogemos aspectos silenciados de nuestra historia.

El 9 de julio, unos emisarios de Caracas, con pliegos firmados para Boves y para Espejo, les participan la rendición de la capital, y el deseo expreso de la población de que el Caudillo pase lo más pronto posible a tomar posesión de Caracas. Gritos de júbilo sacuden al campo realista; rostros más opacos que nunca pueblan las calles de Valencia.

La resistencia es inútil. Una bandera blanca se eleva en la torre de la iglesia. Es 10 de julio de 1814. Valencia se ha rendido tres días después de Caracas. La Emigración, ese día, anda por los breñales del camino abrupto, que de Araira, por los lados de Capaya, pretende llegar al mar.

Para alivio de la población de Caracas, Chepino González le tomó la delantera al mulato Machado. Inmediatamente puso coto a los saqueos y se restableció la paz.

En la Catedral de Caracas, don Narciso Coll y Prat celebra concilio con los notables de la ciudad y con Chepino, el de la cara ancha y la sonrisa amable. En eso entra, como una fiera, sable en mano, el mulato Machado.

—¿Dónde está ese traidor de Chepino González?

Su voz retumba en el augusto recinto. Los presentes se quedan sobrecogidos. La gente de Machado está en orden de batalla frente a la Catedral. Afuera voces de ¡mueran los blancos! retumban por la ciudad. Todos piensan que la historia europea de Caracas va a terminar en ese instante. Nadie se atreve a moverse, ni siquiera Chepino. El mulato, desafiante, se acerca amenazador, espada en mano. El marqués de Casa León se incorpora y se le enfrenta. El mulato vacila. Muchas veces lo ha visto en la casa de sus antiguos amos. La culpa lo paraliza.

—¿Qué hace usted, insolente?... —le recrimina sin levantar la voz, el débil anciano.

Machado se queda inmóvil, don Antonio no le permite reponerse.

Con la misma voz imperiosa le sigue diciendo:

—Como usted vuelva a levantar la voz le haré seguir proceso por desacato a la autoridad del Rey.

El mulato reacciona con estupor. Balbucea excusas. Intenta acusar nuevamente.

Don Antonio le dice con la misma voz, suave y enérgica:

—Haga el favor de retirarse de este recinto, que luego le daremos órdenes.

Machado sale contrito de la Catedral. Un suspiro de alivio sale de todos los pechos. El viejo marqués ha salvado a Caracas de una degollina.

95

El camino de Capaya

En el camino de Capaya, a cuatro días de camino, la Emigración comienza a diezmarse. Los ancianos y los niños son los primeros en sucumbir. De fatiga y de hambre van cayendo unos y otros. Al comienzo se les enterraba, pero ya nadie tiene ánimo para hacerlo. A cada lado del camino se va sentando la tragedia. Allá, debajo de un naranjillo, tres mujeres, dos jóvenes y una vieja, lloran desconsoladas la muerte de un anciano. Ya nadie les hace caso. La vereda está poblada de cadáveres de niños y de ancianos. La Emigración sigue su marcha, las pobres mujeres no se deciden a quedarse, ni tampoco a marcharse. Llega la tropa. Todos tienen aspecto cansado y embrutecido. Un sargento se acerca a las mujeres:

—Vamos, señoras, que cae la noche, y ya detrás de nosotros no viene nadie.

Las mujeres convienen. Con fuertes alaridos se despiden del padre y del esposo. El muerto se queda recostado del manzanillo viendo caer la tarde. Los cuatro últimos soldados de la columna se dan miradas de inteligencia.

—Buenas que están las muchachas —dice un negro brillante.

—Umjú —le responde un zambo bembón.

—¿Qué esperamos, pues? —afirma un tercero.

En un recodo del camino y bajo el pretexto de descansar, les cayeron encima. De un culatazo le partieron el cráneo a la vieja. Luego de gozarlas hasta dejarlas exánimes uno le preguntó al grupo.

—¿Y si hablan?

Todos se acordaron del negro de Mampote con la lengua afuera. A bayonetazos las dejaron tendidas en la naturaleza.

A don Francisco de la Montera lo mordió una mapanare. Entró en el monte tupido a hacer sus necesidades cuando un dolor agudo le anunció la muerte. La mano se le puso negra y se le llenó de ampollas en un instante. El más espantoso dolor lo privó del sentido. Lo sangraron y uno de los negros le chupó el dedo verdoso hasta que se le puso azul. Todo fue inútil. Seis horas más tarde expiraba sobre la muía que lo llevaba. Lo enterraron a la orilla del camino, bajo un araguaney florido. Esa misma noche, Mariano Herrera alcanzó a la

Emigración. Sin saber lo de don Francisco le comunicó a Matilde y a Eugenia la muerte de don Fernando.

Eugenia, sin inmutarse y viendo el fuego, dijo pensando en su tía:

—Ahora las viudas somos tres...[107]

96

La rendición de Valencia

Boves entró en Valencia el 11 de julio. 3000 hombres y don Manuel de Cajigal lo acompañaban. En la casa Capitular los esperaban Juan de Escalona y don Francisco Espejo, junto con todos los notables de la ciudad. Eran las once de la mañana y el calor empegostaba el aire. Boves se notaba jovial. Al enfrentarse con Espejo le dijo:

—Yo a usted lo conocí en La Victoria hace dos años.

Como Espejo tuviera una expresión de sorpresa le aclaró:

—Eso fue cuando la capitulación del año 12; yo estaba con Antoñanzas, y me impresionó mucho —le dijo con sorna—, aquella frase suya que pronunció al firmar la capitulación: eso de Loado sea el Señor que nos permite volver a los legítimos dueños.

Espejo, percibiendo el reproche, le replicó a Boves con la mejor de sus sonrisas:

---

107 Histórico (Juan Uslar).

—Señor, como le dice mi nombre, soy espejo de realidades. Yo devuelvo la luz que se me ponga enfrente. La razón la tienen siempre los que ganan.

Boves enserió el rostro, y se apartó bruscamente hacia Malpica, viejo amigo suyo:

—Carajo, Suizo, ni con el asedio enflaqueces —y le dio un fuerte abrazo.

Malpica, moviendo sus grandes pestañas blancas, contestó zurrón:

—Y tú crees que yo soy pendejo, yo estaré sitiado, pero no embozalado. Cuando supe lo de La Puerta, me dije: seguro que José Tomás se viene derechito para acá, y llené una doble pared que tengo en el sótano de toda clase de víveres; ya vas a ver el almuerzo que te tengo preparado para esta tarde.

La voz del Padre Llamozas se oyó a espaldas de Boves:

—Aquí está el muchacho, José Tomás.

El Caudillo se volvió bruscamente. De la mano de su capellán, un niño de unos cinco años, con los ojos verdes y el pelo rojizo del padre, lo miraba con la sonrisa y la nariz de María Trinidad.

José Tomás se quedó paralizado por un momento. Luego lo abrazó con sus grandes manos de oso y le clavó su nariz de gavilán en la mejilla.

97

La muerte en la casa de Doñana

Doñana recibió la noticia de la muerte de su marido con paz y resignación.

Con uniforme de Caballero de la Real Orden de Carlos III, don Fernando fue enterrado en la Capilla de San Felipe Neri en la Catedral.

Desde Chepino hasta el Arzobispo la acompañaron en su duelo. Mandó a decir tres mil misas por el eterno descanso de su marido y distribuyó limosnas entre los pobres de la vecindad.

Las primeras en presentarle sus respetos fueron las Bejarano. Como si fuesen de la intimidad de la familia se apersonaron de la casa en duelo desde que llegó la noticia del magnicidio del mulato. Doñana las recibió con indiferencia y Juana la Poncha con abierta hostilidad:

—Yo no me explico el por qué estas mujeres no se dan su puesto. ¿Cuándo se ha visto que rico quiera a pobre o blanco a mulato? Nada más que por la parejería de tratar de meterse, como si fuera muy fácil.

Al quinto día de visita Juana la Poncha decidió pararles el trote por su cuenta. Con su cara de morrocoy les dijo a las muchachas en el entreportón:

—No recibimos más visitas...

—¡Ay! —dijo Virginia en tono incrédulo—, ¿cómo es posible ¿Cerrar el duelo al quinto día? ¿Y el novenario?

—Nosotros los mantuanos somos así —contestó la negra—. Hacemos lo que nos da la gana.

Las confiteras acusaron el golpe. Taconeando con fuerza alcanzaron la calle. Al pisar la calzada dijo Rosa con fuerza, como para que escuchase Juana la Poncha:

—Por eso es que andan por esos breñales de Oriente, como el judío errante. Mantuanos soberbios... malditos sean. Pero ya van a ver los males que van a seguir cayendo sobre esta casa; por algo somos las Bejaraño quienes somos.

La negra, que oía toda la conversación de las mulatas, se santiguó llena de temor al recordar la conseja que les atribuía a las Bejarano poderes de brujas y tratos con el demonio.

—Bicho, bicho... —dijo la negra, a tiempo que se santiguaba y hacía la guiña.

De acuerdo con Boves, la Junta Provisional que gobernaba a Caracas ordenó que Andrés Machado saliese en persecución de los fugitivos, con cuatrocientos hombres. Machado aceptó el castigo y se fue con toda su gente que era el doble de la asignada.

La idea de alcanzar a Eugenia le aligeraba el paso. El camino que le tocó recorrer le impresionó sobremanera. No menos de tres mil personas se pudrían en el trayecto de Araira a Capaya. Cinco días más tarde alcanzó a los fugitivos, casi llegando al mar. Desde entonces su cuadrilla añadió un nuevo elemento de horror a los muchos que habían caído sobre aquéllos. Aunque la retaguardia patriota y el monte tupido le impedía hostilizarlos directamente, ahora los rezagados por enfermedades o accidentes, que cada día eran más numerosos, caían fatalmente en manos del mulato, el cual los ejecutaba sin contemplaciones.

Llegando a Río Chico se desató una epidemia de tifus. Hubo más de cien muertos por día. María del Carmen, la menor de las hijas de Matilde, fue una de las víctimas. Todos la lloraron. Pocos días más tarde una nueva tragedia se abatió sobre la familia de Vicente Berroterán. Una mañana, al despertarse para emprender la marcha, María Luisa, la mayor de las muchachas, no estaba en el rancho en donde había pasado la noche. Matilde y Eugenia llamaron muchas veces. Santiago fue el primero en darse cuenta al notar la desaparición de los tres esclavos.

—Se la llevaron los negros.

La encontraron al fondo de un barranco, desnuda y muerta.

Llegando a Capaya la muerte cayó sobre Mariana, la nieta mayor de Doñana. Cruzando el río Marasmita vino de pronto una creciente y se la llevó de la mano de su novio que ya había llegado a teniente.

98

La venganza

Luego de la misa de acción de gracias, en la que José Tomás juró de rodillas respetar la vida y propiedad de los vencidos, pasó a la casa del Suizo, donde se alojaba, y dio comienzo a un opíparo almuerzo, al cual asistían tanto las autoridades patriotas como las realistas.

Ligeramente achispado, Manuel Antonio Malpica hizo el primer brindis:

—Brindo por el Caudillo invicto José Tomás Boves, máximo héroe español y libertador de Valencia.

Todos levantaron las copas con excepción de Juan Escalona. Boves lo vio con extrañeza. Francisco Espejo se apresuró a borrar la omisión de su colega.

—Que los nuevos tiempos nos hagan olvidar los viejos...

Cajigal, en sitio de honor, le dirigió una mirada de inteligencia al Padre Llamozas, mientras Tomás José Morales, evidentemente ebrio, hacía gestos despectivos al doctor Espejo.

Cajigal se puso en pie y dijo brevemente:

—Que la paz vuelva a reinar entre los españoles, tanto de aquí como de allá.

Una voz en falsete gritó desde un rincón de la mesa:

—¿Y qué hacemos los negros? ¿Es que no nos van a invitar a la fiesta?...

Todos rieron, menos Cajigal y Escalona.

La fiesta continuó hasta bien entrada la tarde. Malpica hizo de bufón hasta hacer reír a carcajadas a los presentes, ridiculizando a los patriotas y en particular a Bolívar.

Cuando Juan de Escalona se despidió para marcharse, el Caudillo le dijo con cordialidad:

—Coronel, admiro su valor. Aunque sé que nunca lo tendré entre mis hombres mucho me hubiese gustado ser su amigo; por eso le voy a dar un consejo. Quédese hoy, aunque sea bajo arresto, en la casa del Suizo. Morales está muy rascado, y cuando ese isleño se embriaga es más peligroso que un tigre hambriento.

Escalona captó la sugerencia y la acató. Entró en la habitación que le señalaba Boves y se quedó dormido.

No tuvo que arrepentirse de haber seguido el consejo. Morales, en connivencia con algunos de sus hombres y el bajo pueblo de Valencia, se dio a la tarea de matar patriotas y de saquear sus casas. Escalona era una de las presas que con más ahínco buscaba el isleño.

Cuando Boves despertó de la siesta pesarosa, ya pasadas las siete, las turbas recorrían la ciudad saqueando y matando.

Había dos noticias: la primera, que Juan Manuel de Cajigal había salido con su ejército y estaba acampado fuera de la ciudad. «Viejo tonto no es tan tonto» —se dijo el Caudillo. Y la otra, que un zambo llamado Remigio, uno de los cuatro asesinos de María Trinidad, había caído prisionero.

El tigre que había en sus ojos dio un salto al enfrentarse con el asesino de la mulata, con el hombre que le torció el destino y lo vendió a la tropa. De un primer puñetazo, le partió la nariz. De un segundo le hizo saltar los dientes. Luego lo derribó al suelo, y a horcajadas sobre el hombre sació a puñetazos su odio.

El hombre suplicaba inútilmente:

—¡Perdón! ¡Perdón!, que yo no fui sino los otros.

A latigazos y amarrado entre dos filas de lanceros lo sacaron de la ciudad por el camino de Camoruco. Cuando la columna detuvo su marcha, el prisionero se dio cuenta que estaba frente a la tumba caminera de María Trinidad.

José Tomás, desde su caballo, le dirigió una triste mirada a la cruz que Malpica había clavado sobre la tumba de la mulata. La expresión melancólica duró segundos; de inmediato la arrasó el verde colérico y un fulgor atroz.

—Procede —le dijo a Eulogio.

Se bajó el indio de su caballo y clavó una estaca en el suelo, luego, dirigiéndose a los dos hombres que sostenían al reo, les ordenó:

—Quítenle los pantalones.

Todos, hasta el preso, comprendieron la muerte que le esperaba.

Un grito agudo sacudió a Camoruco cuando la estaca perforó el intestino.

—Así sabrás, gran carajo —le gritó Boves— lo que siente una mujer cuando le brincan cuatro.

Hasta pasada la medianoche Boves asistió al suplicio, mientras bebía largos tragos de ron. A las siete de la mañana todavía se retorcía el asesino. Dos habían muerto en el asedio, y el último desapareció antes de la entrada de Boves, sin que nadie pudiera dar noticias de él.

99

Preparativos de un baile

La ciudad amaneció aterrada. La matanza de la noche anterior había dejado ilustres casas en la orfandad. Entre los muertos estaban dos hermanos del doctor Miguel Peña, los Ibarlaburu, los Codesido, José Ignacio Landaeta y Santiago Llamas.

José Tomás Boves mandó a tranquilizar al vecindario, haciéndoles saber que nada más lejos de su intención que causarle daño al patriciado valenciano. Explicó lo sucedido como una consecuencia inevitable de los hechos que se desencadenan cuando una ciudad es tomada luego de un largo asedio. Nadie se atrevió a señalarle que al frente de aquella masa de asesinos iba Tomás José Morales, su segundo. Pero como los nobles enviados querían consuelo a cualquier precio, aceptaron las explicaciones del vencedor y desecharon sus tristes presentimientos. Una última recomendación hizo el Caudillo, y era que a fin de evitar los males inherentes al saqueo, las familias patricias de Valencia debían depositar en casa del Suizo, donde él se alojaba, los objetos de valor y en particular la platería. La sugerencia fue aceptada con beneplácito por los enviados. El Suizo, que asistía a la reunión, tuvo otra idea:

—¿Y por qué no nos mandan esas bandejas con algo comestible adentro, y ponemos la gran fiesta para olvidar lo de anoche?

La proposición del Suizo fue igualmente aceptada y hasta con júbilo. Uno de los asistentes de nombre Santiaguito y que se desvivía por organizar eventos sociales, propuso:

—Me parece excelente la idea. Vamos a hacer la lista ahora mismo para que no se quede en veremos.

Malpica, satisfecho del eco, añadió:

—Para que no me digan pichirre, si ustedes ponen las viandas y los postres, yo pondré el vino.

Don Miguel Meló, un mantuano valenciano, melómano empedernido y que había logrado formar una orquesta de doce profesores, ofreció:

—Y yo pongo la música.

Boves sonrió, y entre magnánimo y picaresco, dijo:

—De acuerdo, señor, pero yo también traeré mis músicos. Para la música de fondo me sobro yo.

Todos salieron de la casa del Suizo contentos de congraciarse con el Conquistador.

—Pero si Boves es un encanto —le decía Santiaguito a su mujer—. Yo no sé dónde habrán inventado que es un hombre malo. Si tú le vieras cómo se ríe. Si tiene la sonrisa de un niño. Yo creo que con este hombre sí vamos a tener paz —decía el joven mientras se sobaba la cabellera, en tanto su mujer pensaba por qué su marido no estaría entre los muertos de la noche anterior.

Por la tarde comenzaron a llegar las bandejas de plata del patriciado valenciano. El primero en hacer acto de presencia fue el mayordomo de los Ortega, seguido de siete esclavos portando ricos manjares.[108] El mayordomo de Malpica no pudo menos de observar en voz alta:

—Y después dicen que mi amo era el único que escondía la comida. ¡Mírenme esto!...

Después de los siete esclavos con vianderas de exquisiteces, seguían cuatro peones arrastrando un cajón lleno de copas, jarras y más bandejas de plata.

Ya a las seis, una hora antes de la fiesta, el cuarto destinado a guardar la platería estaba repleto de arriba a abajo. El Padre Llamozas, al ver aquel almacenamiento de objetos de valor, dijo alegórico:

—Esto parece el cuarto donde estuvo preso Atahualpa...

Boves, que conocía la historia, le respondió zumbón:

—¿Y no me le parezco a Pizarro, padre?...

---

108 Rigurosamente histórica la escena descrita. Boves —escribe Héctor Parra Márquez— se hospedó en la casa de don Miguel Ignacio Malpica, el Suizo, quien organizó en su honor un magnífico obsequio, a pesar de que, según cuentan Escalona y Peña, ni siquiera un bollo de pan quiso dar a los sitiados (Francisco Espejo, pág. 178).

100

Un baile de brujas

Horas antes, so pretexto de evitar desórdenes, la oficialidad patriota fue recluida en la casa de las señoritas Urloa, un caserón sombrío frente a la Plaza Mayor de Valencia.

Comenzó la fiesta a las siete de la noche. La noche estaba encapotada y los relámpagos cruzaban el cielo. El ambiente era triste y tenso. La mayor parte de los invitados tenían algún amigo o familiar entre los asesinados de la noche anterior.

—Pero Niña, ¿cómo no vas a ir? —le decía a su mujer un ilustre mantuano—, será para que ese hombre nos ponga la vista. Vamos y salimos de eso. —Finalmente la mujer accedió.

El gran salón y el patio principal de la lujosa mansión del Suizo, se llenó de gente.

Juan de Escalona y Francisco Espejo departían amablemente con la oficialidad realista. Boves se veía risueño y receptivo. A solicitud suya, un grupo de muchachas cantó los himnos patrióticos en boga. Le hizo mucha gracia aquel himno del General Mariño. Se lo hizo repetir varias veces hasta que se lo aprendió de memoria; luego lo entonó con el coro para regocijo de todos los presentes.

—¿No te decía yo que era un encanto? —observaba Santiaguito a su mujer.

A una orden del Caudillo la orquesta del señor Meló abrió el baile con un rigodón. El doctor Francisco Espejo se lució en la danza. Boves, ya achispado, le gritó socarrón:

—¡Ese Espejo sí que brilla!

Espejo, erizado de felicidad con la chanza del vencedor, le respondió:

—Gracias, Excelencia, por habernos devuelto la luz.

Los músicos del asturiano, gente de color, veían entre tanto, impasibles, los delicados movimientos de los mantuanos bailando alrededor de su jefe. Muy pocos oficiales realistas bailaban. Santiago, siempre acucioso, le dijo insinuante mientras le pasaba al lado en melodiosos giros:

—¿Y sus hombres no bailan?

Viéndole la cara a un zambote picado de viruelas, le contestó:

—Qué va, oh. Esta es gente del Alto Llano y no sabe bailar sino a golpes. Esto es muy fino para ellos.

—Pero Excelencia, eso es, falta de confianza —le dijo el joven—. Se les enseña, ¿verdad mi amor? —le preguntó a su aburrida esposa, quien le dirigió una mirada furibunda.

De repente estalló la tempestad que amenazaba. Gruesos goterones cayeron sobre la ciudad. Los invitados se aglomeraron en el salón. La barra salió a guarecerse en los portales vecinos. Juan de Escalona intentó salir a la calle. Un oficial se lo impidió:

—Hay órdenes de no dejar salir a nadie por el momento, porque hay partidas de forajidos recorriendo a Valencia.

Un pelotón de caballería, pasó a escape en medio del aguacero. La calle estaba solitaria. Adentro la música le resonó siniestra a Escalona, El militar patriota olfateó peligro. Recordó el caso de los notables de Ortiz. Estudió con cautela a Boves. Continuaba sonriendo, embutido en su traje de gala de coronel español. Tenía una sonrisa amplia y reventona que seducía a cualquiera. En otras circunstancias le hubiese gustado ser su amigo. De pronto tuvo una sensación de pánico cuando le vio brillar los ojos color de tigre. Entre tanto seguían pasando partidas de caballería, continuaba la tempestad y los violines resonaban más fúnebres que nunca.

El hecho de que no estuviese presente Cajigal no le gustó en absoluto a Escalona. Cajigal era un militar pundonoroso, incapaz de estar presente en un acto bochornoso como el que presentía.

Le comunicó sus sospechas al doctor Espejo. El gobernador civil de Valencia compartió sus temores. El ruido acompasado de un batallón de caballería que se acercaba los impulsó a huir. La acera de enfrente se llenó de ruidos, de gente en armas. Toda la concurrencia se asomó a los balcones. Un oficial de caballería atravesó el sarao y le entregó un papel a Boves de parte de Morales. Boves simuló leerlo. Aparentó preocupación e indignación. Hizo detener la música:

—Señores, lamento mucho tener que decirles que las personas que voy a nombrar quedan arrestadas, desde este mismo instante, por conspirar contra mi autoridad:

—Juan de Escalona.

—Francisco Espejo...

Afortunadamente para Espejo y Escalona, el presentimiento de éste había sido fructífero. Trepando paredes y rompiendo tejas se habían puesto a salvo de aquella mortal redada. Más de cincuenta hombres de los allí presentes, fueron maniatados frente a sus mujeres y alanceados al llegar a los extremos de la población. Un inmenso lamento sacudió la casa del Suizo.

Lloraban a gritos destemplados las mujeres al ver a sus hombres camino del suplicio. Boves intentó callarlas recomendándoles calma. Al ver que era inútil el tono indulgente de su voz, le arrebató un látigo a uno de los soldados, y luego de dar un cuerazo contra el suelo, gritó:

—Carajo... cállense que aquí se viene a bailar y no a llorar. La que me llore se va a arrepentir.

Los músicos del señor Meló seguían rascando sus violines.

—Fuera esos músicos pendejos... y que toquen los míos; para que baile mi gente. ¡A ver maestro! Que me toquen el Piquirico.

La tonada gachupina; alegre, sacudió la sala.

Las mujeres y doncellas valencianas se tragaban sus lágrimas, en tanto caían sobre ellas los hercúleos soldados de caballería. Boves, borracho, hacía chasquear él látigo en medio de la sala mientras sus negros y mulatos arrastraban entre lloriqueos a las mujeres por los cuartos grandes y complacientes del Suizo.[109]

---

109 Escena del baile ajustada rigurosamente a la verdad histórica (ver Uslar y Valdivieso Montaño, pág. 65).

101

Y se apagó la luz del espejo

Esa misma noche Morales entró en la casa de las señoras Urloa, donde estaban presos los oficiales y a todos sin excepción, los pasó a cuchillo.

Igualmente fueron degollados todos los soldados que estaban heridos en el Hospital, y al día siguiente se inició la más espantosa cacería del hombre por las calles y casas de Valencia. Hubo muchachos que al ocultarse bajo los faldones de su madre, fueron asesinados entre sus piernas.

500 muertos le costó a Valencia la promesa de paz que juró José Tomás en el Altar Mayor.

Don Ignacio Figueredo se salvó milagrosamente de ser ejecutado. Boves mismo lo sacó de la cárcel donde, cejijunto y rodeado de los más tristes pensamientos, esperaba turno para pasar al paredón.

Luis Dato, nuevo gobernador de Valencia, le hizo observar a Boves:

—Este hombre es un rebelde consumado; tres de sus hijos sirven como oficiales en el ejército republicano, uno de ellos es el coronel Fernando Figueredo.

Boves, sin mayores explicaciones y luego de darle un largo abrazo al anciano patricio, le dijo a Dato: —Me responde usted con su vida del bienestar de este hombre y de su familia. De no haber sido por él, ni mi hijo ni yo existiríamos. ¿Oyó?

—Sí mi coronel.

El doctor Francisco Espejo, que había logrado huir y esconderse en el sótano de una casa amiga, fue denunciado por su espaldero el zambo Vicente, aquel muchacho que había criado como un hijo desde que era niño.

Camino de la plaza a donde iba a ser ejecutado, Boves lo saludó burlón:

—Adiós, Espejo... hasta hoy te duró la luz.[110]

---

110 Histórico (ver obra de Parra Márquez anterior¬mente citada, pág. 175).

Capítulo IX
De Valencia a Calabozo

102

Simeón no es un fantasma

El décimo día de jornada, la Emigración llegó a Río Chico, en el extremo oriental de Barlovento. De las 20 000 personas que salieron de Caracas, el 6 de julio, ya habían perecido más de 5 000. El camino a través de las montañas se tragó a los fugitivos; los fue tumbando de hambre, tifus y fatiga. Se desbordaron los ríos y las culebras; y Andrés Machado, en la retaguardia, como un guardián de parque, iba clavando a los rezagados como papeles sin dueño.

Sobre el lomo de una muía se pudre, desde hace tres días, el cadáver de un niño, porque sus padres quieren enterrarlo en un lugar bendecido.

Una madre loca tira por el abismo a un niño de tres meses que le secó los senos.

Dos soldados, a puñaladas, le arrebatan a un chicuelo un pañuelo lleno de frutas silvestres.

Negros y blancos, mantuanos y esclavos, se igualan en el camino. Se vienen abajo las leyes de casta. Mantuanas de tres repiques en Catedral, departen con mulatas barcinas a la luz de las hogueras. Pardos ancilares se revuelcan con sus dueñas en los recodos de la maleza.

Simeón se encontró a Eugenia, la primera tarde en que la Emigración llegó a la playa, e hizo de los arenales desiertos un sendero hacia Oriente. En ese momento los fugitivos pudieron darse cuenta del tamaño de la tragedia. A través de la selva nadie alcanzaba a ver a nadie más allá de cincuenta pies. Ahora, en cambio, el arco barloventeño desvelaba en la noche la magnitud de aquella romería siniestra. Por más de tres leguas brillan las hogueras, entre el Caribe silencioso y la maleza. El contacto de la arena húmeda y la conciencia de haber dejado atrás aquella pesadilla de bejucos, pantanos y riscos, puso de buen humor a Eugenia. Tan pronto se dio la orden de acampar, mientras Santiago y María Teresa hacían fuego, la bella rubia se metió en el mar mientras el sol se derretía en el Caribe.

El contacto con el agua tibia y la comida abundante que enviaron los hacendados de Río Chico la reconfortaron. Recostada en el suelo y con el cabello húmedo veía parpadear las estrellas.

En el preciso instante en que se preguntaba por Simeón, a quien suponía en la vanguardia, junto al Libertador, una voz le dijo desde toda su altura:

—¡Cómo ha crecido mi niña!

Eugenia se incorporó. Frente a ella, sin que el tiempo lo hubiera quebrado, estaba el fantasma que la perseguía desde hacía ocho años.

—¡Simeón! —exclamó Eugenia, aparentando sorpresa.

Nada se dijeron mientras charlaban en forma insustancial frente a los niños, pero se miraron largo y con extraños destellos. Simeón les explicó a todos, que de ahora en adelante el camino era más fácil porque era plano y mullido sobre la arena, pero de más peligro porque ahora el ejército que los perseguía podría hostilizarlos con ventaja. Por esta razón Simeón había sido destacado junto con sus hombres a reforzar la retaguardia.

—Lo que los veo es muy solos —dijo el mulato—. Con el perdón del jovencito, les hace falta otro hombre, sobre todo en la noche. De modo que si me lo permiten, vendré cuando no esté de guardia a hacerles compañía, y como a nosotros los oficiales —añadió bajando la voz—, nos dan más bastimento que a los paisanos, pues así tendrán más comida. ¿Qué les parece?

Tanto Santiago como María Teresa encontraron la idea excelente. La única en protestar fue Matilde.

—¿Yo?, ¿dormir con negro?, ¡qué va, mijita! ¡Ni en descampado! ¡Imagínense si mamá nos ve!

Esa noche Eugenia, en el momento justo en que lo deseaba, sintió a su lado el cuerpo de Simeón.

Ya muy avanzada la tarde siguiente, llegaron a Río Chico.

Un caño crecido obstaculizaba el paso. Un hombre a caballo ayuda a cruzar a los niños. Lleva uno en cada brazo y dos en la grupa.

El hombre, sonriente, deposita su carga en la otra orilla. Los pequeñuelos del lado acá hacen fila esperando turno. Una niña rubia, casi una mujer, grita:

—A mí primero, General.

El jinete contesta risueño:

—Ya voy, mi amor. ¿Cómo te llamas?

—Luisa Cáceres —contesta la niña.

El hombre con su caballo ha hecho un alto a esta procesión sombría. La gente se aglomera a uno y otro lado del cañón y se ríen de las travesuras de los pequeños y de los cariñosos aspavientos del hombre.

Cuando Eugenia llega a la orilla el hombre se da vuelta en la vertiente opuesta. Una mirada de fuego desde una cara cetrina la penetra. Le ha salido bigote y ha enflaquecido tanto que a duras penas lo reconoce. Su uniforme de General en Jefe está sucio y roto. Al ver a Eugenia le grita con voz chillona a mitad del camino:

—¡Hola, prima, qué bella estás!

En la grupa de su caballo, Eugenia cruzó el caño y entró a Río Chico.

Esa noche pernoctaron en una de las mejores viviendas del pueblo. Era una casa de rico de esas de seis balcones, tres patios y corral.

Por primera vez después de doce días, Eugenia y su familia durmieron sobre mullidas camas. Eugenia se acostó en la galería. Matilde en el cuarto de arriba.

María Teresa al lado de Eugenia y Santiago en el que estaba al final del corredor.

Simeón, por orden expresa del Libertador, fue asignado a la familia de la Montera en calidad de guardia personal.

Esa noche Simeón y Eugenia se desquitaron de ocho años de fantasía en una cama copetona de la mejor caoba de la región. Cuando Eugenia despertó, en la madrugada, ya el hombre no estaba a su lado. Sonrió distendida y satisfecha. Pensando en Juana la Poncha, se dijo: —¡Ahora sí me gustan las conservas de la Cojita!— Ya caía en el vértigo de su propia entrega cuando una idea la sobresaltó. Detuvo la respiración en la noche y .se incorporó en el lecho. En la habitación de al lado, donde dormía María Teresa, la muchacha dio un suspiro y la cama emitió un leve crujido. La idea tomó cuerpo en la cabeza de Eugenia. —No, no podía ser —se dijo para tranquilizarse—. —Dos veces en la vida sería imposible—. Ya volvía a distenderse sobre la cama copetuda cuando vio la silueta de Simeón deslizarse como un cunaguaro por el ancho sendero del patio.

103

Tacarigua

A las cinco de la mañana, cargas de fusilería y órdenes de mando la despertaron. La columna de Andrés Machado había sido detenida en el caño. Patriotas y realistas estaban enfrascados en una estrepitosa lucha. Se dio la orden de partir.

Un destacamento era suficiente para contener por un rato largo a los perseguidores. Simeón tuvo que quedarse para hacerle frente al enemigo.

La Emigración siguió por el estrecho que hay entre la selva y el mar. A lo lejos se seguía oyendo la fusilería. A mediodía llegaron a la Laguna de Catarigua, un largo y estrecho lago, que por varias millas deja un no menos estrecho corredor del ancho de la calle entre sus aguas salitrosas y el mar. Los aguaceros de julio habían preñado, a la laguna que parecía emponzoñada y verdosa. Casi al llegar a ella una boa arrastró a un niño. La Emigración a Oriente ha entrado en callejón de muerte. A derecha e izquierda la huida es imposible; de un lado está el mar, del otro está esa ciénaga gigantesca de arenas movedizas y aguas podridas. Atrás los perseguidores. Adelante, cinco leguas de arena blanca que al mediodía desuella los pies.

El Caribe luce azul y plácido. A lo lejos, tres hileras de cocoteros, cimbreándose al viento, dan un saludo de paz a aquella muchedumbre que vuelve a arrastrarse bajo el sol inclemente de Barlovento.

De repente el mar se cubre de velas. Eugenia cuenta: una, siete, doce. Doce bergantines se acercan a la playa. La muchedumbre se espanta; las barcas llevan los colores de España. De inmediato una andanada la deja sorda. Delante de ella, a pocos pasos, una familia entera es barrida por una bala de cañón. Los fugitivos gimen. Pretenden huir. Los cañonazos los llevan a buscar la protección de la ciénaga que cruza a su derecha. Los caimanes y las culebras los engullen. Eugenia, enloquecida, corre con Matilde y los muchachos hacia adelante. Una bala parte en dos a Matilde. Otra le arranca la cabeza a Santiago, el único nieto de Doñana. La arena se ha enfangado de sangre. Más de dos mil personas han sido fusiladas por un pelotón de barcas.

Cuando finalmente partieron, se reagrupó la multitud. Esa noche la tragedia se extendió por el campamento patriota. Todos tenían alguien por quien llorar. Eugenia y María Teresa lo hicieron sobre los cadáveres de Matilde y Santiago. La cabeza del muchacho cayó en la ciénaga; al cinto todavía cargaba las pistolas que le regaló Doñana. Matilde tenía las pupilas dilatadas; había un terrible dolor en sus ojos. Momentos antes vio decapitar a su hijo.

Se entierra a los muertos. Son tantos, que no alcanzan las palas ni los hombres. Eugenia y María Teresa, con las manos sangrantes, cavaron dos tumbas en la arena. Cansadas de llorar se durmieron encima de ellas.

Pasada la noche llegó el destacamento de Simeón. El mulato no venía con sus hombres. Un balazo lo dejó tendido en el caño. Eugenia y María Teresa nada se dijeron.[111]

104

¿Y si yo fuera el rey?

El 13 de julio, al día siguiente del trágico baile, Morales, por orden de Boves, salió con el grueso del ejército camino de Oriente. Iba en persecución de los fugitivos. Al llegar a Cagua, bajó hasta San Juan de los Morros y tomó la ruta del llano. Al pasar por La Puerta, un olor a podredumbre le hizo levantar el vuelo de su bigote. En la quebrada se pudrían 200 hombres que Boves hizo decapitar al pie del matapalo. El Guárico, entre tanto, seguía imperturbable en su canto, mientras los conotos y las paraulatas lo acompañaban desde la enramada.

Boves abandonó a Valencia el 14 de julio de 1814, luego de asistir al fusilamiento de 17 insurgentes. Lo seguía, como de costumbre, un largo cordón de prisioneros, que iba colgando en ristras de sus patibularias ceibas. Nadie diputa su autoridad desde el Orinoco hasta el mar, y desde Maracaibo hasta el Uñare. Puerto Cabello, Caracas y Valencia, están en su poder. Los pueblos se inclinan a su paso. Multitudes entusiastas salen a su encuentro

111 Rigurosamente histórica la escena descrita en el capítulo (ver Eduardo Blanco, Venezuela Heroica).

y hacen sonar las campanas y disparan salvas de pólvora en su honor. Ya no huyen como antes. Caracas se apresta a recibirlo. En Guacara mandó a paseo al Viejo Tonto. Provocó una bronca y Cajigal, regañado, volvió grupas para encerrarse en Puerto Cabello. Cuando el Padre Llamozas le recriminó su proceder, recordándole que Cajigal representaba al Rey, Boves se le quedó viendo y semisonreído le apuntó:

—¿Y a usted quién le ha dicho que yo voy con el Rey? Por los momentos tenemos enemigos comunes, pero yo mismo no sé a dónde va a ir a parar esta suerte. No somos siempre lo que queremos sino lo que los demás nos obligan a ser. Fíjese usted, que me conoció de pulpero en Calabozo, ¿quién nos iba a decir, tanto a usted como a mí, que yo terminaría en esto? ¿Cómo podemos prever entonces que yo terminaré de General de Su Majestad, sirviendo de gobernador en alguna pacífica provincia? Si yo fuera rey, ¿qué opinaría, padre?

—¡Que estás loco, José Tomás! —le respondió el clérigo con evidente desazón.

La marcha, a través de los valles valencianos y ara- güeños, tardó dos días. Las ciudades y los pueblos mostraron los destrozos de la guerra. Al llegar a La Cabrera, la zamurada les recordó a los vencedores las 1500 víctimas que a su paso habían dejado. En La Victoria se acordó de José Félix Ribas; en San Mateo de Bolívar. Casi un mes duró el ajetreo. Los verdes cañaverales llevaban todavía impresa la huella de la bombarda. Los torreones de los ingenios y el mugir de la vacada ponían una pincelada de paz a los mil lanceros.

José Tomás echó una mirada golosa de cerro en cerro. Le embelesaba el verde esmeralda de los campos aragüe- ños y el azul verdoso de sus montes, con su yerba pequeña y recortada como cabeza de recluta.

De pie sobre los estribos, sorbió con deleite el olor a mastranto y a bosta de vaca, y le preguntó satisfecho al Padre Llamozas:

—Esta es mi tierra, don Ambrosio... ¿Será mi reino algún día?

105

Boves en Caracas

A las diez de la mañana del día 16 de julio, hizo el Caudillo su entrada en Caracas. En el límite sur de la ciudad, en la quebrada de Lazarinos, lo esperaba Su Ilustrísima, don Narciso Coll y Prat, Arzobispo de la ciudad, con todo el cabildo metropolitano. Los escasos 10 000 habitantes que le quedaban a Caracas, se agolparon por el trayecto que había de recorrer el Conquistador en su paseo triunfal. Los caraqueños vestían sus mejores galas y por el paseo se oían vivas alegres o fingidos. Las campanas repiqueteaban con júbilo. Los cañones, broncos y severos, contrastaban con la alegría aguda y estrepitosa de los cohetes, mientras volaban las palomas sobre los techos rojos.

Era el mismo espectáculo de los años anteriores. Sólo que esta vez, en lugar de llamarse Bolívar o Monteverde, se llamaba Boves. En cuatro años sucesivos, Caracas, en el mes de julio, cambió de dueño. El 5 de julio de 1811 se divorció de España; el 29 de julio de 1812 se desposó por poder con la Corona, del brazo de Monteverde. El 7 de julio del año 1813, recibió, postrada, al Libertador, para que al año, y en el mismo mes, hiciese lo mismo con su máximo contendor.

—Julio es pavoso para Caracas —decía Juana la Poncha, mientras veía pasar la tropa.

Hacía contraste la magnificencia y el lujo de los cabildantes y notables con el aspecto salvaje de la soldadesca. Negros semidesnudos y de rostros feroces hacían temblar a las caraqueñas que se asomaban a verlos. En primera fila y en lugar de honor estaban las Bejarano, que aplaudían, frenéticas, al ver a Boves. El Caudillo se quedó prendado de la cara de Rosa.

—Invítame a esa muchacha para la fiesta —le dijo a uno de sus hombres mientras le dirigía una última mirada llena de interés.

La mulata le respondió abriendo los ojos y abultando aún más los labios pulposos.

—¡Ay!, hermanita —le susurró Virginia—. Me parece que hasta hoy duraste señorita.

—Pues si me lo pide —le contestó la otra—, me le entregaré en cuerpo y alma.

En ese instante llegó hasta las mujeres el oficial designado por Boves. Luego de hacerles una profunda reverencia, les comunicó el mensaje:

—Su Excelencia me ha designado para invitarlas a la fiesta que en su honor se celebrará esta noche en la ciudad. Me ha encargado acompañarlas si desean complacerle.

El oficial era un muchacho andaluz de apellido Serna, de los que vinieron con Cajigal. En Valencia abandonó al Viejo Tonto y le pidió a Boves que lo aceptase en sus filas. Aunque José Tomás recelaba de la oficialidad blanca, aun española, el muchacho le cayó en gracia, tanto por gracejo como por sus condiciones de artillero. Desde entonces se convirtió en uno de sus hombres de confianza.

Tanto Rosa como Virginia se sintieron deslumbradas por Serna. Era un guapo mozo, que en cierta forma les recordó el novio aquel que los prejuicios de casta les arrebató cruelmente. Sin pensarlo le comunicaron al joven su voluntad de complacer al Caudillo. El oficial se alejó presuroso tras el cortejo que en ese momento llegaba a Capuchinos. Quedó en buscar a las mulatas a la caída de la noche.

—Lo que es hoy algo se me queda entre las patas —se prometió el joven para consolarse de su papel de trotaconventos—. O la grande o la chiquita, pero esta noche no duermo solo.

Luego de comunicarle a Boves los resultados de su misión, siguió a su lado vigilando acento los pasos del Caudillo. Los vítores y aplausos continuaban a todo lo largo de la ruta. Boves se sentía dichoso de haber conquistado la ciudad capital.

Un calofrío sintió de pronto José Tomás al divisar entre la muchedumbre la figura esmirriada del viejo Domingo Zarrasqueta, el padre de Magdalena Zarrasqueta, aquella novia de San Sebastián con quien lo obligaron a romper al saberse su condición de presidiario. El rencor le inundó la cabeza. Pensó en las humillaciones de que le habían hecho objeto y las terribles amenazas que profirió contra el viejo Zarrasqueta en aquella ocasión. Rápido le apuntó a Serna la presa:

—Hazme preso a ese hombre inmediatamente; ¡cuidado si se te escapa!

El andaluz metió el caballo entre la multitud y de un salto agarró al viejo que intentó huir. A empellones fue llevado a la cárcel mientras Magdalena, su hija, lo seguía desconsolada.

106

Boves y Juan Palacios

Juan Palacios le salió al encuentro a la entrada de la calle del Triunfo. A horcajadas sobre una estatua de piedra del león ibérico, el negro gritó estentóreo:

—¡Que viva el Taita!

Boves detuvo su macho y le gritó al hombre visiblemente complacido:

—¡Ven acá, negro resabiao!...

El Caudillo descendió del alazán y Juan Palacios de su león de piedra. La gente estaba absorta. ¿Quién era ese negro capaz de detener el cortejo del triunfador?

—¡Juan Palacios! —apuntaban algunos con jactancia de conocedores.

—¿Y quién es Juan Palacios? —preguntaba otro, no satisfecho con la explicación.

—El alma blanca de Boves —respondía grandilocuente un barbero de San Juan que gustaba de las contradicciones.

Juan Palacios se abría paso, sonriente, entre el gentío; finalmente llegó al medio de la calle donde lo esperaba el Caudillo. Emotivo, como siempre, no pudo contener las lágrimas al enfrentarse con su viejo amigo, e intentó arrodillarse. José Tomás lo paró en el aire y le susurró enérgico:

—Ahora te digo yo, como en Guayabal, que dejes la pendejada, porque si te resbalas nos fregamos.

Los dos hombres se abrazaron en medio de la multitud que, conmovida, los aplaudía.

Don Narciso Coll y Prat no disimuló su disgusto ante la escena, y murmuró para sí:

—A este país, con Boves o con Bolívar, se lo cogieron los negros.

Con Juan Palacios a su izquierda y el Arzobispo a su derecha, entró José Tomás Boves triunfante a Caracas.

La ciudad le dispensó una de sus mejores acogidas. Alojado en el Palacio Arzobispal recibió, junto con el Arzobispo, a los notables de Caracas. Cuando se enfrentó al marqués de Casa León, ambos se sorprendieron al reconocerse.

Pensó el marqués:

—Demasiado rápido vas, jovencito... demasiado rápido...

Las Bejarano, escoltadas por Serna, fueron de las primeras en llegar. Cuando José Tomás se enteró, por el Arzobispo, de la historia de las confiteras —y de su actitud frente al mantuanaje criollo, se inclinó ante ellas y las trató con el mismo respeto que le prodigara a las más encopetadas mantuanas que poblaban esa noche el Palacio Episcopal.

—Mis señoras, créanme su más sincero admirador —les dijo en algún momento. Y lamentó que aquellas mujeres mereciesen su respeto. Ante la respetabilidad, se le huía el deseo como potro cimarrón. Rosa se lamentó, a su vez, de la distancia que entre ellas y él había puesto el Caudillo, y se prometió enviarle para mañana, la más grande y sabrosa torta Bejarana.

Después de una decena de brindis, Boves empezó a tartajear. El indio Eulogio y Juan Palacios, que no lo desamparaban, se cruzaron miradas de entendimiento. El Taita comenzaba a elevar la voz y a dirigirle miradas procaces a una bella mujer. Juan Palacios se le acercó en medio de un grupo y le dijo:

—Con perdón, mi jefe, tengo algo muy importante que comunicarle.

El triunfador entre dos luces, y Juan Palacios, hicieron un aparte:

—Estás metiendo la pata, ya estás rascado y vas a disparatar.

El Caudillo intentó defenderse. Juan Palacios, con su aspecto de Obispo en reserva, insistió:

—Anda a acostarte, chico, porque todo el mundo se está dando cuenta. Acuérdate que me prometiste irte a dormir cuando yo te lo pidiera; y que yo sepa, José Tomás Boves, quitando a Valencia, jamás falta a su palabra.

El Caudillo dio un respiro en medio de la borrachera.

Prosiguió el negro:

—En Valencia metiste la pata porque estabas borracho, y te emborrachaste porque yo no estaba.

Boves dio un traspié mientras le dirigía una mirada hostil a un San Miguel que pisaba al diablo, representado como un negro cornudo.

—Mira Juan Palacios, fíjate cómo el carajito ese tiene fregao al negro.

Un eructo atronó el salón Episcopal.

El indio Eulogio vino en auxilio de su colega:

—Juan Palacios dice la verdad, Taita, mejor se va a dormir.

Boves, luego de argumentar, se dio por vencido. Murmurando un pretexto cualquiera se despidió de la concurrencia, dando traspiés y colgado del indio y del negro, le dijo a Juan Palacios:

—No sé qué haría yo sin este negro. Cuando yo sea rey, te haré un reinecito aparte, para que siendo libre puedas ser mi amigo.

Con voz ebria gritó en medio de una carcajada:

—Te llamarán Negro I... te llamarán Negro I...

107

«Y entonces vino ella...»

—Si no lo hace a la entrada, lo hará a la salida —respondía Juana la Poncha al marqués de Casa León que en ese momento le hacía elogios a Doñana sobre la conducta del Conquistador.

—Ese hombre es mandinga, y lo que quiere es sangre —insistía la negra—. Fíjense en lo de Valencia.

—Eso es distinto, negra —le respondía el marqués—, los valencianos estaban en deuda con Boves. Demasiado poco les hizo después de lo que le hicieron a su mujer. Ya ustedes verán cómo aquí no hace nada.

Doñana recordaba a Vicente Berroterán, asesinado por ese hombre que había conquistado a Caracas, y pensaba en su marido muerto por su lugarteniente, y pensaba en sus hijos y en sus nietos, aventados por el huracán de lágrimas desatado por este monstruo. No había, sin embargo, sombra de rencor en los ojos de la mantuana; sus ojos tan sólo se fueron poniendo más azules y más melancólicos desde que el Conquistador llegó a Caracas; y los pinchazos cerca del corazón se hicieron más agudos y frecuentes, los pies se le fueron hinchando. Cada vez salía menos a la calle y desmejoraba á ojos vista. Una noche un grito de pánico retumbó en el caserón de Doñana.

—¡Juana la Poncha!... Juana la Poncha!... —gritaba desesperada la matrona.

La casa se pobló de ruidos. Al grito de Doñana acudía en carrera toda su servidumbre. Al frente de ella Juana la Poncha.

—¿Qué fue, mijita, qué te pasó? —interpeló la vieja.

—¡Ay, Juana! —decía Doñana— ¡la vi!... ¡la vi!...

Juana la Poncha hizo salir a todo el mundo y pretendió tranquilizarla:

—La viste... ¿bueno, y qué? ¿cuánto tiempo tienes viéndola?

—No, Juana, es que esta vez —le decía la mantuana ahogando un sollozo—, esta vez le vi la cara por primera vez...

—¿Le viste la cara? —preguntó alarmada la negra, mientras se persignaba; sabía que esto sucedía como presagio de muerte—. ¿Y quién es?...

Juana la Poncha sintió crecer sus temores al darse cuenta de que Doñana, igual que su padre, e igual que su abuela, momentos antes de la muerte de aquéllos, se negó en redondo a revelar las características fisonómicas de la mujer del manto. A las interpelaciones de la negra, Doñana se limitaba a menear la cabeza a lado y lado, como idiotizada.

Por tres días la mantuana no habló con nadie. No salía del oratorio y del salón de los retratos. Desde su sillón de terciopelo rojo y rodeada por los cuadros de don Feliciano y de sus antepasados, Doñana dejó pasar las horas en un largo y enigmático silencio. La abrumaba la idea fija de la aparición. Primero la presintió, sin verla, como siempre sucedía, en su cama, con los ojos cerrados. Cuando los abrió en la oscuridad, la lamparita de aceite que le tenía encendida al alma de don Feliciano, la iluminó claramente. Era una mujer alta, fornida, vestida de negro, con el gran manto de las mantuanas cuando van a misa a Catedral. La aparición estuvo frente a ella, inmóvil y de espaldas, por minutos centenarios. De pronto las manos del fantasma se elevaron hasta la cabeza, y lenta y suavemente bajaron el manto.

Doñana se sintió aterrorizada. Lejos de ser una matrona entrada en años, como ella suponía, la luz de la lamparilla dejaba ver la cabeza grande y redonda de un hombre de pelo rojizo, que antes de volverse, rasgó sin hacer el menor ruido el grueso manto de la aristocracia criolla.

108

Parecía una paloma con el cuello torcido

El domingo sale Doñana de su casa en dirección a Catedral. Atrás van cinco negras, que como flecheras persiguen a un bongo real. Grave y oronda va la mantuana por la calle mayor, mientras las campanas llaman a misa. Ya llega a la esquina cuando ve a la muchedumbre correr y aglomerarse hacía la calle vecina. Doñana, imperturbable, sigue su marcha. Domitila, una de sus negritas, le dice simpática y curiosa:

—Mi ama, ¿quiere que vaya a ver qué pasa?

Doñana no le responde. Domitila se queda quieta. Una voz grita cansona: ¡Viva Boves!

La mantuana comprende que el Caudillo hace su recorrido matutino. Doñana tiembla. Nunca ha querido ver a ese hombre, aunque a diario lo siente pasar desde el gran salón de los retratos. Ha temido que su corazón ponga en pugna sus firmes creencias monárquicas. El mató a Vicente Berroterán, y a su hijo José María. Pero representa al rey, a la voluntad divina. Si los míos faltaron a sus deberes, caiga sobre ellos el castigo, aunque se desgarre mi corazón. Boves es la restauración de todos los principios en los que ella ha creído, aunque para restablecerlos tenga que valerse de la espada y del fuego. Doñana no cree mucho en las interpretaciones teológicas de don Narciso, cuando dice que Boves es el enviado de Dios, como lo fue Gengis Khan, quien además de cruel y bárbaro era profundamente cristiano. Pero ¿quién es ella para juzgar? ¿Qué hacer si este hombre pretende visitarla, como se lo ha hecho saber a través del marqués de Casa León y del Arzobispo? El representa la ley efímera del poder inmutable de un mundo que se hizo mundo desde la Conquista. ¿Tiene ella derecho a tener sentimientos? ¿Tiene ella derecho a comprometer el destino de ese mundo, negándole su apoyo a un hombre, por el solo hecho de que le ha matado a su marido, a su hijo y a su yerno? Doñana tiene días haciéndose esas mismas preguntas, y ha tomado una decisión. Ella no es Ana Clemencia de Blanco y Herrera, un ser libre, que puede hacer con su vida lo que le dé la gana, ella es un símbolo del poder de una familia, es el eslabón, un simple eslabón que une el pasado con el futuro. ¿Qué importa la suerte de un eslabón si ha de seguir viva la cadena? Si Boves se le acerca, ella lo acogerá como al triunfador. Estar cerca del poder, y administrarlo, es el destino de su familia.

La gente continúa aglomerándose en la esquina. Resuenan los cascos de los caballos. Emergen dos lanceros con lanzas de flecos amarillos. Luego otros y otros, hasta llenar la calle. Finalmente aparece un hombre grande montado sobre un caballo negro, seguido de un escuadrón de caballería. Doñana detiene el paso para ver pasar el desfile. Comprende que el hombre que viene adelante es Boves, el ser de sus soliloquios, el que tantas veces ha sentido pasar bajo sus balcones.

El corazón se detiene. La cabeza le da vueltas. Doñana siente que la vida se le va en aquel instante. Parecía una paloma con el pescuezo torcido cuando en brazos de Boves cruzó por última vez el portal de su casa.

109

Rota y sangrienta va la Emigración

Como una inmensa oruga mutilada avanza reptante y convulsiva la Emigración de Oriente. Delante va el Libertador, cejijunto y delgado, sobre su caballo negro. Lleva el traje desgarrado y los ojos color de fiebre. Atrás va la partida de Andrés Machado, hostilizándolos continuamente y ultimando a los rezagados. Ya no quedan viejos en la expedición. Los que no sucumbieron en los pasos montañeros de Capaya, se van quedando ahora en ese desierto salitroso que va del Uñare a Barcelona. Si antes el arenal era un sendero entre la arboleda fresca y el mar, ahora la arena lo penetra todo, hasta perderse en un sur inmenso y calcinado. Cardonales, piedras desnudas y una sed imposible acosa a los fugitivos.

Una mujer de mediana edad se derrumba y queda muerta frente al Caribe. Su hija permanece atónita. Alguien le recuerda que debe seguir huyendo, porque atrás viene el enemigo. Caminando de espaldas, como la Sayona, se alejó la muchacha.

Un matrimonio atrasado en años ha desertado de la fuga. Cansados y dignos ven pasar la muchedumbre bajo la sombra precaria de un cují. Uno que los conoce, los aconseja:

—Siga, don Félix, que si descansa es peor.

El viejo apenas le responde con una sonrisa muda. Su mujer se muestra extrañamente pálida. Parece un matrimonio de venteros a la orilla de un camino.

¡Qué, muchedumbre aquélla! Negros y blancos en espantoso revoltijo. Pasa una blanca a quien le mataron el marido en la andanada de Tacarigua; va del brazo de un cuarterón fornido de pelo crespo. Los viejos del cují la conocen. Dice la vieja:

—Tienes razón, Félix, para ver esto es mejor morir.

Una muchacha muy joven avanza a saltitos. Con un gemido se arrima a la pareja. Tiene un dedo amoratado.

Es la única sobreviviente de una familia de ocho personas que salió de Caracas hace veinte días.

—No puedo más —les dice quejumbrosa a los viejos.

—No te preocupes, hija, que nosotros tampoco —le responde risueño el hombre.

—Se me clavó una espina —gime sin expresión la muchacha—, y me duele mucho.

—No te preocupes, hija, que pronto todo pasará.

Continúa el desfile. Dos hombres jóvenes llevan a otro en una litera de cobijas. Debe estar vivo, porque lleva el rojo hacia fuera. Una mujer, que ha debido ser bella, avanza con un niño muerto en los brazos. Sus ojos son grandes, negros, y encandilan de locura. Su traje está hecho jirones y camina de prisa.

Un gigantón lleva a cabrito a una niña: son padre e hija. Parece un San Cristóbal que se quedó sin río. Un poco antes de llegar al cují hay un cardonal que ya da una leve sombra a esta hora flagelante del atardecer, cuando el sol, la tierra y el agua mueren. A su vera hay también un pequeño grupo de cinco personas; han ido cayendo el uno sobre el otro, como las piedras en una tumba caminera.

El grito de una boca sedienta sacude el silencio pesaroso de la tarde. Un hombre ha sido mordido por una cascabel. Echa espumarajos y se retuerce de dolor en el suelo. La gente, sin bríos, sigue fluyendo hacia Oriente, mientras le pasa al lado y lo deja morir, entre ayes y convulsiones.

Al cují de las tres personas se arrima un negro, sin pedir permiso, y se echa al suelo, jadeante. Huele a cují, y no se sabe si es el negro o es el árbol. El viejo da un respingo, la vieja reza, la niña llora.

Un oficial pasa a caballo, es de los pocos que restan; la casi totalidad de las bestias, se las han ido comiendo los fugitivos. Detrás de él vienen Eugenia y María Teresa. No tienen mal aspecto las dos muchachas.

Eugenia está bronceada por los caminos de Barlovento y el pelo se le ha tornado más rubio con las aguas del mar. Su paso es ágil y elástico y su rostro firme. El oficial de a caballo le ofrece la grupa de su montura. Eugenia lo mira y no le gusta, es demasiado rubio. Un sargento mulato se le acerca obsequioso:

—Tome, señorita, es bueno para la sed —y le entrega unas raíces verdinegras.

Eugenia masca y sonríe. Le gusta el perfil del mulato. María Teresa también ríe. Eugenia se pregunta si Simeón habrá sembrado en la niña la misma semilla, aquella noche de Río Chico. El sargento, afable, continúa su cháchara. Eugenia simula escuchar y piensa en la próxima noche frente a la playa, en el vivac. Simeón le ha soltado el potro. Bastaron dos noches para que se encendiera el fuego. Ni siquiera esta espantosa caminata ha podido apagarlo. Todas las noches sueña con Simeón y con Andrés. Y se los imagina junto al fuego buscándole sigilosos el cuerpo, y no puede dormir hasta que las aguas del Caribe le calan la cintura. Por eso se queda viendo largo al sargento de las raíces verdinegras y de la cháchara insustancial. Ojalá que esta noche se quede junto a ellas.

Eugenia conoce a los viejos del cují. Los ve y comprende. Le inspiran lástima, pero se siente sin ánimos para contradecirlos en su decisión de muerte. Pasa a su lado sin verlos, con la mirada fija en el amplio arco de la playa, poblada de gente, que camina con paso vacilante, mientras el sol tasajea la arena y los cardonales.

Los últimos en pasar fueron los soldados de la retaguardia. Un oficial con barba misionera se acercó a los grupos. Les dirigió breves palabras a los del cardonal y siguió de largo. Se detuvo ante el hombre que en medio del camino gemía mordido por la culebra, y atendiendo a sus súplicas, de un tiro lo dejó muerto. Y se llegó ante el cují de los viejos y cargó a la niña sobre sus hombros.

A poco de haberse alejado de retaguardia apareció la avanzada de Andrés Machado. Los viejos del cují vieron cómo mataron a lanzazos a los que tomaban la sombra del cardonal. Al frente de ellos el mulato Machado, traía un sable en la mano. De pronto el negro que jadeaba al lado de ellos se incorporó y haciendo zalemas se acercó al mulato. Por los gestos comprendieron que imploraba por su vida. El mulato lo veía con expresión repulsiva. Luego sonrió. Le dirigió unas palabras al negro y el esclavo hizo señales de asentimiento. Mientras le besaba los pies, Machado le dirigió una larga mirada a los viejos mientras le entregaba el sable al negro.

Al anochecer, las dos cabezas, lejos de sus cuerpos, reposaban la una junto a la otra; tranquilas, amorosas, como si fuera una siesta de domingo.

110

Una noche en Píritu

Esa noche del 19 de julio no durmieron en descampado como había pensado Eugenia, sino que llegaron a Puerto Píritu. La población los recibió generosa. Alimentos y medicinas volcaron sobre los fugitivos. Esa tarde la laguna lucía más hermosa que nunca con sus botes multicolores, mecidos por las aguas tibias. Eugenia quedó sorprendida de la armonía de aquel puerto con sus calles rectas y estrechas como zaguanes infinitos. Paseaba entre las callejas con María Teresa cuando un Guía de la Guardia se cuadró ante ellas.

—Por favor, de parte de Su Excelencia, tengan la bondad de acompañarme.

En la mejor casa del pueblo las esperaba el hombre del caballo negro y la mirada de fuego.

—Primas, quiero que se alojen conmigo por estos días, hasta que llegue la hora de separarnos.

Un gesto de extrañeza de Eugenia, lo llevó a explicar:

—Es que Morales, el segundo de Boves, avanza hacia nosotros y tenemos que salirle al paso. Ustedes continuarán hasta Barcelona que está a una jornada y nos esperan allá.

Eugenia escudriñó palpitante aquel pequeño hombre de mirada afiebrada y de menudos y parejos dientes. Lejos de lo que se había imaginado, le habló muy poco de la guerra, de la política o del futuro del país. Le habló, por el contrario, de Doñana, de la hacienda de Las Mercedes y de su estada en París. Eugenia, cortés, trataba de desviar la conversación hacia el lado de la política, pero él, sonriente, le apuntaba:

—Deja eso, chica, no seas fastidiosa.

Luego de cenar bajaron a la playa. El primo hablaba con tranquilidad. Eugenia lo escuchaba con agrado. No le atraía particularmente su pariente, pero esa noche había decidido hacer una contribución a la causa de la Libertad.

Cuando el toque de diana derribó la noche y se pobló de gaviotas la ensenada, Eugenia abrió muy grandes los ojos y dijo:

—¡Guay, qué primo! —cuando vio desaparecer tras la puerta la silueta del general.

111

Por la cuesta del Guayabo va el Caudillo

El 26 de julio, a dos leguas de Caracas, en el abra que se conoce con el nombre de la Cortada del Guayabo, marcha el ejército de Boves.

Sombrío va el Caudillo sobre su bestia. Las nieblas del amanecer le dan una aureola fantasmal. El sol comienza a teñir de rosa los valles del Tuy que se divisan en lontananza. Hace dos horas que partió de Caracas. Salió de madrugada para que no le vieran la cara ni se supiera el nombre de los prisioneros que enmecatados, arrastra. Se cumplió la profecía de Juana la Poncha, «si no lo hace a la entrada lo hace a la salida». En sus diez días de estada en Caracas, su conducta ha sido intachable. No hubo una sola ejecución, aunque se hicieron más de doscientos prisioneros. Si iban a creer que con presentarse serían perdonados, estaban más pelados que paloma de judío. Entre los que se presentaron hubo criminales que ajusticiaron en la Plaza Mayor, y en las bóvedas, a cientos de españoles inocentes. Boves no olvida ni lo bueno ni lo malo.

—Por eso voy a colgar de esa hermosa ceiba que está enfrente a la pulpería, al viejo Zarrasqueta. No terminaré hasta que haya acabado con todos los que destrozaron mi vida —piensa el Caudillo—. A mí el que me la hace me la paga. Conmigo nadie tuvo compasión, yo tampoco la tendré con ninguno. ¿Qué le había hecho yo a este viejo, aparte de quererle la hija, para que me humillase en aquella forma?

La columna en marcha se detiene.

—Sí, ahí mismo —le dice al indio Eulogio señalándole el sitio.

—Padre Llamozas, la absolución y nada más, que no tengo tiempo para confesiones.[112]

De un tirón izan al mantuano de San Sebastián. Boves le concede una última merced, satisfecho.

Juan Palacios le dice con reproche:

—Por eso no se mata a un hombre.

—Me cuelgan a esos tres que siguen —riposta el Caudillo sin hacerle caso.

Una bandada de pericos mañaneros, que pasa bulliciosa, se sorprende de las pataletas de los cuatro ahorcados. Del Valle a la Cortada, esa mañana de julio, penden cuarenta hombres.

—Si sigo colgando de cuatro en cuatro —le dice a Eulogio—, no me van a alcanzar hasta Barbacoas.

La columna armada desciende la cuesta del Guayabo. Hace contraste la muerte que baja y el trino de la alborada. Por encima de las lanzas vuelan y cantan los turpiales y los cristofué, a tiempo que el murmullo de los hombres en marcha da paso definitivo a la mañana.

---

112 Cierta la historia de Zarrasqueta (Uslar, obra citada).

José Tomás rumia con ira, una vez más ha sido postergado. Una comunicación del Rey, llegada a Caracas hacía tres días, le daba el Grado de Coronel y de Comandante General de Barlovento. «¿Coronel él que había hecho a generales? ¿Coronel él que había conquistado a un mundo? S.M. el Rey don Fernando vil es una mierda».

—Lo mismo le hizo Carlos V a Cortés —apuntaba el Padre Llamozas ante los exabruptos cacológicos de José Tomás.

—Me importa un carajo Carlos V —decía el Caudillo, mientras el cura guardaba un comprensivo silencio.

—Este hombre es un misterio de la naturaleza —pensaba el sacerdote—. Con tan inmenso poder y todavía no sabe para qué ha nacido. Con todas sus crueldades e iniquidades tiene un extraño encanto sobre los menesterosos, negros y desvalidos, como nadie hasta la fecha, en este país, ha tenido.

112

Y de Charallave bajó a Calabozo

Al Padre Llamozas le recordaba al flautista de Hamelín, pero un flautista gordo y siniestro que se hacía seguir de negros asesinos. En Charallave lo esperaba el pueblo entero. No menos de 3 000 hombres se le sumaron espontáneamente a su ejército.

Un ¡Viva Boves!, sincero y pletórico, sacudía los pueblos del Tuy. En Cúa comió queso de mano, colgó a cinco prisioneros y les dio libertad a los esclavos.

—¡Que viva el Taita! —gritaron las 3000 voces que lo seguían. En San Casimiro fue recibido con discursos y cohetería, lo mismo que en Camatagua y Barbacoas. Allá se le apareció el Llano, ancho, inmenso y generoso.

Como un niño que se sumerge sudoroso en la charca después de una larga caminata, el Caudillo dejó galopar su caballo bayo, mientras el sol, la brisa y los morichales le acariciaban el rostro.

—Por fin Calabozo me verá triunfar —decía el hombre con regocijo, mientras veía marchar el grueso de su ejército hacia Oriente—. Voy a levantar el ejército más formidable que nadie conociera por estos contornos; un ejército que me permita de una vez por todas, aclararme una duda: si soy Capitán General de un rey que me está cayendo grueso o si soy realmente rey de una tierra ganada con mi lanza —una carcajada rubricó lo que el Padre Llamozas llamaba un delirio.

Boves siguió su derrotero hacia Calabozo. En El Sombrero se le añadieron 300 jinetes armados. De los pueblos y de los fundos más distantes acudía la gente en armas. El ¡Viva Boves! atronó la llanura guariqueña, desde Camaguán hasta Santa María de Ipire, desde Altagracia de Orituco hasta Cabruta.

A principios de agosto divisó finalmente la cúpula de la iglesia de Calabozo. Un poco antes de la caída del sol hizo su entrada en la ciudad, las campanas tocaban a júbilo. Los cohetes y la fusilería le recordaron aquel lejano 5 de julio en que puso un letrero a la puerta de su tienda que decía: ¡Viva la Patria! En el atrio de la iglesia lo esperaba el cura párroco y las autoridades del pueblo. Entre ellas divisó a don Juan Corrales, quien, rubicundo, le hacía señales de júbilo. Vio rostros amigos y enemigos, todos sonrientes. Vio el palio dispuesto en su honor, a los caballeros de la ciudad muy orondos, a encopetadas damas, pero a quien no vio fue a Inés.

Ansioso dirigió una mirada a don Juan Corrales. En ese momento la autoridad principal iniciaba su discurso:

«El Señor ha querido que en este memorable día»...

José Tomás no lo dejó seguir, acababa de divisar en uno de los balcones frente a la Plaza, a Inés, quien tocada de peineta y mantilla lo miraba voluptuosa, retadora y concitante.

Haciendo caso omiso de las formalidades, se abrió paso con su caballo a través de la muchedumbre, y tomando a la muchacha en vilo, le dio un beso grande, impúdico y sonoro, en medio del regocijo general. Cuando pasó de nuevo frente a los notables que lo esperaban muy formales, les gritó sonriente:

—Otro día, señores —y diciendo esto se alejó por las calles hacia la llanura, con Inés montada en su grupa.

113

«En cambio Boves...»

Eugenia lo sospechó desde el momento mismo en que vio pasar, como alma que lleva el diablo, a Ambrosio de Plaza, uno de los edecanes de su primo, que con la cara descompuesta y a todo galope hizo tronar el puente sobre el Neverí y se perdió sudoroso camino del Ayuntamiento. Fuimos derrotados, pensó Eugenia, mientras Juan José Landaeta, un músico mulato que caminaba a su lado, le confirmaba agorero:

—No es ésa la cara de la victoria.

La noticia no tardó en saberse: Bolívar y Bermúdez habían sido derrotados en Aragua de Barcelona. Más de 1000 muertos costó a los patriotas las disensiones entre el Libertador y el gigantesco oriental. Muchos de ellos fueron degollados en la iglesia, tal como hicieron antes en Ocumare y en la Villa.

—Hombre infernal este Boves —dijo con acento grave el autor de una tonadilla de moda que se llamaba «Gloria al Bravo Pueblo»—.

¿Cómo es posible —continuó diciéndole a Eugenia que no respete ni la santidad de los altares? Estoy por creer lo que dicen los curas patriotas, de que es hijo de Satanás. ¿Conoce usted la leyenda, señorita Blanco?

—No —le respondió Eugenia, con esa mirada ausente que tienen las mujeres para con los hombres que no les interesan.

—Bueno, dicen —continuó el músico bajando la voz—, que fue concebido por una loca y que su padre es Mandinga, ¿qué le parece?

Eugenia nada le respondió, su mirada se perdía entre la multitud, persiguiendo el penacho de un gallardo húsar que en ese momento se alejaba río arriba.

A Eugenia le gustaban los perfiles de algunos mulatos, pero no soportaba su cháchara y modos relamidos. Los encontraba envarados, aburridos, ausentes totalmente de espontaneidad, en particular, si pretendían pasar por eruditos o por gentilhombres. Cuando carecían de belleza, como era el caso del músico Landaeta, unos impulsos terribles de salir corriendo la sacudían. Una cosa es la cama y otra la mesa —le había dicho su primo refiriéndose a una morena a quien toda la Emigración le atribuía hábitos de favorita nocturna, pero con la cual jamás se lo vio departir públicamente.

—Nunca superaremos, prima, nuestros prejuicios de casta —decía el hombre de la mirada de fuego—. Ése es el mayor problema que tiene nuestra gente para conducir a los venezolanos, pardos en su mayoría. En cambio Boves...

Eugenia no se molestó en averiguar lo que quiso decir su primo con aquello. Ni a él ni a ella le interesaba la política ni la guerra cuando estaban juntos.

114

Retirada hacia Cumaná

Tres días más tarde llegó el Libertador. Con cien caballos apenas y menos de cuatrocientos hombres, Eugenia, sobre la baranda del Puente, lo vio cruzar el Neverí. Los soldados venían deshechos, derrotados. La gente comprendió la pena de los guerreros, y la vergüenza era la misma de ellos; por eso los dejaron llegar y los dejaron hacer, en silencio, como hacen los padres cuando ven llegar a sus hijos vencidos.

—Porque la culpa era de los patriotas —clamaba la gente—. ¿Cómo es posible que un ejército de apenas 3000 hombres no se pueda poner de acuerdo sobre el mando supremo, cuando en frente tiene un ejército compacto de 8000 forajidos al mando de Morales? Ni Bermúdez aceptó la dirección de Bolívar, ni éste la de aquél. Total: combatieron cada uno por su lado y en medio se coló el canario.

Esa noche, cuando Eugenia trataba de domarle un rizo al hombre de la mirada de fuego, éste clamó de pronto:

—¡Bestia!

—¡Ay! —dijo Eugenia dando un salto.

—No —dijo el hombre riendo—, no es contigo, es con Bermúdez.

El hombre pequeño que yacía sobre la cama, continuó pensando en voz alta:

—Estos orientales...

Al poco tiempo se dio la orden de retirarse hacia Cu- maná. Era imposible sostener a Barcelona frente al empuje de Morales y de sus ocho mil llaneros. La emigración volvió a ponerse en marcha después de diecinueve días de reposo. Los 11000 sobrevivientes de aquellos 20000 caraqueños reemprendieron la fuga, a través de fragosos caminos y de doradas playas. La resignación más absoluta había seguido a la ansiedad, la indiferencia a la tragedia, el aburrimiento a las lágrimas.

Ante aquella mansedumbre hastiada y rota marchaba el Libertador, seguido de sus edecanes. Las deserciones fueron cada vez más numerosas. Cuando los fugitivos se encontraron de nuevo al descampado, muchos tuvieron miedo y regresaron a la ciudad para enfrentar definitivamente al perseguidor. En el Puerto de la Cruz, un villorio indígena, a dos leguas de Barcelona, algunas familias caraqueñas prefirieron quedarse entre los pescadores, antes que seguir huyendo.

En Guanta pasaron la primera noche entre las arenas y los cocoteros. Pájaros nocturnos los estremecieron con horripilantes chillidos. Esa mañana, cuando se ordenó la partida, dos tiros de pistola alarmaron a la gente. Un mantuano de mediana edad, desfigurado por el cansancio y la locura, se había suicidado junto con su mujer. La muchedumbre se agolpó, sin detenerse ante los desventurados, mientras contemplaban la cara de aquel hombre, en un tiempo dichoso, y de su mujer. Un oficial le ordenó a dos peones que cavaran una fosa. Los hombres comenzaron a palear la arena. La muchedumbre continuaba pasando con indiferencia, a veces hasta con regocijo. De entre ella emerge un cura español de balandrán y gorra militar. Dirigiéndose al oficial que preside el enterramiento, le interpela, sabiendo de antemano la respuesta:

—¿Y qué hacen estos hombres?

—Enterrar a los muertos, padre —le responde con negligencia el joven.

—¿Cómo? —grita con voz enrarecida el sacerdote—. ¿Enterrar a estos tíos después de este asco? ¡Que se pudran al descampado después de lo que han hecho! ¡Los suicidas a la mierda! —continuó como un energúmeno.

Pero una voz imperiosa, a sus espaldas, ordenó: —Teniente, haga que sus hombres entierren a los muertos, y en cuanto a usted, Padre, réceles un responso. Son mis parientes.

dando vuelta se alejó persiguiendo al punto más avanzado de la vanguardia, que como una lanza se aprestaba a remontar la serranía.

115

Morales y los baños del Neverí

Al día siguiente de la huida entró Tomás José Morales en Barcelona al frente de sus 8000 jinetes. Como si las marejadas de sangre vertidas en la Villa de Aragua le hubiesen abierto su apetito sanguinario, Morales no se le quedó a la zaga a su jefe en lo que a asesinatos se refiere.

—Hizo su entrada en Barcelona —refería un testigo presencial que alcanzó a la Emigración el 23 de agosto—, aparentando magnanimidad. Como los vecinos enarbolaran en la calle pendones de Castilla, les hizo saber su complacencia y el deseo de reconciliarse con los fugitivos. Publicó bandos de paz; a su reclamo fueron llegando muchos de los emigrados que en las afueras de la ciudad se mantenían ocultos. Con sus sonrisas de mono viejo los tranquilizó prometiéndoles no atentar contra sus vidas. Con el fin de evitar inconvenientes, los recién negados eran alojados, provisionalmente, en una casa llamada de Principal, que queda junto al río. Los emigrados se sintieron contentos de su elección, sin darse cuenta del vuelo trágico que emprendía el bigotillo de Morales.

Esa noche, los barceloneses se deleitaban en la Plaza Mayor con los aires de la retreta. Morales contemplaba risueño el espectáculo desde un balcón del Ayuntamiento. A una señal suya la orquesta hizo vibrar a los paseantes con los aires burlescos del Piquirico[113]. El testigo que alcanzó a la Emigración, recordó súbitamente cómo aquella melodía había servido de música de fondo a la masacre de Valencia. Observó a los soldados de Morales que rodeaban la Plaza y los vio cambiar de postura. Todos sin excepción miraban a los vecinos. Y todos sin excepción tenían una expresión cruelmente risueña. El hombre, receloso, se deslizó hacia una de las esquinas de la plaza. Vio venir hacia él a un lancero. Lo reconoció en el acto. Era un ahijado suyo. El hombre apresuró el paso, y cuando estuvo a su altura le dijo quedo, pero enérgico:

—Corra, padrino, lo más que pueda, mientras dura el Piquirico.

Sin pensarlo mucho apresuró el paso hasta casi correr. Llegando a la otra esquina oyó la últimas estrofas y el grito de espanto de los barceloneses, al ver que los soldados de Morales comenzaron a lancearlos con la mirada roja.

Esa noche, Morales, desde el puente sobre el Neverí, inició lo que de ahí en adelante llamarían los baños.

Cuando el isleño quería que alancearan a alguno de los que estaban encerrados en la casa de Principal, le decía a sus sicarios

---

113 Boves hacía preceder sus matanzas con una composición musical llamada el Piquirico, sin que me haya sido posible inquirir más sobre el particular. Para algunos, la composición es conocida como «Cuando la perica quiere que el perico vaya a misa». Numerosos asturianos consultados no reconocen la palabra. En una monografía sobre Asturias encontré sólo una estrofa de una canción en bable que hablaba del Rey Piquirico. Un viejo médico calaboceño me señaló en 1970 haber escuchado de niño al Piquirico (ver Valdivieso, obra citada.).

jactándose de su ocurrencia: a fulano que le den un baño. Al poco rato, un cuerpo con el vientre perforado pasaba debajo del puente entre las carcajadas de Morales y de sus hombres.

—Esto sí que tiene gracia —le decía un español, mientras en ese momento pasaba, llevado por la corriente del río, el cadáver de Santiago Arguindegui.

Al día siguiente se pobló el Neverí de piraguas de viudas y huérfanos pescando a sus deudos.

116

Cumaná

En el trayecto hacia Cumaná la Emigración hubo de luchar con un nuevo y terrible enemigo: los indios caribes, los cuales no perdían oportunidad de lanzarse sobre los que se descuidaban, y en particular sobre los rezagados. Hubo numerosas víctimas por parte de estos inconscientes aliados del Caudillo.

Cuando llegaron a Cumaná el 25 de agosto de 1814, después de cuatro días de marcha, no menos de 500 personas habían perecido. La ciudad los recibió recelosa, hostil, cansada, como se recibe a una pariente pobre a quien persigue la desdicha. Nadie, ni siquiera el primo de Eugenia, se hacía ilusiones sobre el final de esta guerra.

—A Boves no lo para nadie —le dijo una noche a la muchacha—. Su poder es inmenso. A este rey de los zamuros, como a los reyes medievales, nada lo separa del bajo pueblo. Esa es su fuerza; en cambio nosotros creíamos que nada iba a cambiar cuando volteáramos la tortilla. Tenía razón don Francisco Iturbide cuando me dijo que yo no iba a poder manejar a las castas. ¡Qué equivocado estuve cuando le respondí aquello de: «La demagogia en los labios y la aristocracia en el corazón»!

En Cumaná, Eugenia tuvo ocasión de conocer a numerosos jefes patriotas. Mariño le pareció un excelente hombre y muy apuesto; parecía, sin embargo, tímido y autoritario. Manuel Piar le gustó desde el primer momento. Era un mulato aguerrido que le hacía ojitos. Tenía pinta y garra. Quien no le cayó nada en gracia fue el pirata Bianchi, un italiano gordo, de largos mostachos, que con su flotilla y aspecto de buhonero, prestaba servicios a la República. No le gustaban las lisonjas y modales de aquel hombre de mirada rapaz y de anillos en las orejas. Aparte que a ella siempre le habían disgustado los hombres gordos y ventrudos.

Esa tarde, el General en Jefe hizo conducir a bordo el tesoro de la Catedral de Caracas, e invitó a Eugenia a una cabalgata por los alrededores de la ciudad. La gente encumbrada los saludaba fríos y distantes.

—Esta gente no nos quiere. Carlos III se equivocó cuando nos puso, bajo el mismo sello de venezolanos, a caraqueños y cumaneses. Son 300 años de historia, razas y riquezas diferentes, para que con una firma se declare una unidad. Ha de pasar un siglo para que todos se sientan venezolanos, pero por el momento, eso puede ser nuestra perdición.

Eugenia, con mirada indiferente, desviaba la atención para fijarla en una garza que levantaba el vuelo.

A lo lejos, el castillo de San Antonio se perfilaba en el poniente.

Al amanecer, fuertes golpes resonaron en la habitación donde dormía Eugenia.

—¡Excelencia! —llamó con premura Bernardo Herrera—. ¡Excelencia! —volvió a clamar con urgencia.

Como no se produjese una respuesta, pegó con más fuerza y cambió el trato:

—¡Simón, sal corriendo, que Bianchi está levando anclas!

Eugenia abrió la puerta y se precipitaron en la alcoba, Bernardo Herrera, Tomás Montilla y Soublette.

Todos corrieron hacia el ventanal desde donde se divisaba el puerto. Con las velas henchidas, la flota de Bianchi se disponía a zarpar, llevándose el tesoro de la Catedral. —¡Pronto, pronto! —le dijo Bolívar a sus oficiales—; ¡démosle alcance!

A medio vestir salieron los hombres y desde el balcón Eugenia los vio abordar una chalupa. Rápidos remaron hasta dar alcance a Bianchi. Subieron al puente y desaparecieron en el interior de la nave. Por media hora nada sucedió. Luego la nao capitana se deslizó por la rada, bogando mar afuera, hacia Margarita.

Ya a mediodía de aquel 7 de septiembre, corrían los más extraños y absurdos rumores. Unos decían que Bianchi había secuestrado a los jefes patriotas y otros, que aquéllos se habían fugado con el tesoro de la Catedral, abandonando a los fugitivos a su suerte.[114]

---

114 Rigurosamente histórico. Bianchi despojó a Bolívar de la casi totalidad del tesoro de la República (Ramón Díaz Sánchez Bolívar, el Caraqueño). Vicente Lecuna califica de «leyenda ridícula» la asociación de Bianchi con el Libertador. Madariaga lo recusa invocando a Mosquera como fuente, que a su vez lo recogió de Bolívar. (Bolívar, Tomo i, pág. 468).

Capítulo X
De Calabozo a Urica

117

El retorno a Calabozo

Hasta fines de agosto Boves permaneció en Calabozo, alternando los negocios de Estado con las extravagancias de Inés.

Aquel día que se la llevó en la grupa, luego de correr un trecho de sabana, sofocados por el calor del mediodía cayeron bajo la sombra aparaguada de un cotoperix. Inés estaba excitada por el calor, la cabalgata y los apretones.

En el suelo, entre las frutas maduras, se besaron más ardientemente. La respiración de la muchacha se hizo jadeante y la mirada se le volvió vacuna.

Las chicharras subieron el tono. Reverberaba la sabana, mugía el ganado, trepidaba el llano.

Inés sintió sobre sí el corpachón del Caudillo. La apretaba con fuerza, pero vacilaba.

Cuando profesaba ternura a una mujer, le costaba trasponer el amor físico.

En cierta ocasión le preguntó al Padre Llamozas la razón de estas paradojas.

—Porque eres un tímido y al mismo tiempo sensual —le dijo el cura—. Temes ser esclavizado. Querer y desear al mismo tiempo sería para ti, demasiado.

Cinco hombres a caballo, cinco negros gigantescos del Guayabal, se. acercaron a la pareja. El que fungía de jefe se cuadró ante Boves:

—A su orden, Taita.

El Caudillo, con el rostro encendido por el deseo y por la ira de verse sorprendido, le gritó a los hombres:

—Y a ustedes, ¿quién carajo los mandó a llamar?

El llanero le respondió entre sonriente y temeroso:

—Órdenes de Juan Palacios, mi jefe; nos dijo que no lo dejáramos solo a más de cien varas, aunque usted dijera lo que dijera, y que nos consideráramos hombres muertos si le desobedecíamos. —El zambo se atrevió a chistar—: Por eso, Taita, o nos mata usted o Juan Palacios, escoja.

El guerrero le lanzó al sicario una larga mirada llena de fastidio y comprensión, finalmente accedió.

No había otro árbol en una legua a la redonda. Caía el sol con su clásica brutalidad del mediodía.

Entre cruel y socarrón ordenó a los hombres que se clavaran como estacas alrededor del árbol, pero a cincuenta varas, y separados los unos de los otros.

Horas pasaron los enamorados arrullándose bajo la sombra espesa del árbol, mientras cinco hombres a caballo se derretían en la llanura.

La aparición de los espalderos había puesto un alto a los avances del hombre sobre el cuerpo de la muchacha. Casi la agradeció el

Caudillo. Inés, para él, era diferente. La muchacha, sin embargo, cuando lo vio replegarse por los caminos de la expectación, lo atajó bruscamente, con la mirada abierta y le dijo desde el suelo:

—José Tomás, hazme tuya.

—Pero... —balbuceó el Caudillo sorprendido.

—No —dijo la muchacha adelantándose a la objeción—. Quiero que me hagas un hijo, y ahora mismo.

El hombre señaló con el hocico a los centinelas que los rodeaban sin perderlos de vista.

—No, frente a ellos, frente a tus hombres es como quiero, para que no haya dudas de que Inés Corrales concibió un hijo tuyo bajo la sombra de un cotoperix.

Boves quiso evadirse en su sonora carcajada.

—Tú estás loca, Inés, ¿cómo voy a poner a mi futura esposa en semejante situación?

—Yo nunca seré tu esposa.

El hombretón creyó captar un reproche.

—Pero mi vida, si mis planes son casarme contigo, a más tardar, en febrero del año que viene.

La muchacha se quedó silenciosa. José Tomás le vio los ojos verdes perdidos en la enramada, y un leve destello de posesa. Con voz quebrada exclamó:

—¡En febrero del año que viene ya tú no existirás!

—¿Cómo? —preguntó entre asustado y burlón el Caudillo.

—Morirás muy pronto, José Tomás. Este es tu último viaje a Calabozo. Viniste nada más que para celebrar este encuentro donde me has de sembrar un hijo. Eso lo supe siempre. Me lo dijo la luna.

Lo de tu muerte lo supe hace un mes. Me lo dijo ella en una noche clara. Y la luna nunca se equivoca. Así me anunció la muerte de mi madre y de mi hermano Moncho.

Boves no atinaba a comprender lo que le sucedía.

Inés continuaba:

—Ser madre de tu hijo es mi único destino. Por eso te rehuía desde que era niña. ¡Tómame, José, Tomás! —gritó la muchacha con los ojos abiertos.

El hombre la complació. Primero con temor; luego se sumergió en ella hasta que el deseo volvió a fluir claro, bullente y tempestuoso.

Los cinco negros, avergonzados, volvieron sus grupas hasta que hicieron un abanico de guruperas.

El retorno fue largo y callado. Inés iba ausente en el camino de Calabozo. El asturiano optó por no hablarle mientras se le prendió en un seno. Atrás y muy cerca lo seguía la tropilla.

La aparición del Caudillo en las calles de la ciudad fue recibida de nuevo con júbilo. Inés continuaba ausente y aburrida. Al llegar frente a la iglesia se dejó caer del caballo y desapareció como una chicuela, corriendo por las callejas.

Rodeado de preguntas se quedó el Caudillo.

—¿Estará loca esta mujer?

En los veinte días que restaron de agosto José Tomás Boves permaneció en Calabozo. Allí se enteró del matrimonio de su oficial Serna con Rosa Bejarano. Fue un amor violento que nació aquella misma noche.

—Por lo menos una vida dulce tendrá.

118

Boves es la venganza del Caribe

De todas partes del Llano seguían llegando indios, negros y pardos, al saberse la invasión general que proyectaba el asturiano.

—Boves es la venganza del Caribe —le decía a sus contertulios el Padre Llamozas—. El español que se quedó en la costa arrojó el caribe hacia los Llanos. Ahora Dios, en sus inescrutables designios, y como hizo con los judíos, le va a devolver su tierra a sus legítimos dueños.

—Si vas a seguir con la pendejada, me voy a dormir, Ambrosito —le decía visiblemente aburrido, don Juan Corrales—. ¿Qué tienen de caribe esos negrazos que siguen a José Tomás?

El Padre Llamozas, presuroso, respondió:

—Son tan víctimas de la codicia del hombre blanco, como el indio; por eso huyeron al llano. El zambo, que es su mezcla —seguía el cura—, es la expresión más acabada del alma popular. El blanco, hay que reconocerlo, aunque escupamos hacia arriba, es un usurpador, y como todo ladrón, debe ser desposeído.

Don Juan Corrales, malhumorado, abandonó el salón y dijo en voz alta al salir al corredor:

—Cura que se mete en política debe terminar en la hoguera como Savonarola.

La significación de Boves dentro de los designios del Señor y la conducta criminal del Caudillo, eran un verdadero quebradero de cabeza para el Padre Llamozas.

Lo del baile de Valencia lo había puesto fuera de sí, lo mismo que la matanza de La Puerta y de La Cabrera.

En Valencia estuvo a punto de desertar, pero decidió esperar hasta consultarle el caso a don Narciso Coll y Prat. El arzobispo lo apoyó en su tesis de que el asturiano era un instrumento cruel de la voluntad divina para restablecer la paz en Venezuela.

—Nadie sabe lo que tiene hasta que lo pierde —dijo el Obispo—. La anarquía es la mejor garantía para que vuelva el orden. Los españoles de América decidieron, en un impulso impremeditado, separarse de la Madre Patria, sin darse cuenta que sin España quedaban a merced del pardaje y de los negros, como lo están sufriendo ahora. Boves, encima de reconquistar el país para España es quien los ha llevado a reflexionar. Hoy más que nunca los criollos se lamentan de aquella aventura. Esto es precisamente lo que esperaba España para perdonarlos.

«No tiene nada de particular, Padre Llamozas, que en este momento una poderosa flota española venga hacia acá para redimirnos de los desmanes de los negros» —dijo con leve reticencia el Arzobispo.

El Padre Llamozas le vio los ojos hundidos y brillantes y le preguntó:

—¿Lo cree usted, Su Ilustrísima?

Don Narciso vaciló, luego, finalmente, dijo:

—Yo no creo nada, don Ambrosio, pero de que pudiera suceder, pudiera suceder.

Con un sesgo de su mano el Arzobispo anunció el final de la entrevista, pero antes le dijo al Padre Llamozas:

—El Comandante Boves, como todas las fuerzas ciegas de la naturaleza, está destinado a desaparecer, luego que movilicen el cambio que el Señor le ha impuesto. Es nuestro deber que lo acompañemos, hasta que ese momento llegue, con el fin de aminorar sus desmanes. Le impongo, por consiguiente, don Ambrosio, que acompañe al Comandante hasta que yo lo releve de esta obligación.

De rodillas, el Padre Llamozas besó con devoción el anillo arzobispal, mientras pensaba que don Narciso erraba en su juicio, sobre el sentido y la significación de este hombre y de la revolución que movilizaba. Al salir de la estacia episcopal, dijo en voz baja.[115]

—Obedezco, pero no creo...

---

115 La lucha desencadenada por Boves llegó al extremo de que, según Juan Uslar, el Capitán General español Cajigal, el Gobernador inglés de Grenada y los patriotas venezolanos, habían acordado juntar esfuerzos para derrotar a Boves. Para esa fecha salía de España hacia Venezuela una poderosa flota con 12 000 soldados al frente de Pablo Murillo, con el objeto de poner fin a la cruel matanza. Madariaga afirma que Boves no servía a la causa de España sino a sí mismo (Bolívar).

119

La carta de Inés

Inés se negó obstinadamente a dejarse de nuevo amar por José Tomás.

—Mi destino ha sido cumplido y no tengo por qué repetir —le respondía la extraña muchacha—. Ya he concebido un hijo de ti.

—Pero mi vida —argumentaba, voraz—, ¿cómo vas a saber si estás encinta por una sola vez? ¿Por qué no nos aseguramos mejor y repetimos?

—Yo no soy una mujer cualquiera; soy la madre del hijo que te dará Calabozo, y condúcete como un novio formal.

Para sorpresa de él mismo y del Padre Llamozas, Boves se sometió a la muchacha.

—Inés es como Aspasia, la mujer de Pericles, que a través de su marido dominaba al mundo —pensaba el presbítero—. Ella es, sin duda, la parte fuerte de la pareja. Ojalá amanse a este tigre.

Las predicciones del Padre Llamozas sobre la buena influencia que el amor tendría sobre el carácter tormentoso del asturiano, parecía que iban a cumplirse. José Tomás lucía alegre, generoso y receptivo como en sus antiguos tiempos de pulpero en Calabozo.

Por una semana calló el piquete de fusilamiento de la Plaza Mayor. Pero un día, todo se vino abajo. Juan Palacios, preocupado, se acercó al Padre Llamozas y le dijo:

—José Tomás lo llama. La muchachita paró la cola...

Cuando el negro y el cura llegaron a la habitación de Boves, éste con el aspecto abatido, le enseñó un papel que con torpe caligrafía decía:

Ha llegado el momento de que te pongas en marcha y vayas al encuentro del enemigo. Mi presencia distrae tu destino. Márchate ahora mismo y. no me busques porque no me encontrarás. Te haré saber de mí en el momento justo y preciso. Hasta más nunca. Quien te ama más que nadie en el mundo.

Inés

—Se fija, Padre Llamozas, que yo no paro cabeza y que la felicidad no está hecha para mí —dijo el hombre.

—Son cosas de mujeres... ¿Tú no conoces a Inés? —le señaló don Ambrosio—. De que te quiere, te quiere, pero como tiene miedo de perderte, te empuja a que te enfrentes al enemigo para que salgas de eso y luego disfrutes el triunfo. Pues mira —dijo con ánimo optimista el cura—, hasta estoy de acuerdo con ella. Creo que estás perdiendo mucho tiempo aquí en Calabozo, y en Oriente te esperan. Deja a esa muchacha quieta y vámonos para la guerra. ¿No te parece, Juan Palacios?

—Así es, Padre —contestó el negro.

Los tres hombres callaron. Ninguno creía, ni siquiera el Padre Llamozas, que Inés volvería. Las mujeres, cuando se van, no vuelven nunca, rumió el cura.

120

De Calabozo a Barcelona

Tres días más tarde, en los albores de septiembre, el ejército se puso en marcha hacia Barcelona. Juan Palacios hizo la guiña cuando vio a José Tomás detener su caballo y volverse para divisar la cúpula de la iglesia de Calabozo, que a muchas leguas brillaba a la luz indecisa del amanecer.

—No se voltea pa atrás cuando se coge camino —le dijo el negro.

Triste y airada fue la marcha por los pastizales del Llano inundado. A diferencia de sus otras expediciones, en que José Tomás se mezclaba con la tropa, comiendo y durmiendo entre ellos, en esta ocasión busca el aislamiento y permanecía silencioso. Sus ojos variaban en su expresión de una honda tristeza a una cólera infinita.

Una noche, mientras descansaban junto a la hoguera con el Padre Llamozas, Juan Palacios y el indio Eulogio, Boves salió de su mutismo para decir bruscamente:

—¡Mantuana tenía que ser!

—¿Qué fue, chico? —le preguntó el Padre Llamozas.

—Que mantuana no se casa con pulpero, padre. Lo mismo que antes. Por eso me dejó.

El cura trató de argumentar, pero el Caudillo, poniéndose en pie, le dijo al indio Eulogio:

—Esta vaina se acabó. Vente Eulogio, acompáñame —y diciendo esto, montó sobre su corcel y se perdió por la llanura camino de Pariaguán.

Al amanecer llegaron al poblado, que estaba casi abandonado. Un pulpero, un zambo mal encarado, abría las puertas de su pulpería.

Boves, desde su disfraz, le gritó:

—Oiga, amigo, ¿qué pasó con la gente de este pueblo que lo veo vacío?

El hombre, como buen llanero, rumió la respuesta:

—Sus razones tendrán.

—¿Será porque viene Boves? —le insistió al hombre, ya visiblemente contrariado por el interrogatorio.

El pulpero, sin responder, se metió para adentro. El Caudillo y Eulogio lo siguieron:

—Mire, señor, nosotros somos patriotas que venimos huyendo de Boves, y vamos hacia Maturín.

El hombre se paró en seco:

—Yo no tengo nada que ver con eso; tengo ocho muchachitos y no me meto en política. Si ustedes son insurgentes, me da lo mismo que si fueran realistas. Si tienen hambre, aquí hay comida. Si quieren dormir, cuelguen sus chinchorros, pero a mí no me pregunten nada porque nada sé.

Luego del desayuno se quedaron dormidos en el corredor. A media mañana una charanga los despertó. Gritos lejanos de ¡Viva Boves! les dieron a entender que entraba el ejército. El pulpero al mismo tiempo los sacudía:

—Levántense muchachos, que ahí está Boves. —Nervioso los empujó hasta el fondo de la casa, y en un hueco disimulado por unos sacos de maíz, les dijo que se escondieran.

—No hablen, muchachos, que en ello les va la vida.

Los dos hombres decidieron seguir la corriente, aguantando a duras penas las carcajadas. Al poco rato oyeron rumores de pasos que se acercaban. Voces acres inundaron la habitación.

—¿Dónde? —preguntó una voz airada.

—Ahí, detrás de los sacos están escondidos los insurgentes —dijo el pulpero con voz de judas.

Con la boca abierta y los ojos bajos se quedaron los siete soldados cuando vieron emerger del escondite a Boves y a Eulogio.

—¡Taita! —dijeron a coro.

El astur se desternillaba de risa al ver la cara de sus hombres y del pulpero, que se desesperaba por entender. Cuando finalmente se enteró de lo que había sucedido, cayó muerto, sin articular una palabra.[116]

Pariaguán fue saqueado e incendiado de punta a punta.

En Cachipo, sitio de su primera victoria sobre los patriotas, se le sumaron indios caribes de la Mesa de Guanipa. A diferencia de los

---

116 Tradición recogida por el autor en el sitio de los sucesos y que encaja dentro de la caracterología del biografiado. En Barcelona, Boves repitió el trágico baile de Valencia (J.V. González).

indios del Alto Apure y del Meta, que eran deformes y achaparrados, los caribes tenían buena talla y hermosas facciones.

La emoción del Padre Llamozas al ver llegar a los caribes, fue grande.

—¿No lo decía yo, que Boves es la venganza del Caribe?

No hubo, sin embargo, fraternidad entre los esclavos. Los negros despreciaban a los indios, de la misma forma que los mulatos y los zambos despreciaban a los negros.

El régimen de castas impuesto por España, había penetrado en la idiosincrasia nativa, mucho más de lo que, en un primer momento, suponía el cura.

—¿Tú como que te crees más blanco que yo? —era frecuente oír entre los pardos cuando discutían; de la misma forma que los mulatos se enorgullecían de los tonos claros de su piel o del cabello liso.

—Es curioso —se decía don Ambrosio— que odien en otro lo que aman en ellos. Ése es el germen de su propia destrucción. Aquí los únicos que tienen conciencia de unidad son los mantuanos. Comienzo a pensar que la revolución será imposible.

El 9 de septiembre Boves llegó al pueblo de Santa Ana, entre Cachipo y la Villa de Aragua. Ya para salir de la aldea los caporales le dieron cuenta de que algunos vecinos se habían robado cuatro reses. Sin pensarlo mucho, hizo rodear la villa y ordenó tocar degüello. 500 personas murieron ese día en un villorrio que no llegaba al millar.

Dos días más tarde pasó por Aragua de Barcelona y contempló la huella criminal de su lugarteniente.

El 20 de septiembre entró en San Mateo y ordenó degollina general de todos los blancos. En seis días, recorrió las veinte leguas que lo separaban de Barcelona.

121

No te acompaño

Los escasos pobladores que le restaban a la ciudad oriental hicieron lo indecible por concederle un cariz festivo a la entrada del Caudillo. Allí se enteró de la derrota que había sufrido Morales al atacar Maturín. José Tomás montó en cólera.

—Carajo, le dije expresamente que no tomara la ciudad, pero ese isleño bruto no me hace caso. ¿Se estará alzando?

A poco le enteraron de la retreta y un calofrío de soslayada desconfianza lo sacudió. «¿Me imita o pensará hacerme la competencia?»

Esa noche, al encontrarse con Juan Palacios, le preguntó a quemarropa:

—¿Qué te está pareciendo Morales?

—Tú sabes que a mí nunca me ha gustado.

—No, eso ya lo sé; te pregunto por la opinión que te merecen las cosas que ha hecho aquí en Barcelona.

—La gente le tiene miedo; dicen que es más malo que tú, que ya es mucho decir.

—¿Y la gente dice que yo soy malo? —preguntó empalideciendo, como si la afirmación del negro le revelara un mundo.

—Pero bueno, José Tomás ¿y tú no lo sabes? ¿Cómo quieres que llamen a un hombre que haga lo que hiciste en Valencia, La Puerta y La Cabrera, por no nombrarte sino los más mentados? ¿De qué crees que se murió aquel pulpero de Pariaguán? Se murió de miedo. Tenía cagados los pantalones cuando cayó muerto.

Boves empalideció ante las reflexiones de Juan Palacios.

El negro continuó:

—No es mentira que guerra es guerra, y en esta que estamos metidos nadie da paz ni cuartel y que preso amarrado es un estorbo, pero sí creo que se te ha ido la mano en muchas cosas. Lo del baile de Valencia me paró la chicharronera cuando me lo contaron. Al principio creí que eran vainas de tus enemigos; pero de un tiempo para acá estoy creyendo que como que se quedaron cortos. Desde que salimos de Caracas y comenzaste a colgar esa runfla de inocentes que se te habían rendido, me dije: eso no está bien hecho, sangre de inocentes es guiñoso.

Pero luego pensé, esas son cosas que le pasan a José Tomás, y así lo seguí creyendo hasta que llegamos a Santa Ana. Pero cuando vi que por unas vacas que te habían robado, ordenaste degollina general, ahí sí me puse cabezón porque no sólo no había ninguna necesidad, sino que eso es contrario a la conveniencia.

Boves bajaba la cabeza mientras el negro hablaba. Juan Palacios continuaba:

—Por eso estaba por decirte, José Tomás, que si tú no cambias, vas a terminar muy mal, y que yo, con todo lo que te quiero, no estoy dispuesto a acompañarte por ese barrial de sangre.

417

122

Y en Barcelona también bailaron

Un día después salió Juan Palacios, con dos hombres de su confianza camino de Cumaná. Tenía por misión la misma que había realizado en Caracas: socavar la fidelidad de los esclavos de la región y soliviantar a los pardos contra los patriotas.

Esa misma noche, los notables de Barcelona, con el fin de congraciarse con el Conquistador, decidieron darle un suntuoso baile en la casa de doña María Polo, una de las más ricas mantuanas de la región.

A las nueve de la noche llegó luciendo su uniforme de coronel. La filípica de Juan Palacios lo atormentó toda la mañana. Cuando salió de su casa en dirección al baile, se había hecho un firme propósito de enmienda. Ligeramente pálido se observaba esa noche.

Con severo continente recibió el besamanos de la ciudad. Le sorprendió la belleza de las mujeres. Eran mucho más altas que las de Caracas y de facciones mucho más finas. Los hombres también eran más de su agrado que los caraqueños: menos reticentes y menos solemnes. Durante más de dos horas bailó con las hermosas mujeres y departió con sus maridos. De pronto el indio Eulogio sintió la risa quebrada de su jefe, seguida de una palabra tartajeante.

—Eulogio —gritó de punta a punta—, anda y tráeme la banda para que estos orientales vean cómo bailamos en el Llano.

La banda guerrera tocó la Zambullidora, un bambuco de moda. El mismo la bailó con una linda barcelonesa. Eulogio vio cómo la hurgaba con la mirada y cómo desaparecía en cada giro de la danza la mesura y cortesía del comienzo. En el último compás Boves intentó besar a la mujer, quien lo esquivó hábilmente. El marido tuvo un gesto violento. Manos amigas lo retuvieron. Boves lo alcanzó a ver. Con mirada airada le gritó a Eulogio:

—Llévate a ese pendejo y que le den un baño en el Neverí.

Alguien intentó sacar una pistola y lo mataron en el acto. Boves y sus oficiales desenvainaron las espadas.

—¡Maestro! —le gritó Boves a los músicos—. ¡Tóquenme ese Piquirico!

Al día siguiente, mujeres barcelonesas volvieron a pescar en el río los muertos del último baile.

123

El amigo Piar

Con la fuga o el rapto de los jefes patriotas, el 7 de septiembre, todavía la gente no sabía a qué atenerse. Cumaná quedó confusa. Piar se hizo proclamar por Ribas, jefe y Libertador de Oriente, mientras él hacía otro tanto con Ribas, sólo que los títulos de Ribas eran in partibus, ya que se referían al Occidente, que estaba en su totalidad en poder del enemigo.

Piar se enteró de que Boves había arribado a Barcelona el 28 de septiembre, con un ejército de 6000 hombres. Él, a duras penas, había logrado reunir 2000 entre los refugiados, los cumaneses y los restos del Ejército del Libertador. Para ese tiempo recibió órdenes de Bermúdez de evacuar a Cumaná y de marchar hacia Maturín, donde se estaban reuniendo todos los jefes patriotas. Piar se negó en redondo. Prefería correr la aventura de enfrentarse a Boves, que caer bajo la subordinación del despótico Bermúdez.

—Dos mil hombre« atrincherados y bajo mi mando —le decía a Eugenia que lo oía embelesada—, son suficientes para pararle el trote a ese monstruo. Si Bermúdez quiere que nos reunamos, mejor se arrima para acá que ir yo para allá; ¿no es acaso la misma distancia?

Eugenia lo veía complacida y con la boca entreabierta, derretida por aquellos modos imperiosos del mulato.

La defensa de la ciudad le impidió a Piar acercarse todo lo que hubiese querido a la caraqueña.

—Tu destino, bella mujer —le decía alborozado en cierta ocasión—, es gobernar a través de los hombres, llámense Bolívar o Piar.

—¡Ay! ya se me puso declamador —reflexionaba Eugenia—. ¿Por qué será que estos pardos no saben mantenerse naturales?

El día de San Francisco, muy formalmente le propuso matrimonio. Eugenia casi estuvo a punto de recordarle la real sanción que prohíbe el matrimonio entre gentes de distinta raza.

Al día siguiente le dio una larga serenata bajo la luna.

La bahía de Marigüitar brillaba a lo lejos y un dulce olor a madreselvas despertaba en ella un tibio arañar de vientres. Piar se alejó comedido y respetuoso. Mientras, Eugenia pensaba: «Qué tontos son los hombres; si en vez de estar con tanta musiquita se hubiese moneado por la enredadera, hace tiempo que hubiésemos salido de eso.»

Piar se debatía entre la defensa de Cumaná y el asedio a Eugenia. Cargas y ejercicios furiosos todo el día y serenatas hasta la madrugada lo estaban matando. Ya llevaba una semana en eso y enflaquecía día a día.

—Si este muchacho continúa con esta vida —pensaba la caraqueña—, Boves lo va a tumbar de un soplido. Esto no puede seguir así.

Por eso la noche siguiente, como en Píritu, decidió calarse, y esta vez con gusto, el gorro frigio de la Libertad.

Cuando vio llegar a Piar, le dijo simplemente:

—Mira mijito, deja la zoquetada y sube de una vez.

124

Muerte en la Catedral

El 15 de octubre se presentó Boves frente a Cumaná. Piar, con sus dos mil hombres lo esperaba en las afueras de la ciudad, en un sitio llamado El Salado. Por el puerto de la Madera en el camino de Cariaco, aparecieron contingentes del asturiano que cortaron la retirada, mientras la flota española ponía cerco a la plaza por mar. Tétricas brillaban las banderas de Boves. La una negra con las tibias cruzadas y la calavera que significaba muerte, y la otra roja que prometía sangre.

Con dos piezas de artillería y los jefes patriotas Ribas y Frites a su lado, Piar abrió fuego sobre el enemigo. Tres horas duró la batalla. Al final los patriotas fueron abatidos. Eugenia desde un balcón vio pasar a su enamorado camino de Cariaco. Supo luego que a duras penas pudo abrirse paso. La población entera cayó en manos de Boves.

De inmediato comenzó la matanza. Eugenia y María Teresa llegaron justo en el momento en que un grupo de refugiados cerraba las puertas de la Catedral. 200 personas aglomeraban obstáculos ante el portal, en la vana esperanza de poner freno a la ira de los invasores.

Eugenia por primera vez tuvo miedo. Sus ojos verdes brillaron en la oscuridad del templo. Se agarró muy fuerte a María Teresa:

—Reza, Tere; ¡¡¡reza, por Dios!!!

En la plaza se oían los gritos desaforados de los invasores. Una voz acañonada gritó dominante con duro acento español:

—¡Eh, los de adentro! Que abran, que nada les va a pasar, que ya todo terminó.

Los cuatro cabecillas espontáneos que habían capitalizado la tragedia, cotorrearon entre ellos, mientras la misma voz atropellada, seguía:

—¡Que es preferible que abran por las buenas a que tengamos que entrar por la fuerza!

Los cabecillas continúan consultándose entre sí. Eran cuatro vejetes de mejillas chupadas. Dos estaban por la entrega, dos por esperar un poco más.

Vicente Sucre se opone, resuelto, pensando en su hermana Magdalena.

—Ustedes están locos... Aquí hay que resistir hasta el final...

La misma voz en tirabuzón vuelve a gritar:

—Tienen diez minutos para rendirse, de lo contrario derribaremos la puerta y entraremos a cuchillo; ¡escojan!

Eugenia y María Teresa lucen inermes. Una mujer embarazada, de aspecto distinguido, les hace señas: —Vengan por aquí —y diciendo esto las llevó hasta la sacristía—. Aquí nos podemos esconder las tres. Yo conozco este escondite desde que era niña, pero cuidado con moverse.

Las mujeres desaparecen bajo el doble panel. Afuera, en la nave central, el golpe de una viga chocando contra el portal de la iglesia les advierte que ha comenzado el último momento.

El murmullo acompasado de 200 voces rezando el rosario, les da a entender que los de adentro también han entendido. Se hace un doble juego entre los que violentan la puerta y los que rezan. Acompasadamente callan en el momento preciso en que el ariete choca contra el portal, para revivir gozosos entre un golpe y otro. Así llevan más de media hora. Finalmente un resquebrajamiento seco seguido de un alarido insano, da a entender que el río humano se está desbordando en la Catedral. Se oyen gritos, maldiciones y pistoletazos. Un grupo intenta refugiarse en la sacristía. Desde su escondite las tres mujeres asisten llenas de horror al asesinato de seis personas.

Una muchachita de unos quince años es amenazada con un sable por un negrazo. Otro le dice:

—No, no la mates, ésa es para el Taita.

—¿Y ésta? —le pregunta al que hace de jefe, señalándole una mujer de edad indefinida, de facciones nobles. El otro le ordena rápido:

—Mátala...

El grupo de asesinos se aleja de la sacristía anegada en sangre. Eugenia, María Teresa y Carmen Mercier, la mujer embarazada, alimentan una esperanza, pero los pasos vuelven.

Es el indio Eulogio seguido por los hombres de su confianza, husmeando por la Catedral. Al ver los seis muertos en el suelo, les comenta a sus sicarios:

—Con éstos son 214.

Las mujeres sienten que van a desvanecerse. Súbitamente el indio levanta la vista y la clava directa sobre la cara de Eugenia. Como si la viera a través del panel, le sonríe malicioso. Mete una lanza por la ranura, que le pasa a María Teresa muy cerca de la cabeza.

—Túmbenme ese paraván —clama de pronto—, aquí hay gato enmochilado.

Tres machetazos bastaron para abrir un boquete en aquella madera carcomida por los siglos. Al fondo, como en una caja de galletas rota, temblaban las tres mujeres.

Una exclamación admirativa tuvieron Eulogio y los hombres al ver a Eugenia y a María Teresa.

—Urpia, Dolores —exclamó el indio—, qué buen regalo pal Taita. A éstas se las llevo personalmente; en cuanto a la barrigona, llévatela tú, Demetrio, a ver si pasa el examen.

Carmen Mercier salió seguida del secuaz de Eulogio. No pudo contener el llanto al ver las cabezas de Vicente Sucre y de su hermana Magdalena. Los cuatro viejos de las mejillas hundidas las tenían ahora llenas de sangre.

Más de 200 cadáveres, en las posiciones más diversas, estaban esparcidos por la iglesia. En el Altar Mayor, una mujer abrazada a dos niños cristalizaba en el infinito una mirada de espanto.

Seguida de Demetrio avanzó la mantuana. Afuera se oían los gritos de la muchedumbre enardecida que se arremolinaba en la Plaza. En medio del atrio, solo, hercúleo y joven, estaba un hombre de pelo rojizo. La mujer adivinó a Boves en aquella presencia. Cuando prisionera y captor se perfilaron en el portal de la Catedral, un alarido de perro bravo surgió de la boca gruesa de un oficial que estaba en aquella borda. La mujer reconoció a Pedro Rendón, un cuarterón a quien ella había desdeñado. El hombre, sable en mano, se abalanza sobre la mantuana. Ágil le sale al paso el Padre Llamozas, quien la protege con su cuerpo.

—Quieto, Rendón —le dijó enérgico.

Boves contempla sonriente la escena. La mujer le implora.

—Por piedad, señor... que soy madre de dos hijos.

—Taita, esa mantuana insolente me infamó y destruyó mi vida —dice Rendón.

La multitud enardecida se pone de parte del cuarterón. El Padre Llamozas continúa protegiéndola. Rendón pide venganza. Boves sigue sonriendo.

—Taita, déme esa mujer —clama el hombre con el sable desenvainado—, porque yo siempre le he sido a usted fiel.

Boves, con displicencia, autoriza la posesión.

Rendón avanza hacia la mujer. El Padre Llamozas sigue oponiendo su débil cuerpo. El pardo, de un empellón, lo tira de la plaza, mientras la soldadesca lo celebra con cuchufletas, luego alcanza a la mujer y de un sablazo le abre el vientre. La infeliz se desploma, mientras Rendón, una y otra vez, la hiere en el suelo. Cuando ya levanta por cuarta vez el arma ensangrentada, un sablazo lo deja dando traspiés y sin cabeza.

—Así no se pelea, carajo —exclamó el negro con voz quebrada y con la expresión descompuesta.

Sobrecogido por la ira bajó Juan Palacios las gradas de la Catedral, a tiempo que le dirigía una furibunda mirada a Boves. El asturiano se le quedó viendo burlón y le respondió con una carcajada, como jamás Juan Palacios se la había oído.

125

Matanzas en Cumaná

La matanza de civiles continuó toda la tarde. Al día siguiente, como era ya su costumbre, organizó un espléndido baile en una de las mejores casas de la vecindad. Mantuanos sin memoria asistieron. Lo pagaron con creces. A medianoche resonó el Piquirico y todos los hombres blancos fueron alanceados. Siguió la fiesta con mujeres blancas y hombres de color.

Boves estaba completamente embriagado. De súbito su rostro embotado se iluminó: la totalidad de esos músicos, aunque fuesen pardos, eran compañeros de Bolívar, ya que salieron con la Emigración. 30 profesores hacían sonar sus instrumentos, mientras la soldadesca danzaba en medio de cálidos bambucos. El primer músico ejecutado fue Juan José Landaeta. Para que no echara de menos los laureles del Parnaso, ordenó que a manera de corona de laureles, le ataran en la cabeza la letra de su celebrada composición «Gloria al Bravo Pueblo».

Con su habitual solemnidad, Landaeta, viendo a su verdugo, le gritó a tiempo de salir a la calle: ¡Viva la Libertad! Boves le respondió con trompetilla larga que fue muy celebrada por la concurrencia. En la acera de enfrente una descarga cerrada desafinó los violines. Uno a uno fueron fusilados los 29 músicos restantes.

Cada cierto tiempo Boves, apuntaba a la víctima elegida, la cual era arrastrada hasta la calle vecina. Al final era tétrico y risible oír el toque nervioso y rápido del último músico, que convulsivo y aterrado, mendigaba la vida. Fue inútil. Boves lo derribó de un pistoletazo.

—Se acabó la fiesta —dijo el asturiano—, ahora que vengan las putas.

A una señal suya, Andrés Machado se acercó y le dijo:

—Hemos capturado 132 mujeres, jóvenes y bonitas —dijo el mulato.

—Eso es viendo —y diciendo esto se encaminaron a la Catedral donde se guardaba a las prisioneras.

Sentado en gran silla de vaquera y rodeado de su estado mayor, Boves, ebrio, de espalda a la plaza, ordena el desfile de las cautivas.

Interjecciones como descargas señalaban su paso. Durante una hora desfilaron contritas y ansiosas. Cuando parecía haber finalizado el espectáculo, el indio Eulogio se apareció con Eugenia y María Teresa.

—Mire lo que encontré escondido en la Sacristía, Taita.

Andrés Machado se mordió los labios al divisar a Eugenia; Juan Palacios se tornó morado. Boves, a punto de caerse de la embriaguez, le dirigió una mirada de apetito, a tiempo que se preguntaba:

—¿Dónde carajo he visto yo a esta mujer?

Sin saber por qué, pensó en su madrina, una monja carmelita allá en Oviedo. Enclaustrado por el deseo, gritó al mulato Machado:

—Andrés, llévatela al Castillo, que dentro de un rato voy.

—Sí, mi jefe —respondió el mulato.

Eugenia marcha con desenfado y con una expresión sonriente. Ella sí ha reconocido en Boves al capitán de urbanos que dos años atrás, en el convento, tratara de forzarla a un beso.

Llevada de las riendas, Eugenia atraviesa la ciudad desierta.

Al llegar a la esquina, Andrés Machado la toma en vilo y la monta sobre un caballo.

Poco a poco la algarabía de la plaza se la va tragando la calle solitaria. Andrés guarda silencio. Tan sólo se oye el paso cloqueante de los caballos.

Al llegar a un recodo sombrío el hombre se detiene. Va a un lado y rompe las ligaduras de la prisionera, en tanto que le dice:

—Señorita, prepárese a parar la cola, mire que en eso nos va la vida.

Cuando llegaron a la esquina dieron vuelta en dirección contraria y nadie les impidió el paso. Dos horas más tarde se detuvieron a la orilla de un río. La luna brillaba desvaída. La arena de la playa guardaba el calor de la tarde. Eugenia sintió su contacto como una caricia y se revolcó en ella. Una dulce y lánguida quietud abrasaba el aire. Eugenia se volvió de cara toda al mulato y le vio los ojos encendidos por el deseo. Con la mirada fija, a pasos menudos, avanzó hasta Andrés y lo desnudó ella misma.

126

La fuga

En la seguridad de que naidie los seguía, Andrés y Eugenia le enseñaron sus ombligos a la luna. En la madrugada la temperatura cayó a pique. Andrés encendió una hoguera a cuyo rescoldo se refugiaron los amantes. Ya para el amanecer se oyó a lo lejos el galopar de un caballo. El mulato pegó el oído al suelo y luego de escuchar atentamente, dijo con suavidad:

—Es un solo caballo.

Se ocultaron tras los matorrales. Atrás se quedó Eugenia. El mulato se agazapó adelante en la esperanza de que el desconocido se acercaría al fuego.

—¿Quién podría ser el hombre que corría impunemente de una trinchera a la otra?

El paso del caballo se acercaba. Como lo había supuesto Andrés, el desconocido se acercó a la hoguera. El mulato se quedó sorprendido al descubrir que el caminante era Juan Palacios. El negro vio hacia todos los lados. Luego encendió con una brasa un tabaco. Chupó largo. Estaba serio y triste. Luego se le iluminó la cara con una sonrisa. Se puso en pie, y montando sobre su caballo se alejó hacia las líneas patriotas.

Dos días más tarde, cuando Boves salía de Cumaná, camino de Urica, Andrés Machado y Eugenia alcanzaron al ejército patriota. El General Piar, al verle la cara al mulato y a la bella Eugenia, que traía consigo, no vaciló en ratificarle su cargo de Capitán de los ejércitos patriotas.

—Nada nos importa el pasado; lo que interesa es la Libertad.

El mismo día, unas horas antes, un retén patriota había detenido a Juan Palacios en las cercanías de Cariaco. Mientras los soldados le apuntaban, un teniente le preguntó:

—¿Quién eres y qué quieres?

—Un venezolano que anduvo con Boves y quiere servir de ahora en adelante a la causa de la Libertad.

—Bien venido, compatriota; ven con nosotros —le respondió el oficial.

—¿Cómo te llamaremos, compañero?

Juan Palacios pensó en su pasado y se inventó un nombre.

La deserción de Juan Palacios, seguida por la de Andrés Machado, sumieron a Boves en la ira y el abatimiento. Por varios días se emborrachó hasta caer exhausto, entregándose a toda clase de excesos. Dio orden de no dejar vivo ni a un solo blanco en Cumaná.

Cuando días más tarde salió de la ciudad, la orden había sido cumplida a cabalidad. De esta degollina no se salvaron ni los mismos blancos que militaban en sus filas. Para satisfacción general del pardaje, más de 50 españoles fueron asesinados el mismo día en que Boves salía de Cumaná en dirección a Urica, donde lo esperaba acampado Morales con tres mil soldados.

A mediados de noviembre llegó el Caudillo, con 4000 hombres, al lugar de la cita. Acababa de derrotar a Bermúdez en los Magueyes y venía enardecido. Tan pronto divisó a Morales, se desató en toda clase de improperios en su contra. El bigotín volador de Morales se vino en picada al divisarle a Boves la cara descompuesta por la ira. Tan pronto lo tuvo a su alcance, le espetó con voz de trueno:

—No le dije que no atacara a Maturín, pedazo de bestia. Por su culpa he perdido 3000 hombres, y todo por salir de parejero a imitarme. Usted nació para que yo lo mande, ¿me oyó?, porque usted para jefe no sirve.

Morales trató de argumentar. Boves, más groseramente aún, le impuso silencio:

—Cállese la boca, mentecato, si no quiere pasarlo mal. Siga adelante abriéndome camino, que luego ajustaremos cuentas.

La cara de Morales iba contraída por la ira; la de Boves se había hecho más laxa por la descarga. Dirigiéndose a Nicolás López, uno de los oficiales de Morales, le preguntó:

—¿Y qué noticias hay de los insurgentes?

—Pues, que hasta ahora —dijo el hombre— siguen atrincherados en Maturín y que suman unos 5000 soldados.

127

Urica

La villa de Urica era una pequeña aldea de casas destartaladas, pretenciosamente tiradas a cordel. Con excepción de las mansiones que rodean la plaza llena de almendrones, el resto es una ranchería de techos de bahareque y paredes de barro. Un río la cruzaba al Norte, una ciénaga la enfangaba al Sur y pequeñas colinas llenas de chaparrales la limitaban por el Este. La población adulta había huido hacia Maturín y en el pueblo tan sólo quedaban unas cuantas viejecillas rezanderas. La iglesia, sin campanario, amenazaba ruina y a pesar de estar en diciembre, el calor hacía jadear a los hombres y a las bestias que se arremolinaban malhumorados bajo los árboles.

El humor del Taita le sacaba rubores al fuego. Se pasaba el día maldiciendo y renegando de los patriotas, de Morales, de Juan Palacios y el mulato Machado. Ya llevaba tres días en este frenesí cuando el indio Eulogio le dio la sorpresa:

—Noticias de la señorita Inés, Taita. Mire lo que le manda.

El indio Eulogio tenía en una mano un sobre y de la otra un vigoroso caballo. El Caudillo tomó con prisa la carta y empalideció al enterarse de su contenido. La muchacha, como ella misma lo había supuesto y calculado, quedó preñada desde aquella única y agitada tarde.

Sin adornos, como era su carácter, Inés le informaba que acababa de cumplir su destino. La carta de Inés borró por completo el malhumor del Taita. Esa noche hubo guitarra grande y aguardiente a discreción en la tropa. El mismo Boves volvió a cantar, con destemplada voz, galerones y fulías.

El Padre Llamozas, que asistía complacido y atento al espectáculo, no hacía sino preguntarse:

—¿Cómo es posible que un pueblo de negros y hombres de color en abierta rebelión contra los blancos, tengan como Caudillo a un hombre que además de todo era español, rubio y pulpero. Es tal la degradación a la que llega el alma del esclavo —se respondía el presbítero—, que nada bueno espera de sus iguales. Hasta ese extremo —exclamó con indignación el cura—, ha llegado la explotación del vencedor.

«José Tomás, como decía Su Ilustrísima, es un instrumento ciego de la Divina Providencia para imponer la justicia en esta tierra —continuaba diciéndose el cura—, pero está destinado a desaparecer en el momento justo en que triunfe, o terminará tracionando a esa rebelión que acaudilla. José Tomás es un resentido. Todo cuanto ha hecho es por odio y su odio tiene por fundamento el desprecio y las afrentas a que lo sometió su propia gente. Cuando triunfe será aclamado y ensalzado por los que una vez lo humillaron, trocando lo que hubiese sido un ciclo histórico por una menguada elipse personal. Esa es la historia de todos los revolucionarios nobles y ricos. ¿No sucedió en Francia con Orleans y Napoleón? ¿No se hizo coronar emperador quien se proclamaba paladín de la República?

El Padre Llamozas oscurecía aún más su cetrino rostro, a tiempo que observaba cómo dos zambos esgrimían sus garrotes en una extraña danza homicida que todos palmeaban y aplaudían. El cura continuó en su esquinado monólogo.

—Sólo los pobres podrán liberar a los pobres, y sólo los negros liberarán a los negros. Hasta que no llegue un caudillo pardo y pobre, todas las revoluciones serán traicionadas. —La traicionará José Tomás?

El cura Llamozas abrió muy grandes sus ojos alechuzados y trató de penetrar en la mente del asturiano. José Tomás continuaba riendo a carcajadas. Uno de los esgrimistas se revolcaba en el suelo por un mal garrotazo recibido.

—José Tomás es distinto —siguió diciéndose el cura—. El odio ya lo ha aislado de sus iguales. Su último vínculo con la raza en la que ha nacido lo segó en Cumaná cuando hizo fusilar a los 50 soldados españoles que lo seguían. Dejó tan sólo a los canarios a quienes se trata como pardos y a él con su perfil de piache otomaco. ¿Pero puede un hombre, sin una pizca de amor, hacer un pueblo cuando llegue a su fin la era del odio? José Tomás, todo cuanto ha hecho no es por amor a los negros y a los pardos, a quienes en el fondo desprecia, sino por odio a los blancos que a su vez lo despreciaron. Su tendencia hacia abajo no es democracia sino demoniocracia. No es afecto hacia los humildes, sino odio hacia los que son más soberbios que él. Cuando un tirano no tiene amor, la locura y la muerte son su corona y su cetro. ¿Estaremos frente a una réplica equinoccial de Calígula? —se preguntó el cura a tiempo que unos hombres a caballo llegaban hasta donde estaba sentado el Caudillo.

Uno de los hombres traía de un cabestro a una muchacha, medianamente agraciada y de aspecto indio.

—Fue todo lo que conseguimos, Taita. Tuvimos que caminar más de seis leguas para encontrarla.

—No será una gran cosa —anotó otro de los exploradores—, pero a menos que el novio haya comido adelantado, debe ser señorita, pues la boda iba a ser pasado mañana.

—Los agarramos mansitos —siguió diciendo el que, la traía amarrada, mientras le enseñaba sus encías vacías.

—Nunca se imaginaron que llegáramos hasta allá —continuó otro. Estaban en la cocina dándose un beso cuando les caímos encima.

—¿Cómo te llamas? —le preguntó José Tomás, a tiempo que la media con sus ojos.

—Rosalba Barreto —respondió la muchacha gimiendo.

—¿Es verdad que te ibas a casar pasado mañana?

Sin dejar de llorar asintió con la cabeza. Era una mestiza limpia, de buena estampa.

José Tomás le respondió con voz ebria:

—Pues vas a tener que cambiar de novio por esta noche —y diciendo esto la tomó en vilo y se la llevó a la casa de enfrente. Los alaridos de la muchacha defendiéndose de su raptor, saltaban por encima del ruido de las guitarras y de las maracas.

Cuando un rato más tarde salió José Tomás, dando tumbos, dos arañazos le cruzaban el rostro.

El indio Eulogio le salió al paso sombrío:

—¿Como que le salió gata? —le preguntó al hombrón.

—Como todas al principio, pero ya se aquietó —respondió con aire satisfecho.

—¿La amarro o la tranco? —preguntó el indio.[117]

—No, déjala quieta... ésa ya no se va. Con decirte que si se la llevamos al novio es capaz de regresar.[118]

128

La hembra de los Caudillos

El regalo de Inés tuvo el don de apaciguar al Caudillo, que volvió a sonreír y a cantar junto con sus hombres, como dueño de hato en parranda ajena.

Rosalba, como había predicho, se quedó quieta. Era una muchacha insulsa que se adornaba el pelo con racimos de trinitaria y que hablaba con voz estridente y defectuosa.

—Es tan aburrida y sabrosa como comerse un coco de agua, pero sirve para lo que yo la necesito —le respondía al Padre Llamozas cuando éste le recriminaba su concubinato con una palurda semejante.

---

117 Histórico (Feliciano Montenegro y Colón, Historia de Venezuela y José de Austria, obra anteriormente citada, pág. 266). Ver José Antonio Calcaño, La Ciudad y su Música, 1958. Padre José Ambrosio Llamozas, obra citada.

118 Esta historia nos fue referida en el propio campo de Urica por una biznieta de Boves de apellido Chacón y otra descendiente suyo de apellido Barreto. Boves dejó numerosa descendencia en Valencia y en el Llano. Paradójicamente, mucha gente de apellido Bolívar descienden de su amante de Valencia. Importantes familias de los Llanos Centrales son señalados (y algunos lo reconocen) como descendientes del terrible caudillo.

—El hombre que conduce hombres no debe entregarse a ninguna mujer. Las monta cuantas veces pueda y se acabó; lo otro, los besitos y melindres, lo que hacen es debilitarlo —le respondió una vez al Capitán Zuloaga, cuando éste le demostró su sorpresa al verlo convocar a una importante reunión política luego de haber estado encerrado con una deliciosa mantuana caraqueña, toda una tarde.

—La verdadera hembra de un Caudillo —le hizo ver en otra oportunidad—, es la muchedumbre que conduce; las otras, si no se cuida, lo capan.

Pero Inés era diferente. No es que la mantuana cala- boceña fuese capaz de absorberlo y apartarlo del camino y de la meta que se había impuesto y lo transformase en uno de tantos hidalgos de provincia, como don Lorenzo Joves o don Juan Corrales. Él no se veía encerrado entre cuatro paredes llevando la vida del marido perfecto. Él nunca podría renunciar a las otras mujeres, ni a las grandes empresas, ni a la vida agitada del campamento, para compartir su existencia con una mujer, aunque esta mujer fuese Inés. Él quería, y no era fácil de explicarlo, que Inés fuese su mujer, y al mismo tiempo que lo dejase libre; que estuviese en su casa para cuando él llegase, para que le procreara hijos de limpio linaje. Eso es, él quería de Inés el estado de privilegio que su madre, la expósita, le arrebató a su padre, el hidalgo. Él quería hacerse borrar en Inés todas las humillaciones que desde niño viene arrastrando. Inés, como su mujer, es su aceptación en el mundo del privilegio y de los mantuanos, aunque él, más tarde, destruya ese mundo. ¿Destruirá ese mundo? —se preguntaba ansioso José Tomás, mientras espoleaba el caballo que le había regalado Inés. Y se quedó sorprendido de que el odio se le hubiese ido del cuerpo. Pensó en Jalón y en Berroterán y se alarmó por la sombra de añoranza y arrepentimiento que pretendió insinuársele. Por un instante lamentó esta guerra organizada y conducida por él, y vio sin sentido el campamento de sus hombres semidesnudos aprestándose para el próximo combate.

tuvo de pronto una inmensa pereza por proseguir la lucha. Hubiese deseado de todo corazón, en ese momento, el estar en Calabozo, conversando como un novio cualquiera con Inés y con su padre, y que nunca hubiese habido guerra, ni odios ni matanzas. José Tomás se concentró en el recuerdo de la calaboceña. Recorrió sus facciones como si las acariciara, y sonrió con extraño acento al pensar que muy pronto ella lo haría padre.

El Caudillo se había detenido en las orillas del Amana para que el caballo bebiese. Era un animal de bella estampa que brillaba a la luz del mediodía. José Tomás le acariciaba el cuello mientras la bestia, ruidosa, absorbía el agua.

—¿Y por fin qué nombre le va a poner a la bestia? —preguntó tras el Caudillo, José Evaristo, uno de sus espalderos de confianza.

—Pues la verdad es que no sé todavía. No se me ocurre nada.

José Tomás volvió a sumergirse en el recuerdo de Inés y en el hermoso y lustroso cuello del caballo que le había regalado, cuando un disparo a sus espaldas lo trajo a la realidad. José Evaristo, con la mirada ida, se desplomó de su montura, herido de muerte. El Caudillo se volvió presto hacia el sitio de donde procedía el disparo cuando vio salir de un matorral al indio Eulogio con la pistola humeante. En pocas palabras, el espaldero le explicó lo sucedido. José Evaristo intentó matarlo cuando él estaba distraído. Ya tenía el machete alzado, dispuesto a tumbarle la cabeza, cuando alcanzó a dispararle.

—Yo comencé a desconfiar de José Evaristo cuando le matamos en Cumaná al Capitán Iribarren, de quien era ordenanza. Por eso

439

estaba desde hacía tiempo en guardia. Menos mal, Taita, que andaba yo por aquí, silbando iguanas, porque de lo contrario no lo cuenta.

yo no me explico cómo no sintió nada; estaba tan distraído viendo el agua, que yo hasta creí que se había dormido. ¿Usted como que está enfermo?

José Tomás sonrió y diagnosticó su enfermedad: Inés, el amor, la paz. Estoy como el Urogallo, que se apendejea cuando le canta a su hembra. Y pensando que el caballo que tenía entre las piernas era el responsable de aquella alteración de su ánimo, siempre alerta, dijo cariñoso y en voz alta mientras le daba una palmada:

—Ya sé cómo te llamaremos, caballito... Te llamaremos Urogallo, como el pájaro que en mi tierra se queda trabado, sordo y ciego cuando se pone a cantar birriondo.

129

Urogallo

La avanzada de los insurgentes llegó a las cercanías de Urica, el 4 de diciembre. Eran más de 4000 hombres. Al frente de ellos venían Ribas y Bermúdez.

—Sucederá lo mismo que en Aragua de Barcelona; a ese par de campeones no hay quien los ponga de acuerdo.

Es el último ejército que les resta a los rebeldes. De no triunfar se habrá muerto definitivamente la República.

Boves tiene la ventaja de la posición que ocupa y de la superioridad numérica, aparte que sus hombres son monolíticos en su seguimiento. Entre los jefes insurgentes hay grandes disensiones. Entre ellos está Pedro Zaraza, el compadre infiel, y a quien por desleal le hizo quemar la casa y matar la mujer y los hijos.

Esa misma mañana, Zaraza hizo cuadrar la tropa, y desde un cerrito los arengó:

—Hoy, o se acaba la bobera, o se rompe la zaraza.

Boves sonríe desdeñoso. El Taita Cordillera ha sido siempre muy aguajero; pero es pura bulla, aparte de hablar pendejadas, no llega a ninguna parte.

A mediodía los dos ejércitos están colocados el uno frente al otro. El ejército de Ribas y Bermúdez se extiende a todo lo largo de la llanura. Las tropas de Boves bordean al pueblo en la amplia meseta que hay entre el río cenagoso y la plaza. La banda patriota toca La Pava y algunos bambucos. Los realistas, el Himno Real y el Piquirico. Los dos ejércitos siguen inmóviles. Toques de corneta se quedan en el aire, mientras los caballos relinchan y mordisquean la yerba.

Con su catalejo de marino, Boves escudriña el campo enemigo. No tarda en encontrarse con la imagen de Bermúdez. Es tal como se lo había imaginado: un gigante de aspecto hosco, de movimientos bruscos y enérgicos. A su lado está un hombre moreno de bigotes largos. Debe ser Ribas. No le percibe la expresión, pero debe ser un hombre interesante, a quien le hubiese gustado conocer. Siendo blanco y mantuano acaudilló una revolución de negros para matar a todos los blancos de Caracas. Como era mantuano, la junta revolucionaria se limitó a expulsarlo a Curazao, y ahora lo ha perdonado, hasta el punto de disputarle a Bolívar su título de Libertador.

—¡Ay! esos mantuanos —se dice Boves— no hay quien los entienda.

El catalejo sigue escudriñando las filas del ejército enemigo. Hay mucho blanco y mestizo claro entre ellas. Se diría que se va a jugar el destino europeo o africano del país en esta batalla.

Un pelotón de caballería se desprende de la línea enemiga. Una descarga de fusilería procedente del mismo campo derriba a cuatro jinetes, a tiempo que su oficial grita:

—Al Rey, al Rey... Viva Boves.

El Caudillo recuerda el caso de su compañero José Tomás Boada, cuando lo traicionó en Mosquiteros. Hace llamar al oficial a su presencia. Es un hombre joven y blanco, se le siente por encima la pátina de oportunista. Lo acompañan 20 hombres llaneros de aspecto en su mayoría.

—¿Quieren ustedes servirme? —le pregunta al grupo.

—Sí —le contestan emocionados, a tiempo que el oficial sonríe satisfecho.

—Pues entonces mátenme a este hombre —dijo señalando al desertor.

Veinte lanzas, de inmediato, lo acribillaron frente a los dos ejércitos.

José Tomás sigue espiando ansioso el campamento enemigo. Busca al negro Juan Palacios. ¿Estará entre ellos? —se interpela deseoso de no hallarlo. Al frente de un pelotón está el mulato Machado. Como de costumbre, se ve rígido y solemne.

—Puah —exclama en voz alta. Nunca me gustó ese negro —dice para sí— Si Zaraza supiera quién le mató la mujer, otro gallo le cantara.

Una idea cruel le cruza la mente:

—Eulogio, mándale un parlamento al Taita Cordillera para que le digan no más quién le mató la mujer y los hijos.

El indio obedece y un lancero, con bandera blanca, solicita permiso para alcanzar la línea enemiga. El hombre avanza vacilante. José Tomás lo sigue con el catalejo, luego se aparta y sigue recorriendo las filas de los lanceros, hasta que una cara ancha y negra se perfila en el redondel.

—¡Juan Palacios! —exclama con acento torturado el Caudillo.

El negro parece oírle y le sonríe con su gran lengua en tirabuzón.

El lancero de la bandera blanca marcha al paso hacia las líneas patriotas. Un disparo de fusil lo derriba al mismo tiempo que un corneta da la orden de ataque. 2000 caballos, en tres cuerpos, se apartan de la infantería y corren hacia Urica mientras sus lanzas hacen una parábola de muerte.

Boves ve venir la carga de los insurgentes. Las dos mil lanzas avanzan como saetas por la explanada de Urica. El Caudillo espera con el sable en alto el instante preciso para dar la orden de contraataque. Boves comanda personalmente el batallón Tiznados que ocupa el centro. Un pelotón de caballería, compuesto por animales exclusivamente negros, se desprende de la masa que avanza atropelladamente y con una velocidad increíble le saca un cuerpo de ventaja.

—Deben ser los rompe líneas dice Boves. Es un batallón especial, compuesto tan sólo por oficiales y que tiene por misión, como lo dice su nombre, lanzarse sobre las filas enemigas para romper sus cuadros. El jefe de este batallón es Pedro Zaraza.

José Tomás le echa un vistazo y no tarda en descubrir al compadre que ahora, vengador, avanza sobre él al galope. Ya se acerca el momento y echa la última mirada al campo enemigo. Entre los que avanzan reconoce a un oficial de apellido Belisario a quien le infamó una hermana. Ya faltan menos de quinientos pies, y los caballos del enemigo ya deben venir agotados. Es el momento. Boves da la orden:

—¡Carguen...!

Como un dique que se revienta se desbordan los lanceros; pero el caballo del Caudillo se queda trabado.

—¡Arre, Urogallo! —ordena imperioso, pero tan sólo logra que la bestia se le pare en dos patas cuando le hincó las espuelas. El choque de los lanceros cubrió el pantano de lamentos, sangre e insolencias. El Batallón Tiznados, con su jefe trabado en la retaguardia, ha despedazado a los insurgentes que huyen en desbandada hacia la sabana, perseguidos por los hombres del asturiano. Pedro Zaraza, sin embargo, seguido de seis hombres, ha traspuesto la línea y corre hacia el Caudillo, que con la bestia paralizada está inerme frente al enemigo.

—¡Arre, Urogallo! —grita desesperado el Caudillo, mientras ve venir, convergentes, seis lanzas que buscan su cuerpo. A la cabeza del grupo viene Zaraza; también viene Belisario.[119]

—¡Arre, Urogallo![120]

---

119 Frase histórica.

120 Inés Corrales, tal como se refiere, engendró un hijo de Boves. La tradición y Valdivieso Montaño señalan que Boves fue a tan decisiva batalla en un caballo, alazán «que días antes le había obsequiado una dama —escribe Valdivieso—, corcel que se le encabrita y no puede dominar; ello le imposibilita el poder esquivar el golpe de una lanza que le atraviesa por un costado.* (José Tomás Boves —A. Valdivieso Montaño. Ediciones Línea Aeropostal Venezolana, 1953. Primera edición 1931. Talleres la Esfera-Caracas).

De acuerdo a nuestra conferencia «Psicopatología de José Tomás Boves» dictada en Barquisimeto, Maracay y Barinas en 1973 y publicanda en Zona Franca, creemos que la extraña muerte de tan avezado jinete que va a la guerra en un caballo desconocido, bien pudiera tomarse como un suicidio inconsciente, al descubrir ante la manifestación amorosa de Inés (de la casta hidalga del padre) que se le ha esfumado el odio que como caudillo necesita. Luego de escribir este libro, quedé enterado de que Boves era zurdo. (Hijo del Diablo por esta causa lo llamaban), lo que aumenta sensiblemente la pe¬ligrosidad potencial corcel nuevo. Según otra versión también recibida a posterior, «el caballo había sido amañado por sus enemigos para que se trabase ante un sonido determinado, valiéndose de la bella Inés, encinta del hijo de Boves, para el logro de sus objetivos».

Nunca se supo a ciencia cierta quién mató a Boves. Para unos fue Zaraza quien nunca lo afirmó ni lo negó. Para otros fue Belisario, a quien Boves le violó su hermana. Otros dicen que fue Pedro Martínez. De acuerdo a Horacio Cabrera Sifontes, fue un guardaespaldas de Boves llamado Chiramo (La Rubiera). «Un oscuro soldado republicano cuyo nombre jamás, se ha podido descubrir, le atravesó el pecho de un lanzazo, derribándolo en el acto al suelo, muerto» (José de Austria, Historia Militar de Venezuela, Tomo I, pág. 307). Según un legionario británico fue el general Rojas, de Maturín. Hay quien dice que fue el propio Morales, su lugarteniente, quien lo remató al encontrarlo mal herido (Francisco Javier Yáñez).

[* En su libro La Rubiera (posterior a Boves El Urogallo) Horacio Cabrera Sifontes habla del atascamiento que sufrió el caballo de Boves, ocasionándole indirectamente la muerte.]

Apéndice

Historicidad de los hechos

Salvo los personajes señalados a continuación, el resto de los nombres, por efímera que sea su mención, corresponden a nombres de personas reales, ajustados en su quehacer a su tiempo, espacio y circunstancia.

La personalidad de Diego Jalón es ficción del autor. María Trinidad Bolívar existió, aunque con otro nombre, tan sólo sabemos que tenía tal apellido. Que tuvo un hijo de Boves llamado José Trinidad Bolívar y que fue asesinada por las turbas durante el asedio de Valencia.

Personajes de ficción

Rosaliano, el pulpero

María Trinidad Bolívar

Remigio, el hombre de María Trinidad

Juan Palacios

Teresa, mujer de Juan Palacios

Doñana

José María, el hijo de Doñana y el Conde de la Granja

Vicente BerroterAn

Matilde, mujer de Vicente Berroterán e hija de Doñana

Eugenia

Dolores, madre de Eugenia

El negro Sebastián, verdugo de Calabozo

Indio Asdrúbal, sirviente de María Trinidad

Simeón, el mayordomo

Mariana, hija mayor de Vicente Berroterán

María Teresa, hija de Vicente Berroterán

Santiago, hijo de Vicente Berroterán

Tomasa, hermana del mulato Machado

Juana la Poncha

Fray Tiburcio

El indio Eulogio

Juan Caribe Tomás Boada

Don Francisco de la Montera

Análisis Socio-Psiquiátrico de la personalidad de José Tomas Boves

Introducción

La biografía de José Tomás Boves antes de su irrupción en la historia en 1812, no ofrece dificultades insuperables, como se ha dicho. El Archivo General Militar de Segovia —como dice Bermúdez de Castro— ofrece material abundante y preciso para dibujar sin deformaciones la silueta moral de este hombre, y hasta reconstruir el diario de su vida. Además de esta fuente señala otras vías de información, como el «Expediente incoado por el Consejo Supremo de Guerra», a solicitud de la madre de Boves en 1817; los partes oficiales insertos en la Gaceta de la Regencia y en la de Madrid (años 1813 y 1814) y en numerosas cartas de asturianos residenciados en Venezuela.

Un prurito de nuestros historiadores —como ya lo señala Laureano Vallenilla Lanz en Cesarismo Democrático— nos ha llevado, aún hasta nuestros días, a un maniqueísmo, que como bien lo señalara Joaquín Gabaldón Márquez, es ya inoperante para la verdadera comprensión de nuestra historia. Como lo destaca Vallenilla, el considerar a Boves como español es un error, pues desde que llegó a Venezuela siendo adolescente, hasta su muerte en la madurez, vivió y sintió como venezolano. Pardos, mestizos y mulatos fueron sus huestes y si se decía realista no era por identificarse con la causa de España —como lo apunta el mismo Madariaga— sino porque bajo el título de patriotas o insurgentes se aglutinaban los blancos, los ricos y poseedores de la tierra (Bolívar, Tomo i).

Ya Juan Vicente González, quien no le ahorra a Boves los peores epítetos, a pesar de llamarlo «el primer caudillo de la democracia, en Venezuela», advierte con alarma la tendencia de algunos historiadores, y en especial Don Felipe Larrazábal, a tergiversar los hechos acontecidos durante la Guerra de Independencia, (ver José Félix Ribas).

Apuntes sobre la personalidad de José Tomás Boves

Los apuntes que siguen sobre la caracterología de Boves son tomados de los diversos historiadores consultados, tanto patriotas como realistas

«No era retórico, ni escribía con brillantez. Conocía las matemáticas y las ciencias de navegar» (Bermúdez de Castro, obra citada, pág. 106).

Don Diego Cayón, profesor de Náutica en el Real Instituto Asturiano, donde conoció a Boves para pre-pararlo para piloto, refiere: «... de cuyos estudios salió con las mejores notas, a satisfacción de todos sus profesores por su aplicación y talento, habiendo asistido a la Cátedra con toda puntualidad y buena conducta». (Expediente incoado en Asturias a solicitud de la madre de Boves. Citado por Bermúdez de Castro, pág. 106).

«En esta parte de la vida de Boves —escribe Bermúdez refiriéndose a su vida en Venezuela antes de 1812— no existe nada romántico; todo es vulgar, llano y honrado» (pág. 107).

«Era hijo amantísimo, remitíale a su madre en Oviedo buena parte de su paga» (testimonio del Presbítero y Archipreste de la diócesis de Oviedo, Don Benito Patermo Martínez Somonte, cita de Bermúdez de Castro, pág. 111).

Refiere el mismo testigo, que luego de dos años al servicio de la firma Pía y Portal en La Guayra, se estableció por su cuenta en Calabozo, donde puso un almacén, ampliando luego su comercio, tratando con los indios del llano en tráfico de caballos y mulos, logrando entre ellos mucha influencia y prestigio por su honradez y desprendimiento. Nunca los engañaba, como hacían otros comerciantes, y limitaba su propia ganancia a lo menos posible, repartiendo, entre los ganaderos indios casi la totalidad de la venta. Por su valor y fuerza en la vida del campo —prosigue la misma fuente— así como por su carácter amable y por su consejo desinteresado, se había hecho querer de todos los indios y en muchas leguas a la redonda era conocido por el nombre del Taita, que significa señor, amo, padre o jefe. Refiere el informante que todo esto lo sabe por Vicente Calderó, capitán del bergantín Ligero, cuyo barco rinde viajes semestrales de Caracas a La Coruña y de La Coruña a Gijón y trae cartas y gaceta de muchos asturianos en América (pág. 113).

El Regidor Perpetuo de Gijón en el Expediente de la Contaduría del Montepío Militar, declara: «José Tomás Boves fue durante su juventud modelo de hijos, sin vicio alguno, obediente, sumiso, de carácter apacible, querido por sus superiores y marineros; enviaba a su madre la mayor parte de su paga, quedándose él con lo preciso para vivir» (Bermúdez de Castro, pág. 114).

El Boves Caudillo

Crueldad, fiereza: No hay ninguna duda sobre la crueldad insana de José Tomás Boves y de su Inmensa capacidad destructiva. Sobre ello están de acuerdo todos los autores: «Fiero, cruel, terrible» (Bolívar). «Sanguinario» (Urquinaona, realista).,» Cruel por ihstinto y a sangre fría» (Regente Heredia, realista). «Feroz» (José Domingo Díaz, realista). «Inhumano» (Heredia). «Alevoso como el halcón y frío como el acero» (Juan Vicente González). «Bárbaro y feroz» (Páez).

Valeroso y organizador: Idem, que lo anterior. Audaz, activo, agresivo, impetuoso y acometedor. Fuerte en la adversidad, tesonero, indoblegable (observaciones recogidas en el libro de Valdivieso Montaño, pág. 18).

Carisma: Sugestivo, de gran atracción personal (Valdivieso, pág. 36). «Gran simpatía, tenía un no sé qué, que lo hacía dueño de sus semejantes» (Tomás Morales, su lugarteniente). Amable en su trato para con sus partidarios (Valdivieso). Sus soldados lo adoraban (Vallenilla). Su trato era franco y espontáneo (Bermúdez de Castro). Su aspecto revelaba más bien humanidad (O'Leary). Avasallaba a cuantos le rodeaban por su actitud resuelta (Liborio Lovera, testigo presencial). De inmensa popularidad (Vallenilla, pág. 82). Murió amado por sus súbditos (Rodríguez Villa). Tenía un poder mágico sobre aquellos hombres feroces, que lo amaban y lo temían (José Domingo Díaz). ídolo de la gente de color (Heredia).

Lealtad: «Agradecido y consecuente en la amistad» (Pacífico Narváez). Idem José Ambrosio Llamozas. Recordar consecuencia con Roscio e Ignacio Figueredo y con el médico Carlos Arvelo.

Generosidad: Generoso y desprendido (Valivieso). Distribuía entre sus tropas el fruto de los saqueos. A su muerte todo su capital era de trescientos pesos (Heredia). Baralt y Díaz le reconoce la misma virtud.

Implacable en la venganza: Su primera reacción al ser liberado por Antoñanzas fue asesinar a un hacendado de los alrededores de Calabozo a quien le guardaba rencor. El asesinato de Diego Jalón es otro ejemplo. El caso de Zarrasqueta, quien le negó su hija en matrimonio, ilustra este rasgo de carácter.

Orgulloso e insolente: Recuérdese su actitud despreciativa contra Cajigal, Capitán General de Venezuela. Cuando el Rey de España, luego de haber reconquistado todo el país a favor de la Corona le envía el nombramiento de coronel lo rechaza despectivo: «Yo también hago coroneles». (Rufino Blanco Fombona, nota a pie de página al Bolívar de Felipe Larrazábal, Tomo i).

Desconfianza y odio a la traición: En su entrada a Calabozo asesina con su propia mano al isleño oportunista que le sale al paso para vitorearlo. A los hermanos Medina que se le pasan a sus filas en Valencia les da cruel muerte (Juan Vicente González, pág. 74). Durante la conspiración de Espino no pudie-ron asesinarlo porque pasó tres noches sin dormir. «Siempre alerta» (Valdivieso, pág. 60).

Detestaba la adulación. Le enfurecían los aduladores y los viles (Eloy González).

Disimulado: «Era de una franqueza brutal» (Bermúdez de Castro, pág. 44), y al mismo tiempo «astuto y traicionero» (Masur, Bolívar, pág. 179). «Frío como el acero» (Juan V. González). «Era impulsivo en la acción, pero calculador y frío en sus planes» (Bermúdez de Castro, pág. 4 1).

j) Humor negro: Disfrutaba con actos sorpresivos de una inmensa crueldad: caso de Jalón, a quien hizo fusilar luego de invitarle a almorzar y simularle amistad. ídem casos réferidos de la nota 88 (cap. 32). Los bailes de Valencia, Barcelona y Cumaná son claros ejemplos de ese humor negro, al igual que los fusilamientos precedidos por varias descargas de pólvora.

Gozaba con la crueldad en sí misma y se regocijaba en el poder que aumentaba en sus manos hasta la tiranía» (Masur, Bolívar, pág. 179).

k) Ambivalente e impredecible: «En su personalidad anidaban los más opuestos sentimientos» (Cabrera Sifontes, La Rubiera, pág. 176). Tenía momentos de generosidad y de clemencia (Baralt y Díaz). En Caracas para sorpresa de todos se condujo correctamente, sin que hubiese una sola ejecución.

Perdonó la vida al hijo de Ignacio Figueredo luego de insultarlo.

l) Embriaguez: Según O'Leary era aficionado a la bebida. Refiérese también que enloquecía al beber.

m) Sexualidad: Hay pocas referencias escritas a su actividad amorosa. Bermúdez de Castro dice que Boves amó profundamente a una caraqueña (no hay noticias sobre el particular). Su último y grande amor fue Inés Corrales en Calabozo. En Valencia una mulata de apellido Bolívar. La tradición lo tiene por mujeriego y estuprador. Pretendía hacer un harén para su uso en la isla de Arichuna.

n) Escrupuloso en materia económica: Como tal lo tiene Jacinto Lara, su compañero de juventud y héroe de la Independencia (cita de Valdivieso, obra citada, pág. 24). Dueño y señor de Venezuela, se dirige a varias personas que le adeudan pequeñas cantidades para que le paguen, ya que piensa casarse. Muere en la mayor pobreza. Todo su capital son trescientos pesos que había enviado a su madre días antes de su muerte en Urica.

ñ) Llaneza: Ajeno a la pompa y a la ostentación (Valdivieso). Sencillo en su trato, accesible a todos, campechano con la tropa (Tomás Morales). Compartía con sus soldados todas las privaciones. Conversaba siempre con sus soldados; no desdeñaba sentarse con ellos a comer el tasajo de la ración. Después de las batallas, envuelto en su poncho, recorría el campamento; para todos hay un apretón de mano. Reconforta a los heridos con su palabra brusca. Hay en sus ojos fieros, lágrimas de ternura a veces. Duerme tendido en el suelo entre su ordenanza y el trompeta de órdenes (Bermúdez de Castro, págs. 45, 73–75). Era chabacano y soez (Cabrera Sifontes, pág. 195). Era taciturno (Masur, pág. 179).

o) Continente: Escribe Constancio Franco: «Tenía modales bruscos e imperativos, una voz fuerte y bronca;

hablaba poco y no sonreía sino ante la presencia de una gran catástrofe, de un gran peligro o de una suprema desgracia. «De regular grueso y estatura, rubio y no mal parecido» (Liborio Lovera). Era de una fuerza colosal: ahogaba a un caballo apretándolo entre las piernas y mataba a un buey de un puñetazo (Bermúdez de Castro, pág. 47). «Sus ojos eran azules, su barba y pelo rubio rojizo, blanquísima su piel (Cabrera Si- fontes, pág. 176). Era taciturno y frío, anota G. Masur (pág. 179). «Había en sus ojos una aviesa melancolía» (O'Leary). Tenía los ojos profundos de un azul triste (Masur, Bolívar, pág. 179).

Síntesis de la personalidad
conocida de Boves

Del material expuesto puede inferirse lo siguiente:

José Tomás Boves era un atleta de una fuerza descomunal. Rubio y bien parecido. Ojos azules o verdes, pelo colorín (pelirrojo) encrespado y tez muy blanca. Sus modales eran bruscos e imperativos y su voz ronca y fuerte. Hablaba poco. Sonreía pocas veces.

De carácter cambiante, afable y considerado a veces, intemperante y violento, otras. Era proclive a momentos de melancolía y a estallidos de furor.

Estaba envuelto por un halo de simpatía y llaneza que inclinaba a su favor.

Era activo, incansable, tozudo y desconfiado.

Ajeno a la pompa y al ceremonial; descuidado en el vestir y en su aspecto personal.

Inteligente y de mediana cultura.

Disimulo. Aparentaba una franqueza brutal siendo calculador y frío. Era susceptible, rencoroso, agradecido y justiciero.

Generoso hasta la exageración. Escrupuloso en materia económica.

Impetuoso, osado, temerario.

Se embriagaba frecuentemente.

Impredecible en sus reacciones.

Refinado y terrible en su crueldad. Perfeccionista en algunos aspectos. Sádico despiadado. Caía en dependencias afectivas y gustaba de practicar el humor negro.

Inspiraba a sus hombres ciega admiración y afecto. Era compasivo y clemente con ellos.

Conclusión diagnóstica

Temperamentalmente es un atleta que por su explosividad, reacciones en cortocircuito, violencia criminal y monstruosa, embriaguez aguda patológica, parecen corresponder a la desviación epileptoide (anormal o psicopática).

Por su obsesión vengativa, crueldad y refinamiento centrada por una gran desconfianza corresponde al tipo psicopático descrito como el paranoide sanguinario. Otros rasgos frecuentes de observar en el paranoide redondean el diagnóstico: Leal y agradecido hasta el extremo, generoso con sus incondicionales, terrible con sus opositores, justiciero, hiperactivo, impredecible, frío y calculador.

Su conducta ulterior a la traición de Espino parece un desarrollo paranoide (o una esquizofrenia mitigada) que en el baile de Valencia es francamente psicòtica, aunque luego se repliega para estallar frontal y violenta en Barcelona y en Cumaná. La conducta de Boves a estas alturas es evidentemente enajenada, aunque los criterios de la época no lo puedan intitular de loco.

Véase mi libro Las personalidades psicopáticas.

Hipótesis sobre otros rasgos de carácter de Boves

La casi totalidad de los paranoides suelen tener una activa e intensa vida sexual, siendo proclives a la violencia y al sadismo sexual.

Ningún texto de historia de los consultados, habla de la sexualidad de Boves. La conseja lo señala como mujeriego (tuvo muchos hijos en diversas mujeres), al mismo tiempo que violador. Ambas características suelen darse en el carácter paranoide.

El caracterópata de este tipo puede presentar una fachada de un ser audaz, seguro de sí mismo, que a la postre no es más que una defensa o máscara de una profunda inseguridad y timidez (los paranoides han sido señalados por diversos autores como necesitados de estimación y afecto). Hay una serie de observaciones bibliográficas que abonan esta hipótesis.

El paranoide, a pesar de su aparente suficiencia y afán de dominio sobre los demás, suele caer en dependencias afectivas, como las que muestra ante Juan Palacios y el Padre Llamozas.

Por su narcisismo se supone que es incapaz de amar a alguien fuera de sí mismo, y esto es cierto en última instancia. Pero ese mismo narcisismo puede hacerle ver y mostrarle en su conducta, que la pérdida de amor es desquiciante, cayendo en profunda depresión (como fue el caso de Inés Corrales) o en agitada furia vengativa (como sucedió con Antoñanzas, María Trinidad y Juan Caribe).

La ambivalencia afectiva, al igual que al histérico, los hace versátiles y engañosos, como se observa en el párrafo correspondiente a la nota 35. Pueden pasar bruscamente de una sensibilidad extrema a una actitud brutal.

Su perspicacia, su capacidad de leer el inconsciente de los demás, les confiere en muchos aspectos, una clara y descarnada visión de la maldad, que explica su éxito político y guerrero y el escepticismo burlón de que hace gala.

La búsqueda de la seguridad los hace activos y afanosos en busca de éxitos económicos. Tal fue su caso en los primeros tiempos. Y su orgullo desmesurado los hace honestos y escrupulosos en el manejo del dinero.

El éxito social es para ellos indispensable, mostrándose profundamente resentidos ante el rechazo, lo que puede llevarlos —como en su caso— a buscar las clases inferiores como modo de compensación.

El paranoide es siempre maledicente, como puede verse en el capítulo 36 en relación a Jalón y en el capítulo 37, cuando habla de Miranda y de los mantuanos. A duras penas resiste la jefatura de otro, y en particular, si objetivamente aparece como inferior o mal dotado, como fue el caso de su actitud despectiva con Juan Manuel de Cajigal, señalada en el capítulo y refrendada por la historia.

Como compensación a su desconfianza patológica, caen en el extremo de entregar su confianza a quien no la merece.

Por el mismo mecanismo, el hombre implacable que siente ser, es capaz de brotes de generosidad y magnanimidad, como lo evidencia la anécdota con el hijo de don Ignacio Figueredo (nota 78).

Pero lo que sin duda alguna caracterizó a José Tomás Boves fue su fuerte carisma, esa misteriosa fuerza, subyugante, que lleva a los hombres y a las masas a una sumisión incondicional ante ciertos conductores, al tiempo que provoca en otros reacciones proporcionales de odio y repulsión. El arquetipo del caudillo vengador que encarna Boves (y exige un vasto sector del pueblo venezolano) es lo que explica su extraordinario ascendiente y persistencia en nuestra historia. No basta, sin embargo, situarse en una línea de fuerza de una aspiración social significativa para erigirse en arquetipo, fuente verdadera de todo carisma.

Si el apocado don Juan Manuel de Cajigal, el vocinglero José Domingo Díaz se hubiesen puesto al frente de esas aspiraciones, no habrían alcanzado el mismo ascendiente sobre la inmensa mayoría del pueblo, como no fueron capaces de sustituirlo Tomás Morales, su lugarteniente, ni el mulato Machado, ni cualquiera de los jefes de segundo rango que lo seguían. El arquetipo del caudillo debe contener, además de la voluntad colectiva, cualidades personales que la acrecienten y recreen en su ejecución, aparte una manifiesta superioridad en un particular campo de valores. Boves expresaba, sentía y comprendía el alma del llanero, inclemente como el paisaje, duro a ras de suelo como el humo- de la llanura. Boves tenía las mismas virtudes y defectos de las hordas que conducía. De ahí su éxito y su significación antropológica. De no haber existido esta correspondencia —como olvidan con insólita ingenuidad algunos de sus intérpretes— no hubiese podido asumir el papel que le correspondió en nuestra historia.

Entre los hombres de la sabana, la virtud primaria era el valor; el valor físico, frontal y sin cortapisas, que lo mismo domeña al caballo salvaje, que saca del medio en viril combate al más recio contendor. Lo otro puede venir por añadidura. En ausencia de los atributos del macho criollo, la generosidad y la compasión, antes que virtud, pueden ser tomados como prueba de flojedad de ánimos. Para ser generosos con los desvalidos debe tenerse antes el poder suficiente para desposeerlos. Para ser compasivo con el que sufre hay que dar pruebas de un coraje monolítico. Sólo el macho bravío y arisco puede hacer gala de su buen humor, de bailar un parrandón o de quitarle la mujer a otro. Boves, además de macho probado, era generoso, alegre y socarrón. La gracia picara es adobo muy preciado en Venezuela entre los jefes temidos e indiscutibles; de la misma forma que sus excesos eróticos o   alcohólicos pueden ser admitidos y encomiados al cabo de una misión. Sus imperfecciones, dentro de cierto grado, lo humanizan, impidiéndole caer de un todo en el aislamiento sombrío que con-lleva el poder. El caudillo, entre llaneros, debe ser mujeriego sin ser enamoradizo: la única hembra vale-dera es la masa que conduce.

El caudillo debe ser impredecible, porque él es arcano, el depositario de los grandes secretos que contienen la clave para arribar con buen tiempo a la Tierra Prometida. Sus actos siempre deben desconcertar. Nadie debe saber cuándo duerme, qué come, qué piensa. Debe caer sobre sus competidores a la menor sospecha o sin ellas: eso le concede ese prestigio sobrenatural que a las masas sobrecoge. Debe ser arbitrario y expeditivo en el ejercicio de la justicia, porque así es la ley del llano. Ante situaciones similares, lo mismo puede condenar a muerte que absolver con largueza. Su generosidad debe ser ilimitada, al igual que su ausencia de codicia; de lo contrario, antes que padre sería un hermano más en medio de la disputa.

Las grandes verdades que rigen la vida de los hombres son claras y despejadas como la llanura. La razón leguleya entraba la justicia expedita es la virtud primordial del caudillo vengador.

si el caudillo es la encarnación de todo ese mundo elemental, glotón de sangre y de raptos cenicientos de terror, debe ser él, como lo hizo Boves, quien con su ejemplo incite a la acción.

José Tomás Boves, fuer es confesarlo, además de ser el ejecutor de un anhelo confuso, pero anhelo al fin, de justicia social, era más valiente, poderoso, sabio, picaro, compasivo y seductor que sus hombres, lo que aunado a su exitosidad y al halo de poder que lo envolvía, explican la irracional admiración de sus contingentes.

Los hombres que seguían a Boves —como es ya ocioso plantear— no luchaban por la causa del Rey.

Luchaban contra el blanco propietario que ultrajaba su condición de hombre de color. Prueba de ello es que, apenas muere Boves, le dan la espalda a Morillo, el Pacificador, que con un ejército de españoles venía a combatir a los patriotas. Por eso se dispersan por los caminos del llano hasta tropezar con otro hombre, que hasta por el mismo aspecto físico que recrece en sus facciones de rubio azambeado, se parece al Taita Boves, pues además de macho, como él, es llano, generoso y festivo.

El legionario británico Capitán Wawel, que conoció a Páez hacia 1818, escribe: «Páez, el terrible llanero, no revelaba en su franca expresión huella alguna de la ferocidad que se le ha atribuido. Unicamente sus ojos, también negros, daban indicios de aquellos arrebatos que solían impulsarle a actos de excesivo rigor para calificarlo del mejor modo posible».

Al igual que Boves, el Páez de la juventud, era llano, valiente, irreverente, hábil organizador, alegre y mujeriego. A todos los observadores les llamaba la atención el régimen de campechanía imperante en su ejército.

Boussingault, el gran detractor de Bolívar, quien lo conoció hacia 1822, lo describe como un hombre encantador, en contraste «con el capitán de bandoleros que esperaba encontrarse». Señala ser una mezcla de cordialidad y timidez. Valiente hasta más no poder. Páez, el más intrépido de los lanceros, al igual que Boves sentía veneración por su madre.

— Las sabanas de Barinas, cap. IV, p. 36.

La tragedia de Páez y de Venezuela es comparable a la de Porfirio Díaz: haberse sobrevivido para trocar su figura de líder popular en acartonado pseudodictador al servicio de los grupos tradicionalmente explotadores.

Boussingault, 1974. Memorias, Caracas, pp. 206 y 208.

Vallenilla Lanz ya se había preguntado, oponiendo los hechos a las realidades sentimentales: ¿Qué hondas diferencias, en efecto, podían existir entre Boves y José Antonio Páez? La historiografía oficial cuando se refiere a las tropas de Boves las tilda de «masas fanatizadas y estúpidas, gavilla de ladrones y asesinos» para ensalzarlas y cubrirlas de elogios cuando esos mismos hombres años más tarde sirven bajo las banderas de Páez.[121] ¿Es que acaso Páez con su inmenso carisma, don de persuasión logró trasmutar aquellas fieras salvajes en

---

121 . *Cesarismo Democrático*, p. 96.

espíritus libertarios? Eso, ni el mismo Páez lo sostiene, quejándose, por el contrario, al Libertador, de los desafueros de sus tropas dentro y fuera del país. Ya en tiempos de Humboldt advertía el connotado sabio, el salvajismo y crueldad que imperaba entre los hombres de la llanura y quizás en buena parte del bajo pueblo, como expresión del bajo estadio evolutivo que ocupaban por obra del régimen social imperante. Ello no cambió ni con Boves ni con Páez, ni después de consolidarse la Independencia. Era expresión de un determinado estadio cultural ál que ambos caudillos pudieron entender, conducir y hacerse idolatrar por aquellos hombres que en el fondo no estaban lejos de ellos. Esto es la más pura y simple realidad. De ahí que al denostar a Boves y considerarlo como generador único de aquella espantable guerra no sólo se está falseando la historia sino que se está denostando al pueblo venezolano, cuando es tarea del historiador analizar y profundizar antes de caer en explicaciones simplistas. Ya bien avanzado el presente siglo, el historiador Pedro Manuel Arcaya, con los ojos puestos en las atrocidades de la Guerra Federal y en las que siguieron hasta comienzos del siglo actual, lanza una terrible advertencia contra aquellos que en Venezuela desaten el espanto de la guerra civil. ¿Es que a juicio del autor, persistían en nuestra esencia los mismos rasgos de carácter que, en tiempos de Boves exterminaron la cuarta parte de nuestra población? De ser así —como me siento inclinado a creerlo— Boves fue el conductor efector de una línea de fuerza que por más de un siglo permanecerá irredenta.

Tabla cronológica de
José Tomás Boves

1782	18 de septiembre: Nació en Oviedo (Asturias). Hijo legítimo de Manuel de Boves y de Manuela de la Iglesia.
1787	Queda huérfano de padre. Tiene dos herma¬nas: María y Josefa.
1794	Entra al recién inaugurado «Real Instituto Asturiano» de Gijón para estudiar la carrera de pilotín. Forma parte del primer grupo de sesenta alumnos
1796	Dentro del mismo instituto pasa a estudiar náutica.
1798	Termina sus estudios a los dieciséis años. En El Ferrol luego de pasar un difícil examen logra el cargo de piloto de segunda clase y en un barco mercante recorre el Mediterráneo.

1799 a 1801 (?)	Se licencia de piloto de primera clase y a navega de España a América trabajando para la firma Pía y Portal, de la que don Lorenzo Joves, asturiano de Puerto Cabello y protector de Boves es su representante en Venezuela. Es posible que entre ambas fechas haya llegado al país para establecerse en Puerto Cabello.
1802	Hay noticias concretas de estar residenciado en el país ejerciendo el cargo de guardamarinas entre Puerto Cabello y La Guayra.
1804	Es procesado como contrabandista y condenado a ocho años de presidio en Puerto Cabello. Por influencia de don Lorenzo Joves e intervención de Juan Germán Roscio, abogado en ejercicio para esa fecha, se le permuta la pena de prisión por confinamiento en Calabozo.
1806	Hace dos años ejerce como mercader y tratante de caballos viajando por el llano y las Antillas. Junto con Jacinto Lara se enfrenta al célebre bandido Guardajumos, lo que le da notoriedad.
1806 a 1808	Progresa económica y socialmente. Viaja a San Carlos, Valencia y Píritu.
1810 a 1811	Se declara partidario de los sucesos del 19 de abril y de la independencia definitiva.
1812	El capitán español Domingo Monteverde con 200 marinos inicia su acción contra la República. Comienza la Guerra de la Independencia.

Itinerario de José Tomás Boves

1812
ABRIL

Boves se encuentra en San Carlos. Monteverde, el jefe realista que inició la reconquista desde el 10 de marzo, avanza sobre la ciudad, luego de derrotar a los patriotas en San José el 2 de abril. El terremoto del 26 de marzo ha devastado el país.

Boves ofrece sus servicios a los patriotas y es encarcelado. Don Ignacio Figueredo logra su excarcelación. Resentido retorna a Calabozo esparciendo rumores sobre la ineptitud de los patriotas.

Es condenado a muerte y azotado en la plaza pública. Su casa y almacén son saqueados.

MAYO

Boves continúa prisionero en Calabozo.

20 El capitán español Eusebio Antoñanzas toma Calabozo y libera a José Tomás Boves.

21 Boves se une al jefe español y salen de Calabozo en dirección hacia el centro.

23 Antoñanzas toma a San Juan de los Morros. Bautizo de sangre de José Tomás Boves. Saqueos y matanzas en la ciudad.

24 El ejército realista ocupa a Villa de Cura, entregándose a la matanza y al pillaje.

JUNIO

16 El ejército de Monteverde se une al de Antoñanzas en Villa de Cura. Boves conoce al jefe realista.

20 Las tropas de Monteverde en su avance hacia Caracas son derrotadas por Miranda. (San Mateo).

JULIO

01 Los realistas prisioneros en Puerto Cabello se rebelan, toman la fortaleza y dejan al ejército patriota sin armas.

25 Francisco de Miranda, en representación de la República, capitula ante Monteverde en la Victoria.

30 Monteverde, acompañado de Antoñanzas y de Boves entra triunfante en Caracas. Esa misma noche Miranda fue hecho prisionero por Bolívar y de Las Casas, encerrado en el Cuartel El Vigía de La Guayra, donde lo halló el jefe español Cérveriz cuando ocupó la plaza al día siguiente.

AGOSTO-DICIEMBRE

Boves permanece en Caracas.

En los últimos días del año es nombrado Comandante militar de Calabozo y Antoñanzas, Gobernador de Cumaná. Monteverde se embarca hacia Oriente a objeto de repeler la insurrección de los patriotas.

1813
ENERO

6 José Tomás Boves, investido de su nuevo cargo, llega a Calabozo.

FEBRERO

Sigue en Calabozo.

MARZO

Boves se enfrenta a la rebelión de Espino y hace cruento escarmiento de los rebeldes.

ABRIL

Sigue en Calabozo. Bolívar desde Cúcuta invade a Venezuela.

MAYO

A primeros días del mes, obedeciendo instrucciones de Monteverde quien recaba su auxilio, se encamina hacia Maturín sitiada por el jefe realista.

25 Monteverde sufre tremenda derrota por parte de los patriotas. Perecen la casi totalidad de los 1500 soldados españoles que había en el país. Monteverde es sustituido por Juan Manuel de Cajigal, Capitán General de Venezuela. Boves queda bajo su mando. El ejército realista emprende retirada hacia Guayana.

En los últimos días, Boves, mal avenido con Cajigal, solicita su autorización para hacer la guerra por su cuenta en los llanos de Barcelona y sur del Guárico. Accede el mariscal y el asturiano inicia su vida pública.

JULIO-AGOSTO

Boves recluta tropas en el Llano.
2 Muerte de Antoñanzas.

SEPTIEMBRE

Con un ejército regular vence a los patriotas en La Corona, cerca de Santa María de Ipire y a los capitanes José Tadeo y José Gregorio Monagas en el lugar denominado Cachipo. Avanza por la vía de Santa Rita y El Calvario.

23 En marcha hacia Calabozo vence nuevamente en el paso de Santa Catalina. Es herido por el capitán español Cabrera, quien en Santa Rita le había desertado con la caballería pasándose a los patriotas. La victoria lo hace dueño del Llano. Cabrera cae prisionero y es ejecutado con todos ios prisioneros. Boves ocupa a Calabozo ese mismo día en las primeras horas de la tarde.

OCTUBRE

El español Campo Elias, al servicio de los patriotas, marcha desde El Sombrero hacia Calabozo, acompañado de 1500 jinetes. Boves sale de Calabozo, a su encuentro con 2000 jinetes y 500 soldados de infantería.

14 Los dos ejércitos se encuentran en Mosquiteros. Boves, derrotado, huye hacia el Guayabal. Campo Elias ejecuta a todos los sobrevivientes. Y hace gran matanza entre los partidarios de Boves al ocupar a Calabozo. Desde el Guayabal, Boves recluta y entrena un nuevo ejército.

NOVIEMBRE

01 Boves desde el Guayabal lanza su proclama de guerra a muerte contra los blancos propietarios de la tierra y se apresta a salir hacia el Centro'.

476

DICIEMBRE

06 Cruza el río Guárico por el paso de Guata- mara presentándose en los bancos de San Pedro al sureste de Calabozo. Aldao, español al servicio de los patriotas sale a enfrentarlo y es derrotado en el paso de San Marcos. Todos los prisioneros fueron ejecutados por orden de Boves, quien ordenó cortarle la cabeza a Aldao y clavarla en una pica en la Plaza Mayor de Calabozo.

En todo lo que resta del mes prepara un formidable ejército de siete mil hombres para invadir el centro.

1814
ENERO

25 Con cinco mil jinetes y dos mil infantes, Boves sale de Calabozo en dirección al Centro.

FEBRERO

03 Vence a Campo Elias en La Puerta. (Primera Batalla de La Puerta). Ocupa a Villa de Cura. Es herido en el combate teniendo que guardar cama.

Bolívar ordena al hermano de Aldao atrincherarse en La Cabrera para cortarle el paso hacia Valencia y a Ribas que se sitúe en La Victoria para interceptarle el camino hacia Caracas. Boves ordena a Tomás Morales avanzar contra La Victoria y a Rósete llevar la guerra a Los Valles del Tuy. Entre tanto convalece de sus heridas.

12 Morales es derrotado por Ribas en La Victoria, retirándose a Villa de Cura.

25 Recuperado ya de sus heridas Boves reúne un nuevo ejército de siete mil hombres y ocupa a Cagua.

26 Avanza hacia San Mateo donde lo espera Bolívar atrincherado.

27 Comienza la batalla de San Mateo.

28 Boves es nuevamente herido y se retira a Villa de Cura a objeto de recuperarse. Tomás Morales queda al frente de los sitiadores.

San Mateo continúa sitiada.

15 Boves restablecido se pone al frente de sus tropas. Luego de un mes abandona el sitio, al saber que Santiago Mariño avanza por el camino de San Sebastián.

31 Mariño derrota a Boves en Bocachica. Se retira a Villa de Cura. A objeto de reponer su maltrecho ejército se desplaza hacia Valencia sitiada por el jefe realista Ceballos.

ABRIL

02 Tomás Montilla le sale al paso en Magdaleno, le inflige serias pérdidas y lo hostiga inclemente en su retirada hacia Valencia donde llega con 500 hombres de los siete mil que reunió en La Puerta.

Ceballos ha abandonado el sitio de Valencia. Boves se retira hacia el Alto Llano llegando a Guayabal con menos de un centenar de hombres.

MAYO

Reorganiza su ejército.

JUNIO

14 Sin que los patriotas lo esperasen se presenta súbitamente frente a San Juan de los Morros con un ejército de siete mil hombres.

15 Boves vence en La Puerta por segunda vez a los patriotas. Diego Jalón es fusilado.

16 Ocupa a La Victoria. Envía una división de 1500 hombres, al frente de Chepino González contra Caracas y él se vuelve contra Valencia.

17 Ocupa La Cabrera y ejecuta a todos sus defensores.

18 Ocupa a Guacara.

19 Se presenta frente a Valencia.

JULIO

06 Bolívar acompañado de 20000 caraqueños abandona la ciudad en dirección a Oriente.

09 Luego de veinte días de asedio, Valencia capitula ante Boves. Se le incorporan los ejércitos de Ceballos y Cajigal.

10 Ocupa a Valencia. Baile de Valencia.

12 Hace fusilar a Francisco Espejo.

13 Ordena a Morales salir en persecución de Bolívar por la vía de los llanos.

14 Boves abandona Valencia y avanza hacia Caracas ya tomada por Chepino González.

16 Entra triunfante a Caracas.

26 Por la vía de la Cortada del Guayabo, Boves sale de Caracas en dirección a Calabozo.

27 Chepino González y Juan Nepomuceno Quero inician las matanzas de los patriotas en Cotizita.

AGOSTO

04 Llega Boves a Calabozo con un pequeño contingente. Su ejército de 8000 hombres marcha al frente de Morales en persecución, del Libertador.

09 En Aragua de Barcelona Morales derrota al Libertador. Los muertos por ambos lados fueron cuatro mil personas.

24 El Libertador llega a Cumaná.

30 Boves sale de Calabozo en dirección a Barcelona donde va a reunirse con Morales.

SEPTIEMBRE

02 El Libertador, a bordo de la nao de Bianchi, abandona Cumaná.

08 Tomás Morales en persecución de los patriotas pone sitio a Maturín.

12 Morales es derrotado por Bermúdez. Se retira a Urica en espera de Boves.

OCTUBRE

15 Al frente de su ejército Boves toma Barcelona. Y de inmediato avanza sobre Cumaná.

16 En El Salado (próximo a Cumaná) Boves derrota a Piar.

NOVIEMBRE

09 Boves, camino hacia Maturín, derrota a Bermúdez en Los Magueyes.

DICIEMBRE

05 Muerte de Boves en Urica.

GLOSARIO

Acacia.— Árbol de sombra.

Achaparrada.— Aplastada. Pequeña. Retaca.

Achispado.— Excitado por el alcohol.

Aguajero.— Jactancioso.

Alebrestar.— Alborotarse.

Alpargata.— Calzado primitivo.

Alzado.— Por insurrecto, rebelde, en armas contra el gobierno. Se dice también de ciertos animales salvajes. «Cochino alzado».

Amapuches.— Caricias amorosas.

Amellado.— Romo. Que ha perdido el filo.

Araguato.— Mono rojizo de apariencia casi humana que emite un grito parecido al llanto humano.

Araguaney.— Árbol medianamente frondoso, de muy hermosa floración. Árbol nacional.

Bachaco.— Se dice del mulato o negro de pelo rojizo y ojos verdes. Muy despectivo.

Bastimento.— Provisión alimenticia.

Birriondo.— Excitado sexualmente, mujer u hombre en celo. Expresión soez y peyorativa.

Brejetería.— Modos o dichos pretenciosos, aunque tiene algo de entrometido y aspaventoso. Las Bejarano son brejeteras.

Brincar.— Violentar.

Caña.— Aguardiente.

Carato.— Jugo espeso o batido de frutas. En Venezuela son preferidos los de parcha y guanábana.

Caribe.— Pez muy voraz que habita en los ríos del Llano venezolano y que por actuar en grandes masas representan un serio peligro para la vida. Piraña.

Catire.— Rubio.

Ceiba.— Árbol gigantesco y muy frondoso.

Caricari.— Ave de presa.

Carrizo.— Expresión con diversa acepciones. Puede ser exclamativa, despectiva, afectuosa, según el tono y la intención.

Casquivana.— Mujer ligera de cascos.

Cerro.— Colina más o menos abrupta.

Cimbrado.— Agotado por el esfuerzo físico. «Estaba cimbrado por el peso».

Cimarrón.— Esclavo prófugo. Se dice también de ciertos animales en estado salvaje como el ganado y los caballos.

Cocihembra.— Voz llanera muy despectiva que señala que la sirvienta de cocina sirve también como mujer.

Coleado.— El que asiste a una fiesta sin estar invitado.

Conoto.— Ave cantora de hermoso canto.

Conuco.— Pequeña extensión de tierra cultivada por un campesino.

Colear.— Agarrar el toro por el rabo. Levantarlo en vilo y derribarlo. Deporte venezolano,

Cotoperix.— Árbol muy frondoso y copudo. Su fruto es de muy agradable sabor.

Cuadra.— Cualquiera de los lados de una manzana de casas. En Venezuela las distancias urbanas se señalan por cuadras y no por calles.

Cuarterón.— Hijo de blanco y mulato.

Cuchufleta.— Burla.

Cují.— Árbol escasamente frondoso, que suele crecer en tierra árida. Desprende un olor muy particular parecido al sudor del negro.

Cunaguaro.—Tigre pequeño.

Chaguaramo.— Palmera muy alta y erguida, parecida al árbol donde se da el coco.

Charanga.— Música militar.

Chícura.— Barra de hierro, con un extremo afilado utilizada para ciertos trabajos agrícolas.

Chigüire.— Roedor que vive en los ríos del Llano. Muy apreciado por su carne. Su aspecto es desagradable.

Chicharronera.— Pelo encrespado de negro.

Chicharra.— Insecto que emite un ruido muy característico.

Chirimías.— Instrumento musical.

Chiripa.— Insecto. «De chiripa» es una expresión muy venezolana que quiere decir: milagrosamente, por milagro.

Empiernar.— Término soez. Expresa cópula o aventura sexual.

Encantado.— Hechizado. Embrujado.

Encanto.— Misma acepción anterior. Se utiliza también como primor. «Fulano es un encanto» significa «Fulano es un primor».

Entrépito.— Entrometido.

Entreportón.— La puerta interior que sigue al portón que da a la calle.

Escabechina.— Matanza, destrucción indiscriminada.

Escobilleo.— Movimiento rápido de los pies contra el piso en el joropo u otros bailes similares.

Esmirriado.— Flaco, sin gracia. De mal aspecto.

Esvirgar.— Desflorar a una doncella.

Faculto.— Docto, conocedor, experto.

Faramallero.— Vocablo de difícil definición pues es una mezcla de persona falsa, que se las da de servicial y atenta, y que al mismo tiempo se muestra ridicula y egoísta.

Flojo.— Cobarde, de escaso ánimo.

Fofo.— Blando.

Frasquitero.— Entrometido con un trasfondo de ingenuidad, desinterés. Voz en desuso.

Fulía.— Tambor.

Fuñirse.— Embromarse, perjudicarse. Expresión poco educada.

Gavilán.— Ave de presa con la apariencia de un pequeño halcón.

Gárgaro.— Juego infantil.

Guaro.— Pájaro imaginario que se supone habla mucho. Hablar como un guaro en Venezuela, es hablar ininterrumpidamente.

Golpe.— Son o melodía popular.

Gorro.— Aburrido, pesado, embarazoso.

Guá.— Expresión que generalmente denota sorpresa.

Guanábana.— Fruta muy refrescante.

Guarandinga.— Cosa o situación absurda. ¿Qué guarandinga es ésa?

Gurupera.— Parte posterior de la silla de montar.

Guindar.— Colgar, ahorcar.

Guiña.— Mala suerte.

Guiñoso.— Que da mala suerte.

Hato.— Finca ganadera.

Huilón.— Por huidizo.

Iguana.— Reptil inofensivo.

Lapa.— Roedor un poco mayor que un conejo que vive a la orilla de los tíos. Su carne es muy apreciada. Se dice que la lapa copula una sola vez en su vida.

Lavagallos.— Bebida alcohólica.

Lechoza.— Baya muy apetitosa. Fruta Bomba en otros países. Papaya.

Levantar.— Insurreccionar. «Juan Palacios levantó a los esclavos» significa: insurreccionó a la esclavitud.

Lince.— Félido muy agresivo del tamaño de un gato montés.

Macagua.— Serpiente muy venenosa.

Macundales.— Objetos y pertenencias, muebles. «Déme acá mis macundales» voz muy venezolana que sirve para expresar enfado y decisión de marcharse de un lugar.

Matojo.— Salvaje, desechable.

Maluca.— Hembra en celo. Expresión soez.

Mamón.— Árbol frondoso. Su fruto es de sabor muy agradable.

Mandinga.— Demonio.

Manduquiar.— Comer.

Mapurite.— Mofeta.

Maraco.— El menor de una familia.

Mascada.— Se dice del escupitajo que produce el tabaco de mascar. «Mascada de tabaco».

Mato.— Lagarto de tamaño mediano.

Mecer.— Mover suavemente algo.

Mecha.— Pelo sucio y en desorden. Se aplicaba por lo general al cabello de los locos. «Sucio como una mecha...»

Menjurje.— Mezcla. Voz despectiva.

Mestizo.— Hijo de blanco e indio.

Morichal.— Palmera de altura mediana que crece particularmente en el Llano.

Moriche.— Fibra que se saca de la palma moriche.

Morisqueta.— Burla hecha con ademanes.

Morrocoy.— Tortuga de tierra, cuya carne es muy apreciada.

Mosca.— Se decía de la persona que precedía cuerpos armados. Mulato: Mezcla de blanco y negro.

Murria.— Tristeza.

Naranjillo.— Árbol de sombra.

ÑApa.— Gratificación supletoria que los comerciantes en Venezuela le dan a los compradores o clientes.

Ño.— Voz antigua equivalente a señor, que se utilizaba para designar a las personas de modesta condición social. Se reservaba a los pardos viejos. Utilizada con personas de cierta relevancia podía ser ofensivo.

Ocurrente.— Gracioso, con imaginación.

Palito.— Trago de alcohol. «Echarse un palito» es tomarse un trago.

Palma viajera.— Palma muy hermosa que contiene agua.

Palo.— Misma acepción anterior: ¡Qué palo de agua!

Paloma.— Pene. Expresión soez.

Paraulata.— Ave cantora con movimientos muy rápidos y elegantes.

Parabán.— Mueble'o cosa que limite dentro de un espacio cerrado el campo visual.

Parcha.— Fruta con la que se hace un refresco muy típico en Venezuela.

Parchita.— Fruta del tamaño de una mandarina y con el aspecto de un pequeño calabacín. Maracuyá.

Pardo.— Voz colonial que servía para designar a la raza consecuencia de la mezcla de los tres grupos étnicos originales: indio, blanco y negro.

Pargo.— Pez muy apreciado por su carne.

Parlamento.— Parlamentario.

Pato.— Por afeminado u homosexual.

Pavita.— Pájaro a quien se le atribuye mala suerte.

Pegostoso.— Aburrido por su viscosidad o adherencia.

Pela.— Cueriza.

Pelado.— Errado o equivocado.

Pendejo.— Tonto.

Perol.— Objeto o cosa a quien no se da mayor importancia.

Parranda.— Fiesta campesina.

Petatear.— Violentar a una mujer. Viene de petate o esterilla o alfombra de palmas (donde dormían los esclavos).

Pepazo.— Golpazo.

Piache.— Brujo o curandero indígena.

Piche.— En descomposición, viejo, pasado.

Pichirre.— Mezquino, poco generoso.

Pinta.— Aspecto.

Pintona.— Madura.

Pisatario.— Campesino libre que vive dentro de una propiedad y comparte con el dueño el producto de la tierra que cultiva dentro de un área determinada.

Pomagás.— Fruta de apariencia muy apetitosa.

Pintarse.— Marcharse. «Yo me pinto» es «yo me voy».

Posada.— Hostería.

Pujo.— Esfuerzo.

Pulpería.— Abacería.

Puya.— Varias acepciones: 1) Como aguijón. 2) Como alusión burlona.

Quinterón.— Hijo de cuarterón y blanco.

Rascar, rascarse.— Emborracharse.

Raspar.— Eliminar, suprimir, matar.

Realengo.— Sin dueño.

Repantigado.— Arrellanado con jactancia.

Rochela.— Juego burlón proyectado generalmente contra alguien. «Dejen la rochela» dice el maestro a los alumnos que juegan entre sí y se burlan del maestro.

Rochelear.— Juego de animales domésticos o de niños. Se dice también de toda actitud burlona.

Santiguarse.— Persignarse.

Seboso.— Término soez que sirve para expresar amor o hecho de amar. Se escribe con s para diferenciarlo del cebo, grasa.

Señorita.— Como equivalente de virgen. «Ser señorita» en Venezuela significa ser virgen.

Sisear.— Llamar la atención con un movimiento de la boca.

Soltar.— Incitar. Le soltó los perros. Le echó los perros encima.

Taita.— Padre.

Tamarindo.— Árbol medianamente frondoso. Su fruto se utiliza como refresco.

Tambocha.— Hormiga carnicera. Voz en desuso.

Tapado.— Oculto, encubierto. «Vicente Berroterán se tapó con el sombrero» significa «se ocultó tras el sombrero».

Tapara.— Árbol relativamente pequeño. Su fruto, luego de secarse, se utiliza en Venezuela como recipiente para beber o para hacer maracas.

Tinajero.— Mueble que en Venezuela sirve para filtrar el agua. Está compuesto de una estructura de madera parecida a un pequeño armario teniendo por techo una piedra porosa por donde se filtra el agua.

Tiradores.— Fornicadores. Expresión soez.

Titiaro.— Variedad de plátano. El fruto es muy pequeño y la talla del arbusto desmesurada en relación a otras formas de plátano.

Tocuso.— Nombre que se le da en Venezuela al pájaro mosca o colibrí.

Torco.— Bebida alcohólica.

Trancar.— Encerrar, guardar, encarcelar.

Trinitaria.— Enredadera espinosa, de recia contextura y con una floración muy bella e intensa.

Tronco.— Expresión aumentativa cuando-precede otro vocablo: ¡Tronco de hombre! significa ¡Qué gran hombre!

Turpial.— Ave canora de muy bello canto.

Urpía Dolores.— Exclamación festiva.

Vaina.— Interjección que tiene varias acepciones. Puede ser exclamativa: ¡Qué vaina! o peyorativa: ¡Fulano es una vaina!; sirve como sustantivo: «Agárrame esa vaina».

Vale.— Expresión cariñosa que se utiliza como equivalente de amigo.

Váquiro.— Especie de jabalí, aunque un poco más pequeño.

Zambo.— Mezcla de indio y negro.

Zaperoco.— Escándalo. Bulla. Ruido.

Refranes y locuciones venezolanas

Cigarrón atora-. Alude a la fatalidad de ciertas circunstancias.

Coger el cerro: No darse su puesto. Desmerecer de su importancia.

Dar vela en un entierro: Pedir a alguien opinión.

Echarse un palito: Tomar un trago.

Fruncir el hocico: Poner mala cara.

Hasta aquí llegaste picaflor: Acepción burlona e imprecisa. Se utiliza para expresar el final de una persona o situación.

Macho cuatriboleado: Hombre muy valiente.

Mentar madre: Insultar.

Mono no carga a su hijo: Que en ciertas situaciones nadie se responsabiliza.

Pagar el pato: Culpabilizar a alguien.

Parar cabeza: Progresar, tener éxito.

Parar la cola: Salir huyendo.

Perro no come perro: Alude a que las personas de condición social similar no disputan entre sí.

Pico de plata: Que habla bien y persuasivo.

Ponerse cabezón: Ponerse curioso o preocupado.

Se prendió la fiesta: Se emplea para significar que un suceso generalmente festivo ha comenzado; puede aludirse a un conflicto.

Se vino a pique: Fracasó, murió.

Otros títulos de este autor:

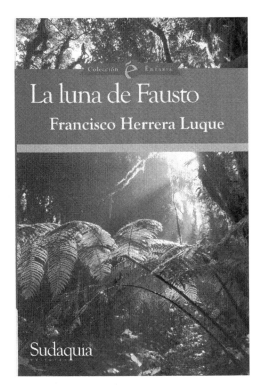

www.sudaquia.net

Made in the USA
Middletown, DE
01 July 2016